MARIE LOUISE FISCHER

Verbotene LiebE

ROMAN

VERLAG BUCH UND WELT

Berechtigte Ausgabe für den Verlag Buch und Welt, Hans Kaiser,
Klagenfurt

Schutzumschlag: Volkmar Reiter
Druck: Salzer - Ueberreuter, Wien
Bindearbeit: Kaiser, Klagenfurt

1

Mit einem tiefen Seufzer der Erleichterung zog Sabine Kortner die letzte Seite aus ihrer Schreibmaschine. Sie legte die numerierten Blätter zusammen und las den ganzen Brief noch einmal sorgfältig durch. Ein einziger Tippfehler hätte bedeutet, daß sie die betreffende Seite noch einmal hätte abschreiben müssen, denn Rechtsanwalt Dr. Brettschneider duldete keine Verbesserungen. Zum Glück aber war alles in Ordnung.

Sie heftete das Original und die Durchschläge zusammen, legte sie in die Unterschriftenmappe, warf einen Blick auf ihre Armbanduhr – es war sechs Uhr vorbei – und begann ihren Schreibtisch aufzuräumen. Sie stand auf, dehnte und reckte sich, um die verkrampften Glieder zu lösen, trat zu einem der Fenster und öffnete beide Flügel weit.

Straßenlärm drang in das große Vorzimmer der Anwaltskanzlei hinauf, in dem sie tagsüber mit drei anderen Mädchen zusammen arbeitete. Wie schon so oft, hatte Dr. Brettschneider auch heute Sabine als letzte zurückbehalten, weil noch etwas Wichtiges zu erledigen war. Sie war stolz darauf, aber jetzt schmerzte ihr der Kopf.

Sabine freute sich auf die starke Tasse Tee, die ihre Mutter ihr zu Hause aufbrühen würde. Dann früh ins Bett mit einem guten Buch.

Einen Augenblick lang sah sie zum abendlichen Himmel hinauf, der sich wie eine riesige blaßblaue Glocke über München dehnte. Es war erstaunlich warm, denn der Herbst sollte laut Kalender schon in wenigen Tagen beginnen.

Die Tür des Chefzimmers öffnete sich. Sabine ging zurück zu ihrem aufgeräumten Schreibtisch und ergriff die Unterschriftenmappe. Während Dr. Brettschneider seinen Klienten, Peter Hartmann, auf den engen Flur hinausbegleitete, legte sie die Mappe auf den riesigen Mahagonischreibtisch im Chefzimmer.

„Ich bin fertig, Herr Doktor“, sagte Sabine Kortner, als Dr. Brettschneider zurückkam.

Er erwiderte ihr Lächeln mit zerstreutem Blick. „Ich weiß, daß ich mich auf Sie verlassen kann, Sabine. Sie können jetzt Feierabend machen. Bis morgen!“

„Bis morgen“, sagte sie – aber da hatte der Chef die Tür schon hinter sich zugezogen.

Sabine Kortner riß hastig ihren leuchtend blauen Regenmantel aus dem Garderobenschrank und nahm ihre Handtasche. Sie nahm sich nicht einmal die Zeit, einen Blick in den Spiegel zu werfen. Fast fluchtartig verließ sie die Kanzlei, denn sie wußte aus Erfahrung, daß Dr. Brettschneider trotz allem guten Willen imstande war, sie noch im letzten Moment zurückzurufen. Sie hastete zum Fahrstuhl. Im Treppenhaus des alten Bürogebäudes brannte Licht.

Erst im letzten Moment entdeckte Sabine ihn. Peter Hartmann. Sie verhielt unwillkürlich den Schritt und errötete bei der Vorstellung, daß er glauben könnte, sie hätte sich nur deshalb so beeilt, weil sie ihn noch erreichen wollte. Aber er schien sie gar nicht zu beachten. Er stand in Gedanken versunken vor der Tür des Fahrstuhlschachts. Sabine betrachtete ihn verstohlen.

Peter Hartmann war ein gutaussehender junger Mann mit einer sportlichen, breitschultrigen Figur, sonnverbrannter Haut und schwarzen, mühsam gezähmten Locken, nußbraunen Augen und blendend weißen Zähnen.

Er drückte ungeduldig auf den Knopf, der den Fahrstuhl herbeiholen sollte. „Braucht das verdammte Ding denn immer so lange?"

„Sie können ja zu Fuß gehen, wenn es Ihnen zu lange dauert", sagte sie kühl.

Er hatte mehr zu sich selber gesprochen, darum wandte er sich mit leichtem Erstaunen um und betrachtete Sabine mit gerunzelter Stirn. „Keine schlechte Idee!"

Er wollte sich schon auf den Weg zur Treppe machen, als der Aufzug rasselnd näher kam und mit einem Stöhnen hielt.

„Na also", brummte Peter Hartmann, „warum nicht gleich so?"

Er öffnete das knarrende Gitter und ließ Sabine in die altmodische Kabine einsteigen.

Sie legte den Zeigefinger auf einen Knopf des Schaltbretts. „Erdgeschoß?" fragte sie, nachdem Peter Hartmann Gitter und Kabinentür hinter sich zugezogen hatte.

„Na klar!" antwortete er mürrisch.

Sabine drückte, und der Fahrstuhl setzte sich in Bewegung.

Sie fühlten plötzlich beide die Intimität des Beisammenseins in der Enge des kleinen Käfigs und wurden verlegen. Angestrengt starrten sie aneinander vorbei gegen die holzgetäfelten Wände. Ich hätte doch noch in den Spiegel sehen sollen, dachte sie. Wahrscheinlich sehe ich schauderhaft aus.

Und er dachte: Wenn ich mich bloß erinnern könnte, wie die Kleine heißt . . .

Der Käfig hielt mit einem Ruck, der beide ein wenig aus dem Gleichgewicht brachte.

„Nanu?“ sagte er. „Sind wir schon unten?“

Sie tat einen kleinen zitternden Atemzug. „Ich glaube nicht.“

„Was soll das heißen?“ Er riß die beiden inneren Türen der Kabine auseinander. Vor ihm lag ein Stück verwitterter Mauer. Es war, als grinsten ihm die Backsteine höhnisch entgegen.

„Wir sind steckengeblieben“, sagte Sabine gefaßt.

Er drehte sich zu ihr um und fauchte wütend, als wäre sie die Schuldige: „Kommt so was öfter vor?“

„Manchmal“, antwortete sie belustigt.

„Verdammter Mist!“

„Regen Sie sich nicht auf. Sie brauchen bloß auf den Alarmknopf zu drücken, dann weiß der Hausmeister Bescheid!“

Er preßte seinen Daumen auf den Alarmknopf.

„Sie müssen richtig drücken“, sagte sie. „Bis das rote Licht aufleuchtet!“

„Versuchen Sie's doch mal!“

Sie tat es. Aber nichts geschah.

Sie sahen sich beide erschrocken an.

„Scheint auch kaputt zu sein“, sagte er schließlich und stellte seine Aktentasche auf den Boden.

„Aber . . . das ist doch nicht möglich!“ Jetzt verlor auch sie ihren Humor.

„Bei so einem alten Kasten ist alles drin . . .“

„Ich . . . das tut mir leid“, sagte sie verwirrt.

Zum erstenmal sah er sie voll an und stellte fest, daß das Mädchen mit dem schmalen offenen Gesicht, den großen blauen Augen und dem schulterlangen aschblonden Haar auf eine unauffällige Art hübsch war. Sehr hübsch sogar.

„Das ist doch nicht Ihre Schuld“, sagte er in verändertem Ton.

„Es tut mir trotzdem leid.“ Sie drückte ihre Handtasche vor die Brust.

„Mir auch! Mein alter Herr wird schön toben, wenn ich nicht rechtzeitig mit den Unterlagen zurück bin!“ Er deutete auf seine Aktentasche.

Sie wich seinem Blick aus. „Mutti wird sich Sorgen machen.“

„Ist sie so ängstlich?“

„Leider. Mein Vater . . .“ Sie stockte.

„Na, was ist mit Ihrem Vater?“ Er sah lächelnd auf sie herab.

Unfaßbar! dachte er. Ich war schon vier- oder fünfmal in Brettschneiders Kanzlei. Aber dieses Mädchen ist mir bisher nie aufgefallen. Wahrscheinlich weil sie so still und bescheiden ist. Eine stille Schönheit ...

„Mein Vater ist vor ein paar Jahren auf der Heimfahrt von seiner Arbeitsstelle tödlich verunglückt", sagte sie leise und blickte zu Boden. „Seitdem hat meine Mutter ständig Angst, auch mir könnte etwas zustoßen. Ich bin das einzige Kind ..."

Sie sah ihn ernst aus ihren großen blauen Augen an. „Was können wir tun, um hier herauszukommen?"

„Ich fürchte ... nichts!" Er konnte seinen Blick von ihrem Gesicht nicht lösen.

Sie wurde sofort wieder verlegen. „Sie meinen, wir müssen einfach warten?"

„Was denn sonst?" Sie ist zauberhaft, dachte er.

„Wir könnten gegen die Wände schlagen und schreien ..."

„Ist um diese Zeit überhaupt noch jemand im Haus?"

„Dr. Brettschneider!"

„Also warten wir, bis er seine Kanzlei verläßt. Er wird ja dann merken, daß mit dem Aufzug etwas nicht in Ordnung ist." Sie sieht so schutzbedürftig aus, dachte er. Wie ein Engel in der Hölle. Bin ich der Teufel in ihren Augen?

„Hoffentlich", sagte sie und senkte die Handtasche, die sie wie einen Schild vor ihrer Brust gehalten hatte.

„Bestimmt", erklärte er und legte mehr Zuversicht in seine Stimme, als er fühlte. Nein, sie hält mich nicht für den Teufel, stellte er befriedigt fest. Sie vertraut sich mir an ... „Überlegen wir, wie wir uns die Zeit so gut wie möglich vertreiben können. Habe ich mich überhaupt schon vorgestellt?"

„Ich weiß doch, wie Sie heißen." Sie lächelte verschämt, und dieses Lächeln gab ihrem klaren Gesicht einen besonderen Reiz.

„Ach ja, natürlich." Er spürte, daß das Eis langsam schmolz.

„Aber Sie können sich nicht mehr an meinen Namen erinnern, nicht wahr, Herr Hartmann?" Sabine sah ihn jetzt an.

„Müßte ich das?"

„Überhaupt nicht. Ich gehöre ja nicht zu Ihren Kreisen", versuchte sie zu scherzen.

„Gibt es das denn noch? Kreise, meine ich. Wir gehören doch alle zusammen zum arbeitenden Teil der Menschheit." Er grinste vergnügt, meinte aber, was er sagte.

„Nur mit dem Unterschied, daß Sie, Herr Hartmann, in der Firma Ihres Vaters arbeiten, die Sie später übernehmen werden ... während ich immer Anwaltssekretärin bleiben werde. Was natürlich nicht heißen soll, daß ich mich beklagen will. Ich wollte Ihnen nur klarmachen, daß Sie eben doch in eine andere Welt gehören." Sabine war merkwürdig ernst geworden.

Er aber lachte. „Wirklich? Das Schicksal scheint nicht Ihrer Ansicht zu sein, sonst hätte es uns nicht zusammen eingesperrt ... Sabine! Nicht wahr, so heißen Sie?"

Sie errötete leicht. „Sie haben es also doch behalten!"

„Ihr Name ist mir plötzlich wieder eingefallen ... Sabine! Paßt gut zu Ihnen!"

„Sabine Kortner."

„Ich nehme es zur Kenntnis, werde aber trotzdem bei Sabine bleiben. Und Sie nennen mich Peter, ja?" Sein Blick fiel auf die nackte Mauer des Fahrstuhlschachts. Er zog die beiden Innentüren der Kabine wieder zu.

„Eine scheußliche Situation!" Sie warf einen Blick auf ihre Armbanduhr. „Es geht schon auf halb sieben zu!"

In diesem Augenblick leuchtete ein Lämpchen am Schaltbrett auf. Sabine rief: „Dr. Brettschneider!" Wie auf Kommando begannen sie an die Wände zu hämmern und um Hilfe zu rufen.

Dr. Richard Brettschneider war ein Anwalt der alten Schule. Obwohl er als juristischer Berater von bedeutenden Industrieunternehmungen glänzend verdiente, hielt er es für unnötig, seine Kanzlei im vierten Stock des alten, wenig repräsentativen Gebäudes aufzugeben und in ein modernes Bürohaus überzusiedeln. Die hohen geräumigen Zimmer mit den stuckverzierten Decken und den schweren alten Möbeln wirkten vertrauenerweckend, hatte er im Lauf der Jahre festgestellt.

Aber an diesem Abend erkannte Dr. Brettschneider, daß der Fahrstuhl des alten Hauses durchaus kein Vertrauen verdiente. Der Anwalt ging wie immer zur Aufzugstür und drückte auf den Rufknopf. Als sich nichts rührte, er aber dumpfes Poltern und Rufen von unten vernahm, dachte er: Wieder kaputt, das Ding! Na, immerhin versuchen sie schon, es zu reparieren.

Er stieg verdrossen die Hintertreppe hinunter, die am anderen Ende des langen Ganges lag, und verließ das Haus durch den Hinterausgang zum Hof, wo sein Wagen parkte. Ehe er noch die Autotür aufschloß, hatte er den defekten Fahrstuhl schon vergessen.

Sabine Kortner und Peter Hartmann klopften und riefen etwa drei Minuten lang, dann hielten sie erschöpft inne und sahen sich fragend an.

„Vielleicht hat er uns gar nicht gehört", befürchtete sie.

„Kann schon sein", bestätigte er. „Das Solideste an der ganzen Aufzugsanlage scheint die Kabine hier zu sein. Wahrscheinlich sogar schalldicht."

Sabine betrachtete im schwachen Licht der Kabinenlampe ihre geröteten Hände.

„Vielleicht hat Brettschneider auch nicht begriffen, was der Lärm bedeutet..." Peter Hartmann legte beide Hände auf ihre Schultern. „Sabine. Sie haben doch gesagt, daß der Aufzug schon öfter steckengeblieben ist! Wissen Sie, woran das liegt?"

„Ich glaube, die Gittertüren auf den einzelnen Stockwerken funktionieren nicht richtig. Manchmal, wenn der Fahrstuhl an solch einer Tür vorbeifährt, drückt er die Tür ein bißchen auf, und irgendein elektrischer Kontakt wird unterbrochen. Der Fahrstuhl bleibt dann mitten im Schacht stecken."

Er rieb sich nachdenklich das Kinn. „So ähnlich habe ich mir das vorgestellt."

„Und?" Sie blickte ihn mit weitgeöffneten Augen an. „Hilft uns das weiter?"

„Vielleicht hat Brettschneider die geöffnete Tür bemerkt..."

„Ja!" rief Sabine aus, von neuer Hoffnung wie elektrisiert. „Vielleicht hat er sie geschlossen!"

„Versuchen wir es", sagte er wenig überzeugt und drückte auf den Knopf, der den Aufzug in Richtung Erdgeschoß in Bewegung setzen sollte. Nichts rührte sich. Er drückte auf sämtliche Knöpfe, der Aufzug stand wie eingemauert.

„Nichts", sagte Sabine enttäuscht. „Was machen wir jetzt?"

„Es handelt sich um ein reines Bürohaus, nicht wahr?" fragte er. „Also keine Aussicht, daß jemand um diese Zeit noch hinauf- oder hinunterfahren will?"

Sie schüttelte stumm den Kopf.

„Dann, liebe Sabine", sagte er und versuchte die bittere Pille durch ein herzliches Lächeln zu versüßen, „dann bleibt uns wohl nichts anderes übrig, als uns auf eine lange Nacht vorzubereiten."

In ihren blauen Augen stand blankes Entsetzen. „Sie meinen, wir müssen die ganze Nacht in diesem Käfig verbringen?"

Er zog sie sacht an sich. „Wäre das denn so schlimm? Ich finde nicht. Wir hätten Gelegenheit, uns näher kennenzulernen..."

Sie riß sich mit einer jähen Bewegung los. „Nein!" rief sie „Nein! Ich... Nein, das halte ich einfach nicht aus!"

Er trat so weit von ihr zurück, wie es in dem kleinen Raum nur möglich war. „Wenn Ihnen meine Anwesenheit so unangenehm ist ..."

„Aber das hat doch gar nichts mit Ihnen zu tun! Es ist nur ... die ganze Situation! Ich habe schon jetzt das Gefühl, keine Luft mehr zu bekommen." Sie griff sich zum Hals.

Selbst bei der schwachen Kabinenbeleuchtung fiel ihm auf, wie blaß sie war. Ihre schönen blauen Augen waren unnatürlich groß. „Sabine!" sagte er erschrocken. „Um Gottes willen – ist Ihnen nicht gut?"

Sie zwang sich zu einem Lächeln, das ihr schmales weißes Gesicht noch rührender machte. „Seien Sie mir nicht böse, bitte ... Aber ich habe das Gefühl, als wenn ich gleich in Ohnmacht fallen würde. Alles wird so ... so dunkel!"

Ihre weitgeöffneten Augen wurden blicklos, sie taumelte. Er konnte sie gerade noch rechtzeitig auffangen. Bewußtlos lag sie in seinen Armen.

Sekundenlang stand er wie erstarrt, spürte die Wärme ihres jungen Körpers, konnte den Blick nicht von dem weißen Antlitz wenden. Er mußte sich zwingen, nicht ihren halbgeöffneten Mund, der einer aufgesprungenen roten Rose glich, zu küssen. Er ließ sie vorsichtig zu Boden gleiten, lehnte ihren Oberkörper gegen eine Wand und zog mit einer fast schamhaften Bewegung den Rock herunter, der die hübschen Knie des Mädchens freigegeben hatte.

„Sabine!" rief er, „Sabine!" Er hielt ihren Kopf unter dem Kinn und schlug ihr sanft auf die Wangen, um sie ins Bewußtsein zurückzubringen. Aber ihr Kopf pendelte haltlos hin und her. Er öffnete ihre Handtasche mit einer Hand und fand, was er suchte: ein Fläschchen Eau de Cologne. Er tränkte ihr Taschentuch damit, rieb ihr die Schläfen ein und redete voll Sorge auf sie ein.

„Sabine, Liebes, mach die Augen auf! Bitte! Ich bin ja bei dir! Es kann dir nichts passieren! Komm wieder zu dir ... bitte!"

Ganz allmählich kehrte wieder Farbe in ihre Wangen zurück. Als sie die blauen Augen aufschlug und ihn erkannte, glaubte er, den wunderbarsten Augenblick seines Lebens zu erleben.

„Sabine!" rief er. „Endlich!"

„Es tut mir so leid ... ich ..."

„Bitte, sei jetzt ... seien Sie jetzt still, ganz still!" Er wagte nicht, weiter du zu ihr zu sagen. „Atmen Sie tief durch, ja? Es ist Luft genug in dem alten Käfig! Sie müssen nur atmen, dann ist Ihnen gleich wieder besser!"

Sie rang gehorsam nach Luft. „Es ist schon wieder gut", sagte sie. „So etwas Blödes! Das ist das erstemal, daß mir das passiert!"

„Klar", sagte er erleichtert, „es gehört ja auch nicht zur Tagesordnung, daß man in einem alten Klapperkasten von Aufzug steckenbeibt." Er zog sich seine Jacke aus.

„Was machen Sie denn da?" fragte sie verständnislos.

Er lächelte auf sie herab. „Ich versuche, zwei Fliegen mit einer Klappe zu schlagen." Er legte die Jacke zusammen und schob sie ihr unter den Kopf. „Sie haben jetzt einen Polster, und ich kann mich frei bewegen!"

„Wozu? Ich verstehe nicht ..."

„Ich habe eingesehen, daß man eine halbe Portion wie Sie unmöglich eine ganze Nacht lang in einem Aufzug schmachten lassen kann! Deshalb starte ich jetzt zur Befreiungsaktion!" Er hatte sich die Krawatte vom Kragen des weißen Hemdes gezogen und schlang sie ihr um den Hals. „Da! Als Andenken!"

Er tastete mit den Händen die Decke der Kabine ab. „Hier muß es doch irgendwo ... Ah, da ist sie schon! Die Ausstiegsluke!" Er sah zu ihr herab. „Ich habe da eben eine Nagelfeile in Ihrer Handtasche gesehen ..."

„Ja, natürlich ..." Sie suchte kurz in ihrer Tasche. „Hier!"

Er bückte sich zu ihr hinab und nahm die Nagelfeile entgegen.

„Ich werde jetzt die Schrauben lösen und nach oben aussteigen ... Nur keine Angst, ich lasse Sie nicht im Stich! Wenn ich erst draußen bin, ist es nur noch eine Sache von Minuten, Sie zu befreien!"

Sie sah, wie er an der Luke in der Kabinendecke die erste Schraube löste, die zweite ... Plötzlich erlosch das Licht.

„Verdammter ..." Peter schluckte den Rest.

„Was ist passiert?" flüsterte Sabine angstvoll.

„Nichts. Irgendein Idiot muß am Hauptschalter gewesen sein."

„Was nun?" drang Sabines Stimme aus der Finsternis.

„Notbeleuchtung!" Peter Hartmann ließ sein Feuerzeug aufflammen. „Kommen Sie! Halten Sie mal!" Er faßte sie am Oberarm und half ihr beim Aufstehen.

Sie nahm das brennende Feuerzeug, und Peter löste die beiden restlichen Schrauben.

„So, das hätten wir", sagte er und drückte den Deckel der Ausstiegsluke nach oben ab. „Nun noch ein Klimmzug ... Mal sehen, ob ich das auf meine alten Tage noch schaffe!"

„Aber ist denn das nicht gefährlich?"

„Nicht die Spur. Sehen Sie, ich lege den Schalter für den Nothalt um – so! Jetzt kann wirklich nichts passieren!"

Sie trat dicht an ihn heran. „Peter, bitte . . ."

„Wenn ich Glück habe", sagte er sehr laut, um eine leichte Verlegenheit zu überspielen, „erwische ich den Verschlußriegel der nächsten Außentür vom Kabinendach aus. Sonst muß ich eben noch ein wenig höher klettern."

„Peter", sagte sie, „wenn Ihnen etwas zustößt . . ."

Er sah ihr zärtlich in die Augen, „Wäre es sehr schlimm?"

„Peter, bitte, bleiben Sie hier, lassen Sie den Unsinn! Ich fühle mich schon wieder ganz gut . . . Und wir werden die Nacht schon irgendwie . . ."

Er lächelte jungenhaft. „Irgendwie?" fragte er. „Wie denn?"

„Peter!"

„Wenn ich noch länger hier mit Ihnen eingesperrt bin, kann ich für nichts garantieren." Er grinste. „Also auf in den Kampf!"

Er mußte dreimal ansetzen, bis es ihm gelang, sich hochzuziehen. Das Feuerzeug in Sabines Hand zitterte, während sie ihm zusah. Die Kabine wackelte bedenklich, als er sich auf das Dach schwang. Wenn ihm nur nichts passiert, dachte sie. Mein Gott! Wenn ihm etwas zustößt, bin ich schuld daran!

Sie sah ihn vor sich, zerschmettert, blutüberströmt.

Er steckte den Kopf durch die Luke.

„Das Feuerzeug, bitte!"

Sie reichte es ihm vorsichtig hinauf. Sein Kopf verschwand aus der Öffnung. Einen Augenblick stand sie still in der Dunkelheit. Dann bückte sie sich, tastete nach seiner Jacke, hob sie auf und drückte sie ans Herz. Lieber Gott, betete sie, beschütze ihn . . .

Die Befreiung war nicht so einfach durchzuführen, wie Peter Hartmann sich das gedacht hatte. Er mußte feststellen, daß die Kabine so ungünstig stand, daß er den Verschlußriegel der nächsten Tür nicht ohne weiteres erreichen konnte.

Die Seile waren ölig, verschmiert, sie boten keinen Halt. Er drehte die Düse des Feuerzeuges auf. Die zischende Flamme gab genug Licht, aber er mußte sich beeilen. Das Gas konnte nicht mehr lange reichen. Er stellte das Feuerzeug auf einen kleinen Mauervorsprung und zog sich am Gitter der Tür hoch, das er gerade noch erreichen konnte.

Das Schwerste war, den Riegel der Tür zu öffnen, denn er konnte dazu nur eine Hand benutzen. Mit der anderen mußte er sich festhalten. Seine Füße fanden in einem kleinen Loch, das er in der Wand entdeckte, kaum Halt.

Das Lächeln verging ihm. Er atmete durch die zusammengebissenen Zähne. Schweißtropfen bildeten sich auf seiner Stirn.

Endlich ließ sich der Riegel zurückschieben, er konnte die Tür aufstoßen, sich hinausschwingen. Keuchend holte er Luft. Seine Finger schmerzten. Er wurde sich bewußt, daß er es keine Sekunde länger ausgehalten hätte. Aber stärker als der nachträgliche Schrecken war das befreiende Gefühl des Sieges.

Er legte beide Hände vor den Mund und rief in den Aufzugschacht hinunter: „Sabine!“

„Ja?“ Ihre Stimme klang klein und fern.

„Ich habe es geschafft, Sabine! Ich versuche jetzt, die offene Tür zu finden!“ Er drückte sorgfältig die Gittertür zum Schacht zu. Die Flamme des Feuerzeugs erlosch. Aber nur einen Augenblick lang herrschte Finsternis. Dann flammte plötzlich das Licht im Treppenhaus auf, und eine rauhe Stimme dröhnte: „Was treiben Sie denn hier?“

Er fuhr herum, sah sich einem glatzköpfigen Mann gegenüber, der mit einem Knüppel bewaffnet war.

„Darf ich fragen, mit wem ich die Ehre habe?“ Peter war ganz ruhig.

„Ich bin der Hausmeister ...“

„Dann, lieber Mann“, sagte Peter und wischte sich die Hände an seinem Taschentuch sauber, so gut es ging, „kümmern Sie sich um den Aufzug! Wir sind zwischen zwei Stockwerken steckengeblieben!“

Der Hausmeister entgegnete wütend: „Das können Sie alles der Polizei erzählen!“

In seine Worte hinein drang aus dem Fahrstuhlschacht Sabines ängstliche Stimme. „Peter! Peter, wo sind Sie?“

Der Hausmeister lauschte verblüfft, strich sich verlegen über die Glatze und murmelte: „Scheinen ja tatsächlich recht zu haben ...“

„Beeilen Sie sich, Mann!“ drängte Peter Hartmann.

Kurze Zeit später schon fand der Hausmeister den Grund der Panne, und zwei Minuten danach hielt der Fahrstuhl im Erdgeschoß, wo Peter Hartmann sehnsüchtig wartete. Er riß die äußere Gittertür auf, und Sabine flog ihm entgegen. Er legte seine Arme um sie, und Sabine drückte ihren Kopf gegen seine Brust.

Eine noch nie gefühlte Seligkeit erfüllte Peter, als ihr schmaler, warmer Körper sich an ihn schmiegte. Er hoffte, daß dieser Zustand nie enden möge.

„Danke“, hauchte Sabine und drückte ihre weichen Lippen gegen seine Wange, dann löste sie sich schnell.

Verlegen schaute sie jetzt zu Boden, wandte sich um und holte ihre Handtasche, ihren blauen Regenmantel, Peters Jacke und Aktentasche aus der Fahrstuhlkabine.

„Ach, Sie sind es, Fräulein Kortner“, machte sich der Hausmeister bemerkbar.

Sabine sah ihn an und begann zu lachen. „Gut beobachtet, Herr Mühlau!“ Sie wunderte sich, daß sie keinen Groll gegen ihn empfand. „Wenn es nach Ihnen gegangen wäre, säße ich noch immer in dem Käfig.“

„Tut mir leid, aber ich wußte doch nicht ...“

„Schon gut“, unterbrach Peter ihn. „Kann ich mir bei Ihnen die Hände waschen?“

In der Wohnung des Hausmeisters bürstete er sich auch die Hose sauber, aber die breiten schwarzen Ölspuren auf dem weißen Hemd ließen sich nicht beseitigen.

„Sabine, geben Sie mir bitte meine Jacke und die Krawatte.“ sagte er.

Sabine schüttelte schelmisch den Kopf. „Die Krawatte behalte ich!“ Sie wickelte sie sich übermütig um den Hals.

Peter mußte lachen. „Ich gebe zu, sie steht Ihnen besser als mir. Außerdem haben Sie sie wirklich verdient.“

Er zog sich die Jacke über und blickte dann prüfend an sich herunter. Die Schmutzflecken am Hemd waren verdeckt. Sabine reichte ihm seine schmale Aktentasche.

„Und was machen wir mit dem angebrochenen Abend?“ fragte er gutgelaunt, als sie sich von dem Hausmeister verabschiedet hatten und vor einem roten Porsche standen. Es war Peters Wagen.

„Ich weiß nicht ...“ erwiderte Sabine unsicher.

„Aber ich weiß!“ bestimmte Peter lachend. Er öffnete die Tür zum Beifahrersitz.

Da verwarf Sabine alle Bedenken. Sie dachte zum ersten Male nicht an ihre Mutter, die zu Hause auf sie wartete, voller Angst, der Tochter könnte etwas passiert sein. Sabine ließ sich auf den niedrigen Ledersitz gleiten und steckte Peters Krawatte in ihre Manteltasche.

„Was haben Sie denn vor, Peter?“ fragte sie bescheiden, aber doch voller Erwartung.

„Wir fahren in einen Biergarten“, erklärte er und ließ den Motor des offenen Sportwagens an. „Da läßt man mich auch ohne Krawatte hinein ..."

Sabine lachte leise auf. Ich glaube, ich bin verliebt, zum erstenmal in meinem Leben richtig verliebt, dachte sie selig.

Sie fuhren in dem offenen roten Porsche durch den dichten Münchener Abendverkehr, über den Stachus, am Hauptbahnhof vorbei, bogen ab in die Arnulfstraße. Es war ein herrliches Gefühl für Sabine. Sie sah Peters kräftige Hände am Lenkrad, sein beherrschtes männliches Gesicht, und sie fühlte sich sicher in seiner Nähe.

Für einen Augenblick keimte die Hoffnung in ihrem Herzen, Peter möge sie das ganze Leben lang begleiten und beschützen. Aber sofort wischte sie diesen Hoffnungsschimmer weg. Ich darf nicht träumen, ermahnte sie sich.

Peter stellte den Sportwagen auf dem Parkplatz des Biergartens ab. „Vielleicht finden wir einen etwas ruhigen Platz", sagte er, während sie sich zwischen den ersten vollbesetzten Tischen hindurchschlängelten.

An diesem warmen Spätsommerabend war hier Hochbetrieb. Man war fröhlich und laut, aß goldbraune Brathähnchen, danach einen Rettich, genannt „Radi", und trank Bier.

Vollbusige Serviererinnen in Dirndlkleidern transportierten in jeder Hand vier Tonkrüge und schafften sich mit Kommandostimme Platz.

Peter und Sabine fanden am Rand einer Hecke einen kleineren Tisch, der leer war. „Wie für uns geschaffen!" meinte Peter, legte seine Aktentasche mit den Unterlagen des Rechtsanwalts auf einen Stuhl, nahm Sabine den blauen Regenmantel ab und legte ihn darüber. „Bitte, setzen Sie sich, Sabine."

Er winkte einer Serviererin und bestellte zwei Maß Bier und zwei halbe Brathähnchen.

„Ist doch recht?" fragte er Sabine. Sie nickte.

Die Serviererin ging. Sabine und Peter saßen sich gegenüber. Die unbekümmerte Fröhlichkeit war verflogen. Eine merkwürdige Beklemmung herrschte zwischen ihnen. Die Beklemmung zweier Menschen, die sich noch scheuen, ihre Gefühle zu zeigen. Gefühle, die noch so jung und verletzbar ...

„Mit dem Wetter haben wir aber Glück", sagte Peter, als er spürte, daß die wortlose Pause unerträglich lang wurde.

„Ja", antwortete Sabine. „Der Sommer ist uns ja auch noch einiges schuldig."

Peter nickte. Dann war wieder eine Pause. Sabines schöne lange

Hände lagen in einer nervösen Spannung auf der Tischplatte, fast verkrampft. Ihre Augen waren gesenkt.

Peter fühlte, daß sie das gleiche empfand wie er. Aber auch sie fand die richtigen erlösenden Worte nicht.

„Sie sind Chefsekretärin bei Brettschneider?" begann er das Gespräch wieder.

„Wir sind zu viert in der Kanzlei . . ."

„Aber unter den vieren sind Sie die Erste?"

„Ich weiß nicht . . ."

„Sabine, seien Sie doch nicht so bescheiden!" Peter sah das zarte Lächeln, das sich um ihren schön gezeichneten Mund legte. „Macht Ihnen die Arbeit denn Spaß?"

„Ja, sehr. Ich wollte mal selbst Anwältin werden. Aber da war ich noch sehr jung." Ihre Augen wanderten über seine Hände. Er ist nicht verheiratet oder verlobt, dachte sie.

„Warum sind Sie denn nicht Anwältin geworden?" Peter biß sich auf die Unterlippe. Er hätte die Frage am liebsten wieder ausgewischt.

Aber Sabine antwortete sofort. „Mein Vater kam damals ums Leben. Bei einem Unfall. Da hat meine Mutter mich vom Lyzeum genommen und bei einer privaten Handelsschule angemeldet. Nach einem Jahr habe ich dann die Stellung bei Dr. Brettschneider bekommen."

„Sie mußten Geld verdienen?"

„Ja, meine Mutter bezieht nur eine kleine Pension. Und sie hatte auch Angst, ihr könnte etwas passieren, und ich wäre dann ganz allein und ohne Beruf."

„Sie sind das einzige Kind, Sabine?"

„Ja."

Peter lachte plötzlich auf. „Das ist ja das reinste Verhör!" Er sah die Serviererin kommen. „Na, dann wollen wir uns erst mal stärken." Peter spürte, daß seine Worte zu laut waren. Verflucht, dachte er, was ist denn los mit mir? Ich benehme mich wie ein Primaner.

Er bezahlte und hob dann den Bierkrug. Sabine nahm den ihren in beide Hände.

„Auf unsere wundersame Rettung aus dem Fahrstuhl", sagte er leise.

„Auf meinen Helden", entgegnete Sabine, und ein leuchtendes Lächeln glitt über ihr Gesicht.

Für Sekunden sahen sie sich in die Augen. Was für ein Zauberwesen, dachte Peter. Rein und unverdorben. Ohne jede eingelernte Pose. Ganz anders als die auf Hochglanz polierten Mädchen aus dem Tennisclub ...

Während sie das Hähnchen mit den Fingern aßen, sprachen sie nicht. Manchmal nur, wie zufällig, trafen sich ihre Blicke, aber immer wieder wichen sie einander aus.

„Ich glaube, wir müssen uns die Hände waschen“, sagte Peter, nachdem er sich den Mund mit der Serviette abgewischt hatte. „Und ... Oje, das habe ich ja ganz vergessen! Ich sollte ja die Unterlagen ... Schon nach neun Uhr. Mein Vater wird toben! Ich muß gleich mal anrufen. Sabine, bitte entschuldigen Sie ...“ Er sprang auf und verschwand zwischen den Tischen. Sabine sah ihm nach. Mutti wird schon auf mich warten, dachte sie. Sie hat immer solche Angst um mich. Aber heute ist es mir egal. Es ist so schön, mit ihm zusammen zu sein. Es ist so schön, verliebt zu sein ...

Frau Gerda Hartmann saß vor dem Fernsehschirm, ganz gebannt von den aufregenden Abenteuern eines amerikanischen Superdetektivs.

Als sie hörte, wie hinter ihr die Zimmertür geöffnet wurde, war es ihr, als setze ihr Herz einen Schlag lang aus. Sie sprang auf und rief entsetzt: „Wer ist da?“

„Ich bin es“, ertönte die sonore Stimme ihres Mannes aus der Dunkelheit.

„O Paul ... beinahe hast du mich zu Tode erschreckt!“

„Mach den Flimmerkasten aus!“ sagte er gelassen.

Seine Frau gehorchte. Sie wußte, es war besser so. „Wieso bist du überhaupt schon da, Paul? Ich dachte, ihr wolltet heute den Vertragsabschluß machen!“

„Dachte ich auch. Aber wir haben es auf morgen verschieben müssen. Unser Herr Sohn ist samt den Unterlagen verschwunden.“

„Ja, aber hast du denn Dr. Brettschneider angerufen?“

„Habe ich. Dort hat sich niemand mehr gemeldet.“

Frau Hartmann bekam runde Augen vor Entsetzen. „Um Gottes willen ... dem Jungen wird doch nichts zugestoßen sein?“

„Ausgerechnet Peter? Daß ich nicht lache!“ Herr Hartmann ließ sich schwer in einen Sessel fallen. Er hatte eine erstaunliche Ähnlichkeit mit seinem Sohn. Wenn man ihn betrachtete, konnte man sich leicht vorstellen, wie Peter in dreißig Jahren aussehen würde. Sie hatten beide den gleichen kräftigen Körperbau – wenn der alte Hartmann auch im Lauf der Zeit ein wenig in die

Breite gegangen war –, das gleiche dunkle lockige Haar, das bei Herrn Hartmann schon einige weiße Strähnen zeigte, die gleichen nußbraunen Augen. Nur fehlte dem Vater die jungenhafte Herzlichkeit des Sohnes. Seine Lippen waren schmaler, sein Kinn eckiger. Er war vierundfünfzig Jahre alt und stolz auf das, was er erreicht hatte. Der ehemalige Maurer galt heute als einer der reichsten Bauunternehmer Deutschlands. Er hatte es mit Fleiß und Härte geschafft.

„Mach dir keine Sorgen, Gerda", sagte er, „Peter versteht es schon, auf sich aufzupassen. Schließlich ist er kein Kind mehr, begreife das doch endlich, er ist sechsundzwanzig Jahre alt."

„Aber mit dem Auto ..."

„Unsinn!"

Frau Hartmann war fünf Jahre jünger und einen Kopf kleiner als ihr Mann, hatte ein hübsches gepflegtes Gesicht unter dezent blondiertem Haar, dem man ansah, daß sie den Kampf gegen das Altern mit unerschütterlicher Tapferkeit führte.

„Ich vermute eine Weibergeschichte dahinter!" erklärte Paul Hartmann bestimmt.

Gerda Hartmann wurde nachdenklich. „Du, da werde ich mal Gisela Schneider anrufen!"

„Gisela? Was hat denn die damit zu tun?"

„Ich glaube, Gisela ist genau Peters Typ."

„Unsinn! Sag lieber, Gisela ist genau der Typ, den du dir als Schwiegertochter wünschst."

„Du etwa nicht? Schließlich arbeitest du mit ihrem Vater seit Jahren großartig zusammen. Wenn die beiden ein Paar würden, könnte deine Hoch- und Tiefbaugesellschaft sich mit seinem Architektenbüro liieren und ..."

Herr Hartmann hatte sich eine Zigarre angesteckt. „Hör auf damit, Gerda. Bring mir lieber was zu trinken. Ich habe einen schweren Tag hinter mir."

„Aber du wirst doch zugeben ..."

„... daß Gisela eine blendende Partie ist."

Frau Hartmann ging zur Hausbar des kostspielig eingerichteten Zimmers, schenkte ihrem Mann einen gut bemessenen Kognak ein. „Nicht nur das. Gisela ist auch ein sehr liebes Mädchen. Und sie hat Format! Spielt Tennis, fährt einen eigenen Wagen, trägt nur Modellkleider. Sie studiert und kann über alles sprechen. Und außerdem hat ihr Vater Geld. Peter könnte mit ihr sehr glücklich werden."

„Aber nur, wenn du endlich aufgibst, die beiden zu verkuppeln."

Gerda Hartmann reichte ihrem Mann das Glas. „Na, hör mal, Paul. Wärst du denn damit einverstanden, wenn er sich in irgendein hergelaufenes Ding verlieben würde? Ein Mädchen aus kleinen Verhältnissen, vielleicht . . .“

„Ich würde schon Mittel und Wege finden, das zu verhindern.“ Herr Hartmann nahm einen kräftigen Schluck.

„Na also“, sagte sie befriedigt, „dann kannst du auch nichts dagegen haben, daß ich Gisela Schneider anrufe.“

„Tu, was du nicht lassen kannst“, brummte Herr Hartmann.

Seine Frau war schon auf die Diele hinaus zum Telefon gelaufen. Es stand in der Diele, weil Paul Hartmann in seinem Privathaus nirgendwo anders ein Telefon duldete.

Nach einigen Minuten kam Gerda Hartmann wieder. Sie machte ein betrübtes Gesicht. „Nein, Paul, bei Gisela Schneider ist er auch nicht. Er läßt sich überhaupt nicht mehr bei ihr sehen, sagt Gisela . . .“

„Und du willst die beiden verkuppeln!“ brummte Hartmann und blätterte weiter in einer Fachzeitschrift für das Bauwesen.

„Sie passen doch so gut zueinander“, meinte Frau Hartmann beharrlich. „Und Gisela scheint unseren Peter auch sehr gern zu haben. Ich finde . . .“

Ihr Satz wurde vom Schrillen des Telefons abgeschnitten. Paul Hartmann rührte sich nicht. Er wußte, daß seine Frau in jedem Fall schneller war, wenn es sich um das Telefon handelte.

„Es ist Peter!“ rief sie laut von der Diele aus.

Es verging nur kurze Zeit, da erschien sie wieder im Zimmer und setzte sich ihrem Mann gegenüber. „Peter läßt sich entschuldigen. Er sagt, es sei etwas Wichtiges dazwischengekommen.“

„Und was, bitte?“ fragte Hartmann, ohne aufzusehen.

„Das will er uns morgen erklären. Er kommt zum Frühstück.“

Hartmann blätterte weiter. „Wenn es nicht wirklich etwas Wichtiges ist, kann der Junge sich aber auf etwas gefaßt machen.“

„Paul, sei doch froh, daß ihm nichts passiert ist!“ Wie so oft versuchte sie, Peter vor seinem Vater in Schutz zu nehmen.

„Geschäft ist Geschäft!“ erwiderte er kühl. „Fast wäre mir ein Auftrag geplatzt, weil mein Herr Sohn mit den Unterlagen von Dr. Brettschneider nicht zur verabredeten Verhandlung mit den Chemieleuten erschienen ist.“

„Worum geht es denn, Paul?“

„Um einen Bauauftrag von knapp hundert Millionen Mark, mein Schatz!“

Peter kam zurück an den Tisch und setzte sich mit einem Seufzer der Erleichterung. „Das Donnerwetter ist verschoben auf morgen", sagte er und hob seinen Bierkrug. „Na ja, enterben wird mich der Alte ja nicht gleich. Prost!"

„Ist es denn so schlimm?" fragte Sabine. „Ich meine, was Sie vergessen haben . . ."

„Es geht um einen Bauauftrag von fast hundert Millionen Mark", sagte Peter leichthin und stellte den Krug ab.

„Mein Gott!"

„Sabine, lassen wir das. Sprechen wir von etwas anderem."

„Peter, ich möchte mir auch die Hände waschen. Ich habe gewartet, wegen der Aktentasche mit den Unterlagen . . ."

Ehe er noch etwas sagen konnte, war sie schon weg. Es ist unfaßbar! dachte er. Sie hat mich verzaubert . . . Ich vergesse sogar den Millionenauftrag. Fast zum Lachen . . . Aber es ist ernst, ich spüre es . . . Sie ist das erste Mädchen, bei dem ich das Gefühl habe: Ihr kann ich mich anvertrauen. Sie ist so offen, ohne jede weibliche List . . .

Gedankenverloren starrte er über die Tische des Biergartens. Er hörte nicht das laute Treiben, das röhrende Lachen biergefüllter Männer. Er erwachte erst wieder, als Sabine an den Tisch kam. Sie hatte sich gekämmt und ein bißchen Lippenstift aufgelegt. Keine Schminke war sonst auf ihrem frischen natürlichen Gesicht.

„Jetzt habe ich aber Durst", sagte sie und erfaßte mit einer Hand den Bierkrug. Über den Rand hinweg sah sie Peter an. Die Lampen des Biergartens spiegelten sich in ihren Augen wie Sterne.

Plötzlich begann der Krug in ihrer Hand zu zittern, drohte umzukippen. Peter griff zu, seine Hand berührte die ihre, blieb auf ihr liegen. Langsam senkte sich der Bierkrug, kam mit einem dumpfen Laut auf dem Tisch zum Stehen. Aber ihre Hände lagen noch immer zusammen, und ihre Augen hielten noch immer einander fest.

„Sabine . . ." flüsterte er.

„Peter . . ."

In diesen Sekunden war die lärmende Umwelt für sie versunken wie hinter einer Glaswand.

Ganz sanft lag ihre schmale Hand zwischen seinen liebkosenden Fingern. Er hob sie hoch, führte sie an seine Wange, an seine Lippen.

„Peter, bitte . . ." Sie wollte ihm die Hand entziehen. Aber eine heiße Welle lief durch ihren Arm, durch ihren Körper. Das Blut begann in ihren Ohren zu rauschen. Wie in einem seligen Rausch fühlte sie sich. Peter, ich liebe dich, ich liebe dich ... pochte ihr Herz.

Ihre Finger begannen seine Haut zu streicheln. Peter schloß die Augen. Wie ein Wunder kam die Liebe ... dachte er. Das ist kein kitschiger Schlagertext. Das ist die Wirklichkeit. Und sie ist herrlich!

„Sabine, ich ... ich glaube, ich bin verliebt“, sagte er leise.

Da begannen ihre Augen feucht zu glänzen.

„Aber Sabine, du weinst ja ...“

„Ich bin so glücklich“, hauchte sie und schämte sich der Tränen nicht, die ihr über die Wange liefen.

„Ich war noch nie verliebt ... so wie jetzt ...“

„Sabine, laß uns gehen.“

Ihre Hände lösten sich voneinander. Peter legte ihr den Mantel über die schmalen Schultern, nahm seine Aktentasche auf. Sabine griff nach ihrer Handtasche und folgte ihm. Sie gingen zu seinem Wagen und stiegen ein.

„Willst du nach Hause?“ fragte er.

„Meine Mutter wird warten ...“ Nach einer Pause fuhr sie fort: „Peter, bis heute war ich eine gehorsame Tochter, die spätestens um zehn Uhr zu Hause war.“

„Bis heute ...“ Er lächelte, aber als er sie dann voll ansah, war er ernst. „Sabine, ich möchte mit dir zusammensein. Nicht nur heute. Und nicht nur bis um zehn.“

„Ja, Peter, ich möchte es auch ... Peter, ich ... ich habe noch nie einen Freund gehabt. Meine Mutter wollte es nicht ...“

Peter horchte auf. „Verstehst du dich mit deiner Mutter nicht?“

„Doch. Sie meint es gut mit mir. Zu gut. Manchmal fühle ich mich wie eine Gefangene. Ich bin zwanzig Jahre alt ...“

„... und schön. Sabine, ich muß deiner Mutter sogar dankbar sein. Vielleicht wärst du sonst schon vergeben.“

Sie lächelte. „Wo willst du noch hin? Ohne Krawatte?“

„Die brauche ich auch nicht.“ Er startete. „Ich will mit dir allein sein. Irgendwo ...“

Sie fuhren durch die erleuchteten Straßen. An einer dunklen Stelle am Rand eines Parks hielt Peter. Er stellte den Motor ab und schaltete die Scheinwerfer aus.

Sekundenlang saßen sie still, nur ihre Atemzüge waren zu hören. Dann zog er sie sanft an sich.

Ihr Kopf legte sich auf seine Schulter. Seine Hand suchte die ihre. So verharrten sie. Sie sahen in den sternenklaren Himmel, und jeder spürte den anderen.

Es war unendlich schön, nur so dazusitzen. Sie sprachen kein Wort, und sie küßten sich nicht.

Irgendwo sang eine Nachtigall.

Wie romantisch ... dachte Peter plötzlich, aber dann wurde dieser Gedanke hinweggespült von einer Woge des Glücks.

Sie wußten nicht, wie lange sie so saßen. Peter war es, der zuerst sprach. „Sabine, ich glaube, du mußt jetzt wirklich nach Hause."

„Ja, ich glaube auch ..."

Sie fuhren zurück in die Stadt. Es war kurz vor Mitternacht, als sein Sportwagen in der Goethestraße vor dem alten Mietshaus hielt, in dem Sabine mit ihrer Mutter in einer engen dunklen Wohnung lebte.

Er ließ das Steuer los, nahm sie noch einmal in die Arme. Und sie küßten sich. Der erste herrliche Kuß voll trunkener Seligkeit. Endlich lösten sie sich.

„Jetzt muß ich wirklich gehen, Peter", sagte sie und strich sich das Haar aus dem Gesicht. „Es ist furchtbar spät geworden."

„Wann sehen wir uns wieder?"

„Wann du willst!"

„Morgen?"

Sie zögerte einen Augenblick, dann wurde ihr klar, daß vierundzwanzig Stunden ohne Peter eine sehr lange Zeit sein würden. „Gut. Morgen."

„Kann ich dich anrufen?"

„Zu Hause haben wir kein Telefon. Und in der Kanzlei ... Nein, Peter, lieber nicht! Dr. Brettschneider sieht das nicht gern. Er kann sogar sehr böse werden."

„Gut. Dann machen wir gleich etwas aus. Morgen abend um sieben Uhr. Ich hole dich hier ab."

„Nein, Peter, du weißt ja, meine Mutter ..."

„Sie wird sich mit meiner Existenz vertraut machen müssen!"

„Natürlich. Aber das geht nicht so schnell. Laß ihr Zeit."

„Wenn du meinst ..."

„Ja. Peter. Treffen wir uns doch vor dem Nationaltheater. Punkt sieben Uhr. Einverstanden?"

„Du wirst mich doch nicht versetzen?"

„Peter!"

„Es kommt mir alles immer noch so ... so unwahrscheinlich vor!"

„Ist es ja auch", sagte sie glücklich, „wenn ich nur daran denke, daß wir bis heute abend noch nie ein persönliches Wort miteinander gesprochen haben ..."

Sie küßten sich noch einmal. Es war einer jener wundervollen Küsse, die kein Ende nehmen wollen.

„Jetzt aber genug!" Sie riß sich energisch los. „Gute Nacht, Peter ... ich muß jetzt wirklich gehen!" Sie öffnete die Autotür.

„Bis morgen, Sabine! Halt! Meine Krawatte!"

„Nichts da! Die behalte ich!" Sie zog die Krawatte aus der Manteltasche und legte sie sich mit einem übermütigen Lachen um den Hals. „Bis morgen!"

Er blieb sitzen, sah ihr nach, wartete, bis sie die Haustür aufgeschlossen hatte. Sie drehte sich noch einmal um, winkte.

Dann war sie verschwunden.

Mit einem schweren Seufzer gab er Gas, zuviel Gas. Der Motor heulte auf. Dann schoß der Wagen vorwärts ...

Sabine summte vor sich hin, während sie die Treppe hinaufschritt. Sie fühlte sich seltsam verzaubert, wie im siebten Himmel. Ein solches Gefühl, wie es sie jetzt durchdrang, hatte sie noch nie empfunden. Alle Sorgen waren weit entrückt. Strahlend und wunderbar schienen das Leben und die Zukunft vor ihr zu liegen.

Immer noch summend, steckte sie den Schlüssel in das Schloß der Wohnungstür. Sie schrak zusammen, als die Tür plötzlich von innen aufgerissen wurde. Der Schlüsselbund fiel klirrend zu Boden.

Ihre Mutter stand vor ihr, eine hagere, energiegeladene Gestalt in einem verblichenen Morgenrock. „Wo hast du dich herumgetrieben?"

Die Ernüchterung kam zu jäh. Sabine fand keine Worte.

„Willst du mir keine Antwort geben?" schrie Frau Kortner.

„Aber Mutti ... ich ... laß dir doch erklären ..."

„Du warst bei einem Mann!"

„Mutti, ich bitte dich ..."

Frau Kortner ergriff ihre Tochter beim Arm, zerrte sie in die Wohnung. „Herein mit dir! Soll das ganze Haus von unserer Schande erfahren?"

Sabine bückte sich, hob ihren Schlüsselbund auf und ließ sich willenlos in die kleine Diele zerren.

„Wo du gewesen bist, will ich wissen!" fauchte Frau Kortner. „Wie heißt der Mann?"

„Aber Mutti, laß mich doch erst mal zu Atem kommen ..."

„Und getrunken hast du auch! Während ich hier vor Sorge um

dich vergangen bin! Weißt du eigentlich, wie spät es ist? Gleich zwölf Uhr! Mitternacht!"

„Mutti, ich ... bitte, hör mich doch an! Ich kann nichts dafür, wirklich nicht! Der Aufzug ist steckengeblieben und ..."

„Lüg mich nicht an! Verkommene Augen, verschmierter Lippenstift, eine Männerkrawatte um den Hals! Wie eine Hure siehst du aus! Weißt du, wo du enden wirst, wenn du so weitermachst? Im Mütterheim! Wie deine Tante! Du kennst doch die Geschichte meiner Schwester Emmy ... Sie hat sich herumgetrieben. Mit Männern! Genau wie du!"

Sabine schloß die Augen. Warum muß sie alles kaputtmachen? dachte sie verzweifelt. Es war so schön heute abend mit Peter. Mit einer müden Bewegung hängte sie ihren Mantel auf, legte ihre Tasche auf den Flurtisch.

„Sag doch etwas!" herrschte ihre Mutter sie an.

Sabine fühlte einen Kloß in ihrer Kehle. Sie kämpfte gegen die Tränen an.

„Hab' ich also recht!" Frau Kortner zerrte ihre Tochter in die Küche. „Meine einzige Tochter ist eine, eine ..." Sie sprach den Satz nicht zu Ende. „Wie meine Schwester!"

„Tante Emmy hat doch nur ein Kind ...", versuchte Sabine zu widersprechen.

„Nur ein Kind!" kreischte die Mutter. „Unehelich war es! Ein gottverdammter Bankert!"

„Mutti, bitte ..." Sabine hob flehend die Hände. „Ich weiß, du meinst es nur gut mit mir. Aber warum bist du so ungerecht?"

Ihre Mutter hörte gar nicht zu. Sie stand am Herd und zitterte vor Erregung. „Ich habe sie im Mütterheim besuchen müssen ... Draußen in Nymphenburg. Oh, wie hab' ich mich geschämt! Eine Schande! Und jetzt meine Tochter ... Genau das gleiche!" Plötzlich schrie sie wieder: „Wie lange bist du schon mit dem Kerl zusammen?"

Sabine sah das verzerrte Gesicht ihrer Mutter. Sie tat ihr leid in diesem Moment, aber sie fühlte auch, daß die Grenze des Ertragbaren erreicht war.

„Mutti, es ist mein Leben ..."

„Dein Leben! Ja, aber ich werde verhindern, daß du es an einen Mann wegwirfst. Ich werde es verhindern, solange ich lebe! Ich möchte meine Tochter nicht in einem Mütterheim besuchen müssen, wo die Dirnen ihre Sündenbrut zur Welt bringen. Meine Schwester hat die Windeln fremder Kinder waschen müssen, weil niemand mehr etwas von ihr wissen wollte. Eine Ausgestoßene war sie!"

„Mutti, das stimmt doch nicht ... Und überhaupt: Warum sollte ich denn in ein Mütterheim? Was soll der Vergleich mit Tante Emmy?"

„Schweig! Du bist genauso verkommen ... Meine Tochter! Ich habe dich in Ehren aufgezogen ..."

Plötzlich griff sie nach der Krawatte, die locker um Sabines Hals geschlungen war. „Gib den Fetzen her!"

Sie zerrte daran. Sabine wehrte sich. Mit einer heftigen Bewegung entriß sie ihrer Mutter die Krawatte. „Nein!" Sabine war unnatürlich ruhig in diesem Moment. „Ich geb' sie nicht her."

„Dein Sündenlohn, was?" Die Mutter schrie wie rasend. „Es war das letztemal. Von morgen an kommst du sofort nach Büroschluß nach Hause und gehst nicht wieder weg. Ich werde aufpassen auf dich wie ..."

„... wie auf eine Gefangene", unterbrach Sabine ruhig. „Nein, Mutti, ich bin zwanzig Jahre alt ..."

„Du wagst es noch?" schrie Frau Kortner außer sich. „Du willst nicht gehorchen?" Ganz plötzlich kam der Schlag.

Sabine fühlte, wie ihre Wange zu brennen begann. Rote Funken tanzten vor ihren Augen. Und dann zerriß etwas in ihr. „Nein!" schrie sie zurück. „Nein! Jetzt ist es aus. Ich gehe. Gleich! Ich lasse mich nicht länger von dir schikanieren. Ich will endlich wie ein erwachsener Mensch leben ..."

Sie schoß an ihrer Mutter vorbei über den winzigen Flur in ihr Zimmer. Sie riß einen Koffer vom Schrank, riß die Tür auf, riß wahllos Kleider heraus ...

„Ich gehe", flüsterte sie dabei tonlos wie in einem Rausch. „Ich halte es nicht länger aus. Ich will endlich glücklich sein dürfen ... Ich gehe. Und wenn ich auf der Straße übernachten muß ..."

Frau Kortner war ihrer Tochter in das kleine Zimmer gefolgt. Sie starrte auf Sabine, die Kleider, Röcke, Pullover, Unterwäsche aus dem Schrank riß und in einen Koffer stopfte.

„Aber Sabine", rief Maria Kortner fassungslos, „das kannst du doch nicht ... Du kannst doch nicht einfach fort! Mitten in der Nacht!"

„Und ob ich das kann!" schleuderte Sabine ihrer Mutter entgegen.

Frau Kortner begriff, wie ernst es Sabine war. Sie entschloß sich, weichere Töne anzuschlagen. „Du willst mich also wirklich ... allein lassen?"

Sabine schwieg verbissen, drückte den Deckel des kleinen Koffers zu.

„Nach allem, was ich für dich getan habe?" rief ihre Mutter.

„Ja, nach allem!" Sabine richtete sich auf. „Du hast mich aufgezogen, das war großartig von dir! Nachträglich noch meinen herzlichen Dank! Schließlich hättest du mich auch gleich nach der Geburt aussetzen können!"

„Sabine!"

„Laß mich doch in Ruhe, wenn du die Wahrheit nicht hören kannst! Ewig appellierst du an meine Dankbarkeit, an meine töchterliche Liebe, an meine Verpflichtung dir gegenüber! Ja, ja, ich habe dich lieb, du bist ja meine Mutter, und ich bin dir auch dankbar! Aber das alles gibt dir doch kein Recht, mich zu versklaven!"

„Du weißt nicht mehr, was du redest, Kind!"

„O doch! Hundertmal habe ich dir das schon sagen wollen, aber immer wieder habe ich geschwiegen, alles in mich hineingefressen. Weil ich dir nicht wehtun wollte. Ich weiß ja, du meinst es gut mit mir. Aber so geht es einfach nicht weiter. Ich ertrage es nicht länger!"

Frau Kortner verzog die schmalen Lippen. „Ich wußte gar nicht, daß dein Leben ein solches Martyrium ist."

„Eben!" Sabine nickte heftig. „Nichts weißt du, gar nichts! Du glaubst, es genügt mir, die ganze Woche über nur zu arbeiten und dann am Wochenende mit dir spazierenzugehen. Vielleicht auch mal ins Kino. Mit dir selbstverständlich! Du bildest dir ein, daß ich glücklich sein muß, weil du für mich kochst, mir meine Blusen bügelst. Aber zum Glück, liebe Mutti, gehört doch etwas mehr."

„Ein Mann?"

Sabine lächelte sarkastisch. „Gratuliere! Du hast mein Problem auf den einfachsten aller Nenner gebracht!"

„Ach, jetzt verstehe ich! Es ist also meine Schuld, daß du noch nicht den richtigen gefunden hast?"

„Genau. Denn du gibst mir gar keine Gelegenheit, mich umzuschauen. Als ich neulich zu Trudis Geburtstagsparty wollte, bekamst du wieder deine berühmte Migräne . . ."

„Willst du mir etwa auch darauf einen Vorwurf machen?"

„Nein! Ich behaupte ja nicht, daß du Theater spielst. Ich versuche dir nur klarzumachen, daß es so einfach nicht weitergeht. Ich will endlich mein eigenes Leben leben! Nicht immer deine vorwurfsvollen Fragen hören. Nicht immer um Erlaubnis bitten müssen, wenn ich etwas unternehmen will!"

Frau Kortner trat näher. „Nun, wenn es nur das ist, Sabine, ich verspreche dir . . ."

„Versprich doch nichts, was du nicht halten kannst! Du wirst dich nie ändern. Ich verlange das auch gar nicht. Laß mich fort, Mutti! Laß uns auseinandergehen ohne Groll und ohne Feindschaft."

„Soll ich etwa tatenlos zusehen, wie du mit offenen Augen in dein Unglück rennst? Wer ist dieser Mann überhaupt?"

„Ach, Mutti, es geht jetzt doch gar nicht um einen Mann!"

„Mach mir doch nichts vor, Kind! Jemand muß dich gegen mich aufgehetzt haben. Wer? Erzähl mir alles! Ich habe ein besseres Urteilsvermögen als du."

Sabine legte beide Hände auf die mageren Schultern der Mutter, schüttelte sie leicht. „Mutti! Kannst du denn nicht begreifen, daß ich mein eigenes Leben leben, meine eigenen Erfahrungen machen, meine eigenen Enttäuschungen durchstehen will?"

Frau Kortners blaßblaue Augen füllten sich mit Tränen. „Ich will dich doch nur behüten . . ."

„Ja, das weiß ich. Aber versteh endlich, daß ich nicht mehr behütet sein will!"

Frau Kortner lächelte schwach. „Ich glaube, es war gut, daß wir uns einmal richtig ausgesprochen haben, Kind. Ich hatte ja keine Ahnung von alledem, was in deinem kleinen Kopf herumspukt. Aber nun sei brav, pack deinen Koffer wieder aus . . ."

Sabine wurde von zwiespältigen Gefühlen hin- und hergerissen. Sie ärgerte sich, daß sie sich überhaupt auf eine Auseinandersetzung mit der Mutter eingelassen hatte, anstatt einfach die Wohnung zu verlassen. Jetzt hatte sie sich ihren Zorn von der Seele geredet, ihre Empörung war verraucht. Jetzt wäre es ihr unnatürlich erschienen, den Wunsch der Mutter nach Versöhnung abzuschlagen. Andererseits fühlte sie sich sogar erleichtert. Es wäre ihr doch sehr schwergefallen, die Geborgenheit ihres Heims zu verlassen und sich mitten in der Nacht ein Zimmer zu suchen. Wo denn?

„Ich verspreche dir", sagte Frau Kortner und wischte sich die Tränen aus dem Gesicht, „von nun an darfst du tun und lassen, was du willst. Du hast ja recht, schließlich bist du erwachsen. Du brauchst mir auch kein Wort über den Mann zu erzählen, wenn du nicht willst." Fast im gleichen Atemzug fügte sie hinzu: „Wie heißt er eigentlich?"

Sabine mußte wider Willen lächeln. „Ach, Mutti, du bist unverbesserlich!" Sie schloß ihre Mutter zärtlich in die Arme. Und sie konnte es nicht länger zurückhalten, „Mutti, ich bin verliebt! Richtig verliebt!"

„Sabine, mein Kind!" mahnte die Mutter. „Ich bitte dich, wirf dich nicht weg ... an einen Mann!"

Peter Hartmann fuhr vorsichtig, wenn auch mit überhöhtem Tempo, durch die nächtlichen Straßen Münchens. Sein Herz und seine Gedanken waren bei Sabine. Er spürte noch das Glücksgefühl des ersten Kusses vor ihrer Haustür. Er glaubte noch die Wärme ihres jungen Körpers zu fühlen.

Er sah sie vor sich, die biegsame, schmale Gestalt, das stille helle Gesicht mit den großen blauen Augen. O Sabine! Ich liebe dich ...

Er hätte es herausschreien können. Sein Herz lief über von Glück.

Die Reifen seines Porsche quietschten empört, als Peter ihn mit einer übermütigen Bewegung um die Ecke riß, in die Widenmayerstraße hinein.

Der Wagen schoß vorwärts, etwa zweihundert Meter weit. Plötzlich trat Peter mit aller Kraft auf die Bremse. Die Reifen schrien auf ...

Fast wäre er in einen unbeleuchteten uralten BMW hineingefahren, Peter starrte verblüfft durch die Windschutzscheibe. Und im nächsten Augenblick schon sah er sich von einer Schar grölender Burschen umringt.

„Unser verlorener Sohn!"

Peter holte erst mal tief Luft, ehe er sprach. „Ihr seid wohl verrückt geworden! Macht hier nicht solch einen Krach! Mitten in der Nacht ..."

Die Burschen schlugen ihm lachend auf die Schultern. Es waren Freunde von Peter, Freunde aus dem Tennisclub.

„Mensch, alter Junge!" schrie Udo, der überall das große Wort führte. „Seit 'ner Viertelstunde stehen wir vor deiner Tür wie verliebte Troubadoure."

Peter hielt sich lachend die Ohren zu. „Schreit doch nicht so!"

„Wir wollen noch feiern!" erklärte Udo lautstark. „Stell dir vor ..."

„... ich werde Vater", schaltete sich ein hagerer rotblonder Jüngling ein. Peter kannte ihn, den Sohn eines Generaldirektors, nur flüchtig.

„Maxl, unser Schwerenöter, wird Vater!“ Udo hieb dem Rotblonden kräftig ins Kreuz. „Seit vier Wochen verheiratet und schon Vater!“

„Na, ja“, sagte Maxl kleinlaut. „Susi und ich haben es schon etwas früher gewußt.“

„Macht nichts!“ Udo drängte die Freunde zu seinem BMW-Dixie. „Man soll die Feste feiern, wie sie fallen ... Los, wir fahren alle mit meiner rollenden Gartenlaube!“

Peter griff nach der Aktentasche mit den Unterlagen. „Ich muß das erst raufbringen.“ Er stieg aus.

„Aber wehe dir, du kommst nicht wieder runter!“ Udo lachte. Peter kam. Oben, in seinem Junggesellen-Appartement, hatte er sekundenlang überlegt, ob er nicht tasächlich die Freunde versetzen sollte. Er wäre viel lieber allein geblieben mit seiner Sehnsucht nach Sabine ... Doch Peter befürchtete, daß die vier Burschen keine Ruhe geben würden.

„Aber nicht lange“, sagte er, als er sich in das alte Gefährt zwängte. „Ich muß morgen früh raus.“

Sie fuhren zum Tennisclub. In der Bar des Clubhauses war noch Hochbetrieb. Die fünf Freunde setzten sich an einen runden Tisch, und Udo grölte: „Eine Runde Whisky! Maxl zahlt heute alles!“

Ein fröhliches Gelage begann. Langsam fand auch Peter seine gute Laune wieder. „Prost!“ rief er plötzlich aus. „Auf die Mädchen, die wir lieben!“

Plötzlich fühlte er einen weichen, warmen Arm, der sich um seinen Hals legte. „Und auf die Männer, die wir lieben“, hauchte eine rauhe vibrierende Stimme.

Peter drehte sich überrascht um. Er sah in das schöne, sorgfältig geschminkte Gesicht von Gisela Schneider.

Sie lachte ihr girrendes aufreizendes Lachen und trank aus einem flachen Champagnerglas. „Speziell auf unseren verlorenen Sohn.“

Peter fand endlich seine Sprache wieder. „Was soll der Quatsch eigentlich? Auch Udo hat schon vom verlorenen Sohn gefaselt.“

„Ach, du weißt es noch gar nicht?“ Gisela ließ sich auf den freien Stuhl neben ihm nieder, schwang die langen Beine übereinander und strich ihr dünnes Seidenkleid glatt. „Deine Mutter hat bei mir angerufen und nach dir gefragt. Du seist spurlos verschwunden, hat sie gesagt ...“

Sie trank und sah Peter über das Champagnerglas hinweg an. Die Augen unter den langen getuschten Wimpern schimmerten grünlich. „Ich habe in ganz München nach dir gesucht. Per Telefon. Dann bin ich hierher gefahren."

„Nett von dir", sagte Peter kühl. „Aber deine Sorge war ganz unnötig."

„Peter . . .", Gisela verschluckte, was sie sagen wollte. Sie richtete sich auf und preßte die Lippen zusammen. „Hast du eine Zigarette für mich?" fragte sie unvermittelt.

Peter zog ein zerknittertes Päckchen aus der Jackentasche. Gisela griff mit ihren manikürten Fingern nach einer der schwarzen Zigaretten und sah Peter erwartungsvoll an.

„Ach ja, Feuer . . . Entschuldigung!" Er suchte nach seinem Feuerzeug, bis ihm einfiel, daß es auf einem Mauervorsprung im Fahrstuhlschacht des alten Bürohauses stand. In dem Haus, wo er und Sabine im Fahrstuhl steckengeblieben waren und wo ihre wundervolle Liebe begonnen hatte.

Peter lächelte versonnen. „Tut mir leid, Gisela . . ."

Sie warf die Zigarette auf den Tisch. Die Freunde hatten sich inzwischen an die Bar zurückgezogen, wo Charly, der Mixer, jetzt alle Hände voll zu tun hatte.

„Tanz mit mir", sagte Gisela in flehendem und doch fast befehlendem Ton.

Peter zögerte. Er spürte einen bohrenden Unwillen, aber er wußte, er konnte Gisela keinen Korb geben. „Wenn du willst", sagte er knapp und stand auf.

Sie tanzten nach einer Bluesmelodie. Giselas schlanker, doch wohlgeformter Körper drängte sich vom ersten Takt an fest gegen Peter. Seine Hände lagen um ihre Taille, als berührten sie glühendes Eisen.

Was für ein Unterschied, dachte Peter. Diese ekelhafte Routine eines verwöhnten Partygirls . . . Und dagegen die unverdorbene Natürlichkeit von Sabine . . .

„Bitte, sei mir nicht böse", sagte er, als die Platte zu Ende war. „Ich möchte nach Hause. Ich bin müde."

„Nimm mich mit", sagte Gisela und ließ ihre warmen, nackten Arme um seinen Hals.

„Ich bin ohne Wagen hier."

„Dann nehmen wir ein Taxi." Gisela legte all ihren verführerischen Charme in ihr Lächeln. Wortlos ging Peter. Gisela holte ihren Mantel und ihre Handtasche und lief ihm hinterher.

Sie mußten bis zum Taxistand an der nächsten Ecke laufen. Gisela hakte sich bei Peter ein und schmiegte sich eng an ihn.

Als sie im Taxi saßen, sagte Peter zu dem Chauffeur: „Erst zur Mauerkircherstraße."

„Dummkopf!" zischte Gisela leise. „Das wirst du noch bereuen!"

Peter blieb ungerührt. Er sprach kein Wort, bis der Wagen vor dem prunkvollen Haus des Architekten Schneider hielt. Erst als Gisela hastig ausstieg, sagte er mechanisch: „Auf Wiedersehen ..." Doch das schöne Mädchen stöckelte grußlos und zornbebend davon.

„Jetzt zur Widenmayerstraße", sagte Peter. Hier, in einem der hohen alten Häuser, befand sich das kleine geschmackvoll eingerichtete Junggesellen-Appartement, das er seit fast einem Jahr bewohnte. Er kam eigentlich nur noch an Wochenenden in das Haus seiner Eltern.

In dieser Nacht träumte Peter von Sabine. Und der erste Gedanke am nächsten Morgen hieß auch Sabine ...

Er wusch sich, rasierte sich und zog sich an. Dann stieg er in seinen Porsche, um, wie verabredet, zu seinen Eltern zu fahren. Er sollte erklären, warum er am Abend zuvor mit den Vertragsunterlagen von Rechtsanwalt Dr. Brettschneider nicht zur Besprechung mit den Chemieleuten erschienen war ...

Weil ich Sabine kennengelernt habe, dachte er glücklich.

Es fiel ihm schwer, seine Gedanken von ihr loszureißen. Erst als er in die Harthauserstraße einbog, wurde ihm klar, daß er besser daran täte, seine Gedanken auf das bevorstehende Gespräch mit seinen Eltern zu konzentrieren.

Er parkte vor der Einfahrt. Die Villa seiner Eltern, ein mächtiger weißer Würfel, lag inmitten eines parkartigen Gartens. Die Aktentasche mit den Unterlagen in der Hand, lief Peter um das Haus herum, die Stufen zur Terrasse hinauf. Er klopfte gegen das Glas der offenen Flügeltür und rief: „Hallo! Hier bin ich! Guten Morgen!"

Die Eltern saßen am Frühstückstisch. Gerda Hartmann sprang hastig auf, der Tisch kam ins Schwanken, Kaffeetassen klirrten. „Peter!" rief sie. „Wir haben uns gestern abend solche Sorgen um dich gemacht!"

Er küßte seine Mutter zärtlich auf die Wange. „Lieb von euch, aber absolut unnötig! 'n Morgen, Papa!"

„Was war los gestern abend?" fragte Paul Hartmann energisch. „Hast du eine Panne gehabt?"

„Nein ... wir sind mit dem Aufzug steckengeblieben!"

„Wer wir?" fragte Herr Hartmann.

„Eine Sekretärin von Dr. Brettschneider und ich. Die Alarmanlage hat auch nicht funktioniert. Wir haben gewartet und gewartet, aber niemand kümmerte sich um uns. Schließlich wurde es mir zu dumm, und ich bin hinausgeklettert."

„Und das Mädchen?" schaltete sich Frau Hartmann ein.

„Habe ich natürlich auch herausgeholt."

„Und dann", fragte Frau Hartmann, „seid ihr zusammen etwas trinken gegangen, um euch von dem Schreck zu erholen, ja? Ich verstehe das alles, Peter, aber ich finde doch, du hättest gleich anrufen sollen!"

„Tut mir leid, Mama, aber ..."

Herr Hartmann unterbrach ungnädig. „Hast du die Unterlagen?"

„Ja. Hier." Er klopfte auf die Aktentasche, die er noch immer in der Hand hielt. „Dr. Brettschneider hat den Vertrag vorbereitet."

„Das Gespräch mit den Chemieleuten ist auf heute vertagt."

„Waren die Herren sehr ungehalten?" fragte Peter lächelnd. Aber er fühlte sich etwas unsicher. Die Ruhe seines Vaters kam ihm nicht ganz geheuer vor.

„Ich habe die Chemieleute mit einer Flasche französischem Kognak und ein paar guten Zigarren bei Stimmung gehalten. Die Auslagen dafür ziehe ich dir vom nächsten Gehalt ab."

„Papa meint es nicht so, Peter", sagte Frau Hartmann rasch. „Das ist nur wieder einer seiner Witze. Wir sind ja beide froh, daß dir nichts passiert ist. Auch Gisela war ganz besorgt, als ich ihr von deinem Verschwinden erzählte!"

Peter Hartmann setzte sich an den Frühstückstisch und goß sich Kaffee ein. „Wie kommst du eigentlich dazu, ihr irgend etwas über mich zu erzählen?"

„Aber Peter, wir wußten doch nicht, wo du warst!"

Peter Hartmann lachte. „Mama, da hast du mich ausgerechnet bei Gisela vermutet?"

„Ja! Als wenn das so abwegig wäre! Schließlich ist Gisela ein reizendes Mädchen und ..."

Peter legte das Wurstbrot auf den Teller zurück. „Sag mal, Mama, wann wirst du endlich aufhören, mich verkuppeln zu wollen! Meine Freundinnen habe ich mir bisher immer selbst ausgesucht. Und auch die Frau fürs Leben werde ich allein finden ..."

„Ich hoffe nur", sagte Frau Hartmann, „sie wird aus unseren Kreisen sein!"

„Zu was für einem Kreis gehören wir denn, Mama?" fragte Peter hitzig. „Was unterscheidet uns deiner Meinung nach von anderen Menschen? Papa ist reich, das ist alles. Ich finde es vorteilhaft, Geld zu haben, aber das gibt uns doch nicht das Recht ..."

„Schluß der Debatte", erklärte Herr Hartmann. Er stand auf.

„Aber Paul", rief seine Frau, „bist du nicht auch der Meinung ..."

„Da du schon danach fragst: Ich gestehe Peter jedes Recht zu, sich zu amüsieren, solange seine Arbeit nicht darunter leidet. Man ist nur einmal jung. Kein vernünftiger Mann sollte an Heirat denken, bevor er dreißig ist."

„Aber Papa", wandte Peter ein, „das gilt doch nicht für jeden. Ich zum Beispiel ..."

„Mein Sohn", unterbrach Herr Hartmann, „laß dir eines sagen: Jedes Mädel, das sich in dich verliebt – egal, ob aus einem armen oder einem reichen Haus –, meint nicht nur dich, sondern auch die Millionen deines Vaters. Deshalb bin ich unbedingt dafür, daß du mit einer festen Bindung wartest, bis du genügend Menschenkenntnis besitzt, um Schein und Sein zu unterscheiden." Herr Hartmann schlug seinem Sohn kameradschaftlich auf die Schulter: „So, Junge, jetzt kennst du meine Einstellung!" Er sah auf die Uhr. „Zeit, daß wir ins Büro kommen. Übrigens, zu deiner Information: Die Vertragsbesprechung mit den Herren vom Chemiekonzern findet um sechs Uhr statt."

Peter erschrak. Ihm fiel seine Verabredung mit Sabine ein. „Muß ich dabeisein?" fragte er vorsichtig.

„Ich lege sogar größten Wert darauf. Oder hast du etwas Wichtiges vor?"

„Nein ...", antwortete Peter zögernd und dachte: Was mache ich bloß mit Sabine?

„Na also!" brummte Paul Hartmann und ließ sich von dem Dienstmädchen Hut, Mantel und Aktentasche bringen. „Ich werde nämlich ungemütlich, wenn wieder zufällig ein Fahrstuhl steckenbleibt. Ich hoffe, wir verstehen uns, mein Sohn."

„Ja, Papa." Peter stand nachdenklich vom Tisch auf. Ich kann Sabine nicht stundenlang am Nationaltheater stehen lassen, überlegte er. Sie muß Bescheid wissen. In der Anwaltskanzlei anrufen? Nein, geht nicht! Das gibt Ärger mit Brettschneider, und überhaupt ... Bleibt nur eins: Erich muß das erledigen.

Das erste, was Peter im Büro tat – er rief seinen Freund Erich Krüger an. Er mußte gut drei Minuten warten, bis Erich, der ein möbliertes Zimmer bei einem alten kinderlosen Ehepaar gemietet hatte, an den Apparat kam.

„Na endlich!" sagte Peter Hartmann. „Wie geht's dir, alter Junge?"

Erich Krüger gähnte kräftig in den Telefonhörer hinein. „Verdammt früh ..."

Peter lachte. „Du hast wohl wieder mal die ganze Nacht lang gesoffen."

„Die halbe Nacht!" verteidigte Erich sich. „Und ich hatte auch einen Grund zum Saufen ... Mein alter Herr hat mir einen wüsten Brief geschrieben. Wenn ich nicht bis Semesterschluß meine Prüfungen mache, will er mir den Wechsel streichen."

„Und warum machst du sie nicht? Schließlich studierst du schon lange genug. Wir fingen doch zusammen an. Und ich bin schon seit einem guten Jahr fertig."

„Vor einem Jahr", behauptete Erich Krüger, „hätte ich die Prüfungen auch machen können. Sogar mit Leichtigkeit. Aber damals hatte ich keine Lust. Warum sollte ich mich beeilen? Das hätte doch nur den Effekt gehabt, daß ich München verlassen und ins heimatliche Kaff hätte zurückkehren müssen. Also hab' ich mir Zeit gelassen. Und jetzt habe ich das meiste, was ich gelernt habe, wieder vergessen."

„Ach, das wird dir schon alles wieder einfallen, wenn du dich richtig dahinterklemmst. Bis zum Frühjahr gibt dir dein alter Herr bestimmt eine Gnadenfrist."

„In diesem Sinn habe ich meinem alten Herrn auch schon geschrieben."

„Na also." Peter Hartmann wollte nun endlich von seiner eigenen Sorge sprechen. „Übrigens, falls du im Augenblick nicht allzu tief in der Arbeit steckst ..."

„Noch nicht."

„Sehr gut. Dann könntest du mir einen Gefallen tun. Ich habe mich mit einem Mädchen verabredet ..."

„Und jetzt willst du sie abschieben?"

„Im Gegenteil. Ich bin geschäftlich verhindert, und ich möchte sie nicht vergeblich warten lassen. Wir sind für heute abend um sieben vor dem Nationaltheater verabredet."

„Und warum rufst du die Kleine nicht einfach an?"

„Sie hat kein Telefon."

„Pech. Und jetzt soll ich dich wohl vertreten?"

„Mach keinen Quatsch!" Peters Stimme wurde plötzlich laut. „Laß die Finger von diesem Mädchen!"

„Schrei doch nicht so ...", erwiderte Erich träge. „Ist es denn was Ernstes?"

„Es könnte ernst werden."
„Seit wann kennst du sie denn?"
„Seit gestern."
Erich Krüger gähnte wieder. „O diese Jugend!"
„Erich, hör zu! Du gehst also hin und entschuldigst mich. Sag ihr, ich werde mich morgen bei ihr melden, zu Hause. Oder ich hole sie vom Büro ab."
„Und wie sieht sie aus? Das mußt du mir schon verraten, denn sonst kann ich sie ja nicht erkennen."
„Sie hat wunderschönes aschblondes Haar, schulterlang, ein schmales Gesicht, große blaue Augen, eine schlanke biegsame Figur, das reizendste Lächeln von der Welt . . ."
„Du, Peter, dich scheint es aber ganz schön erwischt zu haben. Mir läuft schon das Wasser im Mund zusammen." Erich wurde munter.
Peter Hartmann lachte. „Junge! Hände weg von Sabine! Und vielen Dank. Gib mir bitte telefonisch Bescheid, ob es geklappt hat . . ." Peter legte auf. Erich ist doch ein netter Kerl, dachte er. Er wird Sabine den Fall erklären und ansonsten die Finger von ihr lassen . . .

2

Sabine Kortner erwachte an diesem Morgen in rosigster Laune. Sie ahnte nicht, welch eine Enttäuschung ihr dieser Tag noch bringen sollte.
Natürlich entging den Kolleginnen in der Kanzlei nicht die Veränderung, die mit Sabine vorgegangen war. Man stellte lauernde Fragen, Sabine lächelte nur und schwieg. Aber sie nützte die erste günstige Gelegenheit, um mit ihrem Chef zu sprechen.
„Herr Doktor", sagte sie, „darf ich Sie bitten, mich heute pünktlich nach Hause zu lassen?"
Rechtsanwalt Dr. Brettschneider betrachtete sie mit einem Lächeln. „Wenn Sie Angst haben, noch einmal im Aufzug steckenzubleiben, können Sie ja die Treppe benutzen, Sabine."
„Das ist es nicht, Herr Doktor . . ."
„Hm . . . Sie haben wohl eine Verabredung?"
Sabine schwieg.
„Es geht mich zwar nichts an . . ." Brettschneider runzelte die Stirn. „Aber falls es der junge Hartmann ist, auf den Sie ihre hübschen Augen geworfen haben, so möchte ich Sie warnen."

„Warnen?“ Sabine fühlte einen Stich im Herzen.

„Sie sind meine tüchtigste Kraft, Fräulein Kortner, das wissen Sie. Es wäre mir sehr unangenehm, wenn ...“ Dr. Brettschneider unterbrach sich. „Na ja, Sie sind alt genug, um auf sich aufzupassen. Also gehen Sie heute pünktlich. Ich werde mich dann mit Trudi begnügen müssen.“

„Mit Trudi habe ich schon gesprochen.“

„Das war sehr umsichtig von Ihnen. Viel Spaß dann, Sabine!“

„Danke, Herr Doktor!“ sagte sie strahlend.

Punkt fünf Uhr verließ Sabine Kortner die Kanzlei und fuhr geradewegs nach Hause. Sie wusch sich das Haar, aß ein Butterbrot, während sie das nasse Haar mit einem Fön trocknete. Dann machte sie sich sehr sorgfältig zurecht. Sie wählte für das erste Rendezvous mit Peter Hartmann ein leuchtend blaues Leinenkleid mit leicht ausgestelltem Rock, großem, weißem Kragen und dekorativen weißen Knöpfen. Es betonte ihre jugendliche Anmut.

„Laß dich anschauen“, sagte Frau Kortner, als Sabine sich verabschiedete. „Gut siehst du aus!“

Sabine gab ihrer Mutter einen leichten Kuß. „Ich habe getan, was ich konnte“, sagte sie lächelnd.

„Ich hoffe nur, daß sich der Aufwand auch lohnt.“

„Hör auf zu unken, Mutti ... Es wird heute wieder herrlich werden!“

„Hoffentlich!“ Frau Kortner hob die Stimme. „Ach, Kind, noch etwas. Wir sprachen doch gestern abend über Tante Emmy, meine Schwester. Und wenn man vom Teufel spricht ...“

„Mutti!“

„Ja, also meine Schwester hat mir einen Brief geschrieben. Er kam heute mit der Post. Sie bittet darum, daß ich ihr eine Bescheinigung beschaffe, in der bestätigt wird, daß sie damals in dem Mütterheim, wo sie ihr uneheliches Kind zur Welt brachte, auch gearbeitet hat. Sie braucht sie für die Rentenversicherung.“

„Das kannst du doch wirklich für Tante Emmy tun“, sagte Sabine und sah ungeduldig auf die Uhr.

„Nein!“ stieß Frau Kortner hervor. „Keine zehn Pferde bringen mich in dieses Mütterheim!“

„Mutti, du bist voreingenommen. Ein Mütterheim ist doch eine gute soziale Einrichtung ... Weißt du was? Ich werde hingehen und die Bescheinigung besorgen!“

„Ja, geh nur hin!“ rief Frau Kortner aus. „Sieh es dir genau an!

Damit es dir zur Warnung dient! Damit du alles vermeidest, was dich selbst dorthin bringen könnte! Ich meine, wenn du ..."

Sabine lächelte. „Beruhige dich doch. Und denk daran, was du mir versprochen hast. Du wolltest mich nie mehr bevormunden ..." Und dann sagte sie etwas, was sie früher nicht gewagt hätte: „Ich weiß nicht, wann ich heute nach Hause kommen werde. Mach dir also keine Sorgen. Und bitte, warte auch nicht auf mich ..."

Sie hörte den tiefen Seufzer, den ihre Mutter ausstieß, und zog schnell die Wohnungstür hinter sich zu.

Fünf Minuten vor der verabredeten Zeit war Sabine vor dem Nationaltheater. Es war wieder ein schöner, warmer Spätsommerabend. Von Peter war weit und breit nichts zu sehen, aber das beunruhigte sie nicht. Sie stieg die flachen Stufen hinauf und stellte sich an eine der Säulen, so daß sie den weiten Platz gut überschauen konnte.

Sie sah plötzlich einen blonden jungen Mann in tadellos sitzendem grauen Anzug auf sich zukommen. Aber im nächsten Augenblick sah sie schon über ihn hinweg. Sie wollte sich nicht ansprechen lassen. Erst als sie aus den Augenwinkeln sah, daß der fremde junge Mann sie anlächelte, wurde sie stutzig. Sie drehte den Kopf demonstrativ zur Seite.

Da sprach er sie an. „Fräulein Kortner? Sabine Kortner?"

Langsam wandte sie sich ihm zu. „Ja, so heiße ich", sagte sie abweisend. „Was wollen Sie von mir?"

„Ich bin Erich Krüger. Ein Freund von Peter!"

Die Enttäuschung traf sie wie ein Schlag. Ihre Hände verkrampften sich. „Er kommt nicht?" fragte sie heiser.

„Genau!" bestätigte Erich Krüger lächelnd. „Er hat mich quasi als Ersatz geschickt."

„Reizend von ihm", sagte Sabine eisig. Sie hatte sich gefangen und wandte sich zum Gehen.

Erich Krüger blieb an ihrer Seite. „Sie dürfen das nicht so tragisch nehmen", sagte er unbekümmert. „Wenn Sie Wert auf Peters Freundschaft legen, müssen Sie sich an solche Zwischenfälle gewöhnen. Er ist nun mal ein vielbeschäftigter Knabe."

Sabine ging schweigend weiter über den Theaterplatz.

„Er war sehr besorgt, wie Sie's auffassen würden ..." Erich Krüger folgte ihr. „Deshalb hat er ja mich geschickt. Ich bin für solche Fälle zuständig, wissen Sie."

Sabine blieb stehen und musterte ihn. Erich Krüger war ein gutaussehender junger Mann. Er hätte noch besser ausgesehen, wenn seine Züge nicht etwas weichlich und verschwommen gewirkt hätten. Er hatte eine gerade Nase, graue, leicht ins Grünliche gehende Augen, ein schwaches, fliehendes Kinn. Und ein Zug von Verbitterung war in die Mundwinkel eingekerbt.

„Herr Krüger", stieß sie hervor. „Ich danke Ihnen für Ihre schonende Eröffnung. Bestellen Sie Herrn Hartmann einen schönen Gruß von mir und sagen Sie ihm, daß ich ... daß ich ..." Sie verhaspelte sich und wurde rot vor Verlegenheit.

„Aber!" Erich Krüger grinste. „Schönes Fräulein, warum so böse? Immerhin, der gute Peter hätte Sie ja auch einfach warten lassen können – bis Sie Schimmel angesetzt hätten!"

„Ich weiß diese überwältigende Rücksichtnahme sehr wohl zu schätzen, Herr Krüger." Sie sagte es, weil sie diesen blonden Playboytyp nicht mochte. Sie wollte ihn loswerden. „Leben Sie wohl!"

„Aber wo wollen Sie denn hin?" rief Erich überrascht. „Hören Sie mal, Sabine. Sie reagieren ganz falsch. Peter hat sie geärgert – warum ärgern Sie ihn nicht wieder? Kommen Sie! Der Abend ist doch viel zu schön, um zu Hause zu sitzen und Trübsal zu blasen. Das hat Peter bestimmt nicht verdient. Ich kenn' doch meinen Freund Peter! Mädchen sind für den nur Spielzeug. Aber ich ..." Er faßte Sabine am Arm. „Ich weiß da ein nettes Gartenlokal in Schwabing ..."

„Nein. Danke." Sie befreite sich, aber sie ging nicht weiter.

„Nun seien Sie doch nicht so! Sehen Sie mich mal an! Ich bin doch schließlich auch nicht übel. Und Peter, na ja ..."

„Bitte", sagte Sabine, sie konnte nur noch mit Mühe die Tränen zurückhalten, „bitte, lassen Sie mich in Ruhe."

„Ich mein's doch nur gut mit Ihnen." Wieder erfaßte er ihren Arm.

„Sie interessieren mich nicht!" rief Sabine plötzlich außer sich. „Begreifen Sie doch endlich ... Lassen Sie Ihre Hände von mir!"

Erich Krügers Augen bekamen einen gefährlichen grünen Schimmer. „Sie sind ja hysterisch", sagte er böse.

„Denken Sie von mir, was Sie wollen, doch hören Sie endlich auf, mich zu belästigen!"

Sie lief einfach davon. Der Rock ihres blauen Kleides schwang um ihre schlanken Beine, ihr aschblondes Haar wehte wie eine Wolke um ihren Kopf. Sie sah bezaubernd aus, noch in ihrer Erregung.

Aber der Blick, mit dem Erich Krüger ihr nachsah, zeigte keine

Bewunderung, sondern kalte Wut. Eine Wut, die aus Neid erwuchs, aus gekränkter Eitelkeit und aus Rachsucht ...

„Schon zurück?“ fragte Frau Kortner, als Sabine eine halbe Stunde später nach Hause kam. Es fiel der Mutter schwer, ein Lächeln der Genugtuung zu unterdrücken.

„Bitte, Mutti ... bitte, frag mich nicht.“

„Na, ich kann es mir auch selber zusammenreimen. Hat dich sitzenlassen, der feine Kavalier!“

Sabine warf ihr einen flehenden Blick zu.

„Schon gut ... Kein Wort mehr darüber“, sagte Frau Kortner hastig. „Dieser Mann ist es nicht wert. Ja, einem armen Mädel den Kopf verdrehen, das kann er, aber dann ... Entschuldige bitte, ich bin schon still. Ich werde jetzt schnell das Abendessen richten und ...“

„Danke, Mutti, ich habe keinen Hunger.“ Sabine schluckte krampfhaft.

„Kind, ich verstehe ja, wie unglücklich du jetzt bist ...“

Sabine lief in ihr Zimmer, drückte die Tür hinter sich zu. Sie warf sich über das Bett und ließ ihren Tränen freien Lauf.

Sie hat ja recht, hallte es in ihrem Kopf, hämmerte es in ihrem Herzen. Dieser Erich Krüger hat es auch gesagt ... Ich bin nur ein Spielzeug für Peter. Es kann nicht anders sein. Ich bin ja nur ein kleines, unbedeutendes Mädchen ...

Leise öffnete sich die Tür, und ihre Mutter kam herein.

„Wein doch nicht, mein Kind“, sagte Frau Kortner. „Dieser Mann ist es gar nicht wert. Die wollen doch alle nur das gleiche. Und die armen Mädchen landen dann im Mütterheim ...“

Der Vertrag mit den Vertretern des Chemiekonzerns wurde kurz vor acht Uhr unterschrieben. Es ging um ein Bauprojekt, das nach vorsichtiger Schätzung etwa 95 Millionen Mark verschlingen würde.

Paul Hartmann legte den unterschriebenen Vertrag sorgfältig in eine Ledermappe und sah dann lächelnd auf. „Ich glaube, meine Herren, dieser Abschluß sollte gefeiert werden. Ich habe bereits ein entsprechendes Programm zusammengestellt, das Ihren Ansprüchen gewiß gerecht werden wird ...“

Peter Hartmann blickte auf seine goldene Armbanduhr. Er hatte während der ganzen Verhandlung unentwegt an Sabine denken müssen. Es war nicht aufgefallen, denn sein Vater hatte das schwierige Gespräch mit den Chemieleuten ganz im Alleingang geführt.

Ich muß sie sehen! beschloß er. Sabine, mein Liebes ...

Peter erhob sich und flüsterte seinem Vater zu, aber so, daß es zwei der Herren auch hörten: „Entschuldige mich bitte. Mir ist nicht gut ... Eine Grippe, glaube ich ..."

Ohne die Antwort seines Vaters abzuwarten, hastete er aus dem Konferenzzimmer, rannte zu seinem Sportwagen, den er auf dem Parkplatz im Hof abgestellt hatte. Er fuhr in die Goethestraße.

Peter hatte Sabines Bitte, sie nicht zu Hause aufzusuchen, zwar nicht vergessen, aber sie schien ihm bedeutungslos. Einmal muß ich mich der Mutter ja doch vorstellen, sagte er sich. Warum nicht heute?

Zwei Stufen auf einmal nehmend, rannte er die ausgetretenen Treppen des düsteren Hauses hinauf und klingelte an der Wohnungstür.

Frau Kortner öffnete. Sie trug ein einfaches Hauskleid. Ihr Haar, schon von grauen Strähnen durchzogen, war straff zurückgekämmt.

„Guten Abend", sagte Peter höflich. „Ich möchte Fräulein Sabine Kortner sprechen!"

Frau Kortner kniff die blaßblauen Augen mißtrauisch zusammen.

„Ich bin Peter Hartmann ..."

„Ach so. Sie sind das!" Abwehr lag in Maria Kortners Stimme.

„Würden Sie wohl bitte Ihrer Tochter sagen, daß ich da bin?"

„Ich weiß nicht ..."

Peter Hartmann drückte einfach die Tür auf und trat in die kleine Diele.

Frau Kortner war so verdutzt, daß sie fast gegen ihren Willen sagte: „Bitte, kommen Sie ins Wohnzimmer."

Das Wohnzimmer war ein freundlich eingerichteter Raum, der gemütlich hätte wirken können, wenn er nicht so überaus aufgeräumt gewesen wäre. Jeder Stuhl, jedes Kissen, jedes Ding hatte seinen ganz bestimmten Platz. Es sich hier bequem zu machen, hätte einer Entweihung geglichen. Die Möbel waren weder alt noch neu, durchaus nicht häßlich, aber unpersönlich, als wären sie nach dem Katalog eines Versandhauses bezogen worden. Es gab einen üppig wachsenden Gummibaum, dessen glänzende Blätter verrieten, daß sie jeden Tag abgestaubt wurden.

Über der Couch dominierte das Bild einer bayrischen Landschaft in Öl. Auf einem Büfett standen zahlreiche Familienfotos, sorgfältig gerahmt und hinter Glas: Sabine als Baby, Sabine als Schulkind, Sabine als Teenager, Sabine und immer wieder Sabine. Ein größeres oval gerahmtes Foto zeigte das Brustbild eines blonden Herrn mit lustigen Augen. Peter Hartmann war sicher, daß es sich um Sabines tödlich verunglückten Vater handelte.

Er hatte Zeit genug, sich umzusehen, denn es dauerte eine ganze Weile, bis Frau Kortner, die die Tür sorgfältig hinter sich geschlossen hatte, wieder eintrat.

„Sabine kommt gleich", sagte sie, und in ihrer Stimme klang äußerste Mißbilligung.

„Hübsch haben Sie es hier", erklärte Peter Hartmann, dem daran lag, Sabines Mutter für sich zu gewinnen.

„Es ist sicher nicht so elegant, wie Sie es von zu Hause gewohnt sind", gab Frau Kortner spitz zurück. „Wir sind einfache Leute . . ."

Eine peinliche Pause entstand. Peter Hartmann fiel beim besten Willen nichts ein, womit er dieses Gespräch hätte fortsetzen können. Er war unendlich erleichtert, als die Tür sich öffnete und Sabine ins Zimmer trat. Ihre Augen waren vom Weinen etwas gerötet, ihr hübsches blaues Leinenkleid war leicht zerknittert.

„Sabine!" Peter trat mit einem raschen Schritt auf sie zu. „Sabine, sei mir nicht böse, daß ich dich so überfalle, aber ich habe es einfach nicht ausgehalten. Ich mußte dich heute noch sehen!"

Bei diesen impulsiven Worten schmolz der letzte Rest von Erbitterung und Groll in ihrem Herzen dahin. „Peter", sagte sie strahlend, „ich bin ja so froh!"

„Warst du sehr enttäuscht? Es hat mir so leid getan, aber mein Vater . . ."

„Du brauchst mir nichts zu erklären", sagte Sabine mit einem Seitenblick auf ihre Mutter.

Peter Hartmann verstand sofort. „Du hast recht, wir wollen nicht mehr darüber sprechen. Wir fahren jetzt irgendwohin zum Essen. Nachher vielleicht ein bißchen tanzen . . . Sie haben doch nichts dagegen, Frau Kortner?"

„Meine Tochter ist erwachsen, Herr Hartmann. Sie kann tun und lassen, was sie für richtig hält." Frau Kortner ließ zwischen ihren Worten deutlich durchblicken, wie sehr sie Sabines Verhalten verurteilte.

Sabine überhörte es. „Dann bis nachher, Mutter", sagte sie und drückte ihr einen herzlichen Kuß auf die Wange. „Komm, Peter! Ich hab' wirklich Hunger!"

„Dann fahren wir in ‚Gustl's Kanne'. Einverstanden?"

„Wohin du willst!"

Auf der Fahrt in das elegante Eßlokal erklärte Peter noch in allen Einzelheiten, warum er zu dem Rendezvous am Nationaltheater nicht kommen konnte.

„Ich war ganz verzweifelt", sagte er, „aber was sollte ich machen? Zu Hause hast du kein Telefon, und in der Kanzlei wollte ich nicht anrufen . . ."

„Es war blöd von mir, so beleidigt zu reagieren", gestand Sabine. „Ich hätte mir gleich denken sollen, daß etwas Geschäftliches dazwischengekommen ist."

„Was hast du dir denn gedacht?"

Sabine senkte den Blick. „Ich weiß nicht. Dieser Erich Krüger hat so komische Bemerkungen gemacht . . ."

„Das sieht ihm ähnlich! Er kann die blöden Witze nicht lassen! Ich glaube, dem werd' ich mal Bescheid geben müssen." Peter Hartmann zog den roten Porsche rasant durch eine Kurve. „Aber ansonsten ist er ein guter Junge. Man darf ihn bloß nicht ernst nehmen."

„Ihr seid Freunde?"

„Na, wie man's nimmt. Ich habe am Anfang meines Studiums ein Jahr lang mit ihm in der gleichen Bude gehaust. Sowas verbindet."

„Ich war ziemlich abweisend zu ihm. Glaubst du, er wird mir das übelnehmen?"

„Ach was! Mach dir darüber keine Gedanken! Das werd' ich schon wieder einrenken." Er legte den Arm um Sabines Schulter und drückte sie liebevoll an sich. „Ich bin so froh, daß ich diesen Abend doch noch mit dir verbringen kann. Freust du dich auch?"

„Ja, Peter", sagte sie und kuschelte ihren Kopf an seine Schulter.

„Viel mehr Sorgen macht mir deine Mutter. Sie ist nicht gerade gut auf mich zu sprechen . . ." Er nahm die zweite Hand wieder ans Lenkrad.

„Auf keinen Mann." Sabine wurde plötzlich ernst. „Aber das ist mir egal!"

Eine kleine Pause entstand. Dann sagte Peter mit veränderter Stimme: „Sabine, vielleicht hältst du mich jetzt für verrückt . . . Aber ich . . . ich meine es ernst mit dir . . ."

Sie hielt den Atem an, ihr Herz begann wild zu pochen. Sprich weiter! flehte sie im stillen. Liebster, sprich bitte weiter . . .

Peter starrte durch die Windschutzscheibe. „Du bist die erste Frau, die mir etwas bedeutet."

Er trat auf die Bremse, brachte den offenen Sportwagen am Bordstein zum Stehen und nahm Sabine, ohne sich um die Passanten zu kümmern, in die Arme. „Sabine, ich liebe dich! Ich liebe dich mehr als alles auf der Welt!"

Ihre Antwort, das selige Geständnis ihrer Liebe zu ihm, erstickte in seinem Kuß ...

Das Restaurant „Die Kanne" in der Maximilianstraße war mehr als gut besetzt. Es ist ein berühmtes Feinschmeckerlokal und wird von Künstlern, Wissenschaftlern, Medizinern und von Verliebten besucht. Der Ober führte Peter und Sabine zu einem freien Tisch, auf dem eine goldene, nach Honig riechende Kerze flackerte.

Peter ließ sich die Speisekarte bringen. „Auf was hast du Lust?" fragte er. „Vielleicht Schnecken als Vorspeise? Magst du Schnecken, Sabine?"

Er blickte von der Speisekarte auf, wurde plötzlich blaß unter der braunen Haut.

„Was hast du?" fragte Sabine erschrocken.

„Mein Vater ... Bitte, dreh dich nicht um. An dem Tisch schräg hinter dir sitzt mein Vater mit Geschäftsfreunden!"

„Und?" fragte sie. Dann las sie in Peters Augen das drohende Unheil, und ihr Körper verkrampfte sich. „Was ist?" flüsterte sie angstvoll.

„Er hat uns gesehen. Er steht auf ... Er ... er kommt an unseren Tisch!"

Sabine wagte nicht, sich umzusehen, dem näherkommenden Mann entgegenzublicken. Unwillkürlich zog sie den Kopf zwischen die Schultern. Sie starrte in Peters bleiches Gesicht.

Er stand auf und sagte mit beherrschter Stimme: „Guten Abend, Vater!"

Der Schatten des großen Mannes fiel zwischen die Liebenden.

Paul Hartmann verzichtete auf jeden Gruß. „Ich habe mit dir zu sprechen."

Peter hielt dem Blick seines Vaters stand. „Du siehst, daß ich nicht allein bin", sagte er gefaßt. „Darf ich dich mit Fräulein Sabine Kortner bekannt machen?"

Jetzt erst sah Paul Hartmann die Freundin seines Sohnes an. Aus seinen dunklen Augen – so ähnlich denen seines Sohnes und doch so anders – glänzte eisige Kälte. Sein Gesicht verriet die zwingende Kraft eines Mannes, der seit Jahren gewohnt war zu befehlen.

Sabine erhob sich zögernd und wußte im gleichen Augenblick, daß es falsch war – eine Dame steht nicht auf, wenn ihr ein Herr vorgestellt wird. Sofort setzte sie sich wieder – und machte so ihren Fehler nur krasser. Sie reichte Peters Vater auch nicht die Hand.

Für Sekunden herrschte eine peinliche Stille. Sabine saß wie erstarrt auf ihrem Stuhl. Paul Hartmanns Mundwinkel verzogen sich verächtlich.

„Fräulein Kortner und ich", sagte Peter, um die Peinlichkeit zu überspielen, „wir waren zusammen im Lift eingesperrt. Ich habe dir doch davon erzählt, Vater."

Paul Hartmann wandte sich mit einer brüsken Kopfbewegung seinem Sohn zu. „Du bist mir über die Art, wie du deine Bekanntschaften machst, keine Erklärung schuldig. Du weißt, ich habe immer Verständnis für deine Eskapaden gehabt . . ."

„Du mißverstehst die Situation!" erwiderte Peter. Seine Wangenmuskeln spannten sich unter der Anstrengung, beherrscht zu bleiben.

„Das ist nicht meine Schuld", sagte sein Vater eiskalt. „Die Situation ist brüskierend, nicht nur für mich, sondern vor allem für die Herren vom Chemiekonzern. Darf ich dich daran erinnern, daß du dich nach der Vertragsverhandlung heute abend mit einer fadenscheinigen Ausrede verabschiedet hast? Jetzt treffen wir dich hier in Gesellschaft einer . . ."

Er zögerte, ließ sich deutlich anmerken, daß es ihm schwerfiel, das Wort, das er schon auf der Zunge hatte, nicht auszusprechen. „. . . eines Mädchens", erwiderte er schließlich.

„Ich kann nichts Unrechtes darin sehen", gab Peter zurück.

„Dein Benehmen ist eine Beleidigung. Für mich und für unsere Geschäftsfreunde." Herr Hartmann verneigte sich kurz und verächtlich vor Sabine, wandte sich ab und schritt zu seinem Tisch zurück.

Peter legte seine Hand beruhigend auf Sabines Arm. „Komm", sagte er, „gehen wir! Die Atmosphäre hier gefällt mir nicht!" Er drückte dem Kellner, der herankam, um die Bestellung entgegenzunehmen, ein Trinkgeld in die Hand und zog Sabine mit sich zum Ausgang.

„Lassen wir den Wagen stehen", sagte er, als sie draußen auf der Straße standen, „und gehen wir zum Hofbräu. Wenn wir Glück haben, bekommen wir einen Tisch im Garten."

Sabine ließ sich widerstandslos mitziehen, aber sie wagte nicht, Peter anzusehen. „Ich habe mich dumm benommen", sagte sie leise. „Ich war der Situation einfach nicht gewachsen."

Er drückte ihre Hand. „Wie solltest du auch? Wer konnte denn damit rechnen, daß sich ein erwachsener Mann wie ein Verrückter benimmt."

Peter schritt kräftig aus. Er spürte das Bedürfnis, seine Erregung durch körperliche Bewegung abzureagieren. Sabine hatte Mühe, auf ihren hohen Absätzen mit ihm Schritt zu halten.

„Es tut mir so leid", sagte sie atemlos und strich sich mit der freien Hand das seidige aschblonde Haar aus der Stirn. „Meinetwegen bist du jetzt mit deinem Vater aneinandergeraten."

„Mach dir nichts daraus. So etwas kommt in den besten Familien vor. Im übrigen ... ich bin sicher, daß es meinem Vater jetzt schon wieder leid tut. Er ist nämlich ein anständiger Kerl. Wir sind bisher einigermaßen gut miteinander ausgekommen."

„Um so schlimmer", sagte Sabine.

Sie waren von der Maximilianstraße in die schmale Gasse eingebogen, die zum Hofbräuhaus führt.

„Was willst du damit sagen?" Er verhielt so plötzlich seinen Schritt, daß sie fast ins Stolpern geriet.

„Machen wir uns doch nichts vor", sagte sie tapfer. „Dein Vater hat deutlich gezeigt, was er von mir hält. Er akzeptiert mich einfach nicht!" Sie blickte auf das Straßenpflaster. „Peter ... ich möchte nicht, daß du dich meinetwegen mit deinen Eltern überwirfst."

Er zog sie sanft an sich. „Dazu wird es nie kommen, Sabine. Ich bin der einzige Sohn, vergiß das nicht. Natürlich werden sie sich zuerst aufregen, wenn sie merken, wie ernst es mir mit dir ist. Aber dann werden sie sich in das Unvermeidliche fügen. Und sie werden dich liebgewinnen!"

Sie sah ihn zweifelnd an. „Glaubst du?"

Seine nußbraunen Augen glänzten zärtlich. Er drückte Sabines Kopf gegen seine Brust. „Mein Liebes, hör auf, dich und mich verrückt zu machen. Und damit du ganz klar siehst: Ich pfeife auf das Geld meines Vaters!"

„Du fürchtest also doch ..."

„Nein, Sabine ... Versteh mich doch richtig! Ich will dir nur klarmachen: Es kommt nicht darauf an, was meine Eltern denken. Wichtig ist nur, daß wir beide uns lieben." Er legte seinen rechten Arm um ihre Schulter. „Und nun komm weiter!"

„Aber du kennst mich noch so wenig", sagte sie zaghaft.

Er preßte sie an sich. „Genug, um dich zu lieben, wie ich noch kein Mädchen geliebt habe."

„Dein Vater wird dich einfach auslachen, wenn du . . ."

Er fiel ihr ins Wort: „Darf ich dir einen Vorschlag machen?"

„Ja?" fragte sie erwartungsvoll.

„Es ist ein herrlicher Abend, unser erster wirklicher Abend zu zweien. Wie wäre es, wenn wir für heute alle trüben Gedanken streichen würden? Schließlich . . . es gibt doch eine ganze Menge Dinge, die viel wichtiger sind . . ."

„Du!" sagte sie lächelnd.

„Du!" flüsterte er zärtlich.

Sie berührten sich mit den Nasenspitzen, mußten lachen, und dann waren alle Sorgen und Bedenken verflogen. Beide fühlten, wie sehr sie sich liebten. Die Zukunft lag voller Verheißung vor ihnen.

3

Erst kurz vor Mitternacht kehrte Peter Hartmann in seine Appartementwohnung in der Widenmayerstraße zurück. Er war mit Sabine vom Hofbräuhaus noch in die Bar „P 1" gegangen. Sie hatten getanzt und miteinander gealbert. Vor ihrer Haustür hatten sie sich dann lange und leidenschaftlich geküßt.

Es war ein herrlicher Abend gewesen, obwohl gar nichts Besonderes passiert war. Nichts, was Peter nicht schon früher mit anderen Mädchen erlebt hätte. Alles war anders jetzt. Weil Sabine anders war als alle Mädchen, die er früher gekannt hatte. Diesmal, davon war Peter überzeugt, war es kein Spiel, kein Flirt, kein Abenteuer. Zum erstenmal war es wirklich die große Liebe. Leise vor sich hinpfeifend, schloß er die Wohnungstür auf – und im gleichen Augenblick hörte er das Klingeln des Telefons. Sabine! dachte er. Es muß etwas passiert sein!

Er warf die Tür zu, raste durch die Diele in den großen Wohnraum, riß den Hörer von der Gabel.

„Ja?" meldete er sich atemlos.

„Na, endlich!" ertönte die helle gedehnte Stimme Erich Krügers. „Ich habe schon den ganzen Abend versucht, dich zu erreichen."

Peter empfand Erleichterung und Enttäuschung zugleich. „Was gibt's?" Er klemmte sich den Hörer zwischen Kinn und Schulter, zündete sich eine Zigarette an.

„Ich habe heute diese Sabine getroffen", begann Erich absichtlich zögernd.

„Und um mir das zu sagen, rufst du mich mitten in der Nacht an? Das weiß ich längst."

„Woher denn?"

„Ich bin später noch zu ihr gefahren. Jedenfalls danke ich dir, daß du sie benachrichtigt hast."

„Gern geschehen. Sie ist wirklich ein reizender Käfer."

„Ich liebe sie", erklärte Peter Hartmann sehr ruhig.

„Mach keine Witze!"

„Es ist mir ganz ernst."

Einen Augenblick lang herrschte Stille in der Leitung.

„Unter diesen Umständen ..." sagte Erich Krüger dann. „Ich weiß gar nicht, ob ich es dir sagen soll ..."

„Was?"

„Na ja, über kurz oder lang würdest du es ja doch erfahren."

„Erich!" rief Peter Hartmann. „Wenn du jetzt nicht sofort mit der Sprache herausrückst, lege ich auf!"

„Halt! Nicht doch. Warte ... Ich ... ich habe es mir überlegt! Es ist doch besser, du weißt Bescheid. Ich will nicht, daß du mir später Vorwürfe machst."

„Dir? Warum?"

„Daß ich dich nicht rechtzeitig gewarnt habe."

Peter begann allmählich zu begreifen, worauf sein Freund hinauswollte. „Etwa vor Sabine?"

„Sie ist eine süße Puppe, ohne Zweifel ..." Erichs Stimme wurde ölig. „Aber ich würde mir die Haare einzeln ausraufen, wenn du dich von ihr hereinlegen ließest."

Peter zog den Atem zischend ein, bevor er explodierte. „Schluß!" brüllte er. „Ich habe genug von deinem Gewäsch! Mir langt's!" Er schmetterte den Hörer auf die Gabel.

Sekunden später klingelte das Telefon wieder. Peter starrte auf den weißen Apparat, noch unentschlossen, ob er den Hörer abnehmen sollte.

Es wäre besser gewesen, sich nicht wieder zu melden. Aber das Gift, das der andere in seine Seele geträufelt hatte, begann seine Wirkung zu tun. Peter nahm den Hörer ab. Er wollte mehr über Sabine erfahren, alles.

Erich Krügers helle Stimme sprudelte sofort los. „Na, Gott sei Dank! Ich dachte schon, du würdest ... Ich wollte es dir nur schonend beibringen, aber ..."

„Sag endlich, was du weißt", forderte Peter Hartmann mit gepreßter Stimme. „Woher kennst du Sabine?"

„Erinnerst du dich an die Silversterparty letztes Jahr im Tennisclub?"

„Idiot! Ich war doch in St. Moritz." Peter war immer noch wütend.

„Aber du hast doch bestimmt davon gehört. Es hat da diesen Skandal gegeben . . ."

„Mit dem Mädchen, das auf dem Tisch getanzt und sich eine Flasche Sekt in den Ausschnitt geschüttet hat?" fragte Peter, und die Ahnung eines nahenden Unheils befiel ihn.

„Von der rede ich. Weißt du, wer es war? Deine Sabine!"

Peter legte heftig den Hörer auf. In seinem Innern tobte es. „Sabine . . ." preßte er leise hervor.

Peter Hartmann lief wie ein gefangenes Tier durch das Wohnzimmer seines Junggesellenappartements. Das Telefongespräch mit seinem Freund Erich, das er gerade in höchster Erregung abgebrochen hatte, klang noch in ihm nach. Die „Enthüllungen" über Sabine – Peter wollte sie nicht glauben. Er konnte sich seine Sabine einfach nicht vorstellen, auf einem Tisch tanzend, sich Sekt in den Ausschnitt ihres Kleides schüttend. Er nahm sich vor, Erich Krügers Behauptungen sofort zu vergessen.

Aber er konnte es nicht.

Den ganzen nächsten Tag, während er im Büro statische Berechnungen anstellte und dann die Ausschachtungen an der Baustelle Nord beaufsichtigte, gingen ihm Erichs Worte wieder und wieder im Kopf herum. Hatte der Freund die Wahrheit gesagt? Peter zermarterte sich das Gehirn.

Ich muß Gewißheit haben! schrie es in ihm.

Schon kurz vor fünf Uhr verließ er das Büro. Ohne sich von seinem Vater zu verabschieden. Für sieben Uhr war er mit Sabine verabredet. Zwei Stunden Zeit, um die Wahrheit zu erfahren . . . Peter fuhr mit seinem roten Porsche zum Tennisclub. Im Inneren des Clubhauses war es fast leer. Nur an einem Ecktisch saßen einige Senioren und sprachen über Politik.

„Hallo, Charly!" sagte Peter Hartmann und schwang sich auf einen der Hocker an der runden Bar.

„'n Abend, Herr Hartmann!" Der Mixer zeigte seine ebenmäßigen Zähne, deren Weiß das seiner Jacke noch übertraf. „Was darf's sein?"

„Whisky sauer."

Während Charly zwei Zitronen auspreßte, überlegte Peter

krampfhaft, wie er das Gespräch beginnen sollte. Endlich entschloß er sich, den Stier bei den Hörnern zu packen.

„Sie erinnern sich doch noch an die letzte Silvesterparty, wenn's auch schon eine ganze Weile her ist?" fragte er.

„Und ob. Ein unvergeßlicher Abend. Aber Sie waren nicht dabei, wenn ich mich recht erinnere."

„Stimmt es wirklich, daß ich was versäumt habe?"

Der Mixer ließ zwei Eiswürfel in das Glas klirren, goß einen kräftigen Schuß Whisky dazu. „Wie man's nimmt. Jedenfalls ist es hoch hergegangen."

„Ein Mädchen soll an diesem Abend Hausverbot bekommen haben."

„Richtig. Eine Blonde, sah dabei aus wie ein Engel. So unschuldig."

Peters Herz zog sich zusammen. „Wie hieß sie denn?" fragte er so beiläufig wie möglich.

Charly dachte mit sichtbarer Anstrengung nach. „Und wenn Sie mich totschlagen, Herr Hartmann, der Name fällt mir nicht mehr ein " Er schüttelte den Kopf. „Komisch! Auch Herr Krüger hat mich gestern nach diesem Mädchen gefragt."

„Ich weiß", sagte Peter Hartmann. „Es geht um eine Wette."

„Ach so, ich verstehe."

„Vielleicht fällt Ihnen noch etwas ein, was Sie Freund Krüger noch nicht verraten haben. Zum Beispiel: Wie sah dieses Mädchen aus?"

„Erstklassige Figur. Zwar keine Lollo-Formen, eher schlank..."

„Schulterlanges Haar?"

„Schon möglich. Sie trug es Silvester hochgesteckt."

Peter nahm einen tiefen Schluck aus seinem Glas. „Augen?"

„Grau oder blau. Hell auf alle Fälle. Sie hatte so einen Unschuldsblick. Darum waren ja auch alle so überrascht, als was sie sich dann entpuppte."

„Daß sie auf dem Tisch getanzt hat, meinen Sie?" Peter bot dem Mixer eine Zigarette an und ließ sich von ihm Feuer geben.

„Das war ein toller Abend!" schwärmte Charly. „Wissen Sie, so eine richtige, rauschende Silvesternacht. Sekt floß in Strömen. Und die meisten haben ein bißchen verrückt gespielt." Charly stieß den Rauch seiner Zigarette durch die Nase. „Also das mit dem Tanz auf dem Tisch und der Sektbrause, das hätte man ihr bestimmt verziehen ..."

„Aber?" fragte Peter Hartmann, und die eigene Stimme klang ihm fremd.

„Daß sie sich nachher mit Herrn von Brosig ..."

„Dem reichen Hotelier?" unterbrach Peter überrascht.

„Ja, mit dem hat sie sich in das Gerätezimmer zurückgezogen. Aber das war ja nicht das Schlimmste, das Gerätezimmer ist sehr beliebt für solche Sachen ... Schlimm war nur, daß die beiden sich erwischen ließen, und ausgerechnet von Frau von Brosig! Die kam in den Saal gestürzt wie eine Furie und schrie: ‚Mein Mann und Sabine' ..."

Charly lächelte selbstgefällig. „Sehen Sie, Herr Hartmann, jetzt ist mir auch wieder eingefallen, wie die Kleine heißt ... Was ist denn mit Ihnen, Herr Hartmann? Sie sind ja weiß wie die Wand!"

„Geben Sie mir noch einen Whisky", preßte Peter hervor. „Aber diesmal pur."

„Mit Vergnügen!" Charly nahm ein frisches Glas und schenkte ein. „Also, wo bin ich stehengeblieben? Ach ja! ‚Mein Mann und Sabine!' schrie die Brosig wie wild. ‚In flagranti!' Woher sie das Mädchen überhaupt kannte, weiß ich auch nicht."

Peter trank das zweite Glas mit einem Zug leer. „Und was ... was geschah mit diesem Mädchen, dieser Sabine?"

„Wurde höflich, aber mit Bestimmtheit hinauskomplimentiert. Die Kleine verschwand, als hätte sie nie existiert. Herr von Brosig aber spielte den Besoffenen." Charly feixte breit. „Und am nächsten Tag behauptete er, von nichts mehr zu wissen. Wer kann ihm auch schon einen Vorwurf daraus machen, daß sich ihm 'ne süße Puppe auf den Schoß setzen will?"

„Man kann die Dinge auch anders sehen", sagte Peter. „Man könnte auch sagen, er hat Sabine betrunken gemacht, um ..."

„Aber nicht doch, Herr Hartmann! Da kennen Sie aber die Frauen schlecht. Ein Mann mit Geld hat es gar nicht nötig, ein Mädchen betrunken zu machen. Der braucht doch nur mit dem kleinen Finger zu winken, dann kommen sie alle. Und schlecht sieht er auch nicht aus. Nein, nein, es war schon so: Die Kleine hatte es faustdick hinter den Ohren. Die wußte genau, was sie wollte."

Peter setzte sein Glas mit einer müden Geste ab. „Geben Sie mir noch einen, Charly. Einen doppelten!"

„Sie sehen so aus, als ob Sie die Wette verloren hätten."

„Mehr als eine Wette", sagte Peter dumpf. „Viel mehr habe ich verloren!"

Sabine Kortner saß an einem der zierlichen runden Tische im

maxburg-espresso und wartete auf Peter. Sie hatte sich eine Tasse Kaffee bestellt und blätterte in einer Illustrierten, aber immer wieder glitt ihr Blick zu der gläsernen Eingangstür.

Ihr Herz schlug hoch vor Glück und Erwartung. Sie konnte es noch nicht fassen, daß sich ihr Leben in zwei Tagen von Grund auf geändert hatte. Vorbei die Einsamkeit des Herzens, vorbei die unerfüllte Sehnsucht nach Liebe.

Jetzt liebe ich mit vollem Herzen, jubelte sie still. Und so soll es ewig bleiben ...

Als Sabine das erstemal auf ihre Armbanduhr blickte, war es halb acht, eine halbe Stunde über die verabredete Zeit hinaus. Sie erschrak.

Peter ist doch nichts zugestoßen? Sie verbot sich diesen Gedanken sofort wieder. Sie bestellte eine zweite Tasse Kaffee und wartete weiter. Wahrscheinlich ist er im Betrieb aufgehalten worden, versuchte sie sich zu beruhigen. Er wird noch kommen ... Aber die Unruhe in ihr wuchs.

Schließlich ertrug sie es nicht länger. Sie stand auf, ging zur Theke, ließ sich ein Telefonbuch geben und suchte seinen Namen. *Hartmann, Peter.*

Sie schrieb die Telefonnummer auf ein Zettelchen, ging in die Telefonzelle und rief an. Das Freizeichen ertönte, einmal, zweimal, fünfmal ... Peter war nicht zu Hause. Sabine hängte ein.

Sie überlegte, ob sie versuchen sollte, ihn in der Firma seines Vaters zu erreichen. Aber sie fand nicht den Mut dazu.

Ich möchte ihm keine Schwierigkeiten machen, sagte sie sich. Denn sein Vater mag mich nicht. Und wenn ich anrufe ...

Blitzartig durchzuckte sie ein anderer Gedanke: Peters Vater! Er hat ihm verboten, mich wiederzutreffen!

Der Schock war so groß, daß Sabine einen Moment lang schwankte. Mit weichen Knien ging sie zurück zum Tisch. Mit zitternden Fingern suchte sie Geld aus ihrem Portemonnaie und bezahlte. Dann verließ sie das Espresso. Ein Gewitter zog über München herein. Sie hatte keinen Schirm und keinen Mantel bei sich, aber das war ihr auch egal in diesen Minuten.

Sabine fuhr nach Hause. Sie erreichte das alte Haus in der Goethestraße, bevor das Gewitter losbrach. Sie schloß die Wohnungstür so lautlos wie möglich auf und hoffte, unbemerkt von der Mutter ihr Zimmer erreichen zu können.

Aber Frau Kortner hatte sie gehört. „Bist du's, Sabine?" rief sie aus der Küche.

Sabine spürte den peinigenden Verdacht, daß die Mutter seit

Stunden wie eine Spinne im Netz dagesessen und auf sie gelauert hätte. Sie fühlte, wie häßlich dieser Gedanke war, und verscheuchte ihn sofort.

„Ja, Mutti“, antwortete sie so freundlich wie möglich.

„Komm doch mal her zu mir, mein Kind ...“

Sabine stand noch immer in der kleinen Diele. „Sei mir nicht böse. Ich bin sehr müde. Ich möchte gleich ins Bett.“

„Ach! So weit ist es also schon?“ Frau Kortner reagierte mit Bitterkeit. „Wenn dein Freund für dich Zeit gehabt hätte, hättest du ihm ohne Bedenken die ganze Nacht geopfert. Aber wenn ich einmal mit dir sprechen will, bist du müde ...“

Sabine hatte das Bedürfnis, laut aufzuschreien vor Verzweiflung. Sie atmete tief durch, um sich zu beruhigen, und trat dann in die offene Küchentür.

Frau Kortner saß am Küchentisch und etikettierte Gläser mit Eingemachtem. Sie sah ihrer Tochter mit zusammengekniffenen Augen entgegen. Auf ihrer Stirn standen steile Falten. „Setz dich zu mir und erzähle!“

„Bitte, Mutti, quäl mich nicht ...“

Frau Kortner stand langsam auf, trat auf ihre Tochter zu und legte ihr einen Arm um die Schulter. „Ich bin doch deine Mutter, mir kannst du alles anvertrauen.“

Sabine wich dem forschenden Blick aus. „Es gibt nichts zu erzählen.“

Frau Kortner ließ Sabine los und wandte sich ab. „Du willst also nicht!“ sagte sie beleidigt. „Gib doch zu, du hast kein Vertrauen mehr zu mir.“

„Aber Mutti!“

„Ich mache mir Sorgen um dich, Sabine, ich zerbreche mir den Kopf, wie ich dir helfen kann! Und du, du hältst es nicht einmal für nötig ...“ Auf Frau Kortners Wangen erschienen hektische rote Flecken. „Glaubst du, es ist einfach für eine Mutter, mitanzusehen, wie sich ihre einzige Tochter wegwirft? Dieser junge Mann hat es doch keine Sekunde lang ernst mit dir gemeint! Ich kenne solche Herren aus reichem Haus, ich hätte dir gleich voraussagen können ...“

Sabine ertrug es nicht länger. „Sein Vater hat ihm verboten, mich wiederzusehen!“ schrie sie heraus.

Frau Kortner sah ihre Tochter entgeistert an.

„Was starrst du mich so an?“ fragte Sabine mit bebender Stimme. „Gib doch zu, daß du froh darüber bist. Wahrscheinlich hast du sogar dafür gebetet.“

Ein Lächeln zog sich über das Gesicht der Frau. „Sei mir dankbar dafür, daß ich es so gut mit dir meine."

Sabine glaubte, ihre Mutter triumphiere noch über ihr Unglück. „Ja, verdammt gut, das kann man wohl sagen!" schrie sie außer sich. „Du glaubst, daß ich eine alte Jungfer werde! Wenn du mich wirklich liebtest, würdest du jetzt mit mir leiden. Aber du denkst ja nur an dich! Du hast Angst davor, allein zu bleiben, gib es doch zu! Was aus mir wird, ist dir ganz egal!"

In der Ferne ertönte der erste dumpfe Donnerschlag, aber die beiden Frauen achteten nicht darauf.

„Ich wollte doch nur ...", sagte Frau Kortner hilflos, überrumpelt von der ungewohnten Heftigkeit ihrer Tochter, „... ich wollte doch nur, daß du dich nicht wegwirfst, daß du wartest, bis der Richtige kommt!"

„Peter ist der Richtige!"

„Die Zeit heilt alle Wunden." Die Mutter versuchte, ihre Tochter in die Arme zu schließen.

Sabine wich ihr aus, holte tief Atem und zwang sich, ruhiger zu werden. „Mutti, du verstehst mich nicht. Wir sprechen zwei verschiedene Sprachen. Es hat keinen Sinn ..."

Frau Kortner schlug plötzlich die Hände vor das Gesicht. Ihre Schultern begannen zu zucken. „Du liebst mich nicht mehr", preßte sie unter Schluchzen hervor. „Du haßt mich!"

„Mutti, ich flehe dich an ..." Sabine zitterte vor Erregung. Sie ballte die Hände.

„Was bin ich denn noch für dich?" weinte die Mutter. „Deine Putzfrau, deine Haushälterin. Gut genug, für dich zu sorgen. Damit du Zeit für deine Vergnügungen hast. Damit du dich mit Männern herumtreiben kannst ..."

„Mutti, du bist ungerecht!" Mit letzter Kraft bewahrte Sabine ihre Fassung.

„Ungerecht?" Frau Kortner sah ihre Tochter aus tränennassen Augen an. „Das mußt du mir sagen, du ... du undankbares Geschöpf. Ich, deine Mutter, habe alles für dich getan. Ich habe mir selbst keine Freude gegönnt. Du hast mich ausgenutzt ..."

Sabine schloß erschüttert die Augen. Ein dumpfer Schmerz erfüllte ihr Herz.

„Ich werde dich nicht länger ausnutzen", sagte sie mit tonloser Stimme. „Du willst frei sein. Und ich will frei sein. Also muß ich gehen ..."

Sie drehte sich um und lief in ihr Zimmer.

„Sabine!“ schrie ihre Mutter und stürzte hinterher. Sie sah, wie Sabine den kleinen Koffer vom Schrank riß ...

Es war alles so wie schon vor zwei Tagen, als es Streit gab, weil Sabine sehr spät nach Hause gekommen war. An diesem Abend hatte sie Peter Hartmann kennengelernt.

Frau Kortner glaubte nicht, daß ihre Tochter Ernst machen würde, denn auch vor zwei Tagen hatte sie sich schließlich anders besonnen.

Sabine handelte wie mechanisch. Wieder packte sie nur das Nötigste in den kleinen Koffer. Sie schlug den Deckel zu, drückte die Schlösser fest und faßte nach dem Griff.

Maria Kortner stand in der Tür und versperrte den Weg. „Willst du wirklich fort?“ fragte sie ängstlich.

„Ja, Mutti“, antwortete Sabine ruhig. „Es ist besser so. Ich gehe, weil ich dich liebhabe. Ich weiß, wenn ich bliebe, müßte ich dich eines Tages wirklich hassen. Denn du kannst nicht anders, du würdest mich immer nur bevormunden, wie ein Kind behandeln. Ich aber möchte endlich mein eigenes Leben führen dürfen.“

Frau Kortner streckte die Arme aus. „Kind, mach doch keine Dummheiten. Überschlaf es, und morgen ist dann alles wieder gut. Ich verspreche dir ...“

„Mutti, versprich doch nichts!“

Frau Kortners Stimme wurde wieder schriller. „Gib es doch zu, du willst nur zu diesem Kerl!“

Sabine lächelte voller Wehmut. „Es hat keinen Sinn. Du fängst schon wieder an ...“ Sie trat auf ihre Mutter zu, zog sie für ein paar Augenblicke in die Arme und küßte sie mit steifen Lippen. „Leb wohl. Ich danke dir für alles. Ich weiß, du hast es gut mit mir gemeint. Aber es geht nicht mehr weiter. Wir können beide nicht mehr frei atmen.“

Sanft drückte sie ihre Mutter zur Seite und verließ mit dem kleinen Koffer das Zimmer, das sie fast zwanzig Jahre lang bewohnt hatte. Dieses Zimmer war ein Stück ihres Lebens ...

Ein starker Donnerschlag ertönte.

„Ein Gewitter!“ sagte die Mutter beschwörend. „Du kannst doch jetzt nicht auf die Straße! Warte doch wenigstens, bis ...“

Sabine nahm wortlos ihren Regenmantel vom Garderobenhaken.

„Wo willst du denn hin?“ fragte die Mutter. „Wer wird dich aufnehmen? Du gehst wirklich nicht zu diesem Mann?“

„Nein“, antwortete Sabine und kämpfte gegen die aufsteigenden Tränen. Peter, warum bist du heute nicht gekommen? Hat dein Vater es dir wirklich verboten? Oder bist du wieder nur geschäftlich verhindert worden? Fragen, auf die Sabine jetzt keine Antwort wußte.

Sie zog ihren Mantel an. „Ich gehe zu meiner Freundin Trudi. Und schon morgen werde ich mir ein Zimmer suchen. Ich hole dann meine Sachen." Sie sah ihre Mutter noch einmal voll an. „Auf Wiedersehen, Mutti. Wenn du willst, komme ich dich besuchen. So oft wie möglich. Aber jetzt muß ich gehen, es tut mir selbst weh ..."

Die letzten Worte konnte sie nur noch flüstern. Sie griff nach ihrer Handtasche, faßte den kleinen Koffer fester und öffnete die Wohnungstür. Sie wußte: Ihre Kraft war erschöpft. Nur noch wenige Sekunden, und ihr Entschluß würde zusammenfallen wie ein Kartenhaus. Und alles würde von vorn beginnen, die ewigen Vorwürfe, die endlosen Ermahnungen: *Tu das nicht, tu jenes nicht ...*

Als die Wohnungstür mit einem leisen Ton hinter ihr ins Schloß fiel, war es Sabine, als zerreiße etwas in ihrem Herzen. Die Tränen schossen aus den Augen hervor und machten sie blind. Sie lief die Treppe hinunter, stolperte, fing sich wieder, lief weiter. Verzweiflung wühlte ihr Inneres auf. Das Bewußtsein, ihre Kindheit hinter sich zu lassen, erschütterte sie zutiefst. Ich darf nicht umkehren! hämmerte sie sich ein. Ich darf nicht ... Doch sie hatte plötzlich Angst vor der Zukunft. Peter, du mußt mir helfen. Wenn du mich noch liebst ...

Sie rannte auf die Straße hinaus, hastete weiter. Regen schlug ihr entgegen. Der schwarze Himmel wurde von grellen Blitzen zerrissen. Donnerschläge hallten zwischen den Mietshäusern wider.

Sabine spürte, sah und hörte nichts. Ihre Füße trugen sie mechanisch weiter, die Goethestraße entlang, hinein in die Schwanthaler Straße.

„Mutti", kam es leise über ihre Lippen.

Ihre Augen waren blind von Tränen der Verzweiflung.

„Mutti, verzeih mir, aber ich wußte keinen anderen Ausweg ..." Reue brach über sie herein, zog ihr das Herz zusammen.

Sabine wollte über die Straße. Sie verließ den Bürgersteig und achtete nicht auf das Auto, sie sah es gar nicht.

Plötzlich waren die Scheinwerfer vor ihr, wie gierige Arme. Reifen quietschten. Es war zu spät.

Sabine spürte noch den furchtbaren Schlag, fühlte noch, daß ihr der Boden unter den Füßen weggerissen wurde, dann schlug sie auf. Eine grauenhafte Explosion schien ihren Kopf zu zersprengen.

Als das Auto dreißig Meter weiter zum Stehen kam, lag Sabine ohnmächtig auf dem regennassen Pflaster. Der Fahrer stürzte hinzu, beugte sich über sie und murmelte: „Ich konnte nichts dafür. Sie ist mir direkt vor den Wagen gelaufen ..."

Eine zweite Stimme neben ihm bestätigte: „Es war, als wollte das Mädchen Selbstmord begehen." Die Stimme gehörte einem Mann, der vom Bürgersteig aus das Unglück mitangesehen hatte. „Lebt sie denn noch?"

„Ich hoffe", sagte der Fahrer. „Sie muß sofort ins Krankenhaus." Er rannte davon.

Fünf Minuten später war die Polizei mit einem Unfallwagen zur Stelle. Im gleichen Moment, da der erste Polizist sich über sie beugte, schlug Sabine die Augen auf. Sie spürte einen bohrenden Schmerz im Kopf. Dann kam die Erinnerung zurück, und sie wunderte sich, daß sie noch lebte.

„Ganz ruhig liegen bleiben", mahnte der Polizist.

Sie wurde auf eine Trage gehoben, zum Unfallwagen getragen und in ein Krankenhaus gefahren.

Sabine fühlte sich unendlich müde, der Schmerz im Kopf war dumpfer geworden. Im Krankenhaus wurde sie von einem jungen Arzt untersucht. Sein Bild drang nur schwer in ihr Bewußtsein: ein schmaler hoher Kopf, ernste graue Augen, eine schmale hohe Gestalt mit langen rücksichtsvollen Händen.

„Können Sie sprechen?" fragte der junge Arzt.

„Ja", antwortete Sabine mühsam. „Was ist mit mir?"

„Sie haben Glück gehabt. Ein paar Prellungen, ein paar Hautabschürfungen, eine ansehnliche Beule am Kopf."

Sabine tastete nach der Beule. Die Berührung war schmerzhaft, aber Sabine stellte erleichtert fest, daß sie nicht blutete. Die Kopfhaut war nicht geplatzt.

„Ist Ihnen schlecht?" fragte der Arzt.

„Nein", antwortete Sabine. „Nur erschöpft, müde."

Der junge Mediziner zog eine Spritze auf. „Ich gebe Ihnen eine Injektion, und dann werden Sie schlafen. Nur eines muß ich noch wissen: Laut Ausweis, den man bei Ihnen fand, heißen Sie Sabine Kortner und wohnen in der Goethestraße. Leben Sie bei den Eltern oder allein?"

Sie brachte es nicht über sich, zu lügen: „Ich lebe mit meiner Mutter zusammen. Aber bitte ..." Sabine brach ab. Eine Woge sich streitender Gefühle und Gedanken überschwemmte sie. Da war ihr Stolz. Da war das Gefühl, allein verantwortlich zu sein für das, was geschehen war. Aber da war auch die Sehnsucht nach der mütterlichen Fürsorge und Liebe.

Sie kämpfte gegen den Wunsch an, die Mutter rufen zu lassen. „Bitte sagen Sie ihr nichts", flüsterte sie.

„Aber wird sie sich denn nicht wundern, daß Sie nicht nach Hause kommen?"

„Nein... Bitte, fragen Sie nicht weiter."

Der Arzt dachte an den kleinen Koffer, der mit der Verunglückten ins Krankenhaus gebracht worden war, aber er verstand das Ganze nicht.

„Fräulein Kortner, es könnte sein, daß es Ihnen schlechtergeht. Ich meine..."

„Ja", antwortete Sabine sofort. „Dann rufen Sie meine Mutter."

„Es gibt durchaus keinen Grund zur Sorge", versuchte der Arzt zu beruhigen. „Wir werden Sie beobachten. Falls nicht irgendeine Komplikation eintritt, können Sie vielleicht schon übermorgen entlassen werden..."

Sabine bekam die Injektion und wurde dann in ein Vierbettzimmer gebracht. Zwei Betten waren bereits belegt. Sabine wurde von dem Arzt und der Nachtschwester in eines der beiden freien Betten getragen. Alles geschah so lautlos, daß die beiden anderen Patientinnen nicht aufwachten.

„Gute Nacht", flüsterte der junge Arzt und blickte auf Sabines bleiches Gesicht hinab. Ein Engel, dachte er. So rein und unschuldig wie ein Engel...

Sabine schlief schnell ein. Schon eine Stunde später aber wurde sie von der Nachtschwester, einer gutmütigen, vollschlanken Frau von etwa dreißig Jahren, wieder geweckt. Es gehörte zu der medizinischen Beobachtung, denn es lag Verdacht auf Gehirnerschütterung vor.

Als die Schwester zum zweitenmal kam, riß sie Sabine aus einem Traum. Über dem bleichen Gesicht unter den seidigen blonden Haaren lag jetzt ein glückliches Lächeln.

Sabine hatte von Peter geträumt. Es war ein schöner Traum gewesen, und er verjagte alle Zweifel an Peters Liebe. Die Sehnsucht nach ihm war mit dem Traum erwacht.

„Schwester", flüsterte Sabine. „Wie spät ist es?"

„Gleich Mitternacht."

„Können Sie mir einen großen Gefallen tun?" bat Sabine. „Bitte rufen Sie Herrn Peter Hartmann an und sagen Sie ihm, was geschehen ist..." Sie nannte seine Nummer und dachte: Er wird kommen, und alles wird wieder gut sein ... Morgen schreibe ich auch einen lieben Brief an Mutti ...

Mit dem Herzen voller Hoffnung schlief Sabine ein.

4

Maria Kortner, Sabines Mutter, lag lange wach in dieser Nacht, die Hände über der Bettdecke verkrampft. Stunden waren schon seit der Auseinandersetzung mit Sabine vergangen, aber die Erregung in ihr war nicht abgeklungen. Ihr Herz schlug mit spitzen, heftigen Stößen. Sie sehnte sich nach Schlaf und zwang sich dennoch, wach zu bleiben.

Sie hoffte, daß Sabine wiederkommen würde, noch in dieser Nacht. Frau Kortner konnte einfach nicht glauben, daß ihre Tochter kein Kind mehr sein wollte.

Bilder aus der Vergangenheit tauchten vor Maria Kortner auf: Sabine im kurzen Kleidchen mit dicken blonden Zöpfen und dann ihr sanftes Stimmchen: „Mutti, ich hab' dich so lieb ..."

Immer war Sabine dankbar und zärtlich gewesen. Sabine, der Inhalt ihres Lebens – seit sie durch den Unfall ihres Mannes Witwe war.

Frau Kortner hatte die Tür zur Diele offengelassen. Sie lauschte in die Nacht hinaus. Angst trieb ihr Herz zu immer wilderen Stößen an. Angst um Sabine und Angst vor der Einsamkeit, die aus allen Winkeln der plötzlich leer gewordenen Wohnung auf sie zukam.

Wenn Sabine mich wirklich verläßt, dachte Frau Kortner, dann ist alles sinnlos geworden – mein ganzes Leben. Dann gibt es nichts mehr, für das es sich lohnt zu leben ...

Tränen rannen ihr über die Wangen. Tränen, die sie erst bemerkte, als ihr das salzige Naß in die Mundwinkel drang. Sie schluchzte verzweifelt auf, ihre Augen brannten. Sie glaubte nicht, daß Sabine zu ihrer Freundin Trudi gegangen war. Sie wird bei diesem Kerl im Bett liegen, bohrte es in Maria Kortner. Bei diesem Peter Hartmann ...

Erst als die Straßenbeleuchtung erlosch und graue Dämmerung in das Zimmer drang, fiel sie in bleiernen Schlaf.

Peter Hartmann hatte an diesem Abend mehr getrunken als je

zuvor in seinem Leben. Dennoch war es ihm nicht gelungen, seinen Schmerz und seine Enttäuschung zu ertränken.

Als er nach Mitternacht den Schwabinger „Käfig“ verließ – eines von vielen Lokalen, in denen er versucht hatte, Vergessen zu finden –, fühlte er sich auf erschreckende Weise nüchtern. Und die Wunde in seinem Herzen blutete noch immer.

Seinen Porsche hatte er irgendwo stehenlassen. Als er nun beschloß, endlich nach Hause zu fahren, nahm er ein Taxi. Er setzte sich neben den Chauffeur auf den Vordersitz und starrte verbissen geradeaus. Das Gewitter hatte sich verzogen, aber es regnete immer noch. Die Scheibenwischer tanzten mit marionettenhaftem Fleiß hin und her.

Peter zog ein verknittertes Zigarettenpäckchen aus seiner Jackentasche und suchte vergeblich nach seinem Feuerzeug. Bis ihm einfiel, daß es in dem Fahrstuhlschacht geblieben war. Wieder mußte er an Sabine denken, und der Schmerz über die zerstörte Liebe lebte neu auf.

Schweigend reichte ihm der Taxifahrer eine Schachtel Streichhölzer.

„Danke“, murmelte Peter.

Das Streichholz flammte auf, für Sekunden war das Innere des Wagens in warmes Licht getaucht. Der Chauffeur warf Peter einen raschen Seitenblick zu. „Ärger gehabt?“ fragte er knapp. Peter antwortete nicht. Er war in tiefes Grübeln versunken.

Sabine ...

Er sah ihr schmales leuchtendes Gesicht vor sich, das seidenweiche aschblonde Haar, das ihr auf die Schultern fiel, die klaren blauen Augen. Und er spürte seine Liebe zu ihr wie ein verzehrendes Feuer.

Er liebte sie noch immer. Trotz allem, was er über sie erfahren hatte. Er liebte sie, und er konnte nicht glauben, daß sie nur mit ihm gespielt hatte ...

Nein, dachte er, so kann sich ein Mädchen nicht verstellen! Sie ist auch verliebt ... Sie hat mir nichts über ihre Vergangenheit erzählt. Aber hatte sie überhaupt Gelegenheit dazu? Darf ich sie jetzt verurteilen, ohne ihr eine Chance zur Verteidigung zu geben?

„Ich habe mich wie ein Idiot benommen“, murmelte Peter wie im Selbstgespräch. „Ich hätte wenigstens mit ihr reden sollen.“

„Das läßt sich nachholen“, erwiderte der Chauffeur, obgleich er nur ahnen konnte, worum es ging.

„Stimmt!“ Peter richtete sich auf. „Fahren Sie mich ...“ Aber er brach ab. Er hatte Sabines Adresse angeben wollen, doch dann erkannte er, daß es unmöglich war, sie jetzt mitten in der Nacht aus dem Bett zu klingeln.

„Nein", sagte er, „bringen Sie mich doch nach Hause, zur Widenmayerstraße."

Als Peter Hartmann die letzten Stufen zu seinem Appartement hinaufstieg, sah er eine zusammengesunkene Gestalt auf dem Treppenabsatz hocken. Strohiges Haar schimmerte über einem hochgeschlagenen Mantelkragen, die Hände waren in die Taschen gesteckt.

„Erich, was machst du denn hier?"

Erich Krüger reckte sich. „Verdammt", sagte er mit einem schiefen Lächeln. „Scheint fast so, als wäre ich eingenickt. Kein Wunder übrigens. Ich warte schon seit zwei Stunden hier auf dich."

Peter Hartmann hatte zu nichts weniger Lust, als sich jetzt mit dem Freund zu unterhalten. „Was gibt's?" fragte er kurz angebunden und steckte den Schlüssel ins Schloß.

„Ich habe etwas herausgebracht. Über Sabine!"

Peter Hartmann richtete sich auf. „Danke", sagte er kalt. „Ich weiß genug. Du kannst dir alle weiteren Erklärungen sparen."

„Hast du mit ihr gesprochen?"

„Nein."

Erich konnte seine Erleichterung nicht verbergen. „Na, Gott sei Dank!"

Peter Hartmann stieß die Wohnungstür auf, knipste Licht an. „Ich war zu feige, das ist alles. Zu feige, sie zur Rede zu stellen."

Erich drängte sich in die Wohnung. „Ich bin riesig froh, daß du es nicht getan hast. Ich muß dir etwas mitteilen ..."

„Ich bin sehr müde", fiel Peter ihm ins Wort.

Erich schien die deutliche Ablehnung zu überhören. Er schlüpfte aus seinem Trenchcoat und hängte ihn über einen Bügel. „Wenn du hörst, was ich dir zu sagen habe, wirst du gleich wieder munter werden!"

„Los, komm zur Sache!" forderte Peter. Er warf sich in einen Sessel und streifte sich die Schuhe ab. „Aber damit du ganz klar siehst: Was auch immer du für neue Schauergeschichten über Sabine zu berichten hast – es wird nichts an meinen Gefühlen für das Mädchen ändern. Gar nichts. Ich liebe sie. Mit all ihren Fehlern."

„Donnerwetter! Du sprichst ein großes Wort gelassen aus."

Peter warf sein Jackett in den gegenüberstehenden Sessel, die

Krawatte dazu. „Willst du jetzt endlich mit der Sprache herausrücken? Was ist mit Sabine?"

„Sie war es gar nicht!" platzte Erich heraus.

„Jetzt verstehe ich überhaupt nichts mehr ..." Peter starrte den Freund ungläubig an.

„Aber Peter, das ist doch ganz einfach! Deine Sabine ist nicht dieselbe Sabine, die den Zauber auf der Silvesterparty im Club aufgeführt hat! Verstehst du jetzt?"

„Aber", sagte Peter fassungslos, „ich habe doch selber mit Charly, dem Mixer, gesprochen ..."

„Trotzdem war es ein Mißverständnis!" Erich strahlte. „Die Sabine von der Silvesterfeier ist inzwischen ... Halt dich fest, damit du nicht vom Sessel kippst! Die ist Frau von Brosig geworden! Der alte Brosig hat sich scheiden lassen und das Silvestermädchen geheiratet! Was sagst du nun? Sie ist zur ehrsamen Gattin eines steinreichen Hoteliers avanciert. So etwas nenne ich Karriere!"

Peter sprang wie elektrisiert auf. „Wann hast du das erfahren?"

„Heute abend im Club. Nachdem du weg warst. Ich hab' nach links und rechts ein paar Fragen gestellt ... Und dabei kam es dann heraus."

Peter trat auf den Freund zu, packte ihn bei den Aufschlägen seine Jacke, schüttelte ihn. „Erich", sagte er böse, „warum hast du mich angelogen?"

„Ich? Bitte laß mich los ..."

„Du hast gesagt, du hättest Sabine wiedererkannt!"

„Ja doch ... Sie kam mir bekannt vor. Ich habe mich eben getäuscht. So was kann jedem passieren!"

Peter ließ die Jackenaufschläge so plötzlich los, daß Erich ins Taumeln geriet. „Mein Gott", murmelte er. „Ich habe das Ganze geglaubt ..."

„Tut mir leid." Erich Krüger strich sich sein Jackett zurecht. „Vielleicht war es voreilig, daß ich dir von meinem Verdacht erzählt habe. Aber ich wollte dich bloß warnen. Als ich mit Charly darüber gesprochen hatte, war ich ganz sicher. Du doch auch! Peter! Um Himmels willen, mach nicht so ein Gesicht! Sei doch froh, daß sich alles noch rechtzeitig geklärt hat."

„Das war nicht dein Verdienst", erwiderte Peter finster.

„Nachdem ich es erfahren hatte, raste ich in ganz München rum, um dich zu finden. Ich wollte das Schlimmste verhindern. Was glaubst du, was deine Sabine dir gesagt hätte, wenn du diesen Verdacht geäußert hättest? Wahrscheinlich wäre es zwischen euch trotz aller Liebe zum Bruch gekommen. Du solltest mir also dankbar sein, statt mir Vorwürfe zu machen."

Peter sah den Freund an, und Erich erwiderte den Blick, ohne mit der Wimper zu zucken.

„Ich bin übermüdet und durchgedreht", sagte Peter. „Ich wollte dir nicht unrecht tun . . ."

„Na also!" Erich klopfte dem Freund auf die Schultern. „Dann ist ja alles wieder in Ordnung . . ."

Das Telefon schrillte mitten in den Satz hinein.

Peter nahm den Hörer ab, meldete sich.

„Entschuldigen Sie, daß ich mitten in der Nacht anrufe", sagte eine freundliche weibliche Stimme, „aber eine Patientin hat mich darum gebeten."

„Eine Patientin?" Peter begriff es nicht. „Wer spricht da überhaupt?"

„Ich spreche aus der Unfallklinik ‚Rechts der Isar'. Es handelt sich um ein Fräulein Sabine Kortner."

„Sabine!" Peter schrie den Namen heraus. „Was ist mit ihr?"

„Sie hatte einen Unfall . . ."

„Ist sie tot?" schrie Peter. „Sabine, oh . . ."

Die freundliche weibliche Stimme fiel ihm ins Wort. „Bitte regen Sie sich nicht auf, Herr Hartmann! Der Unfall war nur leicht. Fräulein Kortner schläft jetzt ruhig."

Peter schluckte. „Was fehlt ihr? Wie ist es passiert?" fragte er heiser.

„Tut mir leid, daß ich Ihnen darüber keine Auskunft geben kann. Fräulein Kortner schwebt nicht in Gefahr. Alles Weitere können Sie morgen von ihr selbst erfahren."

„Wann morgen?"

„Ab zwei Uhr ist Besuchszeit."

„Danke", sagte Peter mühsam.

„Gute Nacht!" Die Schwester legte auf.

„Was ist los?" fragte Erich Krüger. „Sabine hat einen Unfall gehabt? Aber wieso denn?"

Peter starrte ins Leere. „Ich habe sie heute abend versetzt."

„Na, deswegen wird sie nicht gleich aus dem Fenster gesprungen sein!"

Peters Augen weiteten sich vor Entsetzen. „Aus dem Fenster?"

„Das war doch nur ein Witz!" Erich lachte gezwungen.

Peter ging ans Fenster und preßte die glühende Stirn gegen die kühle Scheibe. „Es ist meine Schuld", stöhnte er. „Was auch immer geschehen sein mag, es ist meine Schuld . . ."

„Quatsch!" unterbrach Erich. „Ehe du nicht weißt, was los ist, sind Selbstvorwürfe barer Unsinn."

Peter schwieg. Erich rutschte unruhig in seinem Sessel hin und her. „Übrigens", begann er. „Gisela hat nach dir gefragt. Ich habe sie im Club getroffen. Sie wollte wissen, ob du jetzt eine Freundin hast."

„Freundin?" Peters Stimme bekam einen merkwürdigen Klang. „Ich habe ein Mädchen gefunden, das mir mehr als alles andere auf der Welt bedeutet ... Und ich Idiot habe dieses Mädchen mit meinem schmutzigen Verdacht beleidigt."

Erich fühlte sich immer unwohler in seiner Haut. Der faselt dauernd von dieser Sabine, dachte er böse, und ich habe ganz andere Sorgen ...

Als Peter wieder in Grübeln versank, hielt Erich es nicht länger aus. „Peter, du mußt mir auch einen Gefallen tun ..."

Der Freund reagierte nicht.

„Peter, hör doch mal zu ... Ich bin in einer furchtbaren Klemme. Ich brauche dringend hundertfünfzig Mark. Für die Miete. Sonst schmeißt mich meine Wirtin raus!"

Peter drehte sich langsam um. Eine steile Falte erschien auf seiner Stirn. „Bist du etwa nur wegen des Geldes zu mir gekommen?"

„Versteh doch ..." Erich wand sich wie unter Schmerzen. „Mir geht's wirklich dreckig. Der Scheck von meinem Vater kommt erst in der nächsten Woche."

Wortlos nahm Peter drei Fünfzig-Mark-Scheine aus einem Schreibtischfach. Erich stand schon bei ihm und griff nach dem Geld. „Ich danke dir", stieß er erleichtert hervor. „Bist doch ein feiner Kumpel!"

„Verschwinde", zischte Peter mit gefährlich leiser Stimme.

„Ich gehe ja schon", beeilte Erich sich zu sagen. Mit wenigen Schritten war er an der Zimmertür. „Grüß Sabine von mir!" rief er noch, dann verschwand er. Die Wohnungstür fiel ins Schloß.

Peter stand wie erstarrt im Zimmer. Ich bin ein Schwein ... dröhnte es in ihm. Ich bin es nicht wert, daß Sabine mich liebt ...

Als Peter am nächsten Morgen kurz nach sieben Uhr erwachte, hatte er einen klaren Kopf. Dennoch fühlte er sich elend. Er hatte einen moralischen Kater. Während Peter sich duschte, sich anzog, Frühstück machte – ständig erfüllte ihn dieses bohrende Schuldgefühl.

Und ganz plötzlich entstand dann der Entschluß: Ich fahre gleich ins Krankenhaus! Noch vor der Arbeit ... Ich kann nicht bis heute mittag warten ...

Sabine wurde an diesem Morgen sehr früh geweckt. Die beiden Frauen, die mit ihr in dem Krankenhauszimmer lagen, waren überrascht, über Nacht eine Leidensgefährtin bekommen zu haben. Beide waren sie, wie Sabine, Opfer von Verkehrsunfällen. Aber ihre Verletzungen waren schwerer. Die eine Frau, etwa fünfunddreißig Jahre alt, hatte einen komplizierten Oberschenkelbruch; die andere, etwas älter als Sabine, hatte schwere Schnittwunden im Gesicht.

Die drei Frauen machten sich miteinander bekannt. Die älteste erzählte gerade, daß ihre zwei Kinder nun vom Vater versorgt werden müßten, als die Tür sich öffnete und der junge Arzt eintrat, der Sabine gleich nach dem Unfall untersucht hatte.

„Guten Morgen", sagte er freundlich und kam an Sabines Bett. „Wie fühlen Sie sich, Fräulein Kortner?"

„Danke, gut." Sie erwiderte sein Lächeln.

„Na, dann wird man Sie wohl morgen schon entlassen."

„Fein!" freute sich Sabine und wagte nicht, zu den beiden anderen Frauen hinüberzusehen, die es so viel schwerer getroffen hatte.

Der junge Arzt setzte sich auf die Bettkante und strich sich eine Strähne seines glatten braunen Haares aus der Stirn. Er war offensichtlich verlegen. „Ja, dann möchte ich mich von Ihnen verabschieden", sagte er mit gedämpfter Stimme.

„Vielleicht sehen wir uns morgen früh noch einmal ..." Sabine war plötzlich auch verlegen. Sie spürte, daß der schlanke ernste Mann mehr für sie empfand als ärztliches Interesse.

„Ich glaube kaum", antwortete er sehr ernst. „In der nächsten Nacht habe ich zwar hier noch einmal Dienst, aber dann schlägt meine letzte Stunde in diesem Haus ..." Er lächelte flüchtig.

„Ach, entschuldigen Sie bitte, ich habe mich Ihnen noch gar nicht vorgestellt. Dr. Seeger ist mein Name. Ralph Seeger ..."

Sabine schwieg. Sie wußte nicht, was sie sagen sollte. Dr. Seeger sprach auch schon weiter: „Ja, meine Zeit in diesem Krankenhaus ist um. Ich will Frauenarzt werden. Ab Montag bin ich im Mütterheim in Nymphenburg ..."

Sabine stutzte. Sie fragte: „In Nymphenburg? In dem bekannten Mütterheim?"

„Richtig!" Dr. Seeger sah überrascht auf und begann amüsiert zu lächeln. „Warum?"

„Meine Tante war mal da. Das ist schon lange her ... Ach ja, da fällt mir ein: Ich muß in den nächsten Tagen auch in dieses Mütterheim ..."

Dr. Seegers Lächeln verstärkte sich.

„Nein, nein, ich ..." Sabine schüttelte verwirrt den Kopf, dann hatte sie sich wieder gefangen. „... ich muß eine Bescheinigung besorgen. Meine Tante hat nämlich dort auch gearbeitet."

„Wenn Sie wissen, wann Sie hingehen, rufen Sie mich vorher dort an. Sie brauchen nur meinen Namen zu sagen. Ralph Seeger. Ich werde Ihnen dann helfen, die Bescheinigung zu bekommen. Einverstanden?"

Der junge Arzt sah Sabine aus seinen grauen Augen fast flehend an. „Einverstanden", sagte sie lächelnd. „Das ist nett von Ihnen."

Dr. Seeger stand auf. „Ich muß nun leider gehen. Also, Sie melden sich dann bei mir? Ich würde mich sehr freuen."

„Ich werde Sie anrufen", versprach Sabine.

Sie gaben sich die Hand. Bevor Dr. Seeger die Zimmertür hinter sich zuzog, gingen seine Augen noch einmal zurück, und sein Blick blieb sekundenlang auf Sabines Gesicht ruhen. Das Lächeln um seinen Mund war verträumt.

Wenige Minuten später öffnete sich die Tür wieder, und eine Schwester kam herein. Sie kam an Sabines Bett und sagte: „Besuch für Sie, Fräulein Kortner! Ein junger Mann mit roten Rosen!"

Sabine richtete sich überrascht auf. Ihr Herz begann einen wilden Wirbel. „Ein ..." Die Sprache versagte ihr.

Die Schwester ging zurück zur Tür, und kurz darauf erschien Peter. Langsam, fast unsicher näherte er sich Sabine. Da sah er die Tränen, die über ihr schönes offenes Gesicht rannen. Mit einer spontanen Bewegung nahm er Sabine in die Arme. Der Strauß roter Rosen fiel auf das weiße Leinen.

„Bitte weine nicht, mein Liebes", flüsterte seine Stimme zärtlich in ihr seidenweiches Haar. „Ich weiß, es ist alles meine Schuld."

Die Krankenschwester räusperte sich kurz. „Herr Hartmann, Sie denken doch daran: nur ein paar Minuten! Es ist wirklich eine große Ausnahme. Erst ab 14 Uhr ist Besuchszeit."

Peter, der auf dem Bettrand saß, löste sich von Sabine, wandte sich zu der Schwester um und nickte. „Ich bin gleich wieder draußen." Dann sah er Sabine an, ernst und schuldbewußt.

„Oh, Peter", hauchte sie und kämpfte mühsam gegen die Tränen an. „Du weißt ja nicht, was geschehen ist ... Ich hatte einen furchtbaren Streit mit meiner Mutter, und da bin ich einfach fortgelaufen, gestern spätabends ... Ich wollte zu Trudi, meiner Freundin, aber dann hatte ich den Unfall."

„Ja, ich weiß. Die Oberschwester hat mir davon berichtet. Du hast Glück im Unglück gehabt."

„Oh, Peter", sagte Sabine und umklammerte seine Hände. „Warum bist du gestern nicht gekommen? Warum hast du mich vergeblich warten lassen?"

Sein Gesicht wurde sehr ernst. „Das werde ich mir nie verzeihen."

„Aber warum? Was ist denn passiert?"

„Ich ... ich habe mir eingebildet, du hättest nur mit mir gespielt!"

„Ich mit dir?"

„Ja. Ich bin der größte Dummkopf aller Zeiten!"

„Aber ich verstehe nicht ..."

Er senkte beschämt den Blick. „Es gibt dafür keine Entschuldigung. Sabine, bitte, sag mir nur das eine: daß du mir verzeihst!"

Sie lächelte unter Tränen. „Ich habe es schon vergessen."

Er hätte sie in diesem Moment am liebsten wieder in die Arme genommen. Aber sie hielten sich nur stumm und glücklich bei den Händen.

„Soll ich deine Mutter benachrichtigen?" fragte er endlich.

„Nein, bitte nicht. Ich möchte nicht, daß sie sich unnötig Sorgen macht. Ich werde ihr nachher einen lieben Brief schreiben."

„Und Rechtsanwalt Dr. Brettschneider? Soll ich ihn anrufen?"

„Ja, Peter. Sag ihm bitte, daß ich Montag wieder in die Kanzlei komme ... Aber Peter, vielleicht sollte ich besser selbst anrufen. Sonst weiß Dr. Brettschneider doch, daß wir zwei ..."

„Alle sollen es wissen!" brach es aus ihm heraus. Seine Stimme vibrierte vor Erregung. „Alle! Dr. Brettschneider, deine Mutter, meine Eltern ... sie sollen wissen, daß wir uns lieben und daß ..."

Er hielt plötzlich inne, sah Sabine tief in die Augen und fragte ganz leise: „Sabine, willst du meine Frau werden?"

Sabine schloß überwältigt die Augen. Eine Woge von Glückseligkeit löste sich aus ihrem Herzen und erfaßte den ganzen Körper. „Ja, Peter ..." hauchte sie.

Da sanken sie sich in die Arme. Sie achteten nicht auf die beiden Frauen, die aus den etwas abseits stehenden Betten neugierig herüberschauten. Sie küßten sich nicht, sie hielten sich nur fest und spürten, daß ihre Herzen im gleichen Rhythmus schlugen.

So saßen sie wenige Sekunden, als plötzlich die Tür aufging und die Krankenschwester wiederkam. „Herr Hartmann", mahnte sie schmunzelnd. „Es ist besser, wenn Sie jetzt gehen. Der Chefarzt macht gleich Visite."

Die Trennung in diesem berauschenden Moment war grausam. Nur zögernd löste Peter sich aus Sabines weichen warmen Armen. Die Bettdecke war etwas verrutscht. Die festen runden Brüste unter dem dünnen Nachthemd hoben und senkten sich. Peter stand auf und ging rückwärts zur Tür. „Sabine, ich komme wieder", sagte er mit belegter Stimme. „Um zwei Uhr bin ich wieder bei dir."

Dann verließ er das Zimmer. Wie in Trance lief er den langen Gang entlang, am Pförtner vorbei, die Treppen hinunter, auf die Straße. Er erreichte seinen roten offenen Porsche – und erstarrte . . .

In dem schwarzen Ledersessel neben dem Lenkrad saß Gisela Schneider.

„Was machst du denn hier?" fragte er heiser. Die Ernüchterung kam wie eine kalte Dusche.

Gisela, die verwöhnte Tochter eines Stararchitekten, lächelte ihr laszives Lächeln. „Ich muß mit dir reden, mein Lieber", erklärte sie mit ihrer rauhen Stimme. „Ich habe dich vorhin zufällig an der Kreuzung Ismaninger- und Prinzregentenstraße gesehen. Da bin ich dir hinterhergefahren. Warst du bei deiner neuen Freundin?"

„Was geht das dich an?" Peter wurde wütend.

Gisela ließ sich nicht aus der Fassung bringen. „Ich hoffe, du hast dich in aller Form von ihr verabschiedet", sagte sie, und ihr Lächeln wurde höhnisch.

„Was soll das heißen?" fragte Peter, plötzlich aufmerksam geworden.

„Ach, du weißt es noch gar nicht!" Gisela lachte böse. „Dann hat dein Herr Papa dir die freudige Überraschung noch nicht mitgeteilt . . ."

Und triumphierend stieß sie hervor: „Du und ich – wir beide gehen gemeinsam nach Amerika! In wenigen Tagen schon und für längere Zeit . . ."

Peter mußte sich an der Wagentür festklammern. Ein wilder, schmerzlicher Taumel erfaßte ihn.

Es dauerte Sekunden, bis Peter Hartmann sich wieder in der Gewalt hatte. Er öffnete die Augen und sah auf Gisela hinunter.

Sie räkelte sich mit ihren langen Beinen in dem schwarzen Ledersitz des Sportwagens und lächelte ihn triumphierend an.

In diesem Augenblick hätte Peter dem schönen Mädchen am liebsten ins Gesicht geschlagen.

„Hat dich diese Neuigkeit so schwer getroffen?" fragte sie mit gespieltem Mitleid. „Und ich dachte, du würdest dich freuen, mit mir für ein Jahr nach Amerika zu gehen."

„Steig aus!" stieß er hervor.

„Mein lieber Peter, ein bißchen höflicher, wenn ich bitten darf!" Mit damenhaftem Hochmut öffnete sie die Wagentür, schwang ihre Beine auf den Bürgersteig, stieg aus und warf die Tür zu. Sie lächelte nicht mehr, ihre Augen funkelten zornig. Aber sie war siegessicher. „Laß uns erst mal drüben sein ..." sagte sie mit rauher Stimme.

Peter biß die Zähne zusammen, die Sehnen an seinem Hals zuckten. Wortlos setzte er sich hinter das Lenkrad seines Sportwagens, startete und fuhr an. Er ließ Gisela einfach stehen. Es war wenige Minuten nach neun Uhr. Auf dem schnellsten Weg wollte er ins Büro. Ich muß Papa zur Rede stellen, war sein Plan. Ich gehe nicht nach Amerika. Ich bleibe in München und heirate Sabine ...

5

Sabines Mutter, Frau Maria Kortner, erwachte an diesem Morgen mit dröhnenden Kopfschmerzen. Sie blickte auf ihre Armbanduhr, die sie auf dem Nachttisch abgelegt hatte. Neun Uhr vorbei! Schlagartig kam die Erinnerung zurück.

Sie sprang aus dem Bett, lief in Sabines Zimmer hinüber – es war leer. Sabine war nicht nach Hause gekommen.

Fünf Minuten später stand Maria Kortner in einer Telefonzelle und wählte mit zitternden Fingern die Nummer der Kanzlei Doktor Brettschneiders.

„Frau Kortner?" sagte eine Mädchenstimme. „Ich verbinde!"

Dann meldete sich Dr. Brettschneider. „Guten Morgen", sagte der Anwalt. „Ich habe mir schon gedacht, daß Fräulein Sabine krank ist. Was fehlt ihr denn?"

Ich kann ihm nicht sagen, daß Sabine die ganze Nacht nicht nach Hause gekommen ist, überlegte Maria Kortner hastig. „Es ist ... nichts Ernsthaftes", erwiderte sie mühsam.

„Das höre ich gern! Ich kann also Montag wieder mit ihr rechnen?"

„Ja, ja ... ganz bestimmt!"

„Dann bestellen Sie ihr einen schönen Gruß von mir und gute Besserung ... Wir brauchen sie hier dringend. Trudi, ihre Kollegin, will morgen mal vorbeikommen und Sabine besuchen."

„Ja, Herr Doktor ..." erwiderte Frau Kortner fast erstickt und hängte ein. Für Sekunden war sie wie gelähmt, aber in ihrem Kopf jagten sich panikhaft die Gedanken. Sabine ist verschwunden! Sie ist gestern abend nicht zu ihrer Freundin gegangen, zu Trudi ...

Frau Kortner kannte nur einen Menschen, der ihr jetzt Rat und Hilfe geben und auf dessen Diskretion sie sich verlassen konnte: Ruth Högner, ihre beste Freundin. Sie fuhr mit der Straßenbahn nach Bogenhausen.

Ruth Högner, Witwe wie Frau Kortner, aber finanziell erheblich besser gestellt, wohnte in einem schmucken Haus in der Possartstraße. Sie begrüßte die Freundin mit den Worten: „Wo brennt's denn, Maria? Wir sind doch erst für morgen verabredet!"

Ruth Högner trug einen weißen Kittel, ihre strumpflosen Beine steckten in bequemen Sandalen. Aber trotz dieser sorglosen Aufmachung wirkte sie gepflegt und um Jahre jünger als die gleichaltrige Freundin. Ihr dunkles Haar, kurzgeschnitten und leicht gelockt, rahmte ein glattes Gesicht mit lebhaften klugen Augen. Arme und Beine waren von der Sonne gebräunt. Alles an Ruth Högner strahlte Lebensfreude und Gesundheit aus.

Bei einem starken Kaffee und einem guten holländischen Frühstück berichtete Maria Kortner ihrer Freundin alles, was in den letzten drei Tagen geschehen war. Von dem Abend an, als Sabine den jungen Peter Hartmann kennenlernte und erst um Mitternacht nach Hause kam. Bis zu der furchtbaren Auseinandersetzung und Sabines Flucht aus der Wohnung ...

„Was soll ich bloß machen?" fragte Maria Kortner zum Abschluß. „Sabine ist bestimmt jetzt bei diesem Kerl!"

„Laß sie doch", antwortete die Freundin seelenruhig. „Hauptsache, sie ist glücklich."

„Nein, Ruth!" Maria Kortner winkte energisch ab. „Das ist kein Standpunkt. Denn ich weiß, wo so etwas endet. Ich habe es mit meiner eigenen Schwester erlebt. So etwas endet im Mütterheim!"

Ruth Högner lächelte ein wenig über die erregten Worte der Freundin. „Erstens bekommt man nicht immer gleich ein Kind. Und zweitens weiß ich gar nicht, was du gegen ein Mütterheim hast. Das anständigste Mädchen kann mal Pech haben, und dann ist so ein Mütterheim genau das Richtige."

Frau Kortner sah entsetzt auf. „Aber Ruth! Ein anständiges Mädchen ist nicht vor der Hochzeit mit einem Mann zusammen!"

Ruth Högner lachte leise auf und schüttelte den Kopf. „Meine Liebe, ich glaube, du hast den Zug der Zeit verpaßt. Die Moralbegriffe der Jugend von heute sind etwas freier ..."

„Nein, nein", wehrte Frau Kortner sich. „Ich kann den Gedanken nicht ertragen, daß meine Tochter jetzt in den Armen eines Mannes liegt, anstatt ins Büro zur Arbeit zu gehen ..."

„Großer Gott", unterbrach Ruth Högner mit einer ausholenden Gebärde. „Heute ist Freitag, ich wette, am Montag ist deine Sabine wieder pünktlich in der Kanzlei. Maria, wirklich, ich verstehe dich nicht. Deine Tochter ist fast volljährig, ein hübsches, gescheites, tüchtiges Mädchen. Die kommt nicht auf die schiefe Bahn."

„Meinst du?"

„Natürlich!" Ruth Högner ließ das goldene Tischfeuerzeug aufspringen und zündete sich eine Zigarette an.

„Aber was soll ich denn machen ohne mein Kind?"

„Aha!" Ruth Högners Augen leuchteten triumphierend auf. „Jetzt kommen wir auf des Pudels Kern. Du bist eifersüchtig auf diesen Peter Hartmann. Du bist überhaupt eifersüchtig auf jeden Mann, der dir deine Tochter wegnehmen könnte."

Maria Kortner schwieg.

„Doch, doch, ich verstehe das." Ruth Högner blies den Rauch der Zigarette durch die Nase. „Du glaubst, Sabine sei undankbar, sie liebe dich nicht mehr. Stimmt's?"

Sabines Mutter nickte. Die Freundin beugte sich vor und sprach eindringlich weiter: „Maria, begreif doch! Sabine ist kein Kind mehr, sie ist ein erwachsener Mensch. Selbst wenn sie diesmal noch zurückkommt – es wird und kann nicht mehr lange dauern, bis sie dich für immer verläßt. Das ist das Los aller Mütter. Weil die Kinder heiraten, in eine andere Stadt ziehen oder ins Ausland gehen ... Das tun alle gesunden jungen Menschen, und so ist es auch richtig."

Frau Kortner senkte den Kopf, damit die Freundin ihre Tränen nicht sehen sollte. „Wir waren so glücklich miteinander."

„Sei froh darüber! Die Erinnerung kann dir niemand nehmen."

Ruth Högner nahm die Hand der Freundin. „Sieh mal, ich habe drei Kinder großgezogen, und auch ich war glücklich mit ihnen, so glücklich, wie eine Mutter nur sein kann. Ich habe erst den Mann verloren, und dann sind die Kinder fortgegangen. Jetzt bin ich allein. Hast du mich jemals darüber jammern hören?"

Maria Kortner starrte weiter in ihren Schoß. „Aber du weißt wenigstens, wo deine Kinder sind, daß es ihnen gutgeht . . ."

„Ja, glaubst du denn, Sabine würde für immer aus deinem Leben verschwinden? So etwas gibt's ja gar nicht, Maria. Warte nur, in ein paar Tagen wird sie wieder auftauchen. Du hast doch gesagt, daß sie ihre ganzen Sachen bei dir gelassen hat."

Frau Kortner hob ihre tränenfeuchten Augen. „Und wenn ihr etwas zugestoßen ist?"

„Hätte man dich sicher längst benachrichtigt!"

„Ja, das stimmt", sagte Maria Kortner erleichtert. „Wirklich, daran habe ich gar nicht gedacht."

„Sabine verdient doch genug, um sich ein möbliertes Zimmer leisten zu können?" fragte Ruth Högner.

„Das ist es nicht . . ."

„Du hast also wirklich nur Angst vor dem Alleinsein?"

Maria Kortner nickte.

„Dann mache ich dir einen Vorschlag: Zieh hierher zu mir. Ja, wirklich, Maria, es ist mir Ernst damit. Das Haus hier hat Platz genug für zwei lebensfrohe Witwen . . . Komm, jetzt gehen wir erst einmal zusammen zur Masseuse und anschließend zum Friseur. Du wirst sehen, du fühlst dich danach als völlig neuer Mensch."

Peter Hartmann traf eine Viertelstunde nachdem er Sabine im Krankenhaus verlassen hatte, in der Firma seines Vaters ein. Paul Hartmann saß hinter seinem massiven Schreibtisch und sah überrascht auf, als Peter ins Zimmer kam. „Etwas spät heute", sagte er mit leichtem Tadel. „Setz dich! Ich muß mit dir sprechen."

„Ich auch", erwiderte Peter und ließ sich in den schweren Ledersessel fallen, der vor dem Schreibtisch stand.

Der Vater hob die Augenbrauen. „So? Dann schieß mal los."

Peter preßte die Fingerspitzen gegeneinander. „Ich möchte heiraten! Du kennst das Mädchen. Sabine Kortner . . ."

Peter wartete auf eine Reaktion. Aber der Vater zündete sich mit quälender Umständlichkeit eine dicke Zigarre an. Drei schwere Qualmwolken stieß er aus, dann kniff er die Augen zusammen.

„Gut und schön", sagte er endlich. „Ich will gern glauben, daß die Sabine Kortner ein anständiges Mädchen ist, wenn ich sie auch nicht gerade für die allerbeste Partie halte . . ."

„Wir lieben uns!" unterbrach Peter hitzig.

„Auch das nehme ich dir ab."

„Sie ist die einzige Frau, die für mich in Frage kommt!"

„Wenn du meinst ..." sagte sein Vater langsam.

Peter sprang auf. Er wagte kaum, sein Glück zu fassen. „Du bist einverstanden?" fragte er freudig.

„Ja", antwortete sein Vater ruhig. „Unter einer Bedingung ..."

Peter runzelte die Stirn. „Und die wäre?"

„Daß ihr eure Gefühle noch einmal gründlich überprüft, bevor ihr heiratet!"

„Aber das ist doch selbstverständlich! Glaubst du, wir wollen von heute auf morgen ..."

Paul Hartmann fiel seinem Sohn ins Wort. „Um so besser. Dann wirst du wohl auch nichts dagegen haben, daß ich dich für ein Jahr nach Amerika schicke! Nach Boston, in den Baukonzern Styler & Styler."

Peter starrte seinen Vater an. „Also ist es doch wahr, was Gisela mir vor zehn Minuten gesagt hat!"

„Gisela?" fragte Paul Hartmann mit gespielter Verwunderung.

„Tu doch nicht so!" schrie Peter jetzt ohne alle Beherrschung. „Das ist doch ein abgekartetes Spiel!"

Sein Vater trommelte ärgerlich mit den Fingerspitzen auf die spiegelnde Schreibtischplatte. „Nicht diesen Ton!"

Peter stützte sich auf die Tischkante und zwang seinen Vater, ihm in die Augen zu sehen. „Glaubst du, ich weiß nicht, worauf das Ganze hinzielt? Ihr wollt Sabine und mich auseinanderbringen!"

„Daß Gisela in Boston Architektur studieren wird, ist doch nur Zufall ..."

Peter bemerkte die kleine Unsicherheit zwischen den Worten seines Vaters. „Gisela und Zufall! Daß ich nicht lache!" stieß er hervor.

„Du scheinst dir deiner Liebe zu dieser Sabine Kortner nicht sehr sicher zu sein", bemerkte Paul Hartmann mokant. Er hatte sich wieder gefangen.

„Unsinn!" Peter fühlte neuen Zorn aufsteigen. „Das ist doch kein Argument!"

Der Vater beugte sich vor. „Mein Sohn, ich verstehe, daß du erregt bist, aber jetzt nimm dich gefälligst zusammen! Solange du dich wie ein Schuljunge aufführst, kommen wir nicht weiter."

Peter ließ sich langsam wieder in den Sessel vor dem Schreibtisch sinken. „Nach Amerika ..."

Sein Vater brachte ihn mit einer Handbewegung zum Schweigen.

„Ich erinnere mich, Peter, daß du, als du mit deinem Studium fertig warst, geradezu darauf branntest, für zwei oder drei Jahre ins Ausland zu gehen. Damals konnte ich dir deinen Wunsch nicht erfüllen, weil ich dich dringend in der Firma brauchte."

„Inzwischen hat sich vieles geändert, Vater!"

„Ja", sagte Paul Hartmann, „du hast ein Mädchen kennengelernt, das sich danach sehnt, eine Familie zu gründen ..."

„Das ist einfach nicht wahr!" unterbrach Peter erregt. „Ich bin es, der heiraten will!"

„Um so besser!" Paul Hartmann lächelte überlegen. „Dann wird es dir leichtfallen, deine Freundin von dem Ergebnis unserer Unterredung in Kenntnis zu setzen."

Peter straffte die Schultern. „Du überschätzt deine Macht, Vater. Du kannst mich nicht einfach fortschicken. Nicht, wenn ich nicht damit einverstanden bin."

„Du machst einen schweren Fehler, mein Sohn", sagte der Vater. „Du redest dir ein, daß ich dein Feind bin, nur weil ich deinen Heiratsplan nicht ohne weiteres akzeptiere. Tatsächlich aber will ich nur dein Glück ... Das klingt wie eine abgedroschene Phrase, aber es ist so." Er zog an seiner Zigarre, stellte fest, daß sie ausgegangen war und warf sie in die Kupferschale. „Was ist schon ein Jahr, Peter? Geh auf meinen Vorschlag ein – nur, um mich und Mutter zu beruhigen!"

Peter schwieg nachdenklich.

„Ich verspreche dir", fuhr sein Vater mit leichtem Pathos in der Stimme fort, „wenn ihr beide dieses eine Jahr durchhaltet, steht eurer Heirat nichts mehr im Wege. Im Gegenteil. Ich habe vor, dich zum Teilhaber in meiner Firma zu machen. Na, ist das ein Vorschlag?" Er hielt seinem Sohn auffordernd die Hand entgegen.

Peter schlug nicht ein. „Das klingt sehr verlockend ... Aber Sabine und ich, wir haben uns ja gerade erst kennengelernt. Eine Trennung könnte alles zerstören."

„Wenn du das befürchtest, ist es eben doch nicht die große Liebe!"

„Willst du wirklich, daß ich mit dir über Liebe diskutiere, Vater?" Peter lachte kurz auf. Plötzlich war die Atmosphäre zum Zerreißen gespannt. „Nein!" stieß er hervor. „Mein Entschluß steht fest: Ich gehe nicht nach Amerika!"

Sekundenlang sahen sich Vater und Sohn schweigend in die Augen. Beide spürten, daß dies eine Kraftprobe war.

„Wenn es so ist", sagte Paul Hartmann mit drohendem Unterton, „wirst du die Konsequenzen ziehen müssen ..."

„Und die wären?“ fragte Peter und kniff die Augen zusammen.
„Dann ist für dich kein Platz mehr in meiner Firma.“

Peter stand auf. „Damit hatte ich gerechnet, Vater“, sagte er kühl. „Du bist niemals vor etwas zurückgeschreckt, um deinen Willen durchzusetzen. Ich werde mir eine andere Stellung suchen.“

Paul Hartmann starrte seinen Sohn an. Er war offensichtlich überrascht von Peters Entschlossenheit. „Wir wollen doch nichts überstürzen, mein Sohn“, sagte er um eine Spur versöhnlicher. „Ich gebe dir bis Ende des Monats Zeit, dir alles noch einmal zu überlegen. Nein, sag jetzt nichts . . . Wir werden Ende des Monats noch einmal miteinander sprechen.“

Peter war schon an der Tür. „Mein Standpunkt, Vater“, sagte er entschieden, „wird sich bis dahin nicht geändert haben!“

Er ging hinüber in sein Büro und begann zu arbeiten. Aber er war sehr unkonzentriert. Eine Bauberechnung mußte er zweimal machen, weil ihm beim erstenmal ein Flüchtigkeitsfehler unterlaufen war. Er vergaß auch, bei Dr. Brettschneider anzurufen, wie er Sabine zugesagt hatte.

Um halb zwei verließ er das Bürohaus und traf kurz vor zwei Uhr vor dem Krankenhaus ein. Er mußte ein paar Minuten warten, bis man ihn in das Zimmer ließ, wo Sabine lag.

Sie bemerkte sofort die Veränderung in seinem Gesicht. „Ist etwas geschehen?“ fragte sie besorgt.

„Nein, nein . . .“, beteuerte Peter und versuchte ein Lächeln. Er sprach leise, denn die beiden anderen Patientinnen hatten auch Besuch bekommen. „Ein bißchen viel Arbeit“, log er, weil er ihr nichts von der Auseinandersetzung mit seinem Vater erzählen wollte.

„Ich habe dir noch gar nicht für die schönen Rosen gedankt“, sagte sie. Die Blumen standen in einer Vase auf dem weißen Nachttisch.

„Du wirst noch viele Rosen von mir bekommen“, erwiderte er. Dann sah er sie voll an. „Sabine, was willst du nun machen? Bis zu unserer Heirat, meine ich. Willst du zu deiner Mutter zurück?“

„Nein, Peter.“ Sabine schüttelte langsam den Kopf. „Es würde alles wieder von vorn beginnen. Nein, ich werde morgen zu ihr gehen und in Ruhe mit ihr sprechen. Das ist besser als einen Brief zu schreiben.“

Er sah sie schweigend an und begriff, daß in diesem zarten Mädchen eine erstaunliche Energie steckte.

„Vielleicht hältst du mich für herzlos“, sagte sie, „aber ich habe das Gefühl, daß ein Kapitel meines Lebens abgeschlossen ist.“

„Ich verstehe dich sehr gut."

Sie ergriff seine Hand. „Wirklich?"

„Ja. Du bist erwachsen geworden."

Sie lächelte, und ihr schmales Gesicht wirkte schöner und offener denn je. „Ich werde zu meiner Freundin Trudi gehen. Sie wird mich aufnehmen, bis ich ein möbliertes Zimmer gefunden habe."

Im ersten Moment wollte Peter ihr vorschlagen, zu ihm in sein Appartement zu ziehen. Aber dann scheute er doch davor zurück. Er blieb bei Sabine bis zum Schluß der Besuchszeit. Sie sprachen verliebte, aber belanglose Worte miteinander. Sie hielten sich an den Händen, sahen sich mit glänzenden Augen an. Aber dann gab es Sekunden, da durchlief es Peter siedend heiß. Die Erinnerung an das Ultimatum seines Vaters überfiel ihn, und eine unbestimmte Angst vor der Zukunft stieg in ihm auf, vor der gemeinsamen Zukunft mit Sabine.

Ihr Lächeln, der zärtliche Druck ihrer Hände ließen Peter die unheilvollen Gedanken und Gefühle immer wieder vergessen, aber als er dann ging und schließlich durch den dichten Verkehr zurück ins Büro fuhr, fragte er sich: Ist unser Glück nicht nur Illusion?

Am späten Nachmittag dieses Tages war Peter mit Erich Krüger zu einer Tennispartie verabredet. Sie spielten, bis es dämmrig und kühl wurde. Auf dem Weg zu den Garderoben fragte Erich unvermittelt: „Wie geht es eigentlich deiner Sabine?"

„Gut", antwortete Peter. „Sie wird morgen vormittag entlassen." Er blieb stehen. „Übrigens, da gibt es ein neues Problem. Sie hat mit ihrer Mutter Streit gehabt und möchte sich nun selbständig machen. Sie sucht ein möbliertes Zimmer, nicht zu teuer . . ."

„Warum nimmst du sie nicht zu dir?" fragte Erich verblüfft.

„Wir werden heiraten."

Erich warf einen schiefen Blick auf Peters Gesicht. „Ah, ich verstehe! Die Braut soll tugendhaft und rein bleiben bis . . ."

„Unterlaß deine dummen Späße!"

„Warum überläßt du ihr nicht bis zu eurer Heirat das Appartement und ziehst zu deinen Eltern?"

„Sie sind nicht einverstanden."

Erich Krüger runzelte die Stirn. „Und du willst trotzdem?"

„Ja." Peter war ganz ernst. „Ich liebe Sabine."

Sie gingen schweigend weiter. In dem großen Umkleideraum standen die Garderobenschränke der beiden Freunde nebeneinander. Erich zog sein Hemd über den Kopf. „Ist die Kleine wirklich noch Jungfrau?"

„Hör endlich mit deinen dummen Bemerkungen auf!"

Sie gingen in den Duschraum. Peter stellte sich nackt unter den lauwarmen Wasserstrahl. „Kannst du ein Zimmer für Sabine besorgen?"

„Ich muß mich mal umhorchen und ruf dich dann an, morgen vormittag..." Noch während Erich Krüger diesen Satz sprach, entstand in seinem Gehirn ein Plan – geboren aus einer plötzlichen satanischen Lust. Ich werde diese Sabine, dieses „Rührmichnichtan", auf die Probe stellen.

Erich wußte nämlich, daß Peter bald nach Amerika sollte. Gisela hatte es ihm unter dem Siegel der Verschwiegenheit anvertraut. Sein Plan war ganz einfach... Das alte Rentnerehepaar, bei dem er wohnte, besaß eine Fünfzimmerwohnung. Zwei Zimmer waren bereits vermietet – an ihn und an einen persischen Studenten. Vor drei Tagen hatte die Frau zu ihren beiden Untermietern gesagt: „Wir wollen noch einen Raum vermieten: Wenn Sie jemand wissen, zum nächsten Ersten."

Ich werde gleich mit der Alten sprechen, beschloß Erich. Die wird sich freuen auf die neue Mieterin. So rein und unschuldig...

Sabine erwachte mitten in der Nacht aus einem leichten Schlaf. Gestalten in weißen Kitteln huschten durch das schwach beleuchtete Krankenzimmer. Es dauerte eine Weile, bis Sabine sie erkannte: Dr. Seeger und die Nachtschwester. Sie legten eine Gestalt in das noch leerstehende Bett. Sabine stellte sich schlafend. Sie hörte Stimmengemurmel, Wortfetzen und begriff, daß eine neue Patientin eingeliefert worden war. Dann verließen Dr. Seeger und die Schwester den Raum, so leise, wie sie gekommen waren. Nur das blaue Nachtlicht brannte.

Sabine schloß die Augen und versuchte, in den Schlaf zurückzufinden. Aber es gelang ihr nicht. Die Frau mit dem Oberschenkelbruch stöhnte im Schlaf. Die Patientin mit den Gesichtsverletzungen atmete rasselnd. Nur aus dem Bett, in dem die neue Patientin lag, war kein Ton zu hören. Sabine wußte nicht, warum sie das beunruhigte. Es war bloß ein Gefühl. Sie hielt den Atem an, um zu lauschen.

Endlich hörte sie etwas: ein unterdrücktes Weinen, das ihr ans Herz griff. Sabine blieb still liegen, aber sie starrte mit weitgeöffneten Augen zu dem Bett an der anderen Seite des Zimmers hinüber. Sie sah, wie eine kleine Gestalt im gestreiften Krankenhemd aufstand und sich schwankend durch das Zimmer tastete – auf das Fenster zutaumelte.

Sabine schwang sich aus dem Bett und lief auf die neue Patientin zu, die sich gerade bemühte, das Fenster aufzubekommen. „Was machen Sie denn da?“ flüsterte Sabine leise, um die Schlafenden nicht zu wecken. Sie sah ein kleines blasses Gesichtchen mit übergroßen dunklen Augen und schweißverklebtem, braunem Haar. Das Mädchen war noch jung, nicht älter als siebzehn Jahre.

„Lassen Sie mich . . .“ Es war ein tonloses Stammeln. „Ich will nicht mehr . . .“

„Komm“, flüsterte Sabine energisch. „Leg dich wieder hin!“ Sie legte ihren Arm um die schmalen Schultern des Mädchens. „Sei vernünftig. Du mußt jetzt schlafen.“ Sie spürte, wie die Kleine nachgab, sich plötzlich an sie schmiegte und sich widerstandslos führen ließ. „Wie heißt du denn?“

„Ruth Klink.“

Sabine half dem Mädchen ins Bett, deckte es sorgfältig zu und setzte sich auf die Bettkante. „Ich heiße Sabine Kortner. Ich werde warten, bis du eingeschlafen bist.“

Das Mädchen begann bitterlich zu schluchzen. Sabine ergriff Ruths Hände, und allmählich wurde das Schluchzen schwächer, die Atmung ruhiger.

Plötzlich öffnete sich die Tür des Krankenzimmers, und Dr. Seeger trat herein. „Was machen Sie denn, Fräulein Kortner?“ fragte er leise, aber voller Überraschung.

Sabine legte den Finger auf die Lippen. „Pst . . . Sie ist gerade eingeschlafen.“ Sie huschte zu ihrem Bett zurück, während Dr. Seeger sich über das Mädchen beugte.

Dann kam er zu Sabine und zog sich einen Stuhl an ihr Bett, „Was war los?“ fragte er leise.

„Sie wollte das Fenster öffnen“, erklärte Sabine. „Ich weiß nicht, warum.“

Dr. Seeger antwortete ernst: „Wahrscheinlich wollte sie hinausspringen.“

„Nein . . .“ Sabine fühlte Entsetzen.

„Doch. Ich hätte sie eigentlich auf die psychiatrische Abteilung legen müssen. Da ist leider kein Bett frei.“

„Aber was hat sie denn getan?“

„Sie hat ein Röhrchen Schlaftabletten geschluckt, es wurde aber rechtzeitig entdeckt. Wir haben ihr den Magen ausgepumpt.“

„Sie wollte sterben? Das kann nicht sein . . . Sie ist ja noch ein Kind.“

„Ein Kind, das ein Kind erwartet.“ Dr. Seegers Stimme klang hohl. „Eine tragische Geschichte. Die Mutter ist vor einem Jahr gestorben, und mit dem Vater verträgt sie sich nicht. Sie hat sich mit irgendeinem Lausejungen eingelassen, der sie verführte und dann sitzenließ. Bis gestern hat sie ihren Zustand verbergen können, aber dann hat es ihr Vater doch gemerkt."

„Da wollte sie aus Verzweiflung Selbstmord begehen?"

„Ja", sagte Dr. Seeger bitter. „Das schien ihr die beste Lösung."

„Und jetzt? Was soll jetzt mit ihr werden?"

„Sobald sie die Nachwirkungen der Vergiftung überwunden hat, werde ich veranlassen, daß sie ins Mütterheim Nymphenburg überwiesen wird. Da ist sie gut aufgehoben, jedenfalls bis zur Entbindung."

„Das arme Kind!"

„Ich werde mich um sie kümmern. Ich bin ab Montag in Nymphenburg. Das wissen Sie ja schon ... Zum zweitenmal also: Auf Wiedersehen, Sabine ... Und bevor Sie ins Mütterheim kommen, um die Bescheinigung für Ihre Tante zu holen, rufen Sie mich bitte an."

„Ich werde mich melden", versprach Sabine wieder. Sie reichte dem jungen Arzt ihre schmale Hand, und er hielt sie länger als üblich umschlossen.

„Gute Nacht", flüsterte er, dann ging er so abrupt hinaus, als müsse er sich von etwas losreißen.

Als Sabine am nächsten Morgen aufwachte, schlief Ruth Klink noch. Zusammengerollt wie ein Kind lag das Mädchen in dem eisernen Bett. Sabine beugte sich über die Schlafende. Plötzlich schlug Ruth die Augen auf, große runde Rehaugen.

Ein seltsames Gefühl der Rührung überlief Sabine, und sie flüsterte: „Ich werde heute entlassen ..." Das Mädchen tat ihr leid, und sie hatte das Verlangen, zu helfen. Aber sie wußte nicht wie.

Es dauerte noch drei Stunden, bis ein Oberarzt kam und Sabine mit ein paar Verhaltungsmaßregeln und Ermahnungen entließ. Sie verabschiedete sich von den beiden Frauen, die, wie sie selbst, Verkehrsopfer waren. Zuletzt drückte sie dem schwangeren Mädchen die Hand, das die Nervenkrise überstanden zu haben schien. „Dr. Seeger wird sich um dich kümmern, Ruth. Er will dich in das Mütterheim in Nymphenburg überweisen. Dort besuche ich dich dann."

Sabine griff nach ihrem kleinen Koffer, nahm den Regenmantel und die Handtasche und verließ das Zimmer. Sie ging durch den langen Flur, am Pförtner vorbei, hinaus auf die Straße. In diesem Moment befiel sie wieder die Angst, die sie schon kurz vor dem Autounfall empfunden hatte. Die Angst vor der Zukunft. Sie hatte sich gewaltsam von der Mutter, von der Kindheit gelöst – nun stand sie allein, ohne mütterlichen Schutz.

Peter, du mußt mir beistehen, flehte sie im stillen. Unsere Liebe soll der neue Inhalt meines Lebens werden.

Der Himmel war bedeckt, es ging ein kühler Wind. Sabine fröstelte, dennoch zog sie ihren Regenmantel nicht an, denn er war bei dem Unfall stark beschmutzt worden und unter dem Arm eingerissen.

So stand sie zitternd, den kleinen Koffer in der einen Hand, Mantel und Handtasche in der anderen, am Straßenrand und wartete. Während sie immer wieder die Straße hinaufsah, fühlte sie sich so allein, so ausgeliefert wie noch nie zuvor in ihrem Leben. Doch in dem Augenblick, als sie Peters roten offenen Porsche um die Ecke biegen sah, waren alle Angst und alle Ungewißheit aus ihrem Herzen verschwunden. Er bremste neben ihr, schwang sich auf den Bürgersteig, nahm sie in die Arme und drehte sie übermütig. „Sabine! Mein Liebes! Endlich!"

Behutsam half er ihr beim Einsteigen, warf Regenmantel und Koffer auf den Rücksitz und setzte sich hinter das Lenkrad.

„Wohin fahren wir?" fragte sie, als er Gas gab.

„Zuerst einmal zu mir nach Hause. Wenn es dir recht ist . . ."

„Aber ja", antwortete sie spontan, obgleich sie vage gehofft hatte, er würde mit ihr zu seinen Eltern fahren und sie als seine zukünftige Frau vorstellen.

Er fädelte sich in den Fahrzeugstrom ein und sagte wie nebenbei: „Übrigens, Erich will sich mal nach einem Zimmer umsehen."

Sabine fühlte ein Unbehagen bei dem Gedanken an Erich.

„Muß ausgerechnet er . . ."

Peter spürte ihre Abwehr. „Lassen wir das jetzt." Er gab ihr einen raschen Kuß auf die Schläfe. „Vorläufig wollen wir uns erst einmal freuen, daß wir wieder zusammen sind!"

„Ja, es ist wunderbar", gestand sie. „Aber an das Glück muß man sich erst gewöhnen . . ."

Als Peter sein Auto vor dem modernen Appartementhaus in der Widenmayerstraße geparkt hatte, liefen sie Hand in Hand, wie ausgelassene Kinder, über die Straße. Und in der Diele seiner Wohnung küßten sie sich innig.

In dem großen Wohnraum war der langgestreckte niedrige Tisch vor der Couch festlich gedeckt. Auf der hellen Platte schimmerten Gläser, Teller und Bestecke. Delikate Salate und Leckerbissen waren um eine Vase mit roten Rosen aufgebaut.

„Peter!" rief sie aus. „Du erwartest noch Besuch . . ."

„Ja", er ging auf ihren Scherz ein. „Meine zukünftige Ehefrau wird zum Essen kommen. Bist du eifersüchtig?"

Sie fiel ihm lachend um den Hals.

„Oh, du Casanova!" Sabine löste sich von ihm und ließ sich in den bequemsten Sessel fallen. Peter verschwand in der kleinen Küche und kam mit einer Flasche Champagner zurück. Er füllte die Sektkelche.

„Auf unsere Liebe!" Er reichte ihr ein Glas.

„Auf unsere Zukunft!"

Sie stießen an, tranken und blickten sich glücklich in die Augen. Peter stellte sein Glas auf den Tisch zurück und griff in die rechte Außentasche seines Jacketts. Er zog eine kleine Schachtel aus Saffianleder heraus und öffnete sie. Auf dunkelblauem Samt funkelte ein schmaler Platinring mit einem makellosen Brillanten. „Für dich, Sabine", sagte er feierlich.

Sie stand wie gelähmt und starrte auf den Ring. „Peter, nein ..." brachte sie endlich hervor. „Ich kann das nicht annehmen."

„Doch", erwiderte er und faßte nach ihrer linken Hand.

„Peter, er ist wundervoll!" Sabine sah ihn glückstrahlend an. „Ich danke dir. Dieser Ring soll das Pfand unserer Liebe sein ..."

Peter nickte. „Ich habe lange überlegt, ob ich gleich zwei Eheringe kaufen sollte, aber dann dachte ich mir, das sollten wir beide zusammen tun. Irgendwie habe ich auch was dagegen, schon vor der Hochzeit einen Ring zu tragen ..."

„Typisch Mann!" Sabine lachte. Sie bewegte ihre linke Hand, um den Brillanten zu vollem Glanz zu bringen.

In diesem Moment klingelte das Telefon. „Das wird Erich sein", erklärte Peter und nahm den Hörer ab.

Es war Erich. Peter lauschte einige Zeit lang. „Ja", sagte er dann, „großartig! Natürlich sind wir einverstanden! Mach es gleich fest, alter Junge! Und nochmals vielen Dank! Tschau!" Er legte auf und kam zum Tisch zurück. „Juble, Mädchen", sagte er. „Wir haben ein Zimmer für dich!"

„Das ist ja wunderbar", sagte sie erleichtert.

„Siehst du! Ich wußte ja: Erich ist genau der richtige Mann dafür! Ihr beide werdet übrigens Nachbarn. Das alte Ehepaar, bei dem Erich wohnt, hat eine große Wohnung. Ich kenne sie. Du wirst dich wohl fühlen dort. St.-Anna-Platz, sehr günstige Gegend, zwischen Maximilianplatz und Haus der Kunst, gar nicht weit von hier entfernt... Aber Sabine, was machst du denn für ein Gesicht? Paßt es dir nicht?"

„Peter, findest du es nicht etwas komisch, daß ich ausgerechnet in ein Zimmer derselben Wohnung einziehen soll, in der Erich Krüger lebt?“

Er lachte. „Hast du etwa Angst vor ihm?“

„Natürlich nicht“, sagte sie beklommen, „nur ...“

Er beugte sich zu ihr hinab und faßte sie bei den Schultern. „Sabine, Mädchen, es ist ja nur für kurze Zeit! Wir heiraten doch bald!“

„Dein Vater ist also einverstanden?“ fragte Sabine erfreut.

Er ließ sie los. „Nein ...“, antwortete er langsam, ohne sie anzusehen.

„Nein?“ rief sie entsetzt. „Und das sagst du mir jetzt erst?“

„Sabine, bitte reg dich nicht auf. Ich habe es dir verschwiegen, weil ich dich nicht beunruhigen wollte.“

Sie suchte seinen Blick. Ihre blauen Augen wirkten fast schwarz in dem schmalen hellen Gesicht. „Mein Gott ...“

„Wozu brauchen wir die Einwilligung meines Vater?“ Peter versuchte unbekümmert zu erscheinen. „Wir heiraten trotzdem.“

„Oh, Peter! Was habe ich ihm denn getan? Was hat er gegen mich?“

„Gar nichts. Aber nun beruhige dich erst mal wieder. Wir wollen uns doch nicht den schönen Tag verderben lassen. Iß etwas, ja?“

Sie schüttelte den Kopf. „Habt ihr euch gestritten?“

„Das kann man wohl sagen!“ Peter lachte, doch es wirkte verkrampft.

„Bitte erzähl mir, Peter. Was hat er dir gesagt? Es geht mich doch genauso an wie dich!“

Er ließ sich neben sie auf die Couch sinken und zündete sich eine Zigarette an. „Na schön, wenn du es genau wissen willst.“ Er stieß den Rauch aus, als wollte er sich von einem inneren Druck befreien. „Angeblich hat er nichts dagegen, daß wir heiraten, aber er will, daß wir unsere Gefühle gründlich prüfen.“

„Das klingt doch ganz vernünftig“, sagte sie leise.

„Sehr!“ Er lachte bitter auf. „Ein Jahr Bedenkzeit verlangt er!“ Ihre Züge entspannten sich. „Aber das ist doch nicht lange. Peter, ein Jahr ist schnell vorüber und ...“

Er fiel ihr ins Wort. „Es würde dir auch nichts ausmachen, mich ein ganzes Jahr lang nicht zu sehen?“

„Aber wieso denn, Peter?“ Sabine verstand ihn nicht. „Nun übertreib doch nicht! Wir wohnen in derselben Stadt, ein paar Straßen voneinander entfernt, niemand kann uns hindern ...“

„Doch!“ stieß er rauh hervor. „Mein Vater! Ich soll nämlich

für ein Jahr nach Amerika!" Er sah sie erwartungsvoll an, aber sie saß nur schweigend da und starrte aus blicklosen Augen vor sich hin.

„Nun sag schon etwas!" schrie er. „Sag, daß ich fahren soll! Daß es dir egal ist, daß du ..." Er unterbrach sich erschrocken. Sie hatte lautlos, ohne ihr Gesicht zu verziehen, zu weinen begonnen. Ihre Augen wurden feucht. Eine einzelne Träne rann über die Wange.

„Sabine ..." Er nahm ihr Gesicht in beide Hände, hob es zu sich auf. „Was ist denn, Liebes?"

„Alles ist gegen uns, Peter", sagte sie mit hohler Stimme. „Nie werden wir glücklich sein ..."

„Aber ich werde meinem Vater ja nicht gehorchen, ich gehe nicht nach Amerika. Ich bleibe bei dir, Sabine ... für immer!" Er schloß sie in die Arme, drückte sie an sich. Er spürte, wie ihr Körper bebte. „Weine nicht, Sabine", versuchte er sie zu trösten. „Niemand kann uns trennen ... Niemand, wenn wir beide fest zusammenhalten."

Sie barg ihr tränennasses Gesicht an seiner Wange. „Nimm mich ganz", flüsterte sie. „Ganz und für immer ... Ich könnte es nicht ertragen, dich zu verlieren ..." In einer Aufwallung des Gefühls schlug sie ihre Arme um ihn, zog seinen Kopf zu sich herunter. „Ich gehöre dir, Peter ..."

Sie küßten sich, und die Verzweiflung schlug um in Leidenschaft. Nur ihre Liebe sollte gegenwärtig sein, und alle Ängste, alle Sorgen blieben verbannt.

„Willst du es auch wirklich?" fragte Peter zwischen Küssen und Liebkosungen.

„Ja, Peter, ich will es ..." Ihre Stimme zitterte vor Erregung. „Ich will dir gehören bis ans Ende des Lebens ..."

Unendlich zart hob er sie hoch und trug sie hinüber ins Schlafzimmer. „Ich liebe dich ...", flüsterte sie.

Sie schloß die Augen und lächelte selig. Wie auf einer Woge ließ sie sich von seinen Zärtlichkeiten davontragen ...

Später lagen sie eng aneinandergeschmiegt in dem breiten Bett. Sabines Kopf ruhte an seiner Brust, sie hörte seinen Herzschlag. Lange Zeit fiel kein Wort, denn jedes Wort hätte das vollkommene Glück gestört.

Plötzlich preßte Sabine ihre weichen Lippen auf seine nackte Haut, und Peter sah, daß eine Träne im Winkel ihres Auges schimmerte.

„Was ist, Sabine?" fragte er leise. „Tut es dir leid?"

„Nein, Peter . . ." Sie hob den Kopf und sah ihn strahlend aus ihren großen blauen Augen an. „Ich bin so glücklich!"

„Wirklich?" Er beugte sich über sie und küßte sie sanft auf den Mund.

„Ach, Peter . . ." Sie strich ihm zärtlich das braune, zerzauste Haar aus der Stirn. „Wenn du wüßtest, wie sehr ich dich liebe!"

„Ich dich noch mehr!" Er küßte sie auf die weiße glatte Schulter, auf den Hals, den Ansatz ihrer Brust.

„Kennst du eigentlich das Sprichwort: Liebe geht durch den Magen?"

Er lachte. „Eine gute Idee! Bleib ruhig so liegen, ich werde dir alles ans Bett bringen!" Er schwang sich aus dem Bett, griff nach seinem Bademantel und verschwand ins Wohnzimmer.

Sabine richtete sich auf. Sie hätte jetzt gern einen Blick in den Spiegel geworfen, unterließ es aber, weil sie sich nicht von Peter dabei überraschen lassen wollte. Sie stopfte sich das Kopfkissen in den Rücken, zog die Beine an, hob die Bettdecke bis über die feste wohlgeformte Brust. Sie sah auf den herrlichen Brillantring an ihrer Hand und dachte nach. Bis Peter zurückkam. Er balancierte ein Tablett mit zwei Sektkelchen und einigen Leckerbissen herein, die Flasche hatte er unter dem Arm.

Er stellte das Tablett ab und reichte ihr ein volles Glas. Sie stießen an. „Auf unsere Liebe!" sagte Peter.

Sabine leerte ihr Glas mit einem Zug, dann stellte sie es zurück. „Du, Peter, ich habe es mir noch einmal überlegt . . ."

„Wann?"

„Manchmal braucht man zum Nachdenken nur wenige Minuten."

„Und was ist das Ergebnis deiner ebenso kurzen wie gründlichen Gedankenarbeit?"

Sie atmete tief durch. „Ich glaube, du solltest doch deinem Vater gehorchen und nach Amerika gehen."

Er runzelte die Stirn. „Meinst du wirklich?"

Sie hatte mit heftigem Widerspruch gerechnet, verbarg jedoch ihre Enttäuschung. „Ja. Sieh mal, ich habe mich mit meiner Mutter überworfen, aber bei uns war der Krach schon lange fällig. Wenn du dich jetzt auch noch mit deinen Eltern verfeinden würdest - das wäre doch ein ganz schlechter Anfang für uns."

„Ach, meine Eltern werden sich schon wieder beruhigen." Es klang nicht sehr überzeugend.

„Ein Jahr", sagte sie, „was ist das schon? Wir können uns jeden Tag schreiben. Und wenn du zurückkommst, wird alles in Ordnung sein. Dann haben wir deinen Eltern bewiesen, daß unsere Liebe nicht nur ein Strohfeuer war, daß wir wirklich zusammengehören und keine Macht der Welt uns trennen kann!"

Er sah sie an. Sie wirkte tapfer und rührend zugleich, wie sie da vor ihm saß, das schmale schöne Gesicht ernst und entschlossen. Er setzte sich zu ihr und drückte sein Gesicht in ihr seidiges blondes Haar, das ihr bis auf die nackten Schultern fiel. „Sabine, du ahnst nicht, wie ich mich fühle ... Innerlich zerrissen!"

In diesem Augenblick kam er ihr wie ein kleiner Junge vor, sie fühlte sich um Jahre älter, als eine reife, erwachsene Frau. „Es ist besser so", sagte sie und streichelte ihn. „Es ist unsere letzte Prüfung. Wenn wir sie bestanden haben, liegt das ganze Leben vor uns. Ein Leben zu zweit, Peter!"

„Ich werde keine andere Frau mehr ansehen", erklärte er heftig. „Das schwöre ich dir!"

„Und ich werde auf dich warten und in Gedanken immer, immer, immer bei dir sein ..."

Bis zum nächsten Tag, dem Sonntag, blieben Peter und Sabine zusammen. Sie genossen das Glück ihrer Liebe mit einer verzehrenden Glut.

Nach dem Mittagessen – sie waren in einem italienischen Restaurant gewesen – fuhren sie zum St.-Anna-Platz, wo Sabine nun wohnen sollte. Die Wirtsleute waren freundlich, das Zimmer gemütlich, die Möbel zwar etwas altmodisch, aber das störte Sabine nicht. Man wurde sich schnell über den Mietpreis einig. Sabine vergaß ihre Bedenken gegen Erich Krüger. Sein Zimmer lag zwar genau nebenan, aber es gab keine direkte Verbindung. Der persische Student wohnte ganz am Ende des langen Dielengangs. Beide Untermieter waren jetzt nicht zu Hause, und die alte gutmütige Frau, die schlecht sehen konnte, meinte auch: „Die beiden jungen Herren sind viel unterwegs."

Sabine rief noch schnell Trudi, ihre Freundin und Kollegin, an und sagte, daß sie am nächsten Tag wieder zur Arbeit kommen werde. Anschließend fuhren sie in die Goethestraße. Peter wollte erst mit hinaufkommen, doch Sabine war dagegen. „Bitte, Peter, das würde meine Mutter nur von neuem aufregen. Versteh doch, ich möchte mich im guten von ihr trennen ..."

Peter sah es ein. „Also wir treffen uns dann heute abend."

Sabine winkte ihm nach, dann drückte sie die Haustür auf und stieg mit klopfendem Herzen die Treppe hinauf. Sie öffnete die Wohnungstür mit dem Schlüssel, den sie noch besaß.

Maria Kortner stand in der Diele. Sabine glaubte im ersten

Moment, einer fremden Frau gegenüberzutreten. Dann gewöhnten sich ihre Augen an das schwache Licht, aber Sabines Verblüffung wurde nur noch größer.

Ihre Mutter wirkte völlig verändert. Das früher so fahle Haar war jugendlich getönt und modisch frisiert. Ein geschicktes Make-up ließ sie Jahre jünger erscheinen. Und statt der formlosen Hauskleider, die Sabine an ihr gewohnt war, trug sie ein geschmackvolles blaues Jerseykostüm.

„Guten Tag, Mutti", sagte Sabine mit unsicherer Stimme und schloß die Tür hinter sich.

„Ich habe deine Sachen schon zusammengepackt", erklärte die Mutter mit eisiger Starre, ohne die Begrüßung zu erwidern. „Du kannst sie gleich mitnehmen."

„Danke, Mutti", brachte Sabine mühsam hervor.

Maria Kortner wandte sich ab und ging ins Wohnzimmer. Sabine folgte ihr zögernd.

„Wie geht es dir, Kind?" Fast unhörbar kam die Frage. Maria Kortner drehte sich langsam wieder um. Da sah Sabine, daß die eisige Starre von ihrer Mutter abgefallen war wie eine Maske. Die Gesichtszüge waren jetzt weich, und ein zaghaftes Lächeln glitt über die Wangen.

Sabine gab sich einen Ruck. Sie flog auf die Mutter zu, umarmte sie. „Mutti, es tut mir alles so leid. Aber du mußt mich verstehen . . ."

„Ich verstehe dich, Sabine", unterbrach Frau Kortner und strich ihrer Tochter über das Haar. „Weißt du, ich habe viel nachgedacht in den letzten beiden Tagen. Und auch meine Freundin, du kennst ja Ruth Högner . . . sie findet es auch ganz in Ordnung, daß du dich selbständig gemacht hast."

„Ist also alles wieder gut?" fragte Sabine, die die plötzliche Veränderung ihrer Mutter noch immer nicht begreifen konnte.

„Ja, Kind. Ich werde zu Ruth ziehen, und wir wollen auch verreisen, Ruth hat ein Häuschen auf Elba . . ." Lebensfreude schwang in den Worten mit.

„Oh, Mutti, das freut mich!"

Sie setzten sich, und Sabine erzählte nun auch von sich. Sie sagte, daß Peter und sie heiraten wollten, aber sie verriet nichts von den Schwierigkeiten, um die Mutter nicht von neuem zu beunruhigen.

„Ich habe ein möbliertes Zimmer gefunden." Sie schrieb die Adresse auf. Dabei sah ihre Mutter den Brillantring. „Hat Peter mir geschenkt", erklärte Sabine. „Als Pfand seiner Liebe . . ."

Da war Maria Kortner überzeugt, daß sich ihre Tochter auf dem Weg ins Glück befand. „Ich freue mich für dich", sagte sie. „Aber ich konnte wirklich nicht glauben, daß dieser ... daß dein Peter es ernst mit dir meint."

Als sie sich endlich verabschiedeten, waren sie miteinander wieder versöhnt. „Ich werde dich oft besuchen", versprach Sabine. Doch es blieb ein Schuldgefühl in ihr. Weil sie ihrer Mutter nicht die ganze Wahrheit erzählt hatte.

Sabine bezog noch am selben Tag das möblierte Zimmer und schlief auch dort. Am nächsten Morgen erschien sie pünktlich in der Kanzlei von Rechtsanwalt Dr. Brettschneider. Die Kolleginnen sahen den Brillantring und stellten neugierige Fragen, aber Sabine verweigerte die Antwort. Nur ihrer Freundin Trudi verriet sie in der Mittagspause, daß sie so gut wie verlobt sei ...

Am selben Vormittag sprach Peter mit seinem Vater über den Studienaufenthalt in Amerika. Paul Hartmann nahm die Einwilligung seines Sohnes mit Gelassenheit hin.

„Sehr gut", sagte er. „Ich habe inzwischen schon alle Einzelheiten mit Styler & Styler in Boston ausgemacht. Wir brauchen nur noch einen Flug für dich zu buchen, und dann ..."

Peter fiel ihm ins Wort. „Aber Vater, wie konntest du so sicher damit rechnen?"

Der alte Hartmann lächelte selbstgefällig. „Ich kenne dich doch, Peter. Im Grund genommen bist du ein vernünftiger Junge."

„Diesmal irrst du dich. Ich hätte niemals eingewilligt, wenn Sabine nicht darauf bestanden hätte!"

Herr Hartmann zog die Augenbrauen hoch. „So? Hat sie das?"

„Ja. Sie wollte nicht, daß ich mich mit dir und Mutter ihretwegen überwerfe."

„Ein sehr kluges Mädchen", sagte Paul Hartmann mit seltsamer Betonung.

Peter fuhr auf. „Was willst du damit sagen?"

„Nichts. Gar nichts. Sei nicht so empfindlich. Du wirst deiner Sabine eines Tages vielleicht noch sehr dankbar sein. Ich bin es jetzt schon."

6

Drei Wochen noch waren sie glücklich. Fast jeden Abend sahen Sabine und Peter sich. Das Jahr Trennung verlor immer mehr an Schrecken, weil sie zu fühlen glaubten, daß ihre Liebe es unversehrt überdauern würde.

Peter traf einmal im Tennisclub mit Gisela zusammen. Es war eine kühle Begegnung. „Auf Wiedersehen in Amerika!" sagte das Mädchen zum Abschied. Auch seinen Freund sah er nur selten. Wenn er Sabine von zu Hause abholte, war Erich fast nie da. Peter vermißte ihn auch gar nicht. Eine Woche vor der Abreise zog er aus seinem Appartement in der Widenmayerstraße aus. Ein Bekannter übernahm es für das eine Jahr.

Sabine gewöhnte sich schnell an das veränderte Leben. Es machte ihr sogar Spaß, nun ganz allein für sich sorgen zu müssen. Mit ihrer Mutter war sie ein paarmal zusammen. Fast wie Freundinnen sprachen sie jetzt miteinander. Dabei erwähnte Sabine auch ganz beiläufig, daß Peter für ein Jahr nach Amerika gehen werde. Maria Kortner schien gar nichts Beunruhigendes dabei zu finden.

Während der ganzen Zeit aber trafen weder Peter mit Frau Kortner noch Sabine mit dem Ehepaar Hartmann zusammen. Die beiden Liebenden wollten es nicht. „Erst wenn ich zurückkomme", sagte Peter, „leiten wir die Familienzusammenführung ein . . ."

Dann kam der Tag der Abreise. Sabine begleitete Peter bis zum Flughafen in München-Riem. Die gewaltige Boeing 707 stand bereits auf der Betonpiste.

Peter hatte sich von seinen Eltern zu Hause verabschiedet. Sie waren taktvoll genug gewesen, Sabine die Möglichkeit zu geben, ihren heimlichen Verlobten zum Flughafen zu begleiten.

Den beiden war das Herz schwer, als sie sich in der Halle voneinander trennen mußten. Sie sahen sich in die Augen.

„Ich schreibe dir sofort nach meiner Ankunft", sagte Peter.

„Und ich, sobald ich deine Adresse habe", erwiderte sie.

„Und wenn du irgendwelche Sorgen hast, wende dich an Erich Krüger . . ."

Sie schüttelte den Kopf. „Ich werde schon allein mit allem fertig."

„Trotzdem! Ich bin sehr froh, daß ich dich in seiner Nähe weiß."

Über ihren Köpfen dröhnte die Stimme aus dem Lautsprecher:

„Die Passagiere des Lufthansa-Fluges 413 nach New York werden gebeten . . .“

„Es ist soweit“, sagte Sabine mit rauher Stimme, „vergiß mich nicht, Peter!“

Noch einmal küßten sie sich, dann löste er sich von ihr, verschwand winkend durch das Drehkreuz. Mit zusammengebissenen Zähnen sah sie ihm nach.

Langsam drehte sie sich um. Jede Bewegung fiel ihr schwer. In ihrem Kopf hämmerte es, in ihrem Magen war ein Gefühl, als hätte sie seit Stunden nichts mehr gegessen.

Sie wollte zur Aussichtsterrasse hinauf, um Peter abfliegen zu sehen. Aber sie kam nicht so weit. Plötzlich wurde ihr dunkel vor den Augen. Es schien ihr, als setzte ihr Herz aus. Sie atmete tief durch. Es half nichts. Sie taumelte gegen die Wand.

Eine Stewardeß, die vom Rollfeld zurückkehrte, sah Sabine.

„Ist Ihnen nicht gut?“ fragte sie.

„Danke, es geht schon.“ Sabine antwortete mit schwacher Stimme.

„Kommen Sie, ich bringe Sie in den Sanitätsraum.“

Willenlos ließ sie sich führen. Im Sanitätsraum reichte ihr eine ältere Krankenschwester eine Tablette. Dann drückte sie ihr ein Glas Wasser in die Hand. „Trinken Sie, es wird Ihnen helfen!“

„Ich weiß gar nicht, was mit mir los ist“, sagte Sabine zaghaft.

Die Schwester sah sie prüfend an. „Kann es sein, daß Sie schwanger sind?“

Panischer Schrecken überfiel Sabine. Schwanger! Ein Kind! drang es in ihr Bewußtsein.

„Mein Gott . . .“ Sie schloß die Augen. „Das darf nicht wahr sein . . .“

Die Sanitätsschwester sah voller Anteilnahme auf Sabine, die zusammengesunken auf dem weißlackierten Stuhl saß.

„Ich meine doch nur . . .“ Die alte Frau versuchte das Mädchen zu beruhigen. „Daß Sie schwanger sein könnten, ist doch nur eine vage Vermutung von mir.“

Sabines Gesicht war kalkig und starr. „Ich . . . ich war sehr aufgeregt“, sagte sie tonlos. „Wahrscheinlich habe ich deshalb den Schwächeanfall bekommen.“

„Das wird es sein.“ Die Schwester schien dennoch skeptisch zu sein.

„Kann ich jetzt gehen?“ fragte Sabine und richtete sich auf. „Ich habe es eilig.“

Sie hatte sich, um Peter Hartmann zum Flughafen begleiten zu können, zwei Stunden von Dr. Brettschneider freigeben lassen und wollte jetzt so schnell wie möglich in die Kanzlei zurück.

„Wenn Sie sich wieder stark genug fühlen ..." Die Schwester hob die Schultern. „Aber geben Sie acht auf sich."

Sabine stand auf und reichte der Frau die Hand. „Schönen Dank für alles!"

Die Schwester hielt Sabines Hand fest. „Alles Gute und ... ich glaube, Sie sollten vielleicht doch mal einen Frauenarzt aufsuchen."

„Das wird nicht nötig sein", sagte Sabine abwehrend. Aber als sie das Sanitätszimmer verlassen hatte und durch die Halle des Flughafens München-Riem zum Ausgang ging, überfiel sie von neuem die Angst.

Ist es möglich, daß ich ein Kind erwarte? Sie versuchte auszurechnen, wann sie das letztemal ihre Periode bekommen hatte, aber sie mußte sich gestehen, daß sie nicht darauf geachtet hatte. Vor drei Wochen, oder vier? Vielleicht sogar fünf? Sie wußte es nicht.

„Mach dich nicht verrückt", sprach sie halblaut vor sich hin. „Das kann nicht sein. Es darf nicht sein. Es ist einfach ausgeschlossen."

Doch ihr Herz krampfte sich zusammen vor Furcht. Sie fühlte sich allein, so entsetzlich allein.

Mutti! Eine heiße Sehnsucht nach ihrer Mutter überfiel sie, Sehnsucht nach dem mütterlichen Trost.

Sabine Kortner lief zur nächsten Telefonzelle, wählte die Nummer von Ruth Högner, bei der ihre Mutter jetzt wohnte. Eine unbekannte weibliche Stimme meldete sich. „Hier bei Högner!"

Sabines Stimme zitterte. „Guten Tag ... könnte ich bitte Frau Kortner sprechen?"

„Tut mir leid, Frau Kortner ist verreist."

„Verreist ..." Sabine war es, als setze ihr Herz einen Schlag lang aus. Die Erinnerung kam.

„Ja. Nach der Insel Elba. Dort besitzt Frau Högner ein Ferienhäuschen. Möglich, daß die beiden Damen für längere Zeit dort bleiben."

Sabine wußte das alles. Ihre Mutter hatte es ihr beim letzten Treffen selbst gesagt. Aber Sabine hatte es in ihrer Verzweiflung ganz vergessen. Sie hängte ein. Als sie die Telefonzelle verließ, stand kalter Schweiß auf ihrer Stirn. Wieder war in ihr dieses grauenvolle Gefühl der Einsamkeit, der Verlorenheit.

Zum erstenmal in ihrem Leben war sie völlig auf sich allein gestellt.

Sabine fragte sich in diesem Moment: Was wird sein, wenn ich ein Kind bekomme? Wird Peter zurückkommen? Wird er das nächste Flugzeug nehmen? Liebt er mich wirklich?

Mit einem Herzen voller Zweifel und Ängste fuhr sie zurück in die Stadt.

7

Als der riesige Düsenklipper sich über die Wolkendecke erhoben hatte, lehnte Peter Hartmann sich zurück und zündete sich eine Zigarette an. Er saß am Fenster. Die beiden anderen Sitze der Reihe waren frei.

Peter war unglücklich und zutiefst mit sich selber unzufrieden. Warum nur . . . dachte er, warum habe ich mich darauf eingelassen, nach Amerika zu fliegen und Sabine zu verlassen? Ich habe mich von meinem Vater ins Bockshorn jagen lassen. Wieder einmal.

Er streifte die Asche seiner Zigarette ab.

Sabine hätte mir nicht zureden sollen, nachzugeben – versuchte er sich zu entlasten. Aber sofort wurde ihm wieder klar, daß er ganz allein die Schuld trug.

Die Erinnerung an Sabines schmales helles Gesicht unter dem blonden Haar machte ihn krank vor Sehnsucht. Das Schuldgefühl legte sich wie ein Ring um seine Brust. Er hatte das Gefühl, ersticken zu müssen.

Peter verstellte die Düse über seinem Sitz, so daß der kühle Luftstrom direkt auf ihn traf.

„Ziemlich heiß hier drinnen, wie?" fragte eine weibliche Stimme neben ihm.

„Kann man wohl sagen", erwiderte er. Dann erst wurde ihm bewußt, daß er diese rauhe vibrierende Stimme kannte, und er drehte sich um.

Gisela Schneider stand neben ihm im Gang, in einem eleganten Kostüm. „Na, mein Lieber", sagte sie vergnügt, „das ist eine Überraschung, was? Darf ich mich setzen?" Ohne seine Zustimmung abzuwarten, ließ sie sich neben ihn in den Sessel gleiten. Sie zeigte ihre kleinen weißen Zähne und lächelte mokant: „Darf ich fragen, wohin die Reise geht?"

„Tu bloß nicht so, als wenn du das nicht wüßtest", entgegnete er unfreundlich.

Gisela Schneider machte große, erstaunte Augen. „Hast du mir schon mal davon erzählt? Ich kann mich nicht erinnern", sagte sie mit gespielter Naivität.

Peters Zigarette war heruntergebrannt. Er drückte sie mit einer heftigen Bewegung aus. „Behaupte jetzt nur noch, daß du einfach platt warst, als du mich hier im Flugzeug sahst!"

„Na klar war ich das!" antwortete sie mit verletzender Ironie. „Was glaubst du denn?"

„Daß die Sache mit Amerika ein abgekartetes Spiel ist!" stieß er erregt hervor. „Du und ich zusammen in Boston, ein Jahr lang – das habt ihr beide geschickt arrangiert. Du und meine Mutter! Deshalb auch deine Andeutung damals vor dem Krankenhaus. Jetzt ist mir alles klar."

Gisela lachte scheinbar unbefangen. „Du bildest dir also allen Ernstes ein, daß ich die weite Reise nach Amerika mache, um dich einzufangen?" Ihre Stimme hatte plötzlich einen lauernden Klang.

Peter wurde unsicher. „So habe ich das nicht gemeint ..."

„Hörte sich aber ganz so an!"

„Na, ich weiß doch, wie gern meine Mutter dich als Schwiegertochter sehen würde", verteidigte er sich.

„Ich habe deine Mutter auch sehr gern", entgegnete Gisela ruhig. „Das ist aber noch lange kein Grund für mich, dir nachzurennen. Du bist ein netter Junge, ohne Zweifel, aber schließlich ... Sieh mich mal an! Sehe ich aus wie ein Mädchen, das es nötig hat, sich einem Mann an den Hals zu werfen?"

„Nein", mußte er zugeben.

„Na bitte!"

„Aber du mußt doch verstehen, daß dieser sonderbare Zufall – zur selben Zeit mit dir in derselben Stadt – mich stutzig macht!"

Gisela zuckte nicht mit der Wimper. „Du lieber Himmel, genauso kann ich den Verdacht haben: Du bist es, der alles so arrangiert hat, um mich auf diese Weise zu beschlagnahmen."

Er merkte, daß er sie nicht festnageln konnte. Sie würde immer wieder ausweichen. „Hör mal, Gisela", sagte er versöhnlich, „wir wollen uns doch nicht streiten."

„Das liegt durchaus nicht in meiner Absicht." Sie schlug gelassen ihre langen, schönen Beine übereinander.

„Einigen wir uns also darauf: Du und ich, wir sind rein zufällig für ein Jahr zusammen in Boston ..."

„Wenn du meinst!“ Gisela lächelte hintergründig.

„Ein blödsinniger Zufall ist es auch“, fuhr er fort, „daß wir beide dasselbe Flugzeug benutzen . . .“

„Genau!“ Ihr Mund verzog sich ironisch.

Er sah sie mißtrauisch an. „Wo wohnst du eigentlich in Boston?“

„Im International House der Universität.“ Sie machte eine kurze Pause. „Mein Vater hat übrigens gute Beziehungen zu dem Baukonzern Styler. Die Familie wird mich öfter einladen . . .“

Peter schluckte plötzlich krampfhaft.

„Was machst du denn für ein Gesicht?“ fragte sie wieder mit gespieltem Erstaunen.

„Ich werde bei der Familie wohnen und in dem Konzern arbeiten“, erklärte er gepreßt.

„Na und?“ Sie machte wieder eine wirkungsvolle Pause, dann schlug sie sich an die Stirn, als begriffe sie erst jetzt. „Ach so!“ Ihre Stimme wurde scharf. „Du leidest ja an Verfolgungswahn!“ Und plötzlich legte sich ein Ausdruck tiefen Beleidigtseins auf ihr sorgfältig geschminktes Gesicht. Sie stand abrupt auf. „Ich bedaure sehr, dich belästigt zu haben!“ Sie griff nach ihrer Handtasche aus Krokodilleder. „Guten Flug also! Mich siehst du so bald bestimmt nicht wieder, wenn ich es irgend verhindern kann!“ Sie wollte gehen.

Peter hatte plötzlich das beschämende Gefühl, sich wie ein Rüpel benommen zu haben. „Gisela“, rief er und hielt sie am Arm fest. „Bitte sei mir nicht böse, Gisela. Ich wollte dich nicht kränken.“

Sie drehte sich langsam zu ihm um. In ihren großen grünen Augen standen Tränen. Sie besaß ein beachtliches schauspielerisches Talent.

„Gisela, entschuldige! Ich habe mich dumm benommen. Aber wenn du wüßtest, wie meine Mutter mir dauernd in den Ohren liegt mit Lobeshymnen auf dich . . .“

„Ist das meine Schuld?“ unterbrach sie ihn mit gehauchter Stimme.

„Natürlich nicht. Bitte setz dich wieder zu mir . . .“

„Möglich, daß unsere Mütter ein bißchen die Weichen gestellt haben“, gab sie zu. „Aber ich selbst habe nichts damit zu tun, wirklich nicht!“

„Glaub' ich dir ja“, sagte er und drückte sie auf den Sessel zurück.

„Peter“, sagte sie zaghaft.

„Ja?“

„Eigentlich ist es doch schön, daß zwischen uns alles klar ist. Du liebst mich nicht, und ich liebe dich nicht. Was unsere Mütter planen, kann uns doch ganz egal sein. Wollen wir nicht wieder gute Freunde sein? Wie früher?"

„Ja", sagte er, „ja, Gisela, laß uns wieder Freunde sein!"

Sie drückte dankbar seine Hand und rieb ihre Wange an seiner Schulter. Wie eine zärtliche Katze . . .

8

Sabine wartete in den nächsten Tagen mit steigender Unruhe auf Post aus Amerika. Jeden Abend, wenn sie von der Arbeit kam, galt ihr erster Blick der Silberschale in der Diele der großen Wohnung. Hier legte die alte Frau Bauer die Post für ihre Mieter hin. Aber jeden Abend wurde Sabine wieder enttäuscht: kein Brief von Peter.

Sie stand vor einem Rätsel, konnte nicht glauben, daß er sie einfach vergessen haben sollte. Das ist doch unmöglich, redete sie sich immer wieder ein.

Manchmal begegnete sie Erich Krüger, der sich, seit sie bei dem alten freundlichen Rentnerehepaar wohnte, höflich, nett und zurückhaltend gab. Einmal, als sie vor der Badezimmertür zusammentrafen, stellte er wie beiläufig die Frage: „Schon Nachricht von Peter?"

„Nein", erwiderte sie mit steifen Lippen.

Erich lächelte. „So ein Hallodri! Was der wohl drüben im Land der unbegrenzten Möglichkeiten treibt? Aber machen Sie sich nichts draus, Sabine! Früher oder später wird er bestimmt wieder von sich hören lassen."

Vergnügt pfeifend ging er weiter und ließ eine völlig verstörte Sabine zurück.

In den Nächten fand sie kaum noch Schlaf. Sehnsucht nach Peter, Verzweiflung über sein Schweigen quälten sie. Aber da war noch etwas: Sabine wartete auch darauf, daß sich ihre Tage endlich wieder einstellen würden. Sie hätte nicht sagen können, was schrecklicher war – die Verzweiflung über Peters Schweigen oder die Angst, ein Kind zu bekommen.

Eines Sonntags, als sie es zu Hause in ihrem Zimmer – mit dem altmodischen Vertiko, dem hochlehnigen Sofa, den steifen Stühlen – nicht länger aushielt, verließ sie die Wohnung fast fluchtartig. Ihre Nerven waren schuld daran.

Sie hatte ein Ziel. Ruth Klink war ihr bei der bohrenden Grübelei eingefallen. Das Mädchen, das sie auf der Unfallstation kennengelernt hatte. Knapp siebzehn Jahre alt, aber schon schwanger. Ohne Mutter, vom Freund verlassen, vom Vater aus dem Haus gejagt, hatte Ruth keinen anderen Ausweg gesehen als den Tod. Sabine hatte plötzlich das Bedürfnis, etwas über das weitere Schicksal dieses Mädchens zu erfahren.

Sie rief im Mütterheim in Nymphenburg an. Dr. Ralph Seeger, der junge Arzt, hatte gerade Dienst. Sie fragte, ob Ruth schon im Mütterheim sei. Der Arzt bejahte.

„Ich komme gleich raus", versprach Sabine und hängte ein. Sie kaufte eine Schachtel Pralinen und fuhr nach Nymphenburg.

Das Mütterheim war ein neuerbautes weißes Gebäude, das hundert Meter entfernt von der Straße in einem großen Park lag.

Sabine fragte an der Pförtnerloge nach Ruth Klink. Die diensthabende Schwester lächelte ihr freundlich zu. „Ruth erwartet Sie schon. Sie wird gleich herunterkommen!"

Sabine setzte sich an einen niedrigen Tisch in der Halle. Sie beobachtete, daß die Menschen – Besucher und Besuchte – in einer festlich aufgeregten Stimmung waren, und sie dachte: Es müßte herrlich sein, mit einem Baby im Arm in einem weißbezogenen Bett zu liegen und auf Peters Besuch zu warten. Diese Vorstellung gab ihr plötzlich Trost.

Da erschien Ruth Klink, und Sabine erschrak.

Das junge Mädchen sah noch elender aus als in der Unfallklinik. Ihre Haut war fast grau, die dunkel umschatteten Augen lagen tief in den Höhlen, das Haar wirkte stumpf und tot. Ein verkrampftes Lächeln verzerrte das blutleere Gesichtchen zu einer Grimasse.

Sabine hatte Mühe, sich ihr Entsetzen nicht anmerken zu lassen. Sie begrüßte Ruth, gab ihr die Pralinen. Ruth bedankte sich freudlos.

„Wollen wir ein bißchen in den Park gehen?" fragte Sabine.

Ruth nickte.

„Aber wirst du nicht frieren?" fragte Sabine. „Hol dir lieber einen Mantel."

Ruth trug ein einfaches blaues Waschkleid mit einer gelben Strickjacke darüber. „Nicht so schlimm", sagte sie. Sie gingen durch die breite gläserne Tür hinaus in den Park.

Sabine lief eine Weile still neben ihr her. „Wie geht es dir, Ruth?" fragte sie endlich.

„Danke, daß Sie gekommen sind", sagte Ruth ausweichend.

„Ich hatte es doch versprochen."

„Man hält nicht immer, was man verspricht", sagte Ruth bitter.

Sabine blieb stehen. „Ruth, sag ehrlich, wie fühlst du dich? Du arbeitest doch auch hier, nicht wahr?"

„Ja, in der Küche, die Schwestern sind ganz nett."

„Ruth", sagte Sabine eindringlich, „irgend etwas ist doch mit dir nicht in Ordnung. Du siehst elend aus, wirklich . . ."

Ruth sah an Sabine vorbei, zuckte die Schultern. „Na, ich bekomme eben ein Kind!"

„Das weiß ich. Aber schwangere Frauen sehen im allgemeinen anders aus."

„Die haben auch nicht so viel durchgemacht wie ich."

„Daran darfst du nicht immerzu denken, Ruth. Du schadest damit nur deinem Kindchen . . ."

„Aber ich will es nicht haben!" brach es plötzlich aus dem Mädchen hervor.

Unwillkürlich sah Sabine sich um, aber es war niemand zu sehen. „So darfst du doch nicht reden", sagte sie hilflos.

„Und ich werde es auch nicht bekommen . . ." Ruth flüsterte jetzt, und ein verzerrtes Grinsen zog über ihr Gesicht.

Sabine sah sie fassungslos an. „Was heißt das? Hast du etwa . . ."

„Nein, ich habe nichts dagegen getan, wenn Sie das meinen."

„Aber wie kannst du dann so sicher sein, daß dein Kind nicht zur Welt kommen wird?"

„Weil . . ." Ruth stockte. „Versprechen Sie mir zuerst, daß Sie niemandem etwas verraten."

„Ich verspreche, dir zu helfen." Sabine formulierte es absichtlich so, denn sie ahnte ein Unheil.

„Es ist nämlich . . ." Ruth neigte sich zu Sabine vor, hielt den Mund dicht an ihr Ohr und flüsterte: „Ich habe Blutungen . . ."

„Seit wann?" Sabine starrte die andere an.

„Seit zwei Tagen."

„Ruth", sagte Sabine entsetzt, „weiß das Dr. Seeger?"

„Natürlich nicht. Ich bin doch nicht verrückt. Ich will nicht, daß er etwas tut, damit das Kind bleibt."

Sabine packte den Arm des Mädchens. „Ruth, es geht jetzt nicht um das Baby – es geht um dein Leben!"

„Daran liegt mir nichts." Das Mädchen hob die Schultern.

„Aber du kannst doch noch einmal ganz von vorn anfangen!" Sabine sprach heftig auf Ruth ein. „Du kannst wieder tanzen gehen, einen netten jungen Mann kennenlernen... Das ganze Leben liegt doch noch vor dir!"

Ruths Gesicht blieb starr. „Aber wenn..."

„Kein Aber!" unterbrach Sabine sofort. „Du kommst jetzt gleich mit mir zu Dr. Seeger und erzählst ihm alles. Komm!"

Ruth wollte nicht. Sabine mußte sanfte Gewalt anwenden. „Sie sind eine Verräterin", sagte die Siebzehnjährige. „Gemein wie alle anderen!" Aber sie kam mit.

Dr. Seeger empfing die beiden Mädchen im Sprechzimmer.

Sabine ließ ihm keine Zeit zu einer herzlichen Begrüßung, obwohl sie spürte, wie sehr er sich über ihr Erscheinen freute. Sie erzählte sofort, was sie von Ruth erfahren hatte. Das junge Mädchen stand stumm mit verbissenem Gesicht dabei.

„Mein Gott, Kind!" Dr. Seeger wandte sich an Ruth. „Warum sind Sie denn nicht zu mir gekommen?"

Ruth schwieg.

„Sie müssen doch Schmerzen gehabt haben!"

Ruth nickte.

„Was für Schmerzen?" fragte Dr. Seeger eindringlich.

„Im Unterleib und im Rücken", murmelte das Mädchen kaum hörbar.

„Seit wann?"

„Seit zwei Tagen. Seit es blutet."

„Na, dann werde ich Sie mal untersuchen. Dort hinter dem Wandschirm machen Sie sich bitte frei!"

Ruth gehorchte widerstrebend. Sabine fragte den Arzt leise: „Ist es schlimm?"

„Wahrscheinlich ein Abortus. Jedenfalls war es sehr vernünftig von Ihnen, mir die Kleine zu bringen."

Dr. Seeger nahm Sabines Hand und schaute ihr fest in die Augen. In diesem Augenblick trat die Schwester ein.

„Bitte, Fräulein Kortner", sagte Dr. Seeger hastig, „gehen Sie hinaus. Und warten Sie auf mich. Ich möchte mit Ihnen sprechen."

Sabine nickte. „Ich werde ein bißchen im Park spazierengehen." Sie verließ das Zimmer.

„Bringen Sie das Mädchen auf den gynäkologischen Stuhl", sagte Dr. Seeger zu der Krankenschwester. Er wusch sich gründlich die Hände und zog einen sterilen Handschuh über die rechte Hand. „Zur Curettage vorbereiten", ordnete er an.

Dann begann er mit der Untersuchung. Er verwendete einen Spiegel, das sogenannte Schnabelspekulum, und konnte jetzt den äußeren Muttermund und den Gebärmutterkanal gut beobachten. Mit einem Stieltupfer wischte er das Blut vom Muttermund. Keine äußeren Verletzungen. Die Blutung kam aus dem Gebärmutterhalskanal. Der Fötus war abgestorben und im Muttermund eingeklemmt.

Dr. Seeger begann die innere gynäkologische Untersuchung. Seine linke Hand drückte auf den Leib der Patientin. Mit der rechten Hand, die jetzt vor dem äußeren Muttermund lag, bewegte er die Gebärmutter. So konnte er die Größe der Gebärmutter feststellen. Sie war wehengespannt.

„Was ist?" fragte Ruth angstvoll.

Dr. Seeger zog die rechte Hand zurück. „Ich muß einen kleinen Eingriff vornehmen."

„Und mein Kind?"

„Seien Sie ehrlich, Ruth: Sie haben das Kind nie gewollt!"

„Ich habe nicht . . ." Ihre Augen wurden weit. „Sie dürfen nicht denken . . ."

„Das weiß ich. Aber die Frucht ist trotzdem abgestorben."

Wie ein Schock ging es durch den Körper des Mädchens. „Ich werde also nicht . . ." Ihre Stimme war heiser. „Ich werde kein Baby bekommen?"

„Nein."

Ruth atmete tief ein und schloß die Augen.

Dr. Seeger wandte sich ab, trug in Ruth Klinks Karteikarte die Diagnose ein. Während die Schwester die Patientin für den Eingriff vorbereitete, zog Dr. Seeger eine Spritze auf. Er wartete, bis die Schwester die Armvene des Mädchens abgebunden hatte, und injizierte dann ein Narkosepräparat. Noch während des langsamen Einspritzens schlief Ruth ein.

Dr. Seeger zog sich frische, sterile Handschuhe über, wieder nahm er den Spiegel. Die Schwester hielt das Instrument fest. Mit zwei Kugelzangen zog dann der Arzt den äußeren Muttermund etwas vor. Die Kornzange lag schon bereit. Dr. Seeger zog damit den Fötus aus dem Muttermund, löste dann die Reste des Mutterkuchens. Zum Schluß überprüfte er noch einmal mit dem Spiegel alle Teile des Organs.

„In Ordnung!" sagte er schließlich befriedigt. Er gab der Schwester ein paar Anweisungen, während er den Kittel auszog und sich die Hände wusch.

Vor dem siebzehnjährigen Mädchen, das sich noch immer in Narkose befand, blieb er stehen und blickte prüfend über den schmalen, ausgemergelten Körper. Wortlos schüttelte der junge

Arzt den Kopf. Wie sehr ein Mädchen doch manchmal für eine kleine Dummheit büßen muß, dachte er. Nur weil sie Sehnsucht nach ein bißchen Liebe hatte und an den falschen Mann geriet ... Voller Mitleid strich Dr. Seeger die schweißnassen Haarsträhnen aus Ruths Stirn. Dann verließ er das Zimmer.

Sabine wartete im Flur auf ihn. Sie ging ihm mit hastigen Schritten entgegen. „Wie geht's ihr?"

„Den Umständen entsprechend gut. Die Frucht war abgestorben, ich habe sie entfernt."

„Wie kann denn so etwas geschehen?" fragte Sabine entsetzt.

Dr. Seeger zuckte die Schultern. „Das weiß niemand. Nach ihrem Selbstmordversuch habe ich sie mehrmals untersucht. Die kindlichen Herztöne waren da."

„Und dann mit einemmal ..." Sabine schauderte. „Schrecklich!"

Dr. Seeger erwiderte nichts. Er sah verlegen aus. Sabine bemerkte es und begann von sich aus: „Herr Doktor, Sie sagten vorhin, Sie wollten noch mit mir sprechen."

„Ja, Sabine ... Ich darf Sie doch so nennen?"

Sie nickte.

„Es ist nichts Wichtiges", fuhr der junge Arzt fort. „Ich ... ich habe für Mittwoch zwei Theaterkarten. Würden Sie ..."

Sabine war für einen Moment verwirrt. Sie mochte den jungen Arzt. Aber mit ihm ins Theater gehen ... Nein, das kann ich nicht, dachte sie.

„Es geht leider nicht", sagte sie schnell. „Bitte verstehen Sie mich richtig ... Ich muß lange arbeiten." Sie spürte, daß es eine schlechte Ausrede war, darum erklärte sie: „Und ich bin so gut wie verlobt!"

Ein Schatten fiel über Dr. Seegers Gesicht. „Das wußte ich nicht." Seine Stimme klang dumpf.

„Er ist zur Zeit in Amerika." In Sabine klaffte plötzlich ein Zwiespalt, denn sie fühlte, daß der junge Arzt jetzt der einzige Mensch war, von dem sie in der Not Hilfe erwarten konnte.

„Was ist eigentlich mit der Bescheinigung, die Sie für Ihre Tante besorgen sollten?" Er sprach betont kühl und sachlich, als sei in ihm jedes Gefühl für Sabine erstorben.

„Ach ja, das habe ich ganz vergessen."

„Kommen Sie, wir gehen ins Büro. Vielleicht können Sie den Schein gleich mitnehmen."

Sabine bekam die Bescheinigung. Der Abschied von Dr. Seeger geschah mit großer Befangenheit. Es schmerzte Sabine, zu wissen, daß sie ihm weh getan hatte.

„In der nächsten Woche komme ich wieder", sagte sie. „Um Ruth Klink zu besuchen."

Dr. Seeger sah auf. „Ich würde mich freuen, wenn Sie sich dann bei mir melden würden."

Sabine lächelte tapfer. „Sie sind mir also nicht böse?"

Er lachte ohne Bitterkeit. „Aber nicht doch, Sabine! Ich verstehe Sie sehr gut. Ich habe Sie gern. Wenn Sie mal Sorgen haben ..."

„... dann komme ich zu Ihnen!" Sie sagte es, weil sie es wirklich meinte. Dr. Seeger spürte es auch, und der Händedruck war dann herzlich und unbefangen. Sabine und der junge Arzt schienen in diesem Moment so etwas wie Freunde geworden zu sein. Kaum hatte sie das Mütterheim verlassen, stürzten wieder Verzweiflung und Angst über sie herein. Die Angst, ein Kind zu bekommen ...

Sabine ging in ein Kino, um sich abzulenken. Es gelang nicht. Als der Film zu Ende war, hätte sie kaum die Handlung erzählen können.

Am nächsten Morgen fühlte sie sich beim Erwachen so elend, daß sie sich kaum dazu aufraffen konnte, in die Kanzlei zu gehen. Sie hatte sich in der Nacht stundenlang schlaflos im Bett gewälzt.

Sie war so lange liegengeblieben, daß sie ohne Frühstück aus dem Haus mußte. Dennoch kam sie zehn Minuten zu spät in die Kanzlei. Dr. Brettschneider hatte schon nach ihr gefragt. In Windeseile zog sie ihren Mantel aus, warf einen flüchtigen Blick in den Spiegel und – erschrak vor ihrem eigenen Anblick. Ihr schmales Gesicht wirkte verfallen, tiefe Schatten lagen unter ihren blauen Augen.

„Du siehst aus, als hättest du die ganze Nacht durchgelumpt", stellte Trudi, ihre Kollegin und Freundin, mitleidlos fest.

Sabine antwortete nicht. Sie griff zu Stenogrammblock und Bleistift und eilte in das Arbeitszimmer ihres Chefs.

„Guten Morgen, Herr Doktor Brettschneider", sagte sie. „Entschuldigen Sie bitte, daß ich ..."

Der Anwalt winkte ab. „Schon gut, schon gut! Setzen Sie sich, ich muß Ihnen einen wichtigen Schriftsatz diktieren."

Sabine nahm vor dem Schreibtisch Platz. Dr. Brettschneider hatte sie nicht einmal angeschaut. Er war mit einer dicken Akte beschäftigt. Dann begann er mit dem Diktat. Sabines Bleistift flog über das Papier. Sie durfte keine Silbe verlieren, war gezwungen, sich völlig zu konzentrieren, und vergaß für diese Zeit ihre Sorgen.

Nach zehn Minuten brachte Trudi die übliche Tasse Kaffee für Dr. Brettschneider herein und stellte sie auf der Schreibtischplatte ab.

„Danke", sagte er kurz. „Bitte kommen Sie mal rum, Sabine. Diesen Absatz hier können Sie wörtlich übernehmen."

Sabine stand auf und trat neben den Chef. Der Geruch des starken Kaffees bereitete ihr plötzlich Übelkeit.

„Hier von Seite zwölf Mitte bis . . ." Er führte die Tasse zum Mund, nahm einen Schluck.

In diesem Augenblick spürte Sabine, wie sich ihr Magen hob. Gerade noch rechtzeitig gelang es ihr, die Hand auf den Mund zu pressen. Sie rannte aus dem Zimmer.

Würgend erbrach sie sich auf der Toilette. Es war ihr, als wollte ihr Magen sich umstülpen. Danach fühlte sie sich besser. Sie spülte ihren Mund aus und kehrte zu Dr. Brettschneider zurück.

Er sah sie an, mit einem langen, prüfenden, durchdringenden Blick. „Was ist los mit Ihnen, Mädchen? Sind Sie krank?"

Sie zwang sich zu einem Lächeln. „Ich glaube, ich habe mir den Magen verdorben. Etwas Schlechtes gegessen."

„So?" fragte er skeptisch. „Sie gefallen mir schon seit einigen Tagen nicht."

„Ich . . . Es ist bestimmt nichts von Bedeutung", behauptete Sabine.

„Das weiß man nie", erklärte ihr Chef. „Ich glaube, Sie sollten mal einen Arzt aufsuchen. Gehen Sie noch heute. Ich gebe Ihnen den Nachmittag frei."

Gegen elf Uhr rief Sabine im Mütterheim an und verlangte Doktor Seeger. „Kann ich zu Ihnen kommen?" fragte sie. „Als Patientin . . ."

Zwei Stunden später fuhr sie hinaus nach Nymphenburg. Doktor Seeger erwartete sie.

Dr. Ralph Seeger hatte seine Untersuchung beendet, und Sabine verschwand hinter dem Wandschirm.

„Was ist?" fragte sie mit ängstlicher Erwartung, als sie angekleidet wieder hervorkam. „Sie müssen mir die Wahrheit sagen, Herr Doktor!"

Er lächelte ihr zu, aber seine grauen Augen blieben ernst. „Das werde ich, Fräulein Kortner . . ." Er zögerte, als fiele es ihm schwer, weiterzusprechen.

Sie klammerte sich an den Rest von Hoffnung, der noch in ihr war. „Ich bekomme doch kein Baby?“ fragte sie. „Ich meine, daß die Periode einmal ausbleibt, kann doch passieren.“

Der junge Arzt preßte die Lippen zusammen. „Ich kann mich irren“, stieß er dann hervor. „Darum werden wir, um ganz sicher zu sein, einen Test machen.“

„Nein ...“ Sabine schloß erschüttert die Augen. Sie wußte, was diese Worte bedeuten sollten. Die Beine versagten ihr den Dienst, sie ließ sich auf einen Stuhl sinken. „Nein, das ist nicht möglich ...“

Dr. Seeger beugte sich zu ihr hinab. „Sie sind doch verlobt, Fräulein Kortner.“

„Ja“, hauchte Sabine und blickte auf den Brillantring an ihrer linken Hand.

„Dann kann es doch kein Unglück sein, wenn Sie ein Kind erwarten.“

„Aber er ist doch in Amerika“, sagte Sabine verzweifelt. Sie richtete sich plötzlich steif auf. „Herr Doktor, sind Sie sicher, daß ... daß ich Mutter werde?“

„Soweit man nach einer gynäkologischen Untersuchung im zweiten Monat sicher sein kann: ja.“

Sabine war in diesem Moment zu keiner Regung fähig. Ihr Körper war wie vereist ...

„Haben Sie Sorgen, Sabine?“ fragte Dr. Seeger teilnahmsvoll. „Haben Sie Angst, wie Ihr Verlobter es aufnehmen wird?“

„Nein“, antwortete Sabine mit schwacher Stimme.

„Aber?“

Sie verkrampfte die Hände im Schoß. „Wir haben alles anders geplant. Er soll ein Jahr drüben in Amerika bleiben. Seine Eltern ...“ Sie stockte.

„Sind sie gegen diese Verbindung?“ fragte Dr. Seeger behutsam.

„Ja.“

„Sie dürfen jetzt keine falschen Rücksichten nehmen!“ Der junge Arzt legte eine Hand auf ihre Schulter. „Seien Sie energisch! Ich weiß, das liegt Ihnen nicht, Sabine, aber jetzt müssen Sie es sein. Denn es geht nicht mehr um Sie allein, sondern auch um Ihr Kind.“

Sabine nickte schwach.

„Schreiben Sie Ihrem Verlobten, verlangen Sie, daß er seinen Amerikaaufenthalt abbricht, daß er Sie heiratet. Sprechen Sie mit seinen Eltern!“

Sabine nickte wie mechanisch.

Dr. Seeger erhob sich wieder zu voller Größe.

„Fein. Jetzt gebe ich Ihnen Tabletten, die Sie genau nach der Anweisung nehmen müssen. Inzwischen wird im Labor der Test durchgeführt. In ein paar Tagen wissen wir dann ganz genau, ob Sie ein Kind bekommen."

Sabine stand mühsam auf. „Ich danke Ihnen ..."

„Schon gut", wehrte er ab. „Und Sie wissen: Wenn irgend etwas schiefgehen sollte, ich bin immer für Sie da. Versprechen Sie mir, keine Dummheiten zu machen?"

Sabine sah ihm offen ins Gesicht. „Das verspreche ich Ihnen."

„Geben Sie mir die Hand darauf, Sabine ..." Er umfing ihre Hand mit festem Druck. „Kopf hoch! Ich bin sicher, es wird sich alles zum Guten wenden! Kommen Sie, ich begleite Sie bis draußen ..."

Sie gingen den langen Flur im Erdgeschoß des Mütterheims entlang.

Peter benachrichtigen, dachte Sabine. Wenn ich nur wüßte, wie ... Ich möchte ein Kind, ja – wenn wir verheiratet sind, wenn wir eine Wohnung haben, wenn alles in Ordnung ist. Aber so ... Nein, nein, nein ... Ich will keine ledige Mutter sein. Was wird Mutti sagen, wenn sie das erfährt?

Eine Schwester kam ihnen entgegen. Sie trug ein Baby auf dem Arm. Es quietschte vergnügt.

Unwillkürlich blieb Sabine stehen und beugte sich über das kleine Wesen.

„Ist es nicht goldig?" fragte die Schwester und schaukelte das Baby sanft. Es lachte.

Sabine sah es. Ihre Gesichtszüge lösten sich aus der Erstarrung. Und ihr Herz tat einen heftigen Sprung. Eine heiße Welle schoß durch ihre Adern. Am liebsten hätte sie das Kind in der Aufwallung des Gefühls an sich gerissen.

Der Druck, der auf ihr gelastet hatte, schwand. Sie fühlte, welch ein Glück es ist, Mutter zu sein. Nur zögernd ging sie weiter. Am Ausgang gab sie dem jungen Arzt die Hand.

„Ich glaube, Sabine, Sie sind stark genug für das, was auf Sie zukommen wird", sagte Dr. Seeger.

„Ich hoffe es." Sie lächelte verhalten. Dann lief sie die steinernen Treppen hinab und sah noch, wie Dr. Seeger im Innern des Mütterheims verschwand.

Ihr Blick glitt über den Bürgersteig, erfaßte einen Mann im blauen Mantel ...

Sabine erschrak bis ins Innerste. Der Mann kam direkt auf sie zu. Jetzt hatte er sie bemerkt. Sein Gesicht versteinerte.

Mein Gott, konnte Sabine noch denken, er wird wissen wollen, was ich hier im Mütterheim wollte. Dann war er bei ihr. Der Mann war Paul Hartmann, Peters Vater.

„Guten Tag, Fräulein Kortner“, sagte Paul Hartmann knapp, und ein maliziöses Lächeln lag über seinem kantigen Kinn. Seine harten Augen musterten das Portal des Mütterheims, aus dem er Sabine hatte kommen sehen. „Wie geht's?“

Der Schreck über das plötzliche Zusammentreffen lähmte Sabine für Sekunden. Sie konnte nur mühsam sprechen. „Guten Tag, Herr Hartmann ... Es geht mir gut.“

„Na, das freut mich!“ Wieder dieses hochmütige Lächeln. „Ja, ich habe es eilig. Einen schönen Tag wünsche ich noch ...“ Die letzten Worte sprach er bereits im Gehen. Mit festen, energischen Schritten steuerte er auf das Gebäude neben dem Mütterheim zu und verschwand darin.

Sabine hatte ihm nachgestarrt. Diese kurze Begegnung mit Peters Vater war wie eine Brandungswelle über sie hinweggegangen. Jetzt erst fand sie ihre Fassung wieder. Und mit schmerzlicher Deutlichkeit wurde ihr klar, daß der Mann, der vielleicht ihr Schwiegervater werden würde, nur Geringschätzung für sie übrig hatte.

Aber ich lasse mich nicht mit Füßen treten, dachte Sabine und warf entschlossen den Kopf in den Nacken. Ich werde zu Peters Eltern gehen und verlangen, daß sie mir seine Adresse in Amerika geben. Sobald ich weiß, daß ich wirklich Mutter werde ...

Erich Krüger war immer schon ein Langschläfer gewesen, aber seit Peter sich in Amerika befand, machte er sich das späte Aufstehen geradezu zum Prinzip. Er richtete es so ein, daß er die Wohnung immer erst verließ, nachdem die Morgenpost gekommen war – um dann rechtzeitig zurück zu sein, wenn der Briefträger gegen ein Uhr zum zweitenmal erschien.

Das alte freundliche Rentnerehepaar dachte sich nichts Böses dabei. Es genügte Erichs Erklärung, daß er einen Brief mit einem Scheck von seinem Vater erwartete. Der wahre Grund aber war: Erich wollte Peters Briefe für Sabine abfangen.

Zweimal hatte er bereits Erfolg gehabt. Es waren rührende Liebesbriefe gewesen, die Erich zu einem Lachanfall gereizt hatten. Er selbst hatte auch einen Brief von Peter bekommen: ein paar lapidare Sätze über Boston und seine Arbeit; zum Schluß dann die Aufforderung, gut auf Sabine aufzupassen.

Am Morgen dieses Tages, als Sabine zur Untersuchung im Mütterheim war, saß Erich Krüger gerade beim Frühstück in der Küche, als es klingelte.

„Die Post“, sagte Frau Bauer, die alte Dame mit den Apfelbäckchen und den gütigen Augen, die trotz der starken Brille nur noch schwach sehen konnte. Sie war dabei, das Frühstücksgeschirr von Sabine und dem persischen Studenten zu spülen. Erich sprang auf. „Ich geh' schon ...“ Er lief zur Wohnungstür und öffnete sie.

„Guten Morgen, Herr Krüger“, sagte der Briefträger. „Ich habe hier ein Einschreiben für Fräulein Kortner. Wird aber wohl nicht zu Hause sein, wie? Ich schreib' ihr eine Benachrichtigung und ...“

Erich blieben nur Sekunden, um einen Entschluß zu fassen. Er faßte ihn mit geradezu verbrecherischer Energie. „Doch“, log er kaltblütig, „Fräulein Kortner ist zu Hause. Aber sie fühlt sich nicht wohl. Sie liegt im Bett. Ich könnte ihr den Brief bringen.“

„Na schön. Tun Sie das. Ich warte so lange.“

Erich ergriff den Brief und den Einschreibzettel. Er hätte dem Postboten am liebsten die Tür vor der Nase zugemacht. Denn sollte der Wirtin gerade jetzt einfallen, die Küche zu verlassen, um ein Gespräch mit dem Mann zu beginnen, wäre alles verloren.

Er lief in Sabines Zimmer, das sie, wie jeden Morgen, nicht abgeschlossen hatte, damit die Wirtin aufräumen konnte. Er ging zum Vertiko, unterschrieb den rosa Zettel mit dem Namen *Sabine Kortner,* ließ den Brief in die Innentasche seines Jacketts gleiten und trat wieder auf den Gang hinaus.

In dem Augenblick, als er dem Briefträger den Einschreibzettel mit der gefälschten Unterschrift überreichte, kam die Wirtin aus der Küche. „Was ist denn los?“ Sie blinzelte kurzsichtig, kam näher.

„Schon gut“, sagte Erich, und zum Briefträger gewandt: „Schönen Dank, Herr Oberpostrat!“ Er schloß rasch die Wohnungstür.

„War es der Briefträger?“ fragte die alte Frau.

„Ja“, erklärte Erich, „er hat ein Einschreiben für mich gebracht.“

„Von Ihrem Herrn Vater?“

„Ja.“

„Ist der erwartete Scheck drin?“

„Wollen wir's hoffen. Ich hab ihn noch nicht geöffnet.“

„Und wieder kein Brief für Fräulein Sabine?“ Die Stimme der alten Frau klang bekümmert. „Wo die Arme doch so wartet! Verstehen Sie das?“

Erich grinste. „Und ob! Wahrscheinlich hat der gute Peter in Amerika eine Millionenerbin kennengelernt.“

„Ach, Herr Krüger, machen Sie doch keine solchen Witze! Der Herr Hartmann, das ist doch ein guter Junge, der wird doch das Fräulein Sabine nicht einfach im Stich lassen."

„Wer weiß!" Erich summte wohlgelaunt: „Die Männer sind alle Verbrecher ..."

Die Wirtin trippelte kopfschüttelnd in ihre Küche zurück. Erich aber verzog sich erwartungsvoll auf die Toilette. Mit triumphierendem Lächeln las er noch einmal den Absender: *Peter Hartmann, Boston* ... Dann riß er den Brief auf, zog das eng beschriebene Blatt heraus und überflog die ersten Zeilen: *Sabine, mein Geliebtes, was ist los mit Dir? Warum läßt Du nichts von Dir hören? Ich bin in größter Unruhe und kann mir Dein Schweigen nicht erklären. Ich werde noch verrückt vor Liebe und Sehnsucht ...*

Erich verzog angeekelt das Gesicht. Er zerriß Brief und Umschlag zu kleinen Schnipseln, warf sie in das Klosett.

Seine Neugier war gestillt: Er hatte erreicht, was er wollte. Er hatte Mißtrauen in Peters Herz gesät.

Erich handelte aus einem Widerwillen heraus – einem Haß gegen das reine Glück der Liebe, weil er es selbst nie erfahren hatte. Mädchen gab es genug in seinem Leben, aber die große Liebe hatte er noch nie erlebt. Darum gönnte er dieses Glück niemandem, selbst seinem Freund nicht.

Erich drückte auf die Wasserspülung, und als die Schnipsel im Becken wirbelten und rauschend in die Tiefe gerissen wurden, war sein Herz von einer wilden, bösen Freude erfüllt: „Sabine, mein Püppchen", murmelte er, „du wirst noch froh sein, wenn ich mich um dich kümmere .. Froh und dankbar wirst du sein!"

9

Peter Hartmann wohnte bei der Familie Styler im vornehmsten Viertel von Boston. Der steinreiche Bauunternehmer, den seit vielen Jahren eine gute Freundschaft mit Paul Hartmann verband, hatte für Peter im Gästehaus ein Appartement herrichten lassen. Das Gästehaus lag in dem Park, der sich an die herrliche Styler-Villa anschloß.

Peter fühlte sich wohl bei den Stylers. Die Arbeit – der Styler-Konzern baute gerade ein vierzigstöckiges Hochhaus mitten in der City – war hochinteressant und sehr lehrreich. Und die Freizeit wurde von immer neuen Eindrücken beherrscht.

Dennoch – Peter war bedrückt und niedergeschlagen. Er versuchte, es mit Charme und Eifer zu überspielen, aber es gelang nicht immer. Die Sehnsucht nach Sabine war manchmal übermächtig. Und die Verzweiflung über ihr Schweigen drohte oft ihn fortzureißen.

Er zerbrach sich den Kopf, was mit Sabine geschehen sein könnte, aber er fand keine Erklärung. Daß sie ihn so rasch vergessen haben sollte, hielt er für ausgeschlossen. Ob meine Briefe verlorengegangen sind? überlegte er immer wieder. Nein, das ist unmöglich ... Dreimal hatte er schon geschrieben, zuletzt per Einschreiben. Aber von Sabine war keine Antwort gekommen. Die Stylers hielten Peters Niedergeschlagenheit für Heimweh und versuchten ihn aufzumuntern. An einem warmen Sonnabend gaben sie ihm zu Ehren eine Party.

Es war laut und voll. Ein Bartrio spielte in der weiten Halle der riesigen Styler-Villa. Man tanzte, flirtete und trank. Die Gastgeber hielten ihre Party für einen großen Erfolg.

Für Peter waren die ersten zwei Stunden grauenvoll. Er wurde herumgereicht wie ein Wunderknabe. Er mußte hundert Hände schütteln und noch mehr Fragen beantworten. Sogar über die Berliner Mauer fragte man ihn – um die Antwort sofort wieder zu vergessen.

Endlich gelang es Peter, eine stille Ecke zu erreichen. Hier stand er an die Wand gelehnt, drehte sein Whiskyglas in der Hand und tat, als betrachte er mit großem Interesse das fröhliche Treiben. Aber seine Gedanken waren weit weg. Sabine, warum schreibst du mir nicht? Unablässig klang diese Frage in ihm auf.

„Hallo, Peter!"

Er schrak zusammen. „Ach, du bist es ..."

Gisela Schneider stieß ihr rauhes Lachen aus. „Das klingt ja nicht sehr stürmisch!"

Sie war zu dieser Party eingeladen worden, weil ihr Vater, der Münchner Stararchitekt, gleichfalls enge Geschäftsbeziehungen zum Styler-Konzern unterhielt. Sie war auch schon zweimal zum Essen bei der Familie gewesen.

„Du bist mir ein feiner Ehrengast!" rief sie mit überdrehter Fröhlichkeit. „Stehst in einer Ecke und bläst Trübsal!"

Peter verzog keine Miene. Er sah auf das kniefreie Cocktailkleid aus leuchtend roter Seide und sagte ohne Begeisterung: „Hübsch siehst du aus."

„Komm!" Sie nahm ihm das Glas aus der Hand. „Tanz mit mir! Ich beiße nicht."

Er versuchte, auf ihren Ton einzugehen. „Das kann man bei einem kleinen Raubtier wie dir nie wissen.“

Sie tanzten. Gisela schmiegte sich in seine Arme und strahlte ihn an. „Wir passen wirklich gut zueinander. Findest du nicht auch, Peter?“

„Ja, du tanzt sehr gut“, antwortete er kühl.

Sie legte ihr Gesicht gegen seine Schulter. So konnte Peter den entschlossenen Ausdruck nicht sehen, der sich ohne Übergang um ihren Mund zog.

Sie tanzten sehr harmonisch, aber während Peter ihren straffen, lebendigen Körper hielt, glitten seine Gedanken zu Sabine . . .

„An was denkst du?“ fragte Gisela in sein Grübeln hinein.

„An nichts“, wich er aus.

„Dann kannst du dich aber gut verstellen . . . Du machst ein Gesicht, als wolltest du alle Weltprobleme lösen.“ Sie blieb plötzlich stehen. „Hast du etwa Liebeskummer?“

„Unsinn!“ entgegnete er unwillig.

„Gib es doch zu!“ stieß sie nach. „Liebeskummer ist ja keine Schande. Im Gegenteil, ich finde so etwas richtig romantisch . . .“

„Laß das!“ sagte er hart.

„Wenn du keinen Liebeskummer hast, dann beweise es mir: Gib mir einen Kuß!“

„Gisela, wir wollen gute Freunde sein.“

„Dürfen gute Freunde sich nicht küssen?“

Er drückte ihr einen raschen Kuß auf die roten Lippen. „Zufrieden?“

Sie lächelte. „Immerhin etwas. Für den Anfang genügt es . . .“

Die Party dauerte bis lange nach Mitternacht. Eine kleine Gruppe Unermüdlicher war übriggeblieben. Gisela befand sich darunter. Peter mußte aus Anstand bis zum Ende ausharren. Man war nicht mehr nüchtern. Bevor Mrs. Styler sich zurückzog, sagte sie: „Wer zuviel getrunken hat und nicht mehr Auto fahren sollte, kann bei uns übernachten. Drüben im Gästehaus. Tom wird euch die Zimmer zeigen.“ Tom war der Butler.

Mit dankbarem Jubel nahmen die jungen Leute die Einladung an, von denen einige die Gelegenheit zu einem intimen Abschluß der Party sahen.

Auf dem Gang des Gästehauses sagte man sich gute Nacht. Peter atmete auf, als er endlich allein in seinem Zimmer war. Er zog sich die Jacke aus, riß sich den Schlips ab, öffnete das Hemd. Dann ließ er sich in einen Sessel fallen und vergrub den Kopf in beiden Händen. „Sabine, was ist nur los mit dir?“ murmelte er dumpf.

Peter wußte nicht, wie lange er grübelnd dagesessen hatte. Plötzlich hörte er ein Geräusch. Er hob den Kopf, sah zu Tür. Er glaubte schon, sich getäuscht zu haben, da bemerkte er, daß die Klinke niedergedrückt wurde.

Er stand auf. Langsam öffnete sich die Tür. Ein Mädchenkörper wurde sichtbar.

„Gisela . . .“ Peter starrte sie an.

Sie trug ein durchsichtiges kurzes Nachthemd und darunter nur ein kleines Höschen. Sie drückte die Tür hinter sich zu, dann ging sie auf ihn zu, mit aufreizenden Bewegungen, glitzernden Augen, feuchten Lippen.

„Was soll der Quatsch?“ preßte Peter heiser hervor. Er fühlte eine eigenartige Erregung in sich aufsteigen.

„Aber Peter!“ rief sie unbekümmert. „Was starrst du mich so an? Ich bin doch kein Gespenst!“

„Das sehe ich“, brachte er heiser hervor.

„Ah, wirklich?“ Sie lachte, kam näher auf ihn zu. „Warum machst du dann so ein erschrockenes Gesicht?“ Sie stand jetzt ganz dicht vor ihm und strich mit ihren manikürten Fingern über seine rechte Wange.

Er zuckte zurück, als wollte er einer züngelnden Flamme ausweichen. „Laß das!“

Er dachte an Sabine, nahm alle Kraft zusammen, um nur an Sabine zu denken. Aber er war ein Mann, und die Nähe dieses verführerischen Mädchens erregte ihn . . .

„Was willst du?“ fragte er grob. Er wollte gegen die Versuchung ankämpfen, aber er fand nicht die Kraft, sich von ihrem Anblick loszureißen. „Sag endlich, was du willst . . .“

Sie zuckte mit keiner Wimper. „Du hast verdammt wenig Phantasie, Peter! Kannst du dir wirklich nicht vorstellen, was ein junges Mädchen mitten in der Nacht von einem jungen Mann will?“ Ihre tiefe Stimme vibrierte.

Er zwang sich, sie nicht in seine Arme zu reißen. „Ich liebe eine andere“, sagte er gequält.

Sie lachte unbekümmert. „Mir scheint, du wirst alt, Peter!“

„Mein Gott, Gisela . . . verstehst du mich denn nicht?“

Ihr Lächeln wurde plötzlich spöttisch. „Aber ich habe meinen Wunsch ja noch gar nicht geäußert . . .“

„Was willst du also?“

Sie machte eine Pause. Sie spürte, welche Qualen Peter litt. „Eine Zigarette." In gespielter Verlegenheit schlug sie die Augen nieder.

„Eine was?" Peter war verdutzt.

„Eine Zigarette", wiederholte sie genüßlich. „Was hast du denn gedacht?" Dann lachte sie ihm voll ins Gesicht.

Peter fing sich schnell. Er stimmte in ihr Lachen ein und nahm ihm so den Stachel. „Biest!" rief er. Aber er fühlte sich erleichtert. Die schwüle Atmosphäre war wie weggeblasen.

„Also, wo sind deine Zigaretten?" fragte Gisela sachlich.

Peter griff nach seiner Jacke und zog ein Päckchen aus einer Tasche, gab ihr eine Zigarette und Feuer.

Sie inhalierte den Rauch gierig. „Ach, das tut gut! Für eine Zigarette würde ich jeden Mann eintauschen ..." Sie stolzierte auf langen Beinen und mit einem lasziven Hüftwackeln zu dem Sessel, auf dem Peters Krawatte lag. Er konnte sie gerade noch wegziehen.

Gisela ließ sich mit effektvollen Bewegungen in den Schalensessel gleiten und zog die Beine an. Peter sah, daß das Nachthemdchen ihre glatten braunen Schenkel kaum verhüllte, aber es erregte ihn nicht mehr. Sein Gesicht war jetzt starr und abweisend.

„Willst du nicht noch ein bißchen mit mir plaudern?" fragte Gisela anzüglich.

„Nein", antwortete er kurz. Er hätte sie am liebsten mit Gewalt hinausbefördert, doch er wagte nicht, ihren Körper anzufassen. Aus Angst, er könnte doch noch schwach werden ...

„Du stehst da wie ein Eisheiliger", lästerte sie munter.

Peter reagierte nicht.

„Du bist ein Trottel!" stieß das Mädchen plötzlich zornig hervor, schwang ihre Beine auf die Erde, stand auf und lief zur Tür. Ehe er noch etwas erwidern konnte, hörte er die Tür ins Schloß fallen. Verdammt, dachte er, ich habe mich tatsächlich wie ein Trottel benommen! Anstatt eiskalte Gelassenheit zu zeigen.

Er kannte Gisela Schneider von Kindheit an, und doch konnte er sich nicht über ihr Verhalten klar werden. Hat sie mich wirklich verführen wollen? fragte er sich. War das Ganze nur ein Spaß? Sind ihr tatsächlich nur die Zigaretten ausgegangen?

Was aber auch immer Gisela Schneider wollte – eines hatte sie in dieser Nacht jedenfalls erreicht: Zum erstenmal dachte er vor dem Einschlafen nicht an die ferne Sabine, sondern an die nahe Gisela. Und das Bild ihres Körpers in dem hauchdünnen Nachthemdchen verfolgte ihn bis in den Schlaf ...

10

Drei Tage nach der Untersuchung durch Dr. Seeger rief Sabine im Mütterheim Nymphenburg an. Sie erfuhr: Der Labortest hatte seine Diagnose bestätigt – sie war schwanger.

Sabine nahm es mit Fassung hin. Sie hatte sich innerlich schon ganz darauf eingestellt, es bedeutete keine Überraschung mehr. Jetzt werde ich zu Peters Eltern gehen und seine Adresse verlangen ...

Noch am selben Tag, nach Büroschluß, fuhr sie hinaus nach Grünwald. Sie nahm ein Taxi, weil sie hoffte, das würde ihr Selbstbewußtsein heben. Aber als das Auto vor der riesigen Villa hielt, schlug ihr das Herz bis zum Hals. Für Sekunden hatte sie den Wunsch, umzukehren, aber sie bezwang ihn. Ich muß jetzt tapfer sein, sagte sie sich. Ich muß es durchstehen ...

Sie bezahlte die Fahrt und ging auf das schmiedeeiserne Tor zu. Das Haus lag wie ein mächtiger weißer Würfel in einem Park, dessen Bäume schon im rotgoldenen Herbstschmuck prunkten. Bunte Blätter flatterten über den weiten Rasen.

Sabine drückte auf die Klingel. Der Park, das Haus, all das beeindruckte sie tief, obwohl sie sich dagegen zu wehren suchte. Hier ist Peter aufgewachsen, dachte sie. Hier hat er seine Jugend verbracht ...

Unwillkürlich verglich sie diese Pracht mit der engen, biederen Welt ihrer eigenen Kindheit, und sie kam sich bedeutungslos und klein vor.

Eine Stimme ertönte aus der Sprechanlage: „Was wünschen Sie, bitte?"

Sabine schrak zusammen. Sie mußte schlucken, sich räuspern, um klar sprechen zu können. „Ich möchte zu Frau Hartmann."

„In welcher Angelegenheit?" fragte die Stimme aus dem kleinen, in den steinernen Torpfosten eingelassenen Lautsprecher.

„Privat", antwortete Sabine überhastet. „Es ist dringend. Sehr dringend!"

„Einen Augenblick, bitte, ich öffne."

Als Sabine den Summton hörte, stieß sie die Pforte auf. Sie ging über den breiten Kiesweg auf das weiße Haus zu und gab sich Mühe, es nicht zu schnell und nicht zu langsam zu tun. Sie hielt den Kopf hoch erhoben.

Die Haustür wurde geöffnet. Ein junges Mädchen in schwarzem Kleid, weißer Schürze und weißem Häubchen erschien mit einem raschen, aber nicht unfreundlichen Blick.

„Bitte treten Sie ein", sagte sie. „Wenn Sie mir Ihre Karte geben wollen."

Sabine besaß keine Visitenkarte. „Ich heiße Sabine Kortner. Bestellen Sie bitte Frau Hartmann, ich ... ich komme wegen ihres Sohnes."

Das Mädchen führte Sabine in ein Zimmer, das fast ein Saal war. In einem mächtigen Feuer prasselte ein Feuer.

„Nehmen Sie bitte Platz. Ich werde der gnädigen Frau Bescheid sagen." Das Mädchen verschwand.

Sabine blieb stehen. Die Beklommenheit in ihr wuchs von Minute zu Minute. Das imposante Haus, das wohlerzogene Mädchen mit dem weißen Häubchen, das flackernde Feuer im Kamin, alles erschien ihr unwirklich. Sie hatte niemals gedacht, daß Peter, ihr natürlicher, jungenhafter Peter, in einer solch prunkvollen Atmosphäre aufgewachsen sein könnte.

Das Mädchen kam zurück. „Die gnädige Frau bedauert außerordentlich, Fräulein Kortner, aber Ihr Besuch kommt im Augenblick sehr ungelegen. Die Herrschaften erwarten Gäste. Wenn Sie vielleicht ein andermal ..."

Sabine fiel ihr ins Wort. „Nein, bitte. Das geht nicht. Es ist wirklich wichtig. Ich muß Frau Hartmann jetzt sprechen."

„Aber die gnädige Frau hat mir ausdrücklich gesagt ..."

„Ich werde hier warten, bis sie Zeit für mich hat", erklärte Sabine. Sie bot all ihre Kraft auf, um die lähmende Befangenheit niederzuringen.

Das Mädchen verzog keine Miene. „Ich werde es der gnädigen Frau ausrichten." Sie wandte sich ab und verließ das Zimmer. Sabine nahm auf der gepolsterten Bank vor dem Kamin Platz und starrte in die Flammen. Erst das Öffnen der Tür riß sie aus dem Grübeln. Sie sprang auf und sah eine Frau in einem eleganten Kleid aus schwerer grauer Seide auf sich zukommen. Sie trug kostbaren Schmuck.

Peters Mutter! durchfuhr es Sabine.

Sie standen sich gegenüber, musterten sich. Plötzlich bemerkte Sabine, daß Frau Hartmanns damenhafte Überlegenheit unecht war, daß sie nervös mit ihren Armbändern spielte. Durch diese Erkenntnis erlangte Sabine einen Teil ihrer Sicherheit zurück.

„Guten Tag, Frau Hartmann", sagte sie mit ruhiger, fast klarer Stimme. „Entschuldigen Sie bitte, daß ich Sie so ohne Anmeldung überfallen habe. Ich bin Sabine Kortner. Peter hat Ihnen sicherlich von mir erzählt."

Frau Hartmann reichte Sabine zögernd die Hand, ohne die blassen Augen auch nur eine Sekunde von ihr zu lassen. „Ach ja, natürlich! Aber ..." Sie stockte, sprach nicht weiter.

„Ich muß unbedingt mit Ihnen sprechen", sagte Sabine.

„Ich verstehe. Nur leider ... Im Augenblick kommen Sie wirklich sehr ungelegen, Fräulein Kortner. Wie wäre es, wenn wir uns für ein andermal verabreden würden?"

„Ich werde Ihre Zeit bestimmt nicht lange in Anspruch nehmen!"

Frau Hartmann begriff, daß sie Sabine nicht abwimmeln konnte. „Also dann ... Setzen wir uns. Was haben Sie auf dem Herzen?" Sie nahm auf der gepolsterten Bank Platz und schlug ihre immer noch hübschen Beine übereinander.

Sabine setzte sich gleichfalls. Sie wußte nicht, wie sie anfangen sollte.

„Brauchen Sie Geld?" fragte Frau Hartmann sehr direkt.

Sabine schoß das Blut in die Stirn. „Nein, nein, danke!"

„Also was dann?"

„Wie geht es Peter?" stieß Sabine hervor. Sie wußte keine bessere Einleitung.

„Oh, hat er Ihnen das nicht geschrieben?" Frau Hartmann war ehrlich erstaunt.

„Nein", entgegnete Sabine schwach.

„Es geht ihm ausgezeichnet, er ist ..." Frau Hartmann unterbrach sich. „Haben Sie sich etwa mit Peter gezankt?"

„Nein."

„Dann verstehe ich nicht ..."

„Ich auch nicht, Frau Hartmann! Das ist ja der Grund, warum ich zu Ihnen gekommen bin. Ich ... ich mache mir Sorgen! Peter läßt nichts von sich hören."

Frau Hartmann konnte ein kleines Lächeln des Triumphes nicht unterdrücken. „Nun, wahrscheinlich hat er keine Zeit ... oder auch kein Interesse mehr. Sehen Sie, in Amerika wird so viel Neues auf ihn einstürzen, da verblassen die Erinnerungen an Vergangenes. Die Briefe werden seltener ..."

„Nein", unterbrach Sabine erregt, „so ist es ja gar nicht! Wenn Peters Briefe seltener und kürzer geworden, schließlich ganz ausgeblieben wären – ich würde es verstehen!"

„Aber ..."

„Peter hat mir überhaupt nicht geschrieben!" brach es aus Sabine heraus. „Kein einziges Wort! Kein Lebenszeichen, seit ich ihn zum Flugzeug gebracht habe!“

„Das ist allerdings sehr merkwürdig“, gab Frau Hartmann zu.

„Nicht wahr?“ Sabine glaubte Mitleid bei Peters Mutter zu spüren. „Er hatte mir doch fest versprochen . . . Ich kann mir einfach nicht vorstellen . . .“ Sie verstummte, kämpfte gegen aufsteigende Tränen. „Bitte“, sagte sie mühsam, „geben Sie mir seine Adresse! Mehr will ich ja nicht. Nur damit ich ihn fragen kann, ob . . .“

„Seine Adresse? Warten Sie mal, ich bin nicht sicher, daß ich sie genau im Kopf habe. Also das war Boston . . .“

Das Zuschlagen der Haustür unterbrach den Satz. Frau Hartmann hob den Kopf. „Einen Augenblick. Ich glaube, mein Mann ist gerade nach Hause gekommen.“

„Ich will Sie nicht länger aufhalten. Bitte geben Sie mir Peters Adresse“, flehte Sabine.

„Da ist er schon!“ Peters Mutter hob winkend die Hand.

„Hallo, Paul, komm doch mal her!“

Peters Vater kam heran. Sabines Herz zog sich zusammen.

„Fräulein Kortner“, erklärte Frau Hartmann.

„Wir kennen uns“, entgegnete ihr Mann kurz.

Sabine sah zu ihm auf. „Guten Abend, Herr Hartmann.“

Er nickte.

„Fräulein Kortner ist gekommen, weil sie Peters Adresse erfahren möchte“, erklärte Frau Hartmann weiter. „Stell dir vor, er hat ihr nicht ein einziges Mal aus Amerika geschrieben!“ Der Triumph in ihrer Stimme war wieder nicht zu überhören, wenn er auch mit etwas Verwunderung und Mitleid vermischt war.

„Der Junge wird schon seine Gründe haben“, sagte Herr Hartmann, „oder sind Sie anderer Ansicht, Fräulein Kortner?“

„Ich . . . ich weiß nicht, was ich davon halten soll.“ Sie spürte die Feindschaft des Mannes wie einen eisigen Hauch.

„Dann will ich es Ihnen erklären“, sagte Herr Hartmann. „Es ist genau so, wie ich es mir gedacht hatte. Seine Verliebtheit war nur ein Strohfeuer. Jetzt ist es ausgebrannt. Das ist alles. Ich weiß wirklich nicht, was daran rätselhaft ist.“

„Aber er hatte mir doch versprochen . . .“

Herr Hartmann fiel ihr ins Wort. „Wie alt sind Sie, Fräulein Kortner?“

„Zwanzig Jahre.“

„Also kein Teenager mehr. Dann sollten Sie eigentlich wissen, was von den Versprechungen verliebter junger Männer zu halten ist."

„Aber er hätte mir doch wenigstens schreiben können. Ein einziges Mal."

„Warum? Damit Sie ihn dann mit Briefen und Telegrammen bombardieren? Mein liebes Fräulein Kortner, machen wir uns doch nichts vor. Peters Schweigen spricht Bände! Deutlicher hätte er Ihnen gar nicht sagen können, daß es aus ist. Warum wollen Sie das nicht verstehen?"

Fast hätte Sabine laut hinausgeschrien: *Weil ich ein Kind von ihm bekomme!*

Aber sie tat es nicht. Sie fühlte sich gedemütigt wie noch nie in ihrem Leben. Sie konnte sich nicht den Menschen anvertrauen, die ihr so deutlich ihre Verachtung zeigten.

„Weil ich Peter für einen anständigen Menschen gehalten habe", sagte sie deshalb nur. „Und weil ich es nicht verdient habe, so behandelt zu werden."

„Das stimmt", sagte Paul Hartmann überraschend. „Sie haben ihm die Chance gegeben, seinen Irrtum zu erkennen. Dafür müßte er Ihnen eigentlich dankbar sein. Ich bin es jedenfalls." Er griff in seine Jacke, zog seine Brieftasche heraus. „Darf ich Ihnen einen kleinen Beweis meiner Anerkennung geben?"

Alles Blut wich aus Sabines Gesicht. „Geld? Sie wollen mich ... bezahlen?"

„Warum nicht? Sie haben Peter einige ... hm, Freuden geschenkt, und außerdem ..."

Sabine verlor die Fassung. „Pfui Teufel!" rief sie angewidert. „Sie glauben wohl, mit Geld ließe sich alles gutmachen? O nein, Sie irren sich! Es gibt eine Schuld, von der man sich nicht loskaufen kann – Sie nicht, Ihre Frau nicht und auch Peter nicht! Eines Tages ..." Die Stimme versagte ihr vor Erregung. Sie spürte, daß sie die Tränen nicht eine Sekunde länger zurückhalten konnte.

Ohne ein Wort des Abschieds rannte sie an Peters Vater vorbei, aus dem Zimmer hinaus zur Haustür, in den Vorgarten. Sie zog das schmiedeeiserne Tor auf, lief weiter, als würde sie verfolgt. Ihr war sterbenselend zumute. Die Tränen rannen ihr über das Gesicht. Sie merkte es nicht einmal, sie achtete nicht auf die neugierigen oder teilnahmsvollen Blicke der Menschen, denen sie begegnete.

Sie fühlte sich ausgestoßen, beschmutzt.

„Warst du nicht ein bißchen hart zu ihr?" fragte Frau Hartmann ihren Mann, kurz nachdem Sabine aus dem Zimmer gestürzt war.

„Im Gegenteil“, erklärte Paul Hartmann. „Mir scheint, ich bin gerade noch rechtzeitig gekommen. Wie ich dich kenne, wolltest du ihr tatsächlich Peters Adresse geben.“

„Und warum nicht?“ fragte sie kleinlaut. „Was würde es denn schaden, wenn sie ihm schreibt?“

Er zog die buschigen Augenbrauen zusammen. „Sag mal, bist du wirklich so naiv, oder stellst du dich so? Dieses Mädchen ist eine Goldgräberin, das war mir vom allerersten Augenblick an klar!“

„Auf mich hat sie eigentlich einen ganz anständigen Eindruck gemacht. Und vielleicht liebt sie ihn wirklich.“

Paul Hartmann lachte verächtlich auf. „Jedenfalls scheint sie entschlossen, um ihn zu kämpfen. Peter weiß das. Deshalb hat er ihr auch nicht geschrieben. Er weiß, daß sie ein Mädchen ist, das jedes Mittel benutzt, um sich anzuklammern. Und du wolltest ihm in den Rücken fallen!“

Frau Hartmann drehte wieder nervös ihre goldenen Armbänder. „Sie tat mir einfach leid.“

„Du möchtest sie doch nicht etwa als Schwiegertochter?“

„Natürlich nicht!“

„Dann unterdrücke gefälligst deine sentimentalen Regungen. Es ist nämlich gut möglich, daß dieses Fräulein Kortner noch einmal hier auftaucht, und dann wird sie mit stärkerem Geschütz auffahren.“

„Aber Paul, was könnte sie denn schon vorbringen?“

„Daß sie ein Kind von Peter erwartet!“

„Du meinst . . .“ Sie riß erschrocken ihre blassen Augen auf.

„Das pflegen verlassene Mädchen sich in einem solchen Fall auszudenken. Eigentlich habe ich erwartet, daß sie damit schon heute herausrücken würde. Ich habe diese Sabine nämlich vor ein paar Tagen vor dem Mütterheim in Nymphenburg getroffen.“

Peters Mutter wurde bleich. „Sie bekommt also doch ein Kind?“

Für Momente war Paul Hartmann aus dem Konzept gebracht. „Unsinn“, knurrte er dann. „Peter ist doch kein Dummkopf. Und wenn sie wirklich schwanger ist, dann ist nicht unser Sohn der Vater!“

„Gott sei Dank . . .“ Sie glaubte ihrem Mann bedenkenlos, denn jede andere Möglichkeit wäre schrecklich für sie gewesen, sie wollte erst gar nicht daran denken. „Paul, es wird höchste Zeit! Du mußt dich noch umziehen. Unsere Gäste kommen gleich.“

Sie folgte ihm hinauf ins Schlafzimmer. „Vielleicht sollte ich aber Peter schreiben und ihm berichten ..."

„Nichts dergleichen wirst du tun!" unterbrach ihr Mann sie barsch. „Wir wissen von nichts. Von gar nichts! Verstanden?"

„Aber Paul ..."

Er legte seine Hand unter ihr Kinn. „Gerda, sei ehrlich, wir sind doch beide heilfroh, daß diese Affäre abgeschlossen, daß Peter endlich zur Vernunft gekommen ist, nicht wahr?"

„Ja", gestand seine Frau.

„Na also. Warum die Dinge dann unnötig komplizieren? Peter hält es für richtig, sich diesem Mädchen gegenüber in Schweigen zu hüllen. Ich bin sicher, er weiß, was er tut. Es wäre grundfalsch, ihn jetzt an sie zu erinnern. Das könnte womöglich sein Gewissen beunruhigen und ihn zu unbesonnenen Handlungen verleiten."

Er gab ihr einen sanften Klaps auf die Wange. „Die kleine Intrige mit Gisela Schneider war übrigens ein Geniestreich von dir, Gerda. Das Luxusweibchen scheint unseren Sohn tatsächlich auf andere, bessere Gedanken gebracht zu haben."

Gerda Hartmann lächelte versonnen. „Bisher hat er noch kein Wort über Gisela geschrieben. Ob er sie wohl schon öfter getroffen hat? So ein nettes Mädchen, diese Gisela! Und eine gute Partie dazu. Vielleicht wird aus den beiden nun wirklich ein Ehepaar. Man muß eben ab und zu ein bißchen nachhelfen. Die Idee, beide zusammen nach Boston zu schicken, war wirklich gut ..."

Sabine kannte jetzt nur noch einen Menschen, den sie um Hilfe bitten konnte: Dr. Ralph Seeger. Sie rief ihn am nächsten Tag an.

Er begriff sofort, daß sie in privaten Schwierigkeiten steckte, und schlug vor, sie am Abend gegen sieben Uhr von zu Hause abzuholen. „Ich lade Sie zum Essen ein, Sabine." Sie stimmte erleichtert zu.

Es wurde ein langer Arbeitstag. Als Sabine endlich die Kanzlei verlassen konnte, war es bereits halb sieben. Zwanzig Minuten dauerte es, bis sie das alte Mietshaus am St.-Anna-Platz erreicht hatte. Sie stürmte die Treppen hinauf, darauf gefaßt, daß der junge Frauenarzt bereits auf sie warten würde. Aber er war noch nicht da.

Sabine suchte den kleinen Tisch in der Diele nach Post ab. Er war leer. Wieder kein Brief von Peter, dachte sie tief enttäuscht. Sie hängte gerade ihren Mantel an das Garderobenbrett, als Erich

Krüger aus seinem Zimmer kam. Er war um diese Zeit gewöhnlich nicht zu Hause. Sabine hatte darum sofort den Eindruck, daß er sie abgepaßt hatte.

„Guten Abend, Sabine“, sagte er freundlich.

„Guten Abend.“ Sie wollte in ihr Zimmer, aber er trat ihr in den Weg.

„Sabine, ich ...“ Er strich sich nervös über das Haar. „Haben Sie Lust, heute mit mir auf eine Party zu gehen? Ein Freund von mir, Sohn eines Millionärs, hat Geburtstag ...“

Sabine überhörte die freche Anspielung. „Tut mir leid“, erwiderte sie knapp, „ich bin verabredet.“

„Ach!“ Erichs Augen wurden schmal. „Darf man wissen, wer der Glückliche ist?“

„Nein, das darf man nicht. Und jetzt entschuldigen Sie bitte. Ich habe es eilig.“ Sie schob sich an ihm vorbei und verschwand in ihrem Zimmer.

Sie sah nicht mehr Erichs wutverzerrtes Gesicht.

Dr. Seeger kam erst kurz vor halb acht. Nicht Sabine, sondern Erich öffnete ihm. Er war sofort nach dem ersten Klingelzeichen zur Wohnungstür gerannt. „Ja, bitte?“ sagte er abweisend und versperrte mit seinem Körper den Weg.

„Mein Name ist Seeger“, erklärte der Arzt ruhig. „Ich möchte zu Fräulein Kortner ...“

Da erreichte Sabine die Tür, und Erich zog sich in sein Zimmer zurück. „Kommen Sie doch bitte herein, Herr Doktor“, bat sie.

Dr. Seeger trat ein. „Tut mir leid, daß es etwas spät geworden ist, aber ...“

„Macht nichts“, unterbrach Sabine ihn. „Ich bin auch erst gerade fertig geworden. In der Kanzlei hat es heute länger gedauert.“

Er half ihr in den Mantel. Sabine hatte es eilig, fortzukommen. Sie hatte das beklemmende Gefühl, daß Erich hinter seiner Tür stand und lauschte ...

Erich Krüger preßte sein Ohr gegen die Türfüllung, bis er hörte, daß Sabine und Dr. Seeger die Wohnung verlassen hatten. Dann ballte er die Fäuste, und ein teuflisches Grinsen legte sich um seinen sinnlichen Mund.

„Sieh mal einer an ...“ sprach er leise vor sich hin. „Dieses Luder! Tut mir gegenüber so unnahbar – mit anderen aber sumpft sie rum ... Na, das werde ich dir heimzahlen!“

Ein böser Zug zeichnete sich auf seinem Gesicht ab und verdrängte das Grinsen. Er fingerte Briefpapier und einen Kugelschreiber aus einer Schublade und begann zu schreiben. Einen Brief an Peter Hartmann ...

„Also, was ist passiert?" fragte Dr. Seeger, als Sabine neben ihm in seinem kleinen Auto saß. „Oder wollen Sie nicht gleich darüber sprechen?"

„Doch, je eher ich es hinter mir habe, desto besser."

Er ließ den Motor an, steuerte den Wagen aus der Parklücke hinaus. „Ist es so schlimm?"

Sie preßte die Fingernägel in die Handballen. „Meine Verlobung ist geplatzt."

Er antwortete nicht.

„Das scheint Sie nicht zu wundern?" fragte sie leise.

„Ehrlich gestanden: nein", gab er zu. „Aber erklären Sie mir, was geschehen ist."

„Peter heißt er ... Ich war gestern bei seinen Eltern. Sie haben mir offen gesagt, daß es aus ist. Sie haben sich gefreut darüber, denn sie waren gegen unsere Verbindung. Wir sollten eine Probezeit von einem Jahr durchstehen. Peter wollte nicht. Aber ich, ich selbst drängte ihn, nach Amerika zu fahren ..." Sie lächelte verzerrt. „Schön dumm von mir, nicht wahr? Aber ich war seiner Liebe so sicher."

„Und nun hat er Schluß gemacht?"

„Nicht einmal das ..." Bitterkeit schwang in ihrer Stimme. „Kein Abschiedsbrief! Er hat überhaupt nichts von sich hören lassen. Ich habe nicht einmal seine Adresse."

„Dann weiß er also noch gar nicht, daß Sie ein Kind von ihm erwarten?"

„Nein."

„Sie müssen sich sofort mit ihm in Verbindung setzen! Gehen Sie noch einmal zu seinen Eltern ..."

„Nein!" unterbrach sie heftig. „Ich könnte es ihnen nicht sagen. Sie waren so ablehnend, so feindlich, geradezu verächtlich, und sein Vater hat mir Geld angeboten!"

„Sabine, Sie dürfen nicht so empfindlich sein. Geld könnten Sie jetzt immerhin gebrauchen. Ihr ehemaliger Verlobter oder auch seine Eltern müssen sich wenigstens finanziell um Sie kümmern."

„Nein", sagte sie mit überraschender Härte. „Das könnte ich nicht ertragen." Sie legte, um Verständnis bittend, ihre Hand auf seinen Arm. „Sie werden vielleicht denken: Stolz ist jetzt Dummheit. Mag sein, aber ich kann nicht anders handeln. Wenn

Peter sich von mir losgesagt hat, dann will ich auch kein Geld von ihm. Weder von ihm noch von seinen Eltern."

„Sie wollen also, daß es in den Papieren Ihres Kindes heißt: ‚Vater unbekannt'?"

Sabine erschrak. „Daran habe ich noch gar nicht gedacht . . ."

„Sie sollten aber daran denken, Sabine! Ihre Empfindungen – die ich sehr gut verstehe – sind jetzt ganz unwichtig. Denken Sie an Ihr Kind!"

„Aber ein unbekannter Vater ist doch nicht schlimmer als ein schlechter Vater", entgegnete sie heftig.

„Doch! Nach den Anschauungen unserer Gesellschaft schon." Er mußte vor einer Ampel halten. „Oder wollen Sie das Kind nicht behalten? Wollen Sie es zur Adoption freigeben?"

„Nein!" Sie schüttelte abwehrend den Kopf. „Nie . . . nie würde ich mein Kind hergeben!"

„Aber es gibt junge Mütter, die sich um ihres Kindes willen dazu entschließen", sagte er ganz ruhig. Die Ampel sprang auf Grün. Er lenkte das Auto in die Ludwigstraße hinein. „Na ja, Sie haben noch Monate Zeit, sich das zu überlegen. Wichtig scheint mir, was in naher Zukunft geschehen soll."

„Ja", sagte Sabine, „gerade darüber möchte ich mit Ihnen sprechen. Ich weiß nicht, was ich jetzt tun soll. Wenn mein Chef es erfährt, meine Kolleginnen . . ."

„Sabine, kümmern Sie sich doch nicht um das, was die Leute denken! Sie sind nicht die erste Frau und nicht die einzige, der so etwas passiert."

„Erst . . . erst war alles so wunderschön. Die große Liebe . . . Ich war so sicher, daß es die große Liebe war. Und jetzt? Jetzt bin ich nichts anderes als ein verführtes Mädchen. Ein dummes, leichtsinniges, gutgläubiges Mädchen, das hereingefallen ist."

„Es gibt vielleicht eine Möglichkeit, wie Sie Ihr Kind zur Welt bringen können, ohne daß jemand es merkt", sagte Dr. Seeger langsam.

„Wie?" Sabine richtete sich auf. Ihr Herz klopfte plötzlich wild.

„Denken Sie an die kleine Ruth Klink."

„Ich soll . . . als Hausschwangere?"

„Das ist ein komischer Ausdruck, ich weiß." Er lächelte ermutigend. „Aber es ist wirklich nichts Entwürdigendes dabei, Sabine. Sie sind Sekretärin – ich glaube, ich könnte Sie im Mütterheim Nymphenburg unterbringen. Sie könnten Büroarbeiten erledigen. Natürlich nicht zu dem Gehalt, das Sie gewohnt sind, dafür aber hätten Sie Wohnung, Verpflegung und Entbindung frei. Später würde ich dann allerdings doch zu leichten Hausarbeiten raten. Das ist in Ihrem Zustand gesünder, als den ganzen Tag auf einem Stuhl zu sitzen."

Sie schwieg, starrte blicklos vor sich hin.

„Sie brauchen sich ja nicht sofort zu entscheiden. Sobald wird man Ihnen noch nichts anmerken."

„Sie sind sehr nett zu mir, Dr. Seeger", sagte sie, ohne ihn anzusehen. „Ich danke Ihnen . . ."

„Nicht der Rede wert", wehrte er ab. „Jetzt wollen wir erst mal einen guten Happen essen, eine Flasche Wein trinken und all unsere Sorgen vergessen, ja? Das ist eine meiner bewährtesten Therapien."

Sie mußte lachen. „Sie sind . . ." Sabine brach ab.

„Was bin ich?" fragte Dr. Seeger mit plötzlich veränderter Stimme.

„Sie sind so lieb zu mir . . ." Sie senkte den Blick.

Dr. Seeger hatte im „Schwabinger Grill" einen Tisch reservieren lassen, aber er kam nicht einmal dazu, seine Bestellung aufzugeben. Kaum hatten er und Sabine Platz genommen, als ein Kellner zu ihm trat.

„Herr Dr. Seeger?"

„Ja?" Der Arzt ließ die Speisekarte sinken.

„Es ist für Sie vom Mütterheim Nymphenburg angerufen worden, schon vor zehn Minuten. Sie möchten sofort zurückrufen."

Dr. Seeger kam schon nach kaum einer Minute zum Tisch zurück. „Ich muß sofort ins Mütterheim! Eine Komplikation nach der Entbindung. Die Frau schwebt in Lebensgefahr!"

„O Gott . . ."

„Sabine, ich mache Ihnen einen Vorschlag: Ich fahre jetzt ins Heim. Wenn es länger dauert, lasse ich Sie hier anrufen. Wir müßten uns dann ein andermal treffen. Aber ich hoffe . . ."

„Einverstanden!" sagte Sabine. „Fahren Sie! Die arme Frau braucht Ihre Hilfe!"

Dr. Seeger kehrte schneller als erwartet zurück. „Ist alles gutgegangen?" fragte Sabine besorgt.

„Ja", antwortete der junge Arzt. „Die Frau ist gerettet."

„Das freut mich . . ."

Während der nächsten Minuten sprachen sie über belanglose Dinge. Das Essen kam. Minuten vergingen, in denen sie schweigend aßen. Dann richtete sich Sabine plötzlich auf, tat einen tiefen Atemzug und sagte: „Ich hab' es mir überlegt: Ich möchte doch als Hausschwangere in das Mütterheim kommen!"

Er sah sie überrascht an, lächelte dann. „Ich glaube, Sabine, da haben Sie einen sehr guten Entschluß gefaßt."

„Ja, es ist wohl das beste. Ich werde gleich morgen mit Dr. Brettschneider, meinem Chef, sprechen ... Ich werde ihn bitten, mich sofort gehen zu lassen."

Drei Tage später traf Erich Krügers Brief in Boston ein. Peter Hartmann wunderte sich, denn er hatte gerade erst vor zwei Tagen an Erich geschrieben. Das hier kann noch gar nicht die Antwort sein, sagte sich Peter.

Neugierig, aber auch mit der Vorahnung eines nahenden Unheils riß er das Kuvert auf und las Erichs Brief. Er las ihn einmal, zweimal ... Das kann doch nicht wahr sein! schrie es in Peter. Aber da stand es. Peter las zum drittenmal ...

... was übrigens Deine Sabine betrifft, so muß ich Dir etwas mitteilen, was Dir vielleicht weh tun wird. Oder weißt Du es schon? Ich nehme an, daß Ihr noch in Verbindung steht. Es sollte mich allerdings nicht wundern, wenn Sabine jeden Kontakt abgebrochen hat. Kurz und gut, sie scheint erstaunlich schnell über ihren Abschiedsschmerz hinweggekommen zu sein. Sie hat nämlich einen sehr sympathischen Tröster gefunden, einen Dr. Seeger. Er holt sie häufig abends ab, deshalb weiß ich Bescheid. Ich habe versucht, offen mit ihr zu reden, aber sie weicht mir aus ...

Peter ließ den Brief sinken. Sabine hat einen anderen ... dröhnte es in ihm nach. Darum ihr Schweigen ... Kann man sich denn so sehr in einem Menschen täuschen?

Plötzlich durchzuckte ihn eine Idee, die sich schnell zu einem Entschluß entwickelte: Ich will es aus ihrem eigenen Mund hören!

Er warf einen Blick auf seine Armbanduhr, rechnete. Nach mitteleuropäischer Zeit war es jetzt vier Uhr nachmittags. Sabine mußte noch in der Kanzlei sein. Er suchte die Telefonnummer von Dr. Brettschneider in seinem Notizbuch, nahm den Telefonhörer ab und meldete das Gespräch nach München an.

Die Verbindung kam schnell zustande, eine helle Mädchenstimme meldete sich.

„Bitte", sagte Peter, „ich möchte Fräulein Sabine Kortner sprechen ..."

„Sabine Kortner?" wiederholte das Mädchen erstaunt. „Tut mir leid, Sabine Kortner arbeitet nicht mehr hier."

„Aber ..." Peter schluckte krampfhaft. „Ich verstehe nicht ... Wo arbeitet sie denn jetzt?"

„Das wissen wir nicht. Sie hat gekündigt. Wer spricht denn dort?"

Peter legte auf. Es ist aus ... Es ist aus ... Sie liebt einen anderen. Und ich habe ihr noch flammende Liebesbriefe geschrieben ... Nein, ich ertrage das nicht!

Er griff nach seiner Jacke, lief aus dem Zimmer, aus dem Haus ... Peter Hartmann lief durch die Straßen des Millionärsviertels von Boston. Er lief wie ein gehetztes Tier, ohne Ziel. In seinem Innern tobten Eifersucht, Verzweiflung, Ratlosigkeit.

Er konnte es nicht begreifen, was in Erichs Brief stand und was er durch den Anruf bei Dr. Brettschneider in München erfahren hatte. Liebt Sabine einen anderen, diesen Dr. Seeger? Warum hat sie ihre Stellung gekündigt? Und immer wieder: Warum schreibt sie nicht? Fragen, auf die Peter keine Antwort wußte, so sehr er auch in Gedanken darum rang.

Ein Wagen bremste, die Reifen quietschten, der Fahrer hupte wütend. Peter war blindlings über die Fahrbahn gelaufen ... Aber nur für Sekunden achtete er wieder auf seine Umwelt. Als er den gegenüberliegenden Bürgersteig erreicht hatte, verfiel er zurück in tiefes Grübeln. Er sah Sabine vor sich, sah ihr schmales, offenes Gesicht, ihre klaren blauen Augen, ihr Lächeln voller Liebreiz ...

Nein! Es kann nicht alles aus sein! schrie es in ihm. Und plötzlich sagte ihm ein Gefühl: Sabine ist in Not! Sie braucht meine Hilfe!

Peter hetzte zurück zum Grundstück der Familie Styler. Er rannte in das Gästehaus, in sein Zimmer, riß den Telefonhörer von der Gabel, meldete ein zweites Ferngespräch an: nach München, Sankt-Anna-Platz. Wo Sabine bei dem alten Ehepaar Bauer ein möbliertes Zimmer gemietet hatte.

Es dauerte etwa dreißig Minuten, dann teilte die Telefonistin lakonisch mit: „In München meldet sich niemand."

In einem spontanen Entschluß rief Peter die Telegrammaufnahme an. Das Mädchen, mit dem er verbunden wurde, konnte kein Deutsch. So mußte er Buchstaben für Buchstaben den Text durchsagen: *Bin in tiefer Sorge um dich stop was ist geschehen stop schreib bitte stop ich liebe dich – Peter.*

„Ich liebe dich, Sabine", sagte er noch einmal leise, als er den Hörer aufgelegt hatte.

11

Sabine wohnte seit zwei Tagen im Mütterheim in Nymphenburg. Dr. Seeger hatte alles arrangiert. Sie teilte ein hübsches helles Zimmer mit einer jungen Frau namens Brigitte Schraps und arbeitete als sogenannte „Hausschwangere" im Büro des Mütterheims.

Die Kündigung bei Dr. Brettschneider und der Auszug bei dem Ehepaar Bauer waren schnell und unkompliziert abgelaufen. Der Anwalt hatte volles Verständnis für ihre Lage und nahm die Kündigung ohne Frist an. Der Abschied von den Bauers war allerdings noch nicht endgültig. Ein Koffer, den Sabine nicht mehr tragen konnte, blieb zurück. Sie wollte ihn später holen ...

Der zweite Tag im Mütterheim verlief interessant und abwechslungsreich. Die anfängliche Beklemmung hatte sich bei Sabine gelegt, nachdem sie gemerkt hatte, welch freundliche Atmosphäre in dem Heim herrschte.

Am Abend dieses Tages fuhr Sabine dann zum St.-Anna-Platz, um den letzten Koffer zu holen. Zugleich glomm noch die Hoffnung in ihr, es konnte ein Brief von Peter eingetroffen sein.

Sie klingelte an der Wohnungstür, aber nicht Frau Bauer öffnete, sondern Erich Krüger.

„Ach, unsere verlorene Tochter kommt zurück!" Sein Lachen klang gemein. „Das war wirklich nicht nett, so ohne Abschied von mir zu verschwinden. Ich habe noch nicht einmal Ihre neue Adresse ..."

„Wozu?" unterbrach Sabine kühl. Dann fragte sie: „Ist Frau Bauer nicht da?"

„Nein, die alte Dame ist mit ihrem Herrn Gemahl ausgegangen."

Sabine reagierte nicht auf seinen spöttischen Ton. „Ich möchte nur meinen Koffer holen."

Erich gab mit aufreizender Langsamkeit den Eingang frei. „Warum so kurz angebunden? Sie sind doch sonst nicht so. Wenn ich nur an einen Herrn Dr. Seeger denke ..."

Sabine erwiderte nichts. Sie griff nach ihrem Koffer und wollte wieder gehen.

Diesmal versperrte er ihr den Weg. „Moment! Ich habe eine interessante Neuigkeit ..." Er genoß seine Worte sichtlich. „Aus Amerika!"

Sabine zuckte zusammen. Eine heiße Welle ging durch ihr Herz.

„Ein Brief von Peter?“ fragte sie atemlos.

„Ach!“ Erich lächelte verächtlich. „Jetzt haben Sie es wohl nicht mehr so eilig!“

„Bitte geben Sie ihn mir“, flehte Sabine.

„Stellen Sie erst wieder den Koffer hin und ziehen Sie den Mantel aus!“

Sie gehorchte wie unter Zwang. Erich drückte die Wohnungstür zu, öffnete die Tür zu seinem Zimmer. „Treten Sie ein!“

Sie tat auch das. Er folgte ihr. Als er die Tür fest geschlossen hatte, bat sie wieder: „Bitte geben Sie mir den Brief. Bitte!“

„Das muß ich mir erst noch überlegen“, entgegnete Erich ölig, und seine Augen glitten plötzlich gierig über ihren Körper.

„Ich habe ein Recht . . .“

„Ein Recht auf meine Post?“ unterbrach er kalt. „Das kann doch nicht Ihr Ernst sein!“

Die Worte trafen Sabine wie ein eisiger Schauer. „Peter hat nicht mir, sondern Ihnen geschrieben?“ fragte sie mühsam.

„Ja.“ Er triumphierte.

„Ach so . . .“ Ihr Herz zog sich zusammen vor Qual.

Er beobachtete sie lauernd. „Aber vielleicht interessiert es Sie, was Peter mir geschrieben hat!“

„Doch ja.“ Sie zwang sich, Erich anzulächeln. „Bitte zeigen Sie mir den Brief.“

„Man muß nur den Namen Peter nennen, und schon sind Sie wie elektrisiert“, bemerkte er boshaft.

„Erich, warum quälen Sie mich so?“

„Ich . . . Sie?!“ Er tat erstaunt. „Jetzt verstehe ich gar nichts mehr!“

„Als wenn Sie nicht genau wüßten, was ich meine!“ rief sie gereizt. „Zeigen Sie mir endlich den Brief!“

„Aber, aber. Wir haben doch Zeit. Wir können uns in Ruhe über alles unterhalten. Setzen Sie sich! Oder werden Sie etwa erwartet?“ Er zog sich eine Zigarette aus einem zerknitterten Päckchen, steckte sie zwischen die Lippen.

Sabine setzte sich zögernd. „Zeigen Sie mir jetzt Peters Brief?“

Er ließ das Feuerzeug aufspringen, zündete sich die Zigarette an.

„Bitte, Erich . . .“

Ein Grinsen zog um seinen sinnlichen Mund. Mit betont langsamer Bewegung griff er in die innere Tasche seines Jacketts, zog einen Brief mit amerikanischer Marke heraus. „Da ist er. Zufrieden?“ Sie griff nach dem Umschlag, aber er zog ihn zurück.

„Bitte", sagte sie, „bitte lassen Sie mich lesen, was Peter geschrieben hat!"

Er feixte breit. „Es gibt ein Briefgeheimnis, liebe Sabine."

„Ich bin Peters Verlobte!"

„Sie waren es", sagte er plötzlich wieder kalt.

Ihre schönen blauen Augen wurden weit vor Entsetzen. „Was ... was heißt das?" stammelte sie. „Was wollen Sie damit sagen?"

„Wollen Sie mir im Ernst weismachen, daß Peter Ihnen das nicht selber geschrieben hat?"

„Nein, nein, wirklich nicht."

„Nun denn ..." Erich zog den Brief aus dem Umschlag. „Es scheint, daß Peter sich in Amerika anderweitig gebunden hat. Er erwähnt da – warten Sie mal, wo steht es denn – ja, hier! Er erwähnt ein Mädchen namens Gisela Schneider, das er von München her kennt. Die Dame scheint ihm nachgereist zu sein. Oder aber er hat sie kommen lassen ..."

„Das ist nicht wahr!" rief Sabine gequält.

Er zuckte die Schultern, steckte den Brief in den Umschlag zurück und schob ihn wieder in seine Jackentasche. „Na ja", sagte er gelassen, „gut möglich, daß ich mich geirrt habe. Sie müssen es schließlich besser wissen. Mir fiel nur auf, daß er zwar von dieser Gisela schreibt – Sie aber, Sabine, mit keinem Wort erwähnt." Er setzte sich neben sie, und ein gefährliches Licht funkelte in seinen schmalen Augen. „Sie sind ja ganz blaß geworden, Sabine." Er legte seinen Arm um ihre Schulter.

Sie ließ es geschehen. Sie war wie erstarrt. „Bitte geben Sie mir Peters Adresse", flehte sie mit tonloser Stimme.

Erich riß in gespieltem Erstaunen seine Augen auf. „Er hat Ihnen also überhaupt nicht geschrieben? Sie wissen nicht einmal, wo er steckt?"

Sie schüttelte stumm den Kopf.

„Na, so was!" Erich schien entrüstet. „Ich habe Peter ja schon immer für einen Windhund gehalten. Erinnern Sie sich: Ich habe einmal versucht, Sie vor ihm zu warnen. Damals, bei unserer ersten Begegnung. Aber Sie wollten nicht auf mich hören, Sie hielten mich für einen schlechten Freund ..."

„Das ist doch jetzt nicht wichtig", sagte sie erschöpft.

„Für mich doch! Es ist mir unangenehm, verkannt zu werden."

„Erich", sagte sie gedemütigt, „vielleicht habe ich Ihnen wirklich unrecht getan. Ich nehme alles zurück. Aber, bitte, seien Sie anständig, geben Sie mir Peters Adresse ..."

Er lächelte sie strahlend an, rückte näher an sie heran. „Warum denn nicht? Wenn Ihnen soviel daran liegt."

„Ich muß mich mit Peter in Verbindung setzen." Sie fühlte seine körperliche Nähe wie eine Pein. „Es ist wirklich sehr wichtig"

„Glaube ich Ihnen ja", sagte er mit öliger Stimme. „Also abgemacht! Sie beweisen mir, daß Sie Ihr Unrecht eingesehen haben, dann . . ."

„Das habe ich doch, Erich", versicherte sie verzweifelt. „Ich habe Ihnen doch schon gesagt . . ."

„Reden ist zuwenig!" Seine Stimme wurde rauh vor Erregung. „Sie müssen mir beweisen, daß ich Ihnen sympathisch bin. Das kann Ihnen doch nicht schwerfallen. Peter hat mir erzählt, daß Sie sehr, sehr lieb sein können . . ."

Er zog sie plötzlich an sich, wollte sie küssen. Seine feuchten, schwammigen Lippen strichen über ihre Wange, suchten ihren Mund. Seine Hände faßten nach ihrer Brust.

„Nein, nein . . . bitte, nicht!" Sabine wehrte sich, riß sich los, sprang auf, wollte zur Tür. Erich stürzte ihr nach, packte ihren Arm, riß sie herum. „Bin ich Ihnen so widerlich?" keuchte er. Sein verzerrtes Gesicht beugte sich über sie. Er wollte sie in seine Arme zwingen.

Sabine stemmte sich mit aller Kraft gegen seine Brust. Ihre linke Hand versuchte den Kopf mit den gierigen Lippen wegzudrücken. Aber er war stärker. Sabine spürte, wie ihre Kräfte erlahmten . . .

In diesem Moment hörte sie ein Geräusch. Ein Geräusch von der Diele. Die Wohnungstür wurde aufgeschlossen. Sofort ließ Erich sie los. Er wandte sich ab, schien ernüchtert. „Entschuldigung, tut mir leid", murmelte er.

Sabine strich flüchtig über ihre Kleidung, ihr Haar, dann stürzte sie aus dem Zimmer. In der dunklen Diele wäre sie fast mit Frau Bauer zusammengestoßen.

„Ach, Sie sind hier, Fräulein Sabine", sagte die alte Wirtin überrascht.

Sabine hätte die Frau am liebsten umarmt, so dankbar war sie. „Ich möchte nur meinen Koffer holen." Sie gab Frau Bauer die Hand, drückte sie herzlich.

„Na, für eine Tasse Kaffee wird doch wohl noch Zeit sein", sagte die Wirtin gemütlich.

Sabine folgte ihr in die Küche. „Ist kein Brief aus Amerika gekommen?" fragte sie hoffnungslos.

„Bisher nicht." Es war der alten Frau anzusehen, wie leid es ihr tat, das sagen zu müssen ...

Sie saßen noch etwa eine halbe Stunde zusammen. Sabine schrieb ihre neue Adresse auf einen Zettel. „Wenn Post kommt, aus Amerika oder von meiner Mutter, bitte schicken Sie sie mir nach", bat sie. Beim Abschied schwammen Tränen in den Augen von Frau Bauer.

Sabine griff nach ihrem Mantel und ihrem Koffer und ging, ohne daß Erich sich noch einmal blicken ließ.

Peters Telegramm traf noch am selben Abend ein, zwanzig Minuten, nachdem Sabine das Haus am St.-Anna-Platz verlassen hatte.

Die alte Frau Bauer öffnete die Wohnungstür, als der Telegrammbote klingelte. Sie nahm das gelbe Kuvert entgegen, schloß die Tür wieder und starrte verstört auf das Papier. In ihrer Ratlosigkeit wußte sie nichts Besseres – sie klopfte an die Tür zu Erich Krügers Zimmer. Endlich kam er heraus auf die Diele.

„Stellen Sie sich vor, Erich ..." Die Worte der alten Frau überschlugen sich fast. „Ein Telegramm aus Amerika! Für Fräulein Sabine! Vor einer halben Stunde war sie noch hier ..."

Erich setzte eine besorgte Miene auf. „Tja, das ist wirklich ärgerlich."

„Ärgerlich nennen Sie das?" rief Frau Bauer erregt. „Schrecklich, ganz schrecklich ist es! Das arme liebe Mädchen, so lange hat sie darauf gewartet ..."

„Hat sie Ihnen denn keine Adresse hinterlassen?" fragte er lauernd. „Ich könnte ihr das Telegramm ja bringen."

„Wenn Sie das wirklich tun wollen ..."

„Na klar, Frau Bauer! Ihnen zuliebe, und weil man hübsche junge Mädchen nicht unnötig auf die Folter spannen soll!"

„Sie sind wirklich ein guter Junge, Erich", sagte Frau Bauer überzeugt. Sie gab ihm das Telegramm und die Adresse.

Am nächsten Morgen kam eine Postkarte für Sabine. Frau Bauer trommelte Erich aus dem Bett. Als er verschlafen im Bademantel seine Tür öffnete, schwenkte sie triumphierend die bunte Ansichtskarte.

„Von Fräulein Sabines Mutter!" rief sie aufgeregt. „Sie können die Postkarte gleich mitnehmen, wenn Sie nach Nymphenburg fahren."

Erich nickte mechanisch und nahm die Karte. „Wird gemacht."

Wieder allein in seinem Zimmer, betrachtete er sie. Abgestempelt auf der Insel Elba. Erich las den Text: *Meine liebe Sabine – hier ist es wunderschön. Wir genießen das Meer, die Sonne und machen herrliche Spaziergänge. Wie geht es Dir, mein Kind? Bist Du noch glücklich? Schreib mir bitte. Viele Küsse von Deiner Mutti.*

An den Rand gekritzelt stand noch: *Herzliche Grüße Ruth Högner.*

Erichs Lippen verzogen sich zu einem boshaften Lächeln. Er hatte eigentlich gar nicht die Absicht gehabt, nach Nymphenburg hinauszufahren. Peters Telegramm hatte er bereits geöffnet und gelesen. Das darf Sabine nie erhalten, war sein Entschluß. Er wußte, daß es ein gefährliches Spiel war: Wenn Sabine und Frau Bauer noch einmal zusammenträfen, käme der ganze Schwindel heraus.

Kurz vor Mittag fuhr er hinaus nach Nymphenburg. Die Postkarte bot ihm eine Gelegenheit, Sabine nachzuspionieren. Er wußte nicht, warum Sabine jetzt im Mütterheim wohnte, aber er wollte es wissen. Er fühlte so etwas wie Jagdfieber, genährt von einem frischen Haß. Er wollte sich dafür rächen, daß Sabine ihn zum zweitenmal abgewiesen hatte.

An der Anmeldung des Mütterheims sagte er höflich: „Guten Tag. Entschuldigen Sie bitte, ich möchte zu Fräulein Sabine Kortner."

„Sabine Kortner ..." wiederholte die Schwester hinter der Glasscheibe und wandte sich zu einer Kollegin um. „Ist das nicht die neue Hausschwangere, die im Büro arbeitet?"

„Ja", antwortete die andere.

Erich sog jedes Wort begierig auf.

„Was möchten Sie denn von Fräulein Kortner?" fragte die erste Schwester ihn.

„Ach, nichts Besonderes. Es ist heute eine Postkarte für sie gekommen, an ihre alte Adresse." Er griff in seine Jackentasche, erwischte das Telegramm, steckte es eilig wieder zurück. Dann hatte er die Karte in der Hand. „Hier, wenn Sie so nett sein wollen, sie Fräulein Kortner zu übergeben."

„Das kann ich machen", sagte die Schwester.

Erich hatte es plötzlich eilig. Er reichte die Karte hinein. „Danke." Als er zum Ausgang zurücklief, konnte er ein triumphierendes Lächeln nicht länger unterdrücken. So ist das also! Sabine bekommt ein Kind! Na, da wird Peter aus allen Wolken fallen, wenn er das erfährt ...

Unwillkürlich verhielt Erich den Schritt. Nein, das darf Peter gar nicht erfahren, überlegte er. Der ist ja regelrecht verrückt nach Sabine. Das Telegramm beweist es.

Im Weitergehen las Erich das Telegramm noch einmal: BIN IN TIEFER SORGE UM DICH ...

Wütend zerriß er den Bogen in kleine Fetzen, ließ sie in den Papierkorb am Ausgang rieseln.

Dieser Narr, dachte er. Wenn er erfährt, daß Sabine schwanger ist, wird er am Ende noch annehmen, daß das Kind von ihm ist ... Erich stutzte, vergrub die Zähne in die Unterlippe. Vielleicht ist es wirklich von Peter ... Donnerwetter, das wäre ein Ding! Auf jeden Fall darf Peter nichts davon wissen. Ich werde mir etwas Neues ausdenken müssen ...

Sabine erhielt die Postkarte noch in derselben Stunde. Sie kämpfte mit sich, ob sie ihrer Mutter die volle Wahrheit schreiben sollte. Aber sie verwarf den Gedanken wieder.

Sicher, Mutti würde mir helfen ... überlegte sie. Aber dann gäbe es auch wieder Vorwürfe und Klagen. *Habe ich dich nicht gewarnt?* würde es von früh bis spät heißen. *Aber du wußtest ja alles besser. Und jetzt siehst du, wo du gelandet bist: im Mütterheim! Wie deine Tante! Du wirst nie einen anständigen Mann bekommen. Wer nimmt schon ein Mädchen mit Kind ...*

Nein, entschloß Sabine sich, ich muß allein damit fertig werden. Mutti darf nichts davon erfahren. Sie hat auch gerade neue Lebensfreude gewonnen, da will ich sie nicht mit meinen Sorgen belasten.

Tage vergingen. Sabine gab es auf, weiter auf Post von Peter zu hoffen. Doch die Sehnsucht nach ihm blieb. Und die Liebe. Und die Sorge um die Zukunft. Trotzdem fühlte sie sich wohl im Mütterheim. Sie drängte sich nicht zur Büroarbeit, denn das Ausschreiben von Rechnungen, Bestellungen, Formularen war für sie, die gewohnt war, anstrengende und schwierige Schriftsätze zu bewältigen, einfach langweilig.

Es gefiel ihr weit besser, die Wöchnerinnenzimmer aufzuräumen, Waschbecken zu putzen, im Operationssaal und in den beiden Kreißsälen Ordnung zu schaffen. Am glücklichsten war sie, wenn sie in den Säuglingsraum durfte. Das krähende, strampelnde junge Leben ließ die Freude auf das eigene Kind immer neu erwachen.

Sabine bemerkte verwundert, daß selbst schon Neugeborene

kleine Persönlichkeiten waren. Wie wird wohl mein Kind aussehen? dachte sie manchmal. Wird es mir gleichen oder Peter? Sie konnte ihn nicht vergessen.

In ihren Wachträumen malte sie sich aus, wie es sein würde, wenn er zurückkehrte. Sie würde ihm mit dem Baby entgegentreten und sagen: „Dein Sohn, Peter! Das Kind unserer Liebe!" Und alles würde wieder wie früher sein. Nein, viel schöner noch, dann würden sie eine richtige Familie sein.

Sabine hoffte nicht mehr auf Post, aber sie glaubte daran, daß eines Tages doch alles gut werden würde. Dieser Glaube schenkte ihr die Kraft, andere zu trösten.

Sie war bei Schwestern und Patientinnen gleichermaßen beliebt. Selbst Herta Wallner, die alte Hebamme, die wegen ihrer Grobheit und Härte gefürchtet wurde, war zu Sabine freundlich.

Sabine nahm besonders Anteil an den Schicksalen der Hausschwangeren, ihren Leidensgenossinnen. Es waren meist Mädchen aus einfachen Familien. Brigitte Schraps, mit der sie das Zimmer teilte, war allerdings aus sehr reichem Haus.

Mit Dr. Seeger, dem jungen Arzt, verband Sabine inzwischen eine echte Freundschaft. Sie ging zweimal mit ihm ins Theater. Theater, das war seine stille Leidenschaft. Er konnte stundenlang interessant darüber reden.

Sie saßen oft im Mütterheim zusammen, bei einer Tasse Kaffee. Eines Tages, als Dr. Seeger gerade die Feinheiten des Hamlet-Monologs erklären wollte, wurde er durch die Sprechanlage in den Kreißsaal I gerufen. Von Herta Wallner, der erfahrenen Hebamme.

„Schwierigkeiten bei einer Niederkunft", erklärte Dr. Seeger der erschrockenen Sabine.

„Darf ich mitkommen?" fragte sie zaghaft.

„Wenn Sie ganz ruhig sind und nicht stören ..." Er war schon an der Tür. Sabine hatte Mühe, ihm zu folgen.

Sie erreichten den Kreißsaal. Sabine hörte, wie Herta Wallner gerade sagte: „Ganz entspannen. Tief durchatmen."

„Ich ... ich versuch's ja", stöhnte die werdende Mutter. Sabine kannte sie: eine Hausschwangere wie sie, etwa 30 Jahre alt, ledig.

Dr. Seeger beugte sich über die wimmernde Frau. Der Schmerz einer neuen Wehe trieb ihr den Schweiß auf die Stirn. Sie preßte die Zähne aufeinander, daß es knirschte. Ihr Leib bäumte sich auf unter der Woge des Schmerzes.

Er nahm das hölzerne Stethoskop und lauschte auf die kindlichen

Herztöne. Sein Gesicht bekam einen besorgten Zug. Er hatte die Frau noch am Morgen untersucht, es schien alles in Ordnung. Aber jetzt bestand ernste Gefahr für Kind und Mutter.

„Das Kind hat sich gewendet“, erklärte Herta Wallner flüsternd. „Hinterhauptslage.“

Sabine, die etwas im Hintergrund stand, hörte es gerade noch. Sie wußte, was es zu bedeuten hatte: Bei der Hinterhauptslage muß der Leib der Mutter sich wesentlich weiter öffnen als bei der gewöhnlichen und natürlichen Vorderhauptslage, bei der das Kind mit dem Kopf zuerst zur Welt kommt.

Dr. Seeger richtete sich auf und sagte zu der werdenden Mutter so gleichmütig, wie es ihm möglich war: „Wissen Sie was, ich glaube, wir verkürzen das Verfahren.“

„Wie denn, Herr Doktor?“ preßte die Frau hervor.

„Wir machen einen Kaiserschnitt. Dann sind Sie in einer halben Stunde erlöst. Einverstanden?“

„Ja . . . ich . . . ich halte es nicht mehr aus.“

„Sie waren sehr tapfer. Jetzt noch ein paar Minuten, dann sind die Schmerzen vorbei.“

Er wandte sich an die Hebamme. „Alles vorbereiten zur Sectio! Es muß ganz schnell gehen. Sabine, holen Sie Schwester Hanna!“ Sabine rannte hinaus. Zwei Minuten später kam sie mit der Operationsschwester zurück.

„Sectio“, sagte Dr. Seeger noch einmal. Er ging hinüber in den Operationssaal und bereitete die Narkoseinjektion vor, während Herta Wallner und Schwester Hanna die werdende Mutter hereinschoben. Sabine kam zögernd nach.

Dr. Seeger reichte der Schwester die Spritze. „Intravenös. Sofort. Frau Wallner, machen Sie bitte das Operationsgebiet steril “

„Ja, Herr Doktor“, sagten Schwester Hanna und Herta Wallner wie aus einem Mund.

Dr. Seeger zog sich den sterilen grünen Kittel über, setzte die Kappe auf, legte sich den Mundschutz an, bürstete die Hände gründlich unter laufendem, heißem Wasser, tauchte sie in eine Desinfektionsflüssigkeit und zog die sterilen Gummihandschuhe über.

Als er an den Operationstisch herantrat, meldete Schwester Hanna: „Patientin ist eingeschlafen.“

„Danke, Schwester.“

Dr. Seeger nahm das Skalpell vom Instrumententisch, tat den ersten Schnitt, der die Bauchhaut der Patientin durchtrennte. Schwester Hanna setzte die Hauthaken. Mit dem zweiten Schnitt durchtrennte Dr. Seeger das Fettgewebe, dann, mit einem glatten Längsschnitt, die Muskulatur. Schwester Hanna setzte die Hauthaken neu.

Der Arzt nahm ein zweites, feineres Skalpell, machte einen Querschnitt durch den unteren Bereich der Gebärmutter, erweiterte ihn vorsichtig mit dem Finger. Er faßt mit der rechten Hand in die Öffnung, hielt mit der linken Hand das obere Ende der Gebärmutter dagegen.

Mit Erleichterung stellte er fest, daß der kindliche Kopf noch im Becken steckte. In Sekundenschnelle war das Kind entwickelt. Die Nabelschnur hatte sich um den Hals geschlungen.

Herta Wallner reichte Dr. Seeger die Klemmen. Er klemmte die Nabelschnur zweimal ab, durchschnitt sie. Das Kind, ein kleiner Junge, schrie nicht. Es war blau, seine Glieder hingen schlaff herab. Dr. Seeger reichte es der Hebamme.

Herta Wallner packte es bei den Beinen, gab ihm ein paar kräftige Klapse auf den Po. Unvermittelt begann es kläglich zu schreien. Sie hüllte es rasch in warme Tücher, befestigte die Erkennungsmarke und trug es hinaus.

Dr. Seeger wechselte mit Sabine einen raschen, glücklichen Blick. Dann beugte er sich wieder über den offenen Leib der Patientin, löste langsam und behutsam den Mutterkuchen.

Er griff zur runden Nadel, vernähte die Gebärmuttermuskulatur, legte eine zweite Naht an, wobei er einen Teil des Gewebes einstülpte. Er nahm die sterilen Tücher, die er zum Blutstillen in die Bauchhöhle gelegt hatte, wieder heraus und begann das Bauchfell zu vernähen. Er arbeitete rasch und geschickt und ohne jede Hast.

Sabine sah fasziniert zu. Das Bewußtsein, einer Mutter und einem Kind das Leben gerettet zu haben, muß wunderbar sein, dachte sie.

Später half Sabine der Hebamme, Herta Wallner, beim Säubern und Aufräumen des Kreißsaales I. Sabine war noch ganz begeistert von dem Erlebnis der Operation.

„Ich fürchte aber“, wandte Herta Wallner skeptisch ein, „die Schwierigkeiten beginnen erst. Für Mutter und Kind.“

Sabine sah die Hebamme verständnislos an. „Sie leben doch beide und sind gesund!“

„Na, wenn schon.“ Frau Wallner faltete mit peinlicher Genauigkeit ein Tuch zusammen. „Es ist nun schon das zweite uneheliche Kind, das die Frau zur Welt gebracht hat. Der Vater dieses Kindes ist ein Taugenichts. Zudem schon mit einer anderen Frau verheiratet ... Tja, die Zukunft sieht für unsere junge Mutter nicht gerade rosig aus. Oder können Sie mir sagen, wie eine Frau, die nichts gelernt hat, sich mit zwei unehelichen Kindern durchs Leben schlagen soll?"

„Irgendwie wird es schon gehen", behauptete Sabine.

„Ja, irgendwie geht's immer", stimmte Herta Wallner zu. „Aber wie hart das Leben sein kann, davon haben Sie ja noch keine Ahnung."

„Vielleicht doch", widersprach Sabine.

„Als ich so alt war wie Sie", die Hebamme lächelte müde, „da war ich auch noch Optimistin. Aber schauen Sie mich jetzt an: Mein ganzes Leben lang habe ich geschuftet, und was hab' ich davon? Ich muß durchhalten, bis ich sechzig bin, vorher krieg' ich keine Rente. Und was dann?"

„Dann werden Sie sich ausruhen können."

Frau Wallner lachte verbittert auf. „Schöne Ruhe, wenn man jeden Pfennig zweimal umdrehen muß! Ich sage Ihnen, das Leben ist nur angenehm für die, die oben schwimmen. Unsereins hat immer das Nachsehen. Wenn ich mir vorstelle, daß ich auch noch ein uneheliches Kind hätte großziehen müssen ... Du lieber Himmel, herzlichen Dank!"

Mit diesen Worten verschwand sie aus dem Kreißsaal. Sabine starrte gegen die weißlackierte Tür, erst erstaunt, dann nachdenklich ...

12

In Boston schneite es schon. Große weiße Flocken fielen vom Himmel, aber sie zerrannen, sobald sie die Straßen und Häuser berührten.

Peter Hartmann, der am Schreibtisch seines Zimmers im Gästehaus der Familie Styler saß, hob hin und wieder den Blick und sah dem Tanz der weißen Flocken zu. Zum erstenmal, seit er in Amerika war, empfand er Heimweh – nicht nur Sehnsucht nach Sabine, sondern regelrechtes Heimweh nach Deutschland, nach München, den vertrauten Straßen, den Bergen.

Ein Klopfen an seine Zimmertür schreckte ihn aus seinen Gedanken auf. „Come in!" rief er.

Gisela Schneider trat ein, strahlend hübsch, in einem leuchtend roten Winterkostüm, dessen Pelzbesätze aus tiefdunklem Naturnerz waren. Ihre Wangen waren von der kalten Luft gerötet, ihre Augen glänzten.

„Hallo, Peter!" Sie ließ ihr rauhes, aufreizendes Lachen hören. „Ich weiß, ich störe! Aber wenn ich darauf Rücksicht nehmen wollte, bekäme ich dich wohl nie mehr zu sehen."

Sie kam auf ihn zu, gab ihm einen flüchtigen Kuß auf die Schläfe, schwang sich ungezwungen auf seinen Schreibtisch, baumelte mit den langen, schlanken Beinen. „Mach nicht so ein Gesicht! Tu wenigstens so, als würdest du dich freuen, mich zu sehen!"

„Ich freue mich ja", erwiderte er lächelnd.

„Aber?"

„Kein Aber!"

„Wunderbar! Dann hast du heute also mal Zeit für mich?"

„Gisela", er schüttelte den Kopf, „sieh mal, worauf du da sitzt! Na, heb mal deinen süßen Po! Lauter Berechnungen und Statistiken! Ich muß arbeiten, mein Schatz. Ich bin ja nicht in die Staaten gekommen, um mich zu amüsieren."

„Dein Pech!" Sie rutschte von dem Schreibtisch herunter. „Dann hast du wohl auch keine Zeit, etwas zu lesen?"

Er runzelte die Stirn. „Wovon sprichst du? Ich kenne dich, du hast doch wieder etwas im Hinterhalt!"

Sie wich lachend zurück. „Wie du mich durchschaust!"

„Also, was ist es?"

Sie griff in ihre Handtasche und holte einen weißen Umschlag hervor. „Ein Brief aus Germany! Von Erich Krüger. Mrs. Styler hat ihn mir eben für dich gegeben."

Er sprang auf. „Gib her!"

Sie versteckte den Brief hinter dem Rücken. „Was kriege ich dafür?"

„Du bist ein schreckliches Mädchen! Was willst du denn dafür haben?"

„Ein Versprechen!"

„Wenn's weiter nichts ist ... Ich verspreche dir, was du willst."

„Aber halten mußt du's auch!"

„Schön", sagte er ungeduldig, „ich werde es auch halten."

„Also abgemacht – du kommst zu meiner Party am nächsten Sonnabend!"

„Ja, gut ... Gib mir jetzt den Brief."

„Aber wehe dir, wenn du dein Wort nicht hältst ..."

Er trat dicht an sie heran, schlang die Arme um ihren Körper und nahm ihr den Brief aus den Händen, die sie immer noch auf dem Rücken hielt. Die Berührung mit ihrem reizvollen Körper löste diesmal keine Erregung in ihm aus. All seine Gedanken waren auf Erich Krügers Brief konzentriert.

Er ging ans Fenster, riß den Umschlag auf. Die ersten Zeilen überflog er nur, bis er endlich auf den Namen Sabine stieß.

Es ist mir gelungen, das Rätsel um Sabine zu lösen. Das hat mich Mühe und Geld gekostet, und es wäre angebracht, wenn Du mir ein paar Dollar zukommen lassen würdest. So viel habe ich erfahren können: Dieser Dr. Seeger, mit dem Sabine abgehauen ist, ist ein junger Arzt, der seinerzeit an der Unfallklinik gearbeitet hat. Da muß sie ihn kennengelernt haben. Die Geschichte läuft also viel länger, als wir gedacht haben. Vielleicht bist Du ihm sogar selber mal begegnet. Nimm's nicht so tragisch, wahrscheinlich liebt sie ihn. Dich hat sie anfangs wohl nur wegen Deines Geldes vorgezogen. Aber als es dann Schwierigkeiten gab – na ja, Du kennst ja die Weiber, was soll ich Dir groß erzählen. Jedenfalls, sie lebt jetzt bei ihm. Wenn Du an der Adresse interessiert bist, kann ich sie Dir schicken. Aber ich an Deiner Stelle würde ihr nicht mehr schreiben. Du willst Dich doch nicht zum Narren machen ...

Peter ließ den Brief sinken und starrte in das Schneegestöber hinaus.

Gisela legte ihm eine Hand auf die Schulter. „Schlechte Nachrichten?" fragte sie leise.

Er konnte nur nicken.

„Ist etwas mit diesem Mädchen?"

Er drehte sich mit einer jähen Bewegung zu ihr um, und zu ihrer Bestürzung sah sie, daß seine Augen feucht waren.

„Nie mehr werde ich eine Frau lieben können", brach es aus ihm heraus. „Nie mehr!"

An diesem Tag, nachdem Gisela gegangen war, betrank Peter sich. Er tat es allein in seinem Zimmer. Ganz bewußt ließ er sich vollaufen, bis er nichts mehr fühlte, nichts mehr dachte, nichts mehr wußte.

Dann schwankte er zum Bett, ließ sich, angezogen wie er war, fallen und versank in dumpfen, bleiernen Schlaf.

Das Erwachen am nächsten Morgen war grauenhaft. Sein Mund schien ausgedörrt, seine Zunge war pelzig. Der Kopf schmerzte. Er hatte das Gefühl, als würde jeden Augenblick die Schädeldecke platzen.

Er nahm zwei Tabletten, zog sich nackt aus und stellte sich unter die kalte Brause. Er rasierte sich und zog sich von Kopf bis Fuß frisch an. Dann fühlte er sich besser, aber immer noch schlecht genug.

Die Fahrt in die City wurde eine Qual für ihn. Am Schreibtisch in seinem Büro verschwammen ihm die Buchstaben und Zahlen vor den Augen. Er war fast erleichtert, als er am frühen Nachmittag den Auftrag erhielt, zum Hochhaus hinauszufahren, um etwas mit dem leitenden Ingenieur zu besprechen.

Mit dem Bauaufzug fuhr er bis zum 20. Stockwerk. Dann mußte er klettern, eine Leiter führte hinauf zum 22. Stock . . .

Es schneite noch immer, die eisernen Sprossen waren feucht und eiskalt. Ein scharfer Wind trieb ihm die nassen Flocken ins Gesicht. Er sah nicht nach unten, nicht nach oben. Er achtete nur darauf, Fuß vor Fuß zu setzen.

Plötzlich hörte er über sich einen Warnruf. „Watch it! – Paß auf!"

Er zuckte zusammen, blickte hoch. Ein schwerer Schraubenschlüssel sauste genau auf ihn zu. Peter versuchte, ihm auszuweichen . . .

Seine Füße verloren den Halt, seine Hände griffen ins Leere.

Er stürzte in die Tiefe.

Peter fiel. Er sah den Abgrund, 22 Stockwerke tief. Er schrie auf, gellend, in Todesangst. Der Schrei brach sich an den nackten Betonmauern. Die Bauarbeiter schraken auf.

Plötzlich ein dumpfer Aufprall.

Peter spürte nicht mehr den Schmerz. Sein Körper lag still, leblos, in unnatürlicher Haltung. Aus einer klaffenden Kopfwunde strömte Blut. Das rechte Bein war unterhalb des Knies abgeknickt.

Lebte er noch? Ein Schutzgitter im 20. Stockwerk hatte den Fall in den Abgrund nach etwa zehn Metern aufgehalten.

Sirenen schrillten auf. Stimmen brüllten durcheinander. Männer hetzten zu dem Verunglückten. Ein Ingenieur beugte sich über ihn, suchte nach einem Lebenszeichen.

Peter lebte! Sein Atem ging flach und rauh, er war bewußtlos, aber er lebte.

Zehn Minuten später traf der Unfallwagen an der Baustelle ein. Mit größter Vorsicht wurde Peter auf eine Trage gelegt. Man wußte nicht, ob die Wirbelsäule verletzt war.

Peter blieb zwei Tage lang bewußtlos. Er lag in einem Einzelzimmer des Central Hospital in Boston. Lebensgefahr bestand nicht. Gehirnerschütterung, Platzwunde am Kopf, komplizierter Beinbruch – mehr hatten die Ärzte nicht feststellen können.

Am Morgen des dritten Tages wachte Peter auf. Langsam wich der Nebel vor seinen Augen. Er erkannte das Krankenzimmer, den Gipsverband am rechten Bein, den dicken Mullverband um den Kopf.

Mein Gott, ich lebe ... Mit diesem ersten klaren Gedanken sank er zurück in die Bewußtlosigkeit. Drei Stunden später erwachte er wieder. Er schlug die Augen auf.

Gisela Schneiders Gesicht war über ihm. Peter begriff es nicht, glaubte, ein Trugbild zu sehen. Er wollte etwas sagen, aber nur unartikulierte Laute kamen aus seinem Mund. Er spürte, wie eine Hand zärtlich über seine Wange strich, und hörte die Worte: „Darling, es wird alles wieder gut werden ..."

Peter war es, als sähe er einen Film. Eine weiße Gestalt tauchte auf, flüsterte etwas. Das Mädchen, das aussah wie Gisela Schneider, verschwand. Plötzlich war nichts mehr da als eine milchige, lähmende Stille ...

Als Peter zum drittenmal erwachte, fühlte er sich frisch und ausgeschlafen. Er bemerkte, daß er allein war, und wäre aufgestanden, wenn sein Bein, das in einem Gestell über seinem Bett hing, ihn nicht daran gehindert hätte. Er läutete nach der Schwester, ließ sich das Nötigste erklären, dann verlangte er einen Spiegel. Sein eigenes Bild erschreckte ihn: das bleiche Gesicht mit glanzlosen, tief in den Höhlen liegenden Augen und den dunklen Bartstoppeln. Er versuchte sich aufzurichten, aber bei der jähen Bewegung durchbohrte ein heißer Schmerz seinen Kopf. Trotzdem bat er um einen elektrischen Rasierapparat. Die Schwester lächelte amüsiert, holte einen kleinen schwarzen Apparat und begann wortlos, Peter zu rasieren.

„So", sagte sie, als sie fertig war, „jetzt sind Sie wieder schön, wenn Ihre Verlobte kommt."

Peter ließ die Hand sinken, mit der er sich über das glatte Kinn gestrichen hatte. „Meine ... was?"

„Ihre Verlobte! Zweimal war sie schon hier."

Peter begriff, daß Gisela gemeint war, und fühlte gleichzeitig, daß es unfair wäre, sie jetzt bloßzustellen. „Ach so ... ja natürlich", sagte er nur.

Um drei Uhr nachmittag, zur Besuchsstunde, erschien sie. Gisela Schneider. Sie brachte einen Stapel Kriminalromane mit und einen Strauß bunter Astern.

„Junge, Junge", sprudelte sie hervor. „Bin ich froh, daß du über den Berg bist! Du sahst vor vierundzwanzig Stunden noch wie eine Leiche aus." Sie drückte ihm lachend einen Kuß auf die linke Wange. „Was machst du bloß für Sachen!"

„Schließlich bin ich ja nicht mit Absicht von der Leiter gesprungen", sagte er, angesteckt von ihrer guten Laune.

„Kann ich mir denken!" Sie setzte sich auf die Bettkante. „Ein bißchen verrückt bist du ja, Peter, aber so verrückt doch nicht."

Von einer Sekunde zur anderen wurde Giselas Gesicht ernst. Ihre Fröhlichkeit schien wie weggeblasen. Peter bemerkte es mit Verblüffung. „Was ist denn plötzlich los mit dir, Gisela?"

Sie sah ihn voll aus ihren grünen Augen an. „Peter, mir ist in den letzten beiden Tagen etwas klargeworden ... Du weißt, ich wollte dich schon immer verführen. Aber das war mehr Spiel, Laune eines verwöhnten Mädchens ... Jetzt ist es Ernst." Sie hielt seinen Blick fest. „Peter, ich liebe dich!"

Er starrte sie an. Ihre Worte klangen in ihm nach, und er fühlte, daß ihr wirklich Ernst damit war. Zum erstenmal legte dieses schillernde Mädchen ihr Herz bloß. Das machte Peter wehrlos. Er fand keine Worte.

Gisela sprach auch schon weiter. „Ich habe nachgedacht über uns, Peter. Über dich, über mich und über dieses Mädchen in Deutschland ..."

Sabine ... durchzuckte es Peter heiß.

Ein zaghaftes Lächeln huschte über Giselas Gesicht, dann war es wieder ernst. „Ich weiß", sagte sie und senkte die Augen, „daß ich schön und begehrenswert bin. Und ich glaube auch, wenn ich mit aller Kraft um dich kämpfen würde, bliebe ich Siegerin. Aber ich will es nicht. Weil ich dich liebe ..."

Peter begriff es nicht.

„Versteh mich", bat sie und griff nach seiner Hand. „Ich will, daß du dich frei für mich entscheidest. Und das kannst du nicht, solange du glaubst, diese Sabine zu lieben ..."

„Es ist vorbei", erwiderte er leise.

„Nein", behauptete sie fest. „Du hast es noch nicht überstanden. Ich fühle es. Darum will ich dir einen Vorschlag machen. Schreib ihr ..."

„Das hat doch keinen Sinn!" unterbrach er heftig und entzog ihr seine Hand. „Ich habe dreimal geschrieben, ich habe telegrafiert – aber keine Antwort, nichts! Erich hat mir dann endlich die Erklärung dafür gegeben: Sie hat einen anderen. Dr. Seeger heißt er! Erich hat es festgestellt."

„So, hat er das?" Gisela war nicht beeindruckt. „Na, dann will ich dir mal was sagen: Ich weiß, du hältst Erich für deinen Freund,

und ich will dir das auch nicht ausreden. Männer sind ja in solchen Dingen komisch. Aber in meinen Augen ist er immer ein Spinner gewesen."

„Du meinst, er könnte diesen anderen Mann erfunden haben?"

„Das sähe ihm ähnlich."

Peter schwieg einen Augenblick. „Ich finde es wirklich anständig von dir, Gisela, daß du versuchst, Sabine in Schutz zu nehmen. Aber warum sollte Erich lügen? Und warum schweigt Sabine?"

„Ich weiß es nicht", antwortete sie einfach. „Aber du kannst es herausfinden – fahr nach Deutschland! Du bekommst bestimmt einen Erholungsurlaub. Dein Vater braucht von diesem Trip gar nichts zu erfahren. Du läßt mir ein, zwei kurze Briefe an deine Eltern da, die werfe ich hier in Boston in den Kasten. Peter, glaube mir, es ist das beste ... Du wirst erst Ruhe finden, wenn du weißt, was mit Sabine geschehen ist und warum sie dir nicht geschrieben hat."

Peter blickte nachdenklich auf die weißbezogene Bettdecke. In seinem Innern stritten sich die Gefühle. In seinem Herzen war noch die Sehnsucht nach Sabine. Aber da schwang jetzt eine neue Empfindung mit: Sympathie für Gisela, vielleicht sogar mehr als Sympathie. Sie hat drei Tage lang um sein Leben gebangt. Und ihre schlichten, ernsten Worte hatten ihm jetzt deutlich gemacht, daß dieses Mädchen nicht nur oberflächlich und extravagant war ...

Liebe ich Sabine noch? fragte er sich in dieser Minute. Die Antwort war: Ich weiß es nicht.

Das lange Warten auf einen Brief von ihr hatten ihm Hoffnung und auch Zuversicht geraubt. Den Ausschlag aber gab sein verletzter Stolz, der ihm einflüsterte: Du darfst dich nicht länger wie ein verliebter Primaner benehmen.

„Nein", sagte er laut und sah Gisela entschlossen an. „Ich fahre nicht nach Deutschland. Drei Briefe und ein Telegramm genügen. Sie hat nicht geantwortet, also ist alles klar! So, und nun laß uns über etwas anderes sprechen ..."

Gisela stand auf „Wie eine Mönchszelle sieht das Zimmer hier aus!" Sie lachte. Jetzt war sie wieder die alte, etwas überdrehte Gisela. „Na ja, dafür sind die Schwestern süß." Sie plauderte munter vor sich hin, und Peter war ihr dankbar dafür.

Gisela brachte es fertig, daß er alle Sorgen um Sabine vergaß. Er fühlte sich wohl in der Gegenwart dieses schönen, scheinbar ewig gutgelaunten Mädchens. Und plötzlich mußte er an die Worte seiner Mutter denken: Gisela wäre eine ideale Ehefrau für dich ...

13

Mitte Januar brach eine schneidende Kälte über München herein. Paul Hartmann war gezwungen, die meisten seiner Bauvorhaben einzustellen. Der Frost bedeutete allerdings keine Erholungspause für ihn. Es galt, schon die Aufträge für Frühjahr und Sommer unter Dach und Fach zu bringen.

Paul Hartmann bereitete gerade eine wichtige Besprechung mit einem Bauherrn vor, als seine Frau in sein Bürozimmer gestürmt kam.

Gerda Hartmann trug einen eleganten weißen Nerzmantel. Ihr Gesicht strahlte vor freudiger Erregung. Etwas atemlos ließ sie sich in einen der bequemen Besuchersessel sinken.

Paul Hartmann blickte seine Frau stirnrunzelnd an. „Was gibt's?" fragte er ungeduldig. „Du weißt, ich liebe solche Überfälle ganz und gar nicht."

„Ich habe eine Postkarte von Peter bekommen!" erklärte seine Frau triumphierend.

„Na und? Was ist daran ungewöhnlich?"

Gerda Hartmann zog die Karte aus ihrer Krokoledertasche und schwenkte sie durch die Luft. „Es hat noch jemand anders unterschrieben", sagte sie geheimnisvoll. „Rat mal, wer!"

Ihr Mann zuckte ärgerlich die Schultern.

„Paul, du kommst im Leben nicht darauf, ich will es dir lieber gleich verraten ... Gisela Schneider!"

„Hm", erwiderte ihr Mann nur.

„Die Karte kommt nicht aus Boston, sondern aus Florida ... Die beiden sind zusammen nach Florida gefahren! Was sagst du jetzt?"

„Na, immerhin", knurrte Paul Hartmann.

„Siehst du! Peter und Gisela sind sich nähergekommen. Mich würde es nicht wundern, wenn sie sich drüben verloben würden!"

Paul Hartmann lachte kurz auf. „Warum nicht gleich heiraten?"

Sie ging ganz ernsthaft darauf ein. „Ja, warum nicht? Das soll doch in den Staaten viel leichter zu arrangieren sein als bei uns." Sie stand auf. „Ach, Paul, ich kann dir gar nicht sagen, wie froh ich bin. Ich mußte es dir einfach gleich mitteilen!"

Jetzt erhob sich auch Paul Hartmann. „Verständlich, mein Schatz. Aber bitte ... Ich muß arbeiten."

Seine Frau überhörte die Mahnung völlig. „Was haben wir uns für Sorgen gemacht wegen dieses Mädchens ... Wie heißt sie doch gleich? Weißt du, die Kleine, die so hinter Peter her war."

„Sabine", erklärte Paul Hartmann ruhig. „Sabine Kortner!" Mit sanfter Gewalt drängte er seine Frau zur Tür.

„Ob sie ihn schon vergessen hat?" fragte sie.

„Wer ... wen?" Er war mit seinen Gedanken schon wieder bei der Arbeit.

„Na, das Mädchen unseren Peter!" sagte seine Frau vorwurfsvoll.

„Das ist mir doch völlig gleichgültig", erwiderte er ärgerlich. „Hauptsache, sie hat ihn aufgegeben und läßt nie wieder etwas von sich hören."

„Na ja ..." Gerda Hartmann stieß einen kleinen Seufzer aus. „Da hast du auch wieder recht." Sie betrachtete noch einmal die kitschig-bunte Postkarte. „Zu schade, daß mir Peter keine Adresse in Florida angegeben hat. Ich hätte ihm gleich geschrieben und gratuliert!"

Monate vergingen. Sabine fühlte sich im Mütterheim wie zu Hause. Doch eine unbestimmte Furcht vor der Zukunft flackerte immer wieder in ihr auf. Eines Tages würde sie das Mütterheim verlassen müssen – eine ledige Mutter mit einem Baby, allein, mittellos, ohne Wohnung.

Sabine verdrängte die Furcht, so gut sie konnte. Sie suchte Trost in dem Gedanken: Peter wird aus Amerika zurückkommen, ich werde ihm mit unserem Kind entgegentreten, und alles wird wieder gut.

Keinen Brief, kein Lebenszeichen hatte Sabine bisher von ihm erhalten, sie erwartete es auch gar nicht mehr. Aber ihre Liebe zu Peter blieb unerschütterlich ...

An einem Sonnabend im Mai, kurz vor dem Termin, an dem Sabine niederkommen mußte, wurde sie noch einmal sorgfältig von Dr. Seeger untersucht.

Er war sehr zufrieden. „Alles bestens", sagte er, nachdem er die kindlichen Herztöne abgehört hatte. „Das Kleine ist puppenmunter! Sie sind doch vorsichtig mit der Flüssigkeitszufuhr, ja?"

„Ich halte mich genau an Ihre Vorschriften, Herr Doktor", versicherte Sabine. „Ich esse völlig salzlos, trinke nicht mehr als einen halben Liter am Tag, Suppen eingerechnet."

„Sie sind wirklich das Vorbild einer Patientin", lobte er. „Aber warten Sie's nur ab, Sie werden mir noch dankbar dafür sein, daß Sie kein unnötiges Fett angesetzt haben."

„Ich komme mir ungeheuer dick vor."

„Das ist eine optische Täuschung", behauptete der Arzt. „Betrachten Sie mal Ihre Beine. Schlank wie bei einem jungen Reh!"

„Die Beine sind's auch nicht, über die ich mir Sorgen mache."

Er lachte. „Das andere geht auch wieder weg. Spätestens drei Monate nach der Geburt werden Sie wie früher in Form sein."

Sabine verschwand hinter einem Vorhang, um sich wieder anzuziehen. „Wie lange wird's noch dauern?" fragte sie laut. „Der errechnete Termin ist in drei Tagen, aber noch immer regt sich nichts."

„Das hat nichts zu bedeuten", antwortete Dr. Seeger. „Ganz genau kann man eine Geburt nie vorausberechnen. Irgendwann in den nächsten Tagen ..."

„Vielleicht schon morgen?" unterbrach sie.

„Sie möchten wohl ein Sonntagskind?" Er lachte. „Das würde ich Ihnen nicht raten. Sonntags läuft der Klinikbetrieb nämlich nur auf halben Touren. Und dann ... Morgen und übermorgen bin ich nicht hier. Heute habe ich noch mal Nachtdienst, anschließend zwei freie Tage. Aber wenn Sie wollen, Sabine, machen wir Ihnen gleich eine Einleitung, damit es schneller geht."

Sie überlegte. „Lieber nicht. Wenn's nicht nötig ist ... Ich möchte lieber, daß es kommt, wann es eben kommen will."

„Gut. Aber wenn sich bis Dienstag nichts rührt, werden wir es doch ein bißchen beschleunigen."

Sabine kam hinter dem Vorhang hervor und strich sich den blauen Kittel glatt. „Ich beschließe hiermit", scherzte sie, „daß mein Kind pünktlich am Dienstag das Licht der Welt erblicken soll." Dann wurde sie ernst. „Ich möchte", fügte sie leise hinzu, „daß Sie bei mir sind, wenn es soweit ist."

Dr. Seeger legte ihr beide Hände auf die Schultern. „Sabine, Sie brauchen keine Angst zu haben. Es wird keine Schwierigkeiten geben."

Sie verließ das Sprechzimmer und meldete sich bei der Oberschwester. Sie wollte sich irgendwie beschäftigen, obgleich sie nicht mehr verpflichtet war zu arbeiten.

„Wenn Sie mir einen Gefallen tun wollen", sagte die Oberschwester, „und wenn es Ihnen auch wirklich nicht schwerfällt ... In dem großen Zimmer drüben im Südflügel müßte noch ein bißchen geputzt werden. Und das Bett ist auch noch nicht bezogen. Im

Moment ist keine Schwester frei. Sie wissen ja, morgen kommt die Frau ..."

„Ich mache es", erklärte Sabine, ließ sich das Putzzeug geben und ging hinüber in das Zimmer. Es war wirklich schön. Die weiten Fenster führten direkt hinaus in den blühenden Park.

Sabine war gerade dabei, das Waschbecken auf Hochglanz zu polieren, als Herta Wallner, die alte Hebamme, eintrat.

„Was passiert denn hier?" fragte sie erstaunt, während sie sich umsah. Zwei der drei Betten, die sonst in diesem Zimmer standen, waren hinausgeschafft worden.

„Die Frauenklinik drüben ist voll belegt", erklärte Sabine. „Da hat man uns gebeten, dieses Zimmer hier frei zu machen. Die Frau soll schon morgen kommen."

„Was?" stieß Frau Wallner empört hervor und stemmte die Hände in die Hüften. „Dieses herrliche große Zimmer für eine einzelne Frau?"

„Sie soll sehr reich sein. Das heißt, ihr Mann ..."

„Der Sache werd' ich mal auf den Grund gehen!" Herta Wallner lief erregt aus dem Zimmer.

Sabine zuckte amüsiert die Schultern, dann putzte sie die verchromten Wasserhähne. Es fiel ihr unerwartet schwer. Nach zehn Minuten mußte sie sich setzen, um auszuruhen.

Die Hebamme kam zurück. Sie sah Sabine und fragte besorgt: „Ist Ihnen nicht gut?"

„Doch, doch. Es geht schon wieder."

„Fräulein Sabine, Sie wissen doch, keiner zwingt Sie, jetzt noch zu arbeiten."

„Ich weiß." Sabine versuchte ein Lächeln. „Aber es macht mir Spaß, und schaden kann es ja nicht."

„Machen Sie auch immer die gymnastischen Übungen?"

„Ja, genau nach Plan."

„Schön. Dann werden Sie es leichter haben. Wann ist es denn soweit?"

„In drei Tagen. Aber Dr. Seeger meint, genau kann man das nie voraussagen. Ich bin sogar schon ein bißchen ungeduldig."

Herta Wallner setzte sich auf den zweiten Stuhl. „Warum haben Sie es so eilig? Hier im Mütterheim sind Sie doch geborgen, haben keine Sorgen ... Warten Sie mal ab, wenn Sie erst mit Ihrem Kind auf der Straße stehen. Was haben Sie eigentlich vor?"

„Ein paar Wochen kann ich noch hier im Mütterheim wohnen. Ich werde als Urlaubsvertretung im Büro arbeiten. Was dann werden soll, weiß ich noch nicht."

„Wird aber Zeit, darüber nachzudenken“, sagte Herta Wallner hart. „Wollen Sie wieder zu Ihrer Mutter ziehen?“

„Meine Mutter ist mit einer Freundin in Italien. In einem Häuschen auf der Insel Elba. Sie weiß gar nicht, daß ich ein Kind bekomme.“

„Wäre es nicht besser, es ihr zu gestehen?“

Sabine schüttelte den Kopf. „Nein. Es gibt besondere Gründe dafür.“

„Sie können Ihr Kind ja auch zur Adoption freigeben.“

Sabine richtete sich abrupt auf. „Nie!“ Ihre Stimme war plötzlich heiser. „Lieber würde ich verhungern!“

Die alte Hebamme blieb ungerührt. „Um eine wirkliche Mutter zu sein“, sagte sie nüchtern, „genügt es nicht, ein Kind zur Welt zu bringen ... Man muß es auch ernähren, kleiden, erziehen, pflegen können. Alles andere ist purer Egoismus.“

Sabine biß sich auf die Unterlippe. Sie wagte nicht zu sagen, daß sie immer noch auf Peter wartete, den Vater ihres Kindes. Sie fürchtete, die alte, verbitterte, vom Leben enttäuschte Frau würde sie auslachen.

Darum wechselte sie unvermittelt das Thema. „Haben Sie eigentlich etwas über die Frau erfahren können, die morgen in dieses Zimmer hier einziehen wird?“

„Ach ja“, sagte die alte Hebamme ohne Begeisterung. „Frau Görner heißt sie, Evelyn Görner. Haben Sie den Namen schon einmal gehört?“

„Nein“, mußte Sabine zugeben.

„Eduard Görner, ihr Mann, ist einer der größten Industriekapitäne in Deutschland. Multimillionär. Er sitzt auch im Kuratorium unseres Mütterheims. Darum wird dieses Zimmer zum reinen ‚Fürstenzimmer‘ herausgeputzt.“

„‚Fürstenzimmer‘ ist gut“, meinte Sabine amüsiert.

„Die Görners haben hier in Nymphenburg eine Villa. Das ist schon mehr ein Palast. Aber was man so hört ... In der Ehe stimmt nicht mehr alles.“

„So, hört man das?“ gab Sabine ironisch zurück.

Herta Wallner ließ sich nicht aus dem Konzept bringen. „Er ist ein Gentleman, richtig distinguiert, so an die Fünfzig. Die Zeitungen haben vor ein paar Jahren groß über die Hochzeit geschrieben. In letzter Zeit soll man die Frau aber öfter mit einem anderen Mann gesehen haben.“

„Das hat doch nichts zu sagen“, wandte Sabine uninteressiert ein.

„Na, Sie sind aber naiv!“ platzte die Hebamme heraus. „Wenn eine schöne, reiche, lebenslustige Frau sich mit einem anderen Mann trifft, dann hat das sehr wohl was zu sagen. Hoffentlich weiß sie überhaupt, von wem das Kind ist, das sie hier zur Welt bringen soll.“

„Das ist gemein!“ rief Sabine.

„Warten wir es ab“, verteidigte sich Herta Wallner. „Morgen hält die Dame ja Einzug hier . . .“

Das Telefon klingelte. Evelyn Görner richtete sich mühsam in ihrem Bett auf, erhob sich, zog einen Morgenmantel über. Das Telefon schrillte wieder. Evelyn Görner wagte nicht, schneller zu laufen. Aus Furcht, es könnte dem Kind schaden, das sie unter dem Herzen trug.

Sie ging über den schweren riesigen Perserteppich, der in der Halle der prunkvollen Villa lag.

„Ja doch!“ murmelte sie gereizt, als die Klingel zum drittenmal ertönte.

Endlich hatte sie den Apparat erreicht. Sie griff nach dem Hörer, vernahm die schwingende männliche Stimme und erbleichte. Instinktiv raffte sie den Morgenmantel über der nackten Brust zusammen.

Sie schluckte krampfhaft. Als sie sprach, war ihre Stimme spröde. „Toni, ich habe dir verboten, anzurufen. Es ist aus mit uns beiden, versteh doch endlich! Es muß aus sein! Ich bekomme ein Kind . . . Er freut sich so darauf. Er ist ganz verrückt nach dem Kind . . . Ich darf keine Dummheit mehr machen. Sonst geht meine Ehe kaputt. Das darf nicht geschehen . . .“

Plötzlich wurde ihre Stimme klar und zugleich schreiend. „Was kannst du mir schon bieten? Du hast nur bei Frauen Erfolg, im übrigen bist du ein erbärmlicher Versager. Ohne mich hättest du die Miete deines Appartements nicht bezahlen können. Aber damit ist Schluß jetzt. Sieh zu, wo du dir wieder einen Goldfisch wie mich angelst. Ich verbiete dir, mich jemals wieder anzurufen oder mir irgendwo aufzulauern. Ich will . . .“

Mitten im Satz brach sie ab. Ihr schwerer Körper erstarrte in jähem Schreck. Die erste Bewegung, zu der sie fähig war, galt dem Telefonhörer. Sie riß ihn sich vom Ohr, krallte die freie Hand um die Sprechmuschel. Dann, mit fast irr starrenden Augen, wandte sie sich um.

Ihr Mann stand hinter ihr. Um seinen Mund spielte ein überlegenes, wissendes Lächeln.

Evelyn Görner drückte mit einer überhasteten Bewegung den Hörer auf die Gabel, stützte sich dann haltsuchend auf die Tischkante. „Wie lange ..." Sie mußte neu beginnen. Ihre Stimme gehorchte ihr nicht gleich. „Wie lange bist du schon hier?"

„Warum, mein Liebes? Mit wem hast du denn gesprochen?"

„Eine Bekannte", log sie. „Ich mag sie nicht, aber sie ruft immer wieder an."

Plötzlich verschwamm alles vor ihren Augen. Sie taumelte, suchte Halt ...

Mit zwei schnellen Schritten war er bei ihr, fing sie auf, hob sie hoch, trug sie zum Diwan. „Mein Gott, Evelyn, du darfst dich doch nicht aufregen ... Denk an unser Kind!"

Sie sah sein Gesicht über sich, die feinen, fast aristokratischen Züge, die hohe Stirn, die grauen Schläfen ... Und wieder, wie so oft in letzter Zeit, hatte sie Angst vor diesem Gesicht, das undurchdringlich war.

„Morgen bringe ich dich in die Klinik. Dort bekommst du ein schönes großes Zimmer. Einen Fernsehapparat lasse ich auch aufstellen ..."

„Aber warum denn morgen schon?" unterbrach sie ihn. „Es ist doch erst nächste Woche soweit."

„Ich möchte, daß du schon jetzt unter ärztlicher Kontrolle stehst."

Sie schwieg, denn sie wußte, es würde doch geschehen, was er wollte.

„Möchtest du etwas trinken?" fragte er.

„Ja, bitte, ein Glas Milch."

Er erhob sich. Sie sah seiner hohen stattlichen Gestalt nach. Was hat er mitgehört von dem Telefongespräch mit Toni? fragte sie sich. Er darf nichts wissen! Er darf nicht! Ich weiß, er liebt mich nicht mehr, er liebt nur das Kind, das ich ihm schenken werde. Aber ich ... ich brauche ihn. Ich brauche das Leben im Reichtum! Eduard Görner kam zurück, ein Glas in der Hand. Er reichte es seiner Frau. „Ich fahre dich morgen selbst in die Klinik. Eine Kinderschwester habe ich auch schon engagiert."

„Hältst du mich für eine so schlechte Mutter?" fragte sie aggressiv.

„Es ist unser erstes Kind. Wir wollen kein Risiko eingehen."

Evelyn trank. Kann ein Mann sich wirklich so nach einem Kind sehnen? dachte sie. Fast möchte ich glauben, er spielt mir das Ganze nur vor.

„Wenn du das Kind nicht bekommen würdest, hätte ich die Scheidung eingereicht . . ."

Wie ein Peitschenschlag traf dieser Satz sie. Sie glaubte, hoffte zuerst, daß ihre eigene Phantasie ihr einen Streich gespielt hätte. Aber dann wußte sie: Er hatte diesen Satz ausgesprochen. Mit seiner ruhigen, leisen Stimme.

„Eduard . . ." hauchte sie halb erstickt. „Ich verstehe dich nicht."

Er lächelte wieder dieses überlegene, wissende Lächeln. „Ich wollte es dir nur sagen, Evelyn. Aber du kannst es sofort wieder vergessen. Es ist nicht mehr wichtig. Wichtig ist nur noch das Kind."

Er nahm ihr das leere Glas aus der Hand. „Soviel dürfte ja auch dir klar sein: Unsere Ehe ist im Grund gescheitert. Nur das Kind wird sie wieder kitten."

Er blickte sie an, ohne jede Gemütsäußerung. „Um eines möchte ich dich nur noch bitten: Tu bitte nichts mehr, was vor der Öffentlichkeit den Anschein erwecken könnte, wir seien eine unglückliche Familie. Ich hoffe, du weißt, was ich damit meine . . ."

Mit diesen Worten ließ er sie allein. Die Worte kreisten noch minutenlang in ihrem Gehirn, bis sie ihren Sinn voll begriffen hatte. Das war eine Drohung, eine harte, kalte Drohung.

Das Kind, es ist die einzige Chance, die ich noch habe, erkannte sie.

An diesem Abend, etwa gegen sieben Uhr, traten ganz überraschend die ersten Wehen bei Evelyn Görner ein. Ihr Mann fuhr sie sofort ins Mütterheim. Die Fahrt dauerte nur wenige Minuten. Unterwegs sprachen sie kein Wort miteinander.

Als der Mercedes 600 vor dem Heim hielt, kam ihnen schon eine Schwester entgegen. Görner hatte das Kommen seiner Frau telefonisch angekündigt.

Er begleitete sie bis in das große, schöne Zimmer. Er sah sich kurz um und schien zufrieden. Was Evelyn Görner befürchtet hatte, geschah: Ihr Mann schickte mit ein paar knappen Worten die Schwester hinaus.

Als sie allein im Zimmer waren, sagte Eduard Görner: „Ich hoffe, es gibt keine Komplikationen, Evelyn . . . Ich brauche das Kind! Es soll der einzige Inhalt meines restlichen Lebens sein . . . Und du brauchst das Kind auch, wenn du weiter meine Frau sein willst."

Er zog sie flüchtig an sich, streifte mit seinen Lippen ihre Schläfe.

„Alles Gute. Man wird mich sofort informieren, wenn es soweit ist.“

Dann ging er.

Am selben Abend noch, ungefähr zwei Stunden später, kamen die nächsten Wehen. Evelyn Görner griff nach der Klingel über dem Bett, drückte auf den Knopf. Eine Schwester kam.

„Die Hebamme, schnell!“ rief Evelyn.

Zwei Minuten später war Herta Wallner bei ihr. Sie hatte Nachtdienst, weil ganz plötzlich eine Kollegin durch Krankheit ausgefallen war.

„Es ist schon wieder vorbei“, sagte Evelyn Görner kleinlaut.

„Hab' ich auch nicht anders erwartet“, erwiderte die Hebamme mürrisch und wollte wieder gehen.

„Bitte ...“ Die Schwangere richtete sich mühsam auf. „Bleiben Sie bei mir.“

„Keine Zeit!“ Herta Wallner öffnete die Tür. „Klingeln Sie, wenn es wirklich soweit ist.“ Sie trat auf den Flur hinaus, zog die Tür hinter sich zu. Dieses verwöhnte Frauenzimmer ... dachte sie unwillig. Glaubt, eine Sonderbehandlung verlangen zu können, nur weil sie reich ist.

Mit müden Schritten ging sie den Flur entlang zur Treppe. Sie wollte hinauf in ihr Zimmer. Auf dem ersten Treppenabsatz mußte sie stehenbleiben und sich am Geländer festhalten. Ein Schwindel hatte sie plötzlich erfaßt, ein Rauschen in den Ohren. Sie holte tief Atem, biß die Zähne zusammen und stieg weiter.

Kreislaufstörungen, dachte sie. Nichts von Bedeutung. Man wird eben alt. Heute war auch ein anstrengender Tag. Seit über fünfzehn Stunden bin ich auf den Beinen. Ich werde mich ein bißchen hinlegen.

Auf der schmalen Couch in ihrem Zimmer aber fand sie keinen Schlaf. Nur ein nervöses Dösen überkam sie, das nicht erfrischte. Sie wußte nicht, wie lange sie so gelegen hatte, als unvermittelt eine Schwester im Zimmer stand.

„Bitte kommen Sie! Frau Görner!“

Die Hebamme richtete sich benommen auf. „Ich komme gleich.“

Die Schwester lief wieder hinaus. Herta Wallner strich sich über die Augen. Sie fühlte sich unwohl. Sie überlegte, ob sie zu Doktor Seeger, der wie sie Nachtdienst hatte, gehen sollte. Doch sie verwarf den Gedanken wieder. Sie wollte gerade dem jungen Arzt gegenüber keine Schwäche zeigen.

Sie ging zum Schrank, nahm eine Flasche Weinbrand heraus und goß sich ein halbes Wasserglas ein. Sie trank den Alkohol in einem Zug, dann fühlte sie sich besser, nur das dumpfe Rauschen in den Ohren blieb. Sie strich ihren Kittel glatt und ging zum „Fürstenzimmer“, wie sie es genannt hatte.

Evelyn Görner starrte ihr aus weitgeöffneten Augen entgegen. Sie war blaß, Schweiß stand ihr auf der Stirn. Die Hände hielt sie über dem hohen Leib verkrampft. „Endlich! Ich habe solche Angst!“

„Wovor denn?“ erwiderte die Hebamme ungerührt. „Heutzutage stirbt man nicht mehr im Kindbett.“

„Ich habe Angst, daß mit dem Kind etwas nicht in Ordnung ist! Und es ist so wichtig für mich, das Kind gesund zur Welt zu bringen.“

„Das wünscht sich jede Mutter.“

„Nicht so wie ich“, sagte Evelyn Görner, „für mich hängt alles davon ab. Alles!“

Die Hebamme wurde neugierig. „Was hängt denn so Besonderes davon ab?“

Die Schwangere starrte sie verständnislos an, dann bäumte sich ihr Oberkörper auf. „Alles hängt davon ab!“ schrie sie fast.

„Nun beruhigen Sie sich erst mal.“ Herta Wallner drückte die erregte Frau zurück. „Reden Sie doch. Vielleicht erleichtert es Sie.“ Sie setzte sich auf die Bettkante.

Evelyn Görner begann zu erzählen. Von ihrer zerrütteten Ehe, die nur noch durch das Kind zu kitten war.

Herta Wallner hörte still zu. Und unerwartet wich in ihr die Abneigung gegen die Millionärsfrau. Sympathie kam auf. Das ist gar keine strahlende, verwöhnte Schönheit, dachte sie, sondern nur ein Bündel Lebensangst ... Mit einer Gebärde des Mitleids strich sie der Schwangeren eine schweißnasse Strähne aus dem Gesicht.

Plötzlich stürzte eine Schwester ins Zimmer. „Bei Sabine setzen die Wehen ein!“

„Ich komme“, sagte Herta Wallner und stand auf. Das Rauschen in ihrem Kopf verstärkte sich. Sie mußte für Sekunden die Augen schließen.

„Lassen Sie mich nicht allein“, flehte Evelyn Görner.

„Ich bin gleich wieder zurück.“ Die Hebamme verließ das Zimmer, ging schwerfällig über den langen Gang, erreichte endlich das Zimmer, in dem Sabine lag.

Sabine wand sich unter dem Schmerz einer neuen Wehe.

„Einen besseren Termin konnten Sie sich wohl nicht aussuchen“, sagte Herta Wallner grob. „Ich habe im Augenblick wirklich alle Hände voll zu tun."

„Ich ... es ist nur ..." stammelte Sabine. Sie preßte die Lippen zusammen, um nicht unter dem Schmerz aufzustöhnen.

„Schon gut, schon gut, ich weiß, Sie sind tapfer. Lassen Sie mich mal sehen ..." Die Hebamme beugte sich kurz hinunter. „Muttermund noch nicht geöffnet, da haben wir noch Zeit! Nur keine Sorge, ich komme, wenn es soweit ist!"

Schon war sie wieder aus dem Zimmer.

Aber sie ging nicht gleich zu Frau Görner zurück. Sie lief nach oben in ihr Zimmer, um ein zweites Glas Kognak hinunterzustürzen.

Irgendwo schlug eine Kirchturmuhr Mitternacht. Der Sonntag begann. Die erste Stunde diese Tages sollte schicksalhaft werden für drei Menschen – für Herta Wallner, Evelyn Görner und Sabine Kortner ...

Die Hebamme verließ ihr Zimmer, neu belebt vom Alkohol. Auf dem Gang prallte sie fast mit einer Schwester zusammen. „Zimmer 12!" stieß das Mädchen hervor. „Eine Komplikation. Ich hole den Doktor!"

Herta Wallner ging zum Zimmer 12. Eine jüngere Hausschwangere lag hier und bäumte sich unter unsäglichen Qualen auf. Die Hebamme erkannte sofort, daß hier ärztliche Hilfe nötig war. Sie wartete, bis Dr. Seeger und Elisabeth Groß, die zweite Nachtdienst-Hebamme, erschienen Sie hörte noch, wie er einer Schwester zurief: „Fertigmachen zur Operation in OP I!"

Herta Wallner dachte an Frau Görner. So schnell sie konnte, lief sie in den Südflügel, in das „Fürstenzimmer". Evelyn Görner wimmerte in ihrem Bett. Ihr Gesicht war verzerrt.

„Wo waren Sie denn so lange?" stieß sie hervor.

Die Wehen setzten plötzlich voll ein. Herta Wallner rief nach einer Schwester. Zusammen brachten sie die stöhnende Frau in den Kreißsaal I.

Zwischen zwei Wehen versuchte die Hebamme, die Herztöne des Kindes abzuhorchen. Sie konnte nichts wahrnehmen. War das Rauschen in ihrem Kopf schuld, oder lebte das Kind nicht mehr? Herta Wallner wußte es nicht. Entsetzen überfiel sie. Sie begriff, daß sie die Verantwortung nicht länger allein tragen konnte.

„Rufen Sie Dr. Seeger!" sagte sie verzweifelt.

Die Schwester lief aus dem Kreißsaal. Herta Wallner beugte sich über die Schwangere. Der Muttermund war voll geöffnet.

Evelyn Görner begann zu pressen. Schon wurde der blonde, fast weiße Flaum auf dem Kopf des Kindes sichtbar.

Es dauerte nur Minuten, dann war das Kind geboren. Ein totes Kind . . .

Herta Wallner hatte kaum noch die Kraft, das Kind abzunabeln. Sie zitterte am ganzen Körper. Es war ein Junge. Seine Farbe war blauweiß. Wiederbelebungsversuche hätten keinen Erfolg gehabt. Das Kind mußte seit Stunden tot sein, vielleicht sogar schon länger.

Evelyn Görner versuchte sich aufzurichten. „Warum schreit es nicht?"

Die Hebamme schlug das tote Kind in eine Windel, verbarg es hinter dem Wandschirm. „Es tut mir sehr leid", sagte sie erschöpft.

„Was?" fragte Evelyn Görner alarmiert. „Was ist geschehen?"

„Bitte, bleiben Sie ganz ruhig . . ."

Im selben Augenblick schrie Evelyn Görner auch schon auf. „Es ist tot! Sie haben mein Kind getötet!"

„Es war nicht meine Schuld!"

„Sie . . . Sie Mörderin!" Die Stimme überschlug sich, wurde heiser. „Sie haben getrunken! Ich habe es gleich gemerkt, daß Sie getrunken haben! Warum haben Sie keinen Arzt gerufen? Ich hätte jeden Arzt bezahlen können, den besten Arzt der Welt, und Sie . . ."

„Es war schon lange tot", verteidigte Herta Wallner sich.

„Ich werde Sie zur Rechenschaft ziehen! Sie werden es bereuen!" Unvermittelt brach Evelyn Görner in Tränen aus. Sie sank zurück, sie schien am Ende ihrer Kraft. „Was nutzt mir das alles", schluchzte sie, „und wenn ich Sie fürs ganze Leben unglücklich mache! Ich habe kein Kind mehr, mein Mann wird mich auf die Straße jagen. Das Kind war meine letzte Chance . . ."

Die Tür des Kreißsaals wurde aufgerissen. Der Kopf einer Schwester erschien im Rahmen. Sie schien äußerst aufgeregt. „Doktor Seeger kann nicht kommen. Er ist mitten in einer Operation. Lebensgefährlich!" Sie schnappte nach Luft. „Sabine ist auch soweit . . . Sie liegt schon drüben in ‚Zwei'!"

„Ich geh' gleich rüber", erwiderte die Hebamme dumpf.

Die Schwester verschwand.

Evelyn Görner richtete sich plötzlich auf, als hätte sie neue Energien gewonnen. Ihre Hände krallten sich an Herta Wallner fest. „Ich brauche ein Kind! Verstehen Sie? Bringen Sie mir ein lebendes Kind! Oder ich bringe Sie ins Zuchthaus!"

Herta Wallner befreite sich. „Aber ... Wie soll ich denn ..."
„Verschaffen Sie mir ein Kind!" keuchte Evelyn Görner. „Oder ich zeige Sie an! Überlegen Sie es sich schnell!"

Die Hebamme bewegte sich langsam auf die Tür zu, die zum Kreißsaal II führte.

„Ich warte!" stöhnte Evelyn Görner.

Herta Wallner begann zu rennen. Es war wie Flucht. Sie stürzte durch die Tür, warf sie hinter sich zu.

Im Kreißsaal II lag Sabine Kortner. Niemand war bei ihr. Die Hebamme trat rasch an das Mädchen heran. Sie bemerkte, daß die Schwangere kaum noch bei Bewußtsein war. Das Pressen geschah instinktiv.

Unvermittelt aber schlug Sabine die Augen auf. Sie starrte die Hebamme aus fiebrigen Augen an: „Ist es soweit?" fragte sie mit gehauchter Stimme.

Herta Wallner nickte.

Sabine krallte die Finger in das weiße Laken. „Ich will nicht ohnmächtig werden", murmelte sie. „Ich will es erleben ... Ich will es sehen ..."

Verzweifelt kämpfte sie gegen die Schwäche an. Sie biß die Zähne aufeinander. Sie hielt mit aller Gewalt die Augen offen. Sie sah den gebeugten Körper der Hebamme. Niemand sonst war im Zimmer.

Dann ... Ein irrsinniger Schmerz. Sabine schrie auf. Sie blickte mit letzter Kraft an sich hinunter. Sie sah den winzigen Kopf mit dunklem, fast schwarzem Flaum. Sah den kleinen, feucht schimmernden Körper. Hörte einen schwachen, kläglichen Schrei ... In diesem Augenblick umfing sie schwarze Nacht.

Herta Wallner bemerkte, daß Sabine ohnmächtig geworden war. Der Rest der Geburt verlief ohne Schwierigkeiten. Es war ein gesunder, kräftiger Junge. Sie nabelte ihn ab.

In dieser Minute konnte Herta Wallner nicht mehr klar denken. Was sie tat, geschah wie in einem Rausch, der das Gehirn gelähmt hatte.

Sie trug Sabines Kind hinüber in den Kreißsaal I, legte es dort nieder. Sie sah nicht Evelyn Görners ungläubiges Gesicht.

Sie griff nach dem toten Kind, lief zurück in den Kreißsaal II, drückte noch die Tür zu, machte ein paar Schritte ...

In dieser Sekunde erwachte Sabine aus ihrer Ohnmacht, öffnete die Augen ...

Sabine erwachte aus der Bewußtlosigkeit. Es war ihr, als tauche sie aus einem Meer von Watte auf. Sie sah eine Frau, die ein

Bündel auf dem Arm trug. Die Frau verschwand hinter einem Wandschirm.

Endlich zerriß der neblige Vorhang vor ihren Augen, und Sabine begriff, wo sie sich befand. Zugleich mit dem vollen Bewußtsein überkam sie ein berauschendes Glücksgefühl. Sie wußte, sie hatte es überstanden.

Mein Kind ist geboren! jubelte es in ihr. Es ist jetzt hinter dem Wandschirm dort . . .

In diesem Moment trat Herta Wallner, die Hebamme, hervor, ohne Kind. Sie beugte sich über Sabine, prüfte die Nachgeburt. Warum sagt sie nichts? Warum schreit mein Kind nicht? Sabines Lippen begannen plötzlich zu zittern. In ihrem Gehirn blitzte ein furchtbarer Gedanke auf. Sie wagte nicht, ihn zu Ende zu denken.

„Frau Wallner . . .“ hauchte Sabine.

„Ja?“ Die Hebamme sah nicht auf.

„Mein Kind . . .“ flehte Sabine. „Bitte zeigen Sie es mir!“

Die Hebamme richtete sich auf, aber sie vermied es, Sabine anzusehen. Sie ging mit schwerfälligen Schritten zum Waschbecken des Kreißsaals.

„Mein Kind, bitte . . .“ Der Schmerz im Unterleib verebbte langsam.

„Alles in Ordnung“, erwiderte Herta Wallner. „Die Nachgeburt ist vollständig. Bleiben Sie noch ein Weilchen ruhig liegen.“

„Ich möchte mein Kind sehen . . .“

„Das geht jetzt nicht!“ sagte die Hebamme mit unvermittelter Härte. Sie blickte Sabine ins Gesicht, zum erstenmal.

Sabine bemerkte nicht das aschfahle Gesicht der Frau, denn im gleichen Moment wurde die Verbindungstür zum anderen Kreißsaal geöffnet, und der Kopf einer Schwester erschien.

„Dr. Seeger ist hier“, meldete sie. „Er muß einen Eingriff vornehmen. Die Nachgeburt ist nicht vollständig.“

Der Kopf verschwand, die Verbindungstür schlug leise zu.

Sabine erlebte alles wie im Traum. Sie dachte flüchtig: Drüben hat auch eine Frau geboren. Doktor Seeger ist jetzt bei ihr . . . Aber diese Gedanken blieben nicht haften. Sie wurden verdrängt von dem brennenden Wunsch, das eigene Kind zu sehen. Verdrängt auch von einer unbestimmten Sorge.

„Ist . . . ist es ein Junge?“ fragte Sabine zaghaft.

Herta Wallner kam näher. Sie nickte, den Blick gesenkt.

Das seltsame Benehmen der Hebamme, die dunkle Ahnung eines Unheils . . . Plötzlich wurde Sabine von heller Panik überfallen. Jäh richtete sie sich auf. „Was ist mit meinem Kind?" schrie sie fast. „Ist es verkrüppelt? Ich muß es wissen!"

„Es fehlt ihm nichts", sagte die Hebamme mit tonloser Stimme.

Sabine sank erschöpft zurück. „Aber ich fühle doch, es ..."

„Sabine", unterbrach Herta Wallner. „Sie sind doch noch jung. Sie werden wieder ein Kind haben können. Kinder, soviel sie wollen, wenn Sie erst verheiratet sind."

„Nein ... nein", kam es dumpf aus Sabines Kehle. Wie unter einem furchtbaren Schlag schloß sie die Augen.

„Seien Sie doch tapfer und vernünftig", sagte Herta Wallner salbungsvoll. „Gott ..." Sie brach ab, begann neu: „Das Schicksal wird schon wissen, warum ..."

„Nein ... nein ..." Wieder dieses dumpfe Stöhnen.

„Nehmen Sie sich zusammen!" sagte Herta Wallner hart. „Ihr Kind ist im Himmel. Wer weiß, was ihm damit alles erspart geblieben ist."

„Sie lügen!" schrie Sabine plötzlich außer sich. „Warum lügen Sie denn? Ich habe es doch schreien hören! Ich habe es gesehen. Mein Kind kann nicht tot sein! Es lebt!"

„Seien Sie still", preßte Herta Wallner angstvoll hervor. „Um Himmels willen, seien Sie still."

Es war zu spät Die Verbindungstür zum anderen Kreißsaal wurde geöffnet. Dr. Seeger erschien. Er sah, daß Sabine weinte, daß sie erschöpft nach Luft rang. Mit ein paar Schritten war er bei ihr, faßte nach ihrer Hand.

„Was ist?" fragte er, halb zur Hebamme gewandt.

„Der Schock ..." Herta Wallner bot alle Kraft auf, um sich nicht zu verraten. „Ihr Kind ist tot."

„Nein!" Sabine bäumte sich auf. „Mein Kind lebt! Ich habe es selbst gesehen! Es hat geschrien!"

„Herr Doktor, kommen Sie", schaltete sich die Hebamme ein. „Sehen Sie selbst." Sie deutete hinter den Wandschirm.

Der junge Arzt drückte Sabine zurück, trat dann schnell hinter den Wandschirm. Kurze Zeit später war er wieder bei Sabine. Er beugte sich über sie, legte beide Hände auf ihre Schultern. „Sabine, bitte, seien Sie stark jetzt. Es ist wahr: Ihr Kind ist tot. Es war schon tot, als es zur Welt kam."

„Das stimmt nicht", schrie Sabine mit letzter Kraft. „Ich will es sehen. Zeigen Sie es mir! Ich habe ein Recht darauf ..."

Zögernd erhob sich Dr. Seeger.

Die Hebamme stellte sich ihm in den Weg. „Aber Herr Doktor, Sie können doch nicht ..."

„Ich will es sehen", rief Sabine mit schwacher Stimme.

Da schob Dr. Seeger die widerstrebende Hebamme zur Seite, trat hinter den Wandschirm und kam mit dem in ein Leinentuch gewickelten Leichnam zurück.

Sabine starrte auf das bläuliche Gesichtchen des toten Babys, auf den winzigen Kopf mit dem blonden, fast weißen Flaum.

„Das ist nicht mein Kind", erklärte sie scheinbar gefaßt. „Mein Kind hat gelebt. Ich habe es selbst gesehen."

„Unsinn!" widersprach die Hebamme kalt. „Sie waren bei der Niederkunft gar nicht bei Bewußtsein."

„Doch . . ." Sabine hatte nicht mehr die Kraft, sich aufzurichten. „Mein Gott, warum glaubt mir denn niemand? Das da ist nicht mein Kind . . ."

Die Hebamme nahm dem Arzt das Bündel aus den Händen. Dr. Seeger fühlte sich hilflos in diesem Moment. Das Mädchen tat ihm unendlich leid. „Sabine", versuchte er zu trösten, „es gibt eine Erklärung. Als Sie kurz vor der Geburt bewußtlos wurden, da geschah es mit der festen Vorstellung: Wenn ich wieder zu mir komme, wird mein Kind geboren sein, und ich werde es schreien hören . . . War es nicht so?"

Sabine schüttelte den Kopf. Ihr Gesicht war tränennaß, ihre Kehle bebte unter wildem Schluchzen.

„Doch, bestimmt!" bekräftigte Dr. Seeger. „Und dieses Gedankenbild hielten Sie dann, als Sie erwachten, für die Wirklichkeit . . ." Er drückte ihr voller Teilnahme die Hand. „Sehen Sie, Sabine, so etwas erleben wir hier oft, daß eine Mutter, die bei der Niederkunft bewußtlos oder unter Narkose war, nachher behauptet: Ich habe einen Jungen bekommen! Und wenn man ihr dann erklärt, daß es ein Mädchen ist, will sie es nicht glauben. Sie behauptet, sie habe selbst gesehen, daß es ein Junge ist. Wir haben dann alle Mühe, sie von den Tatsachen zu überzeugen. Erst wenn sie ihr Mädchen im Arm hält, begreift sie, daß sie sich getäuscht hat. Und dann ist der seltsame Traum rasch vergessen."

Sabine vernahm die Worte, aber sie wollte sie nicht in sich aufnehmen. Sie wehrte sich dagegen.

„Sabine, ich verstehe Ihren Schmerz, aber Sie müssen sich damit abfinden: Ihr Kind ist tot. Der Junge ist schon tot zur Welt gekommen. Eine Rettung war nicht mehr möglich. Ich habe mich eben selbst überzeugt . . ."

„Nein!" Ein letzter verzweifelter Aufschrei. Mehr brachte sie nicht hervor.

In diesen Minuten, da Sabine erschüttert, verzweifelt und kraftlos dalag, war in ihrer Erinnerung nur noch der erste Schrei ihres Kindes lebendig. Aber der dunkle, schon recht kräftige Haarwuchs auf dem Kopf des Kindes, das sie geboren hatte – daran dachte sie nicht mehr. Auch das Bild des toten Kindes mit dem hellen, fast weißen Flaum tauchte ein in ihr Unterbewußtsein, ohne in ihrem Gehirn einen Alarm auszulösen ...

„Ich gebe Ihnen jetzt eine Spritze", sagte Dr. Seeger ruhig. Er erhob sich, wollte sich an die Hebamme wenden. Sie war verschwunden. Ganz still mußte sie irgendwann den Kreißsaal verlassen haben. Dr. Seeger wunderte sich ein wenig, aber dann hatte er es auch schon vergessen.

Er zog eine Spritze auf und stieß sie dem total erschöpften Mädchen in den Oberschenkel. Plötzlich kamen noch einmal klare, deutliche Worte über ihre Lippen.

„Peter, hilf mir doch ..."

Dann fiel sie in einen narkoseähnlichen Schlaf.

14

Zur gleichen Zeit tanzte Peter Hartmann mit Gisela Schneider im „Rainbow-Room" des New Yorker RCA Building. Das exklusive Restaurant, das in einem der obersten Stockwerke des Wolkenkratzers liegt, bietet einen herrlichen Blick über New York.

Die Band spielte einen Slow. Gisela schmiegte sich wie eine Katze an Peters breite Brust. Dieser Ausflug von Boston nach New York war ihre Idee gewesen, und sie beglückwünschte sich im stillen dazu.

Ihre Körper wiegten sich im Takt der Musik. Gisela trug ein kniefreies Cocktailkleid, Pariser Modell, ein Traum aus blaugrüner plissierter Seide. Der weite Rock wehte um ihre schlanken Beine, während sie sich im Tanz drehte.

Als die Musik ausklang, wurde Peter von Gisela mitgezogen, hinaus an die Balustrade. Das riesige New York lag unter ihnen wie eine Spielzeugstadt, aus der ein paar Säulen herausragten – Wolkenkratzer wie das Empire State Building oder das Chrysler Building.

„Ist das nicht faszinierend?" fragte sie begeistert.

Er bot ihr eine Zigarette an, gab ihr Feuer. „Ja", stimmte er zu. Sie nahm einen tiefen Zug, stieß den Rauch durch die Nase aus.

„Ich werde Amerika nie vergessen“, sagte sie. „Solange ich lebe. Amerika hat mir Glück gebracht.“

Er zündete sich auch eine Zigarette an, ließ dann Päckchen und Feuerzeug in der Tasche seiner weißen Smokingjacke verschwinden.

„Bist du auch so glücklich?“ fragte sie und suchte seinen Blick.

„Spürst du das denn nicht?“ entgegnete er lächelnd.

Sie verzog schmollend den Mund. „Du könntest es ruhig öfter sagen. Warum läßt du dir immer jedes liebe Wort aus der Nase ziehen?“

Er sah amüsiert auf sie hinab. „Dein Glück scheint also nicht vollkommen zu sein.“

Sie stellte sich auf die Zehenspitzen, gab ihm einen raschen Kuß auf die Nasenspitze. „Unsinn!“

Die Musik setzte wieder ein, diesmal mit einem Mambo.

„Wollen wir?“ fragte er.

Sie schüttelte den Kopf. „Ich habe gerade meine nachdenklichen fünf Minuten.“ Nach einer kleinen Pause fügte sie hinzu: „Komisch, daß wir beide erst nach Amerika fahren mußten, um uns zu finden. In München hätten wir es doch entschieden einfacher gehabt.“

„Man sieht das Gute manchmal nicht, wenn es einem direkt vor der Nase hängt.“

„Ja, so ähnlich muß es gewesen sein.“ Sie schob ihre Hand unter seinen Arm. „Du, ich habe eine ganz verrückte Idee!“

„Laß hören!“

„Aber du mußt versprechen, daß du mich nicht auslachst!“

„Das würde ich nicht wagen!“ beteuerte er.

„Und du wirst auch nicht schockiert sein?“

„Mich wirft nichts mehr um!“

Gisela holte tief Luft. „Also, dann will ich dir sagen, was mir gerade eingefallen ist: Wie wäre es, wenn wir heiraten würden? Hier, in Amerika?“

Sie beobachtete angestrengt, wie er reagieren würde. Aber sein männliches Gesicht blieb unbewegt.

„Kein übler Gedanke“, sagte er ruhig.

Sie zog ihre Hand zurück. „Was?“ rief sie aus. „Ich mache dir einen Heiratsantrag, und statt in die Luft zu springen vor Freude, bleibst du stur wie ein Stockfisch!“

Er lachte. „Hattest du erwartet, ich würde sagen: Ja, komm, laß uns gleich zum Standesamt fahren?“

„Nein, das natürlich nicht, aber ...“

„Na, siehst du! Wir brauchen doch nichts zu überstürzen."

Sie rümpfte die hübsche Nase. „Wenn du bloß nicht immer so verdammt nüchtern wärst!"

Er legte seinen Arm um ihre Schulter. „Das täuscht, Darling ... Das mit der Heirat hat wirklich noch Zeit ..."

„Ich möchte aber in Amerika heiraten!" unterbrach sie ihn wie ein ungezogenes Kind.

„Und wie stellst du dir das vor? Sollen wir etwa zusammen bei den Stylers wohnen? Im Gästehaus? Oder vielleicht in deinem winzigen Appartement, in dem du selber dich kaum umdrehen kannst?"

„Aber so habe ich es doch gar nicht gemeint, Peter. Himmel, was bist du schwerfällig! Ich möchte einfach, daß wir hier heiraten, bevor wir nach Europa zurückkehren."

„Ah, ich verstehe! Du meinst, auf diese Weise sparen wir uns die Hochzeitsfeier im trauten Kreise unserer Familien."

„Und all die albernen Reden, die bei solchen Gelegenheiten gehalten werden! Wenn wir aus dem Flugzeug steigen, sagen wir: Papa, Mama, wir haben eine Überraschung für euch – wir sind verheiratet!"

„Wundervoll!" Er wußte selbst nicht, ob er es ernst oder spöttisch meinte.

Sie schmiegte sich an ihn. „Ich bin froh, Peter, daß du die Dinge so siehst wie ich. Also war meine Idee doch nicht so verrückt?"

„Im Gegenteil", erklärte er. „Ich möchte sagen, deine verrückten Ideen sind die besten!"

Sie lachte girrend. „Und jetzt habe ich gleich noch eine Idee: Bestell eine Flasche Champagner!"

„Ist das nicht ein bißchen ausschweifend für einen ganz gewöhnlichen Abend wie heute?"

„Dieser Abend, Peter, ist nicht gewöhnlich, jedenfalls für uns zwei nicht. Hast du es gar nicht gemerkt? Wir haben uns soeben verlobt!"

Die Erinnerung an eine andere Verlobung, ein anderes Mädchen, zuckte in ihm auf, so flüchtig wie ein vorbeihuschender Schatten. Sabine ...

„Und wo bleibt der Verlobungskuß?" fragte Gisela lächelnd.

Er nahm sie in seine Arme, und ihre Lippen fanden sich zu einem zärtlichen Kuß. Da entschwand Sabine aus seinem Bewußtsein, verblaßte ihr Bild, war nichts mehr als ein Teil einer Vergangenheit, die weit, sehr weit zurückzuliegen schien ...

„Gisela, ich glaube, ich liebe dich", flüsterte er in ihr Haar.

15

Sabine erwachte am nächsten Morgen nach einem traumlosen, bleischweren Schlaf. Sie konnte die Augen nur mühsam öffnen. Allmählich registrierte sie ihre Umwelt. Sie lag nicht in dem Zimmer, das sie während der vergangenen Monate bewohnt hatte, sondern in einem Wöchnerinnenzimmer, zusammen mit drei anderen Frauen.

Langsam, wie eine sich steigernde Qual, kam die Erinnerung ... Die Geburt ihres Kindes, der erste Schrei. Dann die grauenhafte Mitteilung, die sie nicht glauben konnte: *Ihr Kind ist tot!*

Sabine schloß wie betäubt die Augen. Sie lag da in ihrem Bett, fühlte ihre Glieder, ihren Körper kaum, dachte nur immer: Mein Kind lebt ... Ich habe es doch gesehen ...

Aber Sabine konnte die Zusammenhänge nicht begreifen. Es entstand kein konkreter Verdacht in ihr. Da war nur diese unlogische, beweislose Überzeugung: Mein Kind lebt!

Um neun Uhr geschah etwas, das Sabine das Herz zu zerreißen drohte.

Die Tür ging auf, und drei Säuglinge wurden hereingebracht. Sabine hörte das Schmatzen der Babys an den Brüsten ihrer Mütter. Sie hörte die kindlichen Laute des Wohlbehagens, die glücklich ermunternden Worte der Frauen ...

Da ertrug sie es nicht länger. Sie verbarg ihren Kopf tief im Kissen, preßte es gegen die Ohren, schloß die Augen. Die Qual war so groß, daß sie nicht einmal weinen konnte.

Minutenlang verharrte Sabine wie erstarrt. Die Säuglinge wurden wieder hinausgetragen. Die Blicke der Schwestern und der Mütter gingen voll Mitleid zu ihr hinüber.

Von einer behutsamen, aber kräftigen Hand, die sich ihr auf die Schulter legte, wurde sie schließlich in die Wirklichkeit zurückgezwungen. Sabine öffnete die Augen. Dr. Seegers Gesicht war über ihr.

„Sabine, das dürfen Sie nicht tun", sagte er ernst.

„Ich halte es nicht länger aus", flüsterte Sabine gepreßt. „Die Babys, die anderen Frauen ..."

Dr. Seeger sah ihr in die Augen. „Wir alle verstehen Sie, Sabine ... Aber Sie müssen sich abfinden mit der Wahrheit. Seien Sie tapfer! Der Verlust eines Kindes ist für jede Frau schmerzlich, doch das Leben geht weiter ..."

Die Worte berührten Sabine nicht.

„Die Hebamme trifft keine Schuld“, erklärte Dr. Seeger. „Ich habe das Kind genau untersucht. Es war schon seit mindestens zwei Stunden tot.“

Sabine reagierte nicht. Die Stimme des Arztes wurde eindringlicher. „Sabine, Sie steigern sich in einen Wahn hinein. Das darf nicht geschehen. Sie müssen wieder werden wie früher: lustig, gesund ...“ Er versuchte ein ermunterndes Lächeln. „Ich mache Ihnen einen Vorschlag: Ich erlaube, daß Sie in Ihr altes Zimmer zurückgebracht werden. Und Sie versprechen mir, sich alle dummen Gedanken aus dem Kopf zu schlagen. Einverstanden?“

Sie nickte mechanisch.

Dr. Seeger drückte ihre Hand. „Ich werde es gleich veranlassen.“

Noch am selben Vormittag wurde sie in das Zimmer gebracht, das sie als Hausschwangere mit Brigitte Schraps geteilt hatte. Jetzt war sie allein. Brigitte Schraps hatte man ausquartiert. Sabine war dankbar dafür.

Stundenlang lag sie grübelnd im Bett. Sie suchte nach einem Beweis dafür, daß ihr Kind noch lebte. Sie konnte ihn nicht finden ...

Ihr Körper erholte sich schnell von der Geburt. Schon am nächsten Tag verließ sie mit Dr. Seegers Hilfe das Bett und machte die ersten Schritte. Der Arzt war sehr zufrieden.

„Fein!“ sagte er. „Sie werden bald alles überstanden haben. Was wollen Sie nun eigentlich machen? Wollen Sie noch als Urlaubsvertretung hier im Mütterheim arbeiten?“

„Nein“, antwortete Sabine.

„Ich glaube, es wäre auch wirklich nicht gut. Die Erinnerungen und alles ... Ich werd’ mich mal umhorchen. Ein Freund von mir ist Wirtschaftsprüfer mit einer großen Praxis. Vielleicht kann er Sie gebrauchen. Und ein möbliertes Zimmer werden wir dann auch für Sie finden.“

„Danke“, sagte Sabine ohne Freude.

Am Nachmittag dieses Tages faßte Sabine einen Entschluß. Ich gehe zu Frau Wallner! Sie muß doch wissen, daß mein Kind noch lebt ...

Sabine warf sich ihren Morgenmantel über und ging mit langsamen, vorsichtigen Schritten über den Flur. Sie wußte, daß die Hebamme um diese Zeit in ihrem Zimmer war. Zuerst zaghaft, dann stärker klopfte sie an.

„Herein!“ kam Herta Wallners kräftige Stimme von innen.

Sabine öffnete die Tür, trat ein. Herta Wallner lag angekleidet auf der schmalen Couch. Hastig richtete sie sich auf.

„Was wollen Sie?" herrschte sie das Mädchen an. „Sie gehören ins Bett!"

Sabine fühlte ihren Mut sinken, aber sie zwang sich, die Tür zu schließen und aufrecht ein paar Schritte in das Zimmer hineinzugehen. „Ich möchte nur ... Es geht um die Nacht, als ich das Kind zur Welt brachte."

„Das tote Kind!" konterte Herta Wallner sofort.

Sabine bemerkte nicht die Angst, die in den Augen der Hebamme flackerte. „Frau Wallner, ich kann es nicht glauben. Es muß eine Verwechslung vorliegen ..."

„Was erlauben Sie sich!" schrie die Hebamme. Sie ging drohend auf Sabine zu. „Seit dreißig Jahren übe ich diesen Beruf ohne jeden Tadel aus, und da kommen Sie jetzt ... Sie hergelaufenes Fräulein, und unterstellen mir ..."

„Verzeihen Sie ..." Sabine war plötzlich verwirrt. „Das wollte ich nicht. Ich meine doch nur, ich habe gesehen, daß mein Kind lebt. Natürlich haben Sie keine Schuld, aber vielleicht haben Sie für eine Sekunde nicht aufgepaßt und eine Schwester hat versehentlich ..."

„Jetzt reicht's mir aber!" Herta Wallners Stimme war schneidend. „Noch ein Wort und ich zeige Sie wegen Verleumdung an!"

Sabine zuckte zusammen. Ihre Schultern fielen nach vorn. Sie drehte sich langsam um und verließ das Zimmer.

„Ihr Kind ist tot! Begreifen Sie das endlich!" schrie die Hebamme ihr nach.

Sabine wankte zurück in ihr Zimmer, warf sich auf das Bett. Sie fühlte sich wie geprügelt.

Vier Tage später wurde das tote Kind bestattet. Dr. Seeger begleitete die noch etwas geschwächte Sabine zum Friedhof und stützte sie während des kurzen Weges. Die Zeremonie dauerte nicht lange. Sabine sah den kleinen Sarg im Erdreich verschwinden, aber sie konnte keine echte Trauer empfinden.

„Sabine, ich mache mir ernsthafte Sorgen um Sie", sagte der Arzt, als er Sabine den schmalen Pfad zum Ausgang zurückführte. Außer ihnen hatte sich niemand am Grab des Kindes eingefunden. „Es wird Zeit, daß Sie wieder lebendigen Kontakt mit der Umwelt bekommen. Ich habe heute morgen mit meinem Freund gesprochen ... Sie wissen ja, der Wirtschaftsprüfer. Sie können sofort bei ihm als Sekretärin anfangen."

Sie fuhren in Dr. Seegers kleinem Wagen zurück zum Mütterheim. Sabine ging sofort hinauf in ihr Zimmer. Sie flüchtete vor dem Mitleid und der Hilfsbereitschaft der anderen; denn sie empfand beides wie Hohn.

In diesen Tagen, da sich ihr Körper fast völlig von der Geburt erholte, dachte Sabine immer seltener an Peter. Sie liebte ihn noch immer, doch all ihre Gefühle – Liebe, Trauer, Angst – waren einer stumpfen Gleichgültigkeit gewichen.

In der letzten Nacht vor ihrer Entlassung aus dem Mütterheim träumte Sabine von Peter. Sie erwachte jäh, wußte aber nicht, was sie geweckt hatte. Verzweifelt versuchte sie, die Bilder des Traums festzuhalten, aber sie verschwammen, lösten sich auf. Gegen acht Uhr stand sie auf, wusch sich, kleidete sich an, packte ihre Sachen zusammen. Alles geschah fast mechanisch. Als sie dann unentschlossen in dem Zimmer stand und wünschte, weit weg zu sein von all den Menschen hier im Mütterheim, da drang plötzlich das Geschrei eines Babys zu ihr. Sabine horchte auf. Und unwillkürlich folgte sie den Lauten, bis hinunter zu dem großen Raum, in dem die Säuglinge lagen.

Sie erreichte die große Glasscheibe, sah dahinter die kleinen schreienden, strampelnden Wesen, und ihr Herz verkrampfte sich. Sie wandte sich ab, wollte weg. Sie prallte fast mit einer Kinderschwester zusammen, die ein Bündel auf dem Arm trug. „Hallo, Sabine!" grüßte die junge Schwester freundschaftlich.

Sabine erwiderte nichts. Wie gebannt starrte sie auf das Baby im Arm der Schwester. Auf dem winzigen Kopf sprossen dunkle, fast schwarze Löckchen.

„Ja, der kleine Mann will uns jetzt verlassen", plauderte die Schwester munter. „Sorgen um die Zukunft braucht der sich aber nicht zu machen. Wenn man als Sohn eines Millionärs geboren wird ... Frau Görner hat übrigens in derselben Nacht entbunden wie Sie, Sabine ..." Die junge Schwester bemerkte ihre Taktlosigkeit und brach erschrocken ab und rettete sich in den Ausruf: „Ach, da sind die Eltern ja schon!"

Die Schwester lief weiter. Sabine starrte ihr nach. Sie sah das Mädchen auf eine etwa fünfunddreißigjährige, rothaarige Frau zugehen. Aber nicht die Frau – der Mann, der bei ihr wahr, griff nach dem Baby. Es war ein merkwürdiges Bild: Groß, stattlich, mit grauen Schläfen ging er selbstvergessen den Gang entlang und schaukelte zärtlich das winzige Wesen in seinen Händen ... Sabine folgte der kleinen Gruppe bis zum Ausgang. Sie hätte nicht sagen können, warum. Sie tat es wie unter einem inneren Zwang.

Sie konnte ja nicht wissen, daß es ihr eigenes Kind war, das der Mann hinaustrug . . .

Das Ehepaar Görner stieg in den Fond des schwarzen Mercedes 600, der vor dem Portal des Mütterheims stand. Der Chauffeur schloß die Türen, setzte sich hinter das Lenkrad und fuhr sanft an.

Eduard Görner hielt das Kind. Evelyn, seine Frau, blickte unbeteiligt zum Fenster hinaus.

„Entschuldige", sagte er, „ich bin wirklich etwas egoistisch. Schließlich hast du auch ein Recht auf unseren Sohn."

Er reichte ihr den Kleinen hinüber. Evelyn Görner nahm das Bündel wortlos entgegen.

Die Fahrt zur Villa dauerte nur wenige Minuten. Kaum, daß der Wagen stand, riß der Kleine die Augen auf und stieß ein protestierendes Gebrüll aus. Ein markerschütterndes Schreien, das an Evelyn Görners Nerven zerrte. Ihr Mann aber lachte zufrieden.

„Prächtiges Kerlchen", sagte der Chauffeur anerkennend, als er der Frau beim Aussteigen half. „Scheint Hunger zu haben!"

„Aber er hat noch getrunken, bevor wir abgefahren sind."

„Na, dann hat er sich vielleicht . . . Sie wissen schon!" Der Chauffeur grinste.

Vorsichtig, das Kind auf dem Arm, ging Evelyn Görner an der Seite ihres Mannes die Stufen zur Villa hinauf. Der Kleine brüllte unentwegt.

Die Haustür öffnete sich. Anna, die Hausangestellte, erschien auf der Schwelle. Hinter ihr tauchte ein blondes junges Mädchen in adretter Schwesterntracht auf, das sich vordrängte.

„Willkommen zu Hause, gnädige Frau", sagte sie lächelnd. „Ich bin Schwester Ulrike! Darf ich Ihnen den Kleinen abnehmen?"

„Ja, bitte", sagte Frau Görner unendlich erleichtert.

Die junge Schwester nahm den Kleinen auf den Arm, begann ihn sachte hin und her zu wiegen. Sein Schreien wurde leiser, verstummte endlich ganz. Aus weit aufgerissenen braunen Augen sah er in die Welt, als suchte er herauszufinden, mit was für Menschen er es zu tun hätte.

Anna bemühte sich, einen Blick auf den Kleinen zu werfen. „Gratuliere, gnädige Frau", sagte sie begeistert. „Gott, ist der herzig!"

Eduard Görner begleitete seine Frau nur bis zur Haustür. „Ich muß zu einer Konferenz", sagte er und lief zurück zum Wagen.

Evelyn Görner ließ sich von Anna aus dem Mantel helfen. „Ich glaube, ich werde mich ein wenig hinlegen", erklärte sie. „Ich fühle mich noch etwas schwach."

„Wollen Sie nicht erst das Kinderzimmer sehen?" schlug Schwester Ulrike vor. „Es ist wirklich lieb geworden. Der Herr Generaldirektor hat persönlich . . ."

„Danke, nicht jetzt", fiel Evelyn Görner der Kinderschwester ins Wort. Als sie fühlte, daß diese Ablehnung den beiden Frauen unverständlich sein mußte, fügte sie mit einem erzwungenen Lächeln hinzu: „Ich bin wirklich sehr erschöpft, und dann . . . Ich weiß ja den Kleinen bei Ihnen in besten Händen, Schwester Ulrike."

Sie hastete auf die breite geschwungene Treppe zu. In ihrem Zimmer warf sie sich auf das Bett und schlug die Hände vor das Gesicht. Mein Gott, dachte sie, was habe ich getan? Nun gibt es kein Zurück mehr . . .

Am nächsten Vormittag wurde das Kind in einer Kapelle auf den Namen Thomas getauft. Die kleine Feierlichkeit war für Evelyn Görner ein Spießrutenlaufen.

Sie fühlte immer wieder die großen braunen Augen des Kindes auf sich gerichtet und glaubte Feindschaft darin lesen zu können. Jeder Schrei erschien ihr wie eine Anklage. Doch sie mußte Freude und Stolz heucheln. Sie mußte lächeln, wenn man ihr gratulierte zu dem prächtigen Jungen. Immer war sie in Angst, jemand könnte den ganzen Schwindel durchschauen . . .

Um fünf Uhr nachmittag fuhr Evelyn Görner zum Café „Luitpold" in der Brienner Straße. Hier hatte sie sich, noch im Mütterheim, mit Frau Wallner, der Hebamme, verabredet. Als sie nun im Taxi durch den dichten Münchner Verkehr geschleust wurde, bereute sie, daß sie gerade dieses Café als Treffpunkt genannt hatte. Es war das Stammcafé ihres ehemaligen Geliebten . . .

Herta Wallner saß bereits an einem abgelegenen Tisch. Sie hatte eine Tasse Kaffee und ein Kognakglas vor sich stehen. Die beiden Frauen gaben sich flüchtig die Hand.

„Ich hab' nicht viel Zeit", erklärte Evelyn Görner hastig. „Ich möchte Ihnen nur das hier geben . . ." Sie zog einen Umschlag aus der Tasche, reichte ihn der Hebamme.

Herta Wallner steckte ihn achtlos in die Manteltasche. „Frau Görner", flüsterte sie beschwörend, „ich muß Sie warnen! Ich glaube, die echte Mutter des Kindes hat Verdacht geschöpft.

Sabine Kortner heißt sie ... Vor ein paar Tagen war sie bei mir und machte einige Andeutungen ... Ich habe solche Angst!"

Evelyn Görner brachte es fertig, verächtlich zu lächeln. „Der Scheck, den ich Ihnen eben gegeben habe, wird Ihnen wieder Mut einflößen."

„Ich habe es nicht deshalb getan ... Wirklich nicht!" Die alte Frau schien den Tränen nahe. „Ich wollte doch nur, daß das Kind eine bessere Zukunft hat. Diese Sabine Kortner ..."

„Lassen Sie das!" unterbrach Evelyn Görner grob. „Gehen Sie jetzt! Es ist wirklich besser, wenn man uns nicht zusammen sieht ... Ich bezahle das hier." Sie deutete auf die Tasse und das Glas. „Leben Sie wohl! Ich möchte, daß wir uns nie wiedersehen. Haben Sie verstanden?"

Herta Wallner nickte, stand auf und schlängelte sich in wilder Hast durch die Tischreihen. Evelyn Görner atmete tief ein, dann winkte sie der Kellnerin. Plötzlich legte sich ihr von hinten eine schwere Hand auf die Schulter. Evelyn Görner fuhr herum ... Ein elegant gekleideter Mann stand hinter ihr, etwa dreißig Jahre alt.

„Toni ..." kam es erschrocken über ihre Lippen.

„Ich beobachte dich schon seit einigen Minuten." Er sprach mit einschmeichelnder Stimme. „Wer war denn die andere Frau?"

„Ich habe es eilig", preßte Evelyn Görner hervor. Die Kellnerin erschien gerade am Tisch. Evelyn Görner zahlte. Als die Kellnerin sich wieder entfernte, wollte sie aufstehen, aber Toni, ihr ehemaliger Geliebter, drückte sie auf den Stuhl zurück und setzte sich neben sie.

„Wann kann ich dich wiedersehen, Evelyn?" Seine Hand schob sich über die Tischplatte ihr entgegen.

„Gar nicht, Toni!" Sie wich zurück. „Ich habe dir schon damals am Telefon gesagt: Es ist aus zwischen uns beiden."

„Das glaube ich nicht", sagte er heiser, mit verhaltener Erregung. „Ich spüre, daß du mich noch immer liebst ..."

„Nein!"

Toni lächelte plötzlich unverschämt. „Wie geht es eigentlich unserem Kind?" fragte er lauernd. „Ich als Vater werde meinen Sprößling doch mal besuchen dürfen, oder nicht?"

Sekundenlang war sie wie betäubt, dann stieß sie hervor: „Du Schwein!" Sie stand abrupt auf und lief auf die Straße hinaus.

Es begann gerade zu regnen ...

Etwa zur gleichen Zeit trat Sabine Kortner aus einem Bürohaus am Sendlinger-Tor-Platz. Sie sah zum Himmel, spannte ihren Regenschirm auf und lief zur Straßenbahnhaltestelle.

Sie hatte den ersten Arbeitstag bei dem Steuerprüfer Dr. Schmoll hinter sich. Dr. Seeger, der junge Arzt, hatte ihr die Stellung verschafft. Er hatte ihr auch das kleine möblierte Zimmer in der Nähe des Max-Weber-Platzes besorgt. Es wirkte hell und freundlich und lag im vierten Stock eines alten Mietshauses. Anni Erlmayer, die Wirtin, war ein nettes ältliches Fräulein.

Sabine verließ an diesem Abend ihr Zimmer nicht mehr. Sie versuchte, ein Buch zu lesen, aber sie brachte die nötige Konzentration nicht auf. Dann schrieb sie einen kurzen, nichtssagenden Brief an ihre Mutter, die noch immer in Italien war. Sie gab ihre neue Adresse an und teilte auch mit, daß sie die Stellung gewechselt hatte. Aber sie schrieb kein Wort über Peter und über die Schwangerschaft.

Sabine fühlte sich leer, ausgebrannt. Manchmal sagte sie sich: Was hat denn mein Leben noch für einen Sinn? Peter ist weg, und mein Kind ... Man hat es mir genommen, das letzte, was mich mit Peter verband ... Sie glaubte noch immer nicht, daß ihr Kind wirklich tot war, aber sie wußte nicht, was sie tun sollte. Sie fühlte sich so müde und hilflos.

Am nächsten Morgen kam Sabine mit etwa fünfzehn Minuten Verspätung ins Büro. Sie hatte sich mit der Fahrzeit verkalkuliert. Dr. Schmoll, ihr neuer Chef, übersah es großmütig. Er war auch nachsichtig, als Sabine im Lauf des Tages ein schwerer Fehler unterlief. Sie hatte beim Diktat einfach nicht aufgepaßt. „Na ja", meinte Dr. Schmoll. „Das ist zwar sehr ärgerlich, aber Sie sind ja noch sehr neu hier. Wenn es nicht wieder vorkommt, will ich es vergessen."

Für Sabine jedoch war diese Panne weit mehr als ärgerlich. Sie glaubte plötzlich zu erkennen: Ich bin nichts mehr wert. Ich bin für alle Menschen nur noch eine Belastung ... Und wieder fragte sie sich: Was hat es noch für einen Sinn weiterzuleben?

In diesem Moment mußte sie an Peter denken ... Peter, ich liebe dich. Ich will auf dich warten. Doch wenn du mich nicht mehr liebst, dann will ich sterben ...

Es war kurz vor sechs Uhr, als sie an diesem Abend am Max-Weber-Platz aus der Straßenbahn stieg. Die paar Schritte zu dem Haus, in dem sie jetzt wohnte, lief sie in hastiger Eile.

Sie stieß die Haustür auf, lief die Treppen hinauf. Auf dem Treppenabsatz im zweiten Stockwerk standen zwei Frauen, die eine hielt ein Baby auf dem Arm.

Der Anblick des kleinen Kindes, sein munteres Geplärr schnitten Sabine tief ins Herz. Sie zwängte sich hastig an den beiden Frauen vorbei, lief fluchtartig die Treppen weiter hinauf bis zum vierten Stockwerk. Sie schloß die Tür zur Wohnung ihrer Wirtin auf, trat in die Diele. In diesem Moment kam Anni Erlmayer aus der Küche.

„Wie sehen Sie denn aus?" fragte die Frau mitleidig.

Sabine sah flüchtig in den Spiegel. Ein leichenblasses, starres Gesicht blickte ihr entgegen.

„Ich mach' Ihnen eine schöne Tasse Tee", verkündete Anni Erlmayer. „Haben Sie eigentlich schon die Zeitung gelesen? Da ist doch wieder so ein grauenhaftes Flugzeugunglück in Amerika passiert. Hier, lesen Sie mal!"

Sabine nahm die Zeitung, die ihr von der Frau entgegengehalten wurde, mit einer mechanischen Bewegung, dann ging sie in ihr Zimmer. Sie zog den Mantel aus, streifte sich die Schuhe ab und ließ sich müde auf einem Stuhl nieder.

Sie griff zur Zeitung, überflog den Bericht vom Unglück. Sie blätterte weiter. Ihre Augen strichen über die Spalten, ohne etwas festzuhalten. Politik, Feuilleton, Sport, die Klatschspalte ...

Plötzlich sprangen zwei Worte sie an, ein Name!

Peter Hartmann ...

Ihr Herz begann zu rasen. Ein Schwindel erfaßte sie. Sie mußte für Sekunden die Augen schließen. Dann las sie den Text – die Meldung, die inmitten des neuesten Münchner Gesellschaftsklatsches stand:

Stararchitekt Heinrich Schneider meldet mit väterlichem Stolz die Verlobung seiner Tochter Gisela. Der Bräutigam ist kein Geringerer als Peter Hartmann, Sohn des Baumillionärs Paul Hartmann. Peter und Gisela haben ihren Eltern die Verlobung auf einer schlichten Postkarte aus New York mitgeteilt ...

Die Zeitung fiel aus Sabines Händen. Minutenlang saß sie wie erstarrt. Dann kam ein Stöhnen aus ihrer Kehle, fast kein menschlicher Laut mehr.

Dann die Worte: „Peter, warum hast du das getan? Nun habe ich alles verloren ... Unser Kind und dich ..."

Sie erhob sich. Wie in Trance bewegte sie sich auf das Fenster zu.

Ich will nicht weiterleben ... Der einzige Gedanke, zu dem sie noch fähig war.

Sie öffnete das Fenster. Der Lärm der Straße überfiel sie, doch sie hörte nichts davon. Marionettenhaft stieg sie über das niedrige

Fensterbrett, stellte ihre Füße auf den schmalen Sims, der außen am Haus entlanglief, einen halben Meter unter dem Fenster. Sie richtete sich auf ...

Gähnende Tiefe war vor ihr, unter ihr. Nur noch ein kleiner Schritt ...

In diesem Moment wurde die Tür des Zimmers geöffnet. Die erstaunte, fragende Stimme der Wirtin: „Sabine?" Dann der entsetzte Aufschrei: „Sabine! Nein!"

Die Frau stürzte zum Fenster. Das Tablett mit der Teekanne und der Tasse fiel ihr aus den Händen.

Sabine starrte in die Tiefe.

Jetzt! befahl sie sich ...

„Fräulein Kortner ... Um Gottes willen ... Tun Sie es nicht!" Die Stimme der alten Frau war rauh vor Entsetzen.

Sabine hörte die Worte der Zimmerwirtin wie aus großer Ferne. Instinktiv schob sie sich weiter, den schmalen Sims entlang, weg von dem Fenster, weg von der Stimme.

„Kommen Sie zurück ... bitte ... Mein Gott, was soll ich nur machen?" Die Hand der Frau streckte sich aus. Vergeblich.

Fast ein Meter trennte Sabine jetzt von dem Fenster, aus dem sie hinausgestiegen war, um den Tod zu suchen. Aus stumpfen Augen starrte sie in den Abgrund. Aber sie nahm nicht wahr, was unter ihr geschah, vier Stockwerke tief.

Autos bremsten. Menschen blieben stehen, blickten hinauf zu dem Mädchen, das Selbstmord begehen wollte. Totenstill war es mit einemmal auf der Straße, die wie eine Schlucht vor Sabine lag.

Nur noch ein winziger Schritt, und ihr Körper würde in die Tiefe stürzen, auf dem Straßenpflaster zerschmettern ...

Sabine dachte nicht an Peter, nicht an das Kind, das sie verloren hatte, nicht an ihre Mutter. Doch plötzlich ging ein Beben durch ihren Körper. Es war ihr, als erwachte sie aus einem bösen Traum. Jäh kam die Erkenntnis: Mein Gott, was will ich tun ... Nein ...

Todesangst, grelle, reißende Todesangst überfiel sie. Ihr Körper preßte sich flach an die Wand. Ihre Hände drückten sich an den staubigen Putz, als könnten sie an der glatten Fläche Halt finden. In diesem Moment erschien die Wirtin wieder am Fenster.

Sabine sah sie nur aus den Augenwinkeln. „Helfen Sie mir", hauchte sie mit kraftloser Stimme. „Ich will nicht sterben ..."

Anni Erlmayer reagierte sofort. „Nicht in die Tiefe sehen!

Bleiben Sie ganz ruhig stehen! Ich habe schon die Feuerwehr alarmiert ...“

Es wurden die grauenhaftesten Minuten in Sabines Leben. Sie schloß die Augen, zwang sich, nicht in den tödlichen Abgrund zu schauen, der sie wie ein Sog hinabzureißen drohte. Sie begann zu zittern. Die ermunternden Worte der Wirtin drangen in ihr Ohr. Sie wagte nicht, zu antworten. Sie wagte nicht die winzigste Bewegung, aus Angst, das Gleichgewicht zu verlieren.

Mein Gott ... dachte sie. Was wollte ich tun? Ich begreife es nicht mehr ... Doch, jetzt weiß ich: die Meldung in der Zeitung von Peters Verlobung in Amerika! Das war zuviel ... Wie ein Schlag, der mich betäubte, mir den Verstand raubte.

Die Sirene eines Feuerwehrwagens klang irgendwo auf, kam näher, wurde lauter.

Sabine fühlte mit eisigem Schrecken, daß ihre Knie zu zittern begannen. „Ich kann nicht mehr“, flüsterte sie verzweifelt. „Ich kann nicht mehr ...“

Tröstende, ermunternde Worte der Wirtin. Noch einmal gewann Sabine Kraft. Ich will nicht sterben, wiederholte sie immer wieder in Gedanken. Ich will nicht sterben ...

Doch dann waren die letzten Reserven ihres Körpers verbraucht. Sabine begann zu schwanken. Sie schrie auf, gellend, in irrer Todesangst.

Sie glaubte schon zu fallen – da spürte sie eine kräftige Hand. Eine Hand, die sie zurück gegen die Mauer drückte und Zentimeter um Zentimeter zum rettenden Fenster zog. Dann fühlte Sabine sich angehoben, getragen, auf eine weiche Unterlage gelegt. Jetzt erst wagte sie die Augen zu öffnen.

Sie sah das Gesicht eines Mannes über sich, begriff, daß sie gerettet war. Zum erstenmal nach langer Zeit konnte Sabine wieder weinen. Sie schlang die Arme um den Hals des fremden Feuerwehrmannes, lag an seiner Brust wie ein hilfloses Kind, schluchzend, unverständliche Worte stammelnd.

Sabine wollte ihren Dank ausdrücken. Sie fühlte, daß der Mann sein eigenes Leben eingesetzt hatte, um sie vor dem Sturz in die Tiefe zu bewahren. Sie ahnte es, obgleich sie nicht gemerkt hatte, was geschehen war: Der Feuerwehrmann war aus dem Fenster gestiegen, hinaus auf den schmalen Sims, mit der rechten Hand Halt suchend am Fensterrahmen, die linke vorgestreckt, bis er den schon zusammensinkenden Körper des Mädchens fassen konnte ...

Wenige Minuten später wurde Sabine, in eine Decke gehüllt,

hinuntergetragen zum bereitstehenden Wagen. Feuerwehrmänner falteten gerade das Sprungtuch zusammen, das man für den Notfall ausgebreitet hatte. Polizisten versuchten, die neugierige Menge zu zerstreuen. Zwei Fotoreporter schossen noch die letzten Bilder. Dann fuhr der Wagen mit Sabine ab.

Man brachte sie in die Psychiatrische Abteilung der Universitätsklinik, legte sie in ein Einzelzimmer und gab ihr eine starke Beruhigungsspritze.

Als Sabine erwachte, schien die Morgensonne durch das vergitterte Fenster in das hellblau gestrichene Zimmer. Es dauerte eine ganze Weile, bis die Erinnerung kam und Sabine begriff, wo sie sich befand.

Am selben Vormittag noch wurde sie zu einer psychiatrischen Untersuchung gebracht. Dr. Hilger, ein etwa vierzigjähriger Mann mit dunklen, durchdringenden Augen, die in einem seltsamen Gegensatz zu seinem blassen Gesicht standen, stellte Fragen, immer wieder Fragen. Es wurden Tests mit ihr gemacht, deren Sinn sie nicht verstand. Dann wieder Fragen.

Sabine, die sich anfangs innerlich gegen diese Prozedur gesträubt hatte, faßte allmählich Vertrauen zu Dr. Hilger. Seine ruhige, eindringliche Stimme wirkte sympathisch auf sie. Es tat ihr gut, einem Menschen gegenüberzusitzen, der sich für sie und nur für sie interessierte. Veranlaßt durch seine Fragen, erzählte sie ihm ihre ganze Leidensgeschichte. Und indem sie alles, was ihr widerfahren war, in Worte kleidete, gelang es ihr, die Verzweiflung zu überwinden.

„Ich weiß jetzt, daß dieser Selbstmordversuch Wahnsinn war", sagte sie ehrlich, „und Sie können mir glauben: Ich werde so etwas nie wieder tun."

Dr. Hilger sah sie aus seinen durchdringenden dunklen Augen an. „Im Augenblick sind Sie sicher davon überzeugt, Fräulein Kortner, aber wie werden Sie reagieren, wenn Sie wieder in eine so schwierige Situation geraten?"

„Aber . . ." wollte Sabine einwenden.

„Es ist Zeit für Sie, erwachsen zu werden", erklärte der Arzt ruhig. „Verstehen Sie mich richtig, das soll keine Beleidigung sein."

Sabine lächelte. „Manchmal komme ich mir uralt vor."

„Mag sein. Aber Erwachsensein heißt etwas anderes. Es heißt, gelernt zu haben, daß man sein Schicksal hinnehmen muß. Nur Kinder erwarten vom Leben ausschließlich heitere und glückliche Erlebnisse. Aber das ist eine Illusion. Leid und Enttäuschung bleiben keinem von uns erspart."

„Sie glauben also, ich verlangte zuviel vom Leben?"

„Das nicht. Aber Sie sind einfach nicht bereit, sich in das Unvermeidliche zu fügen." Dr. Hilger malte Kreise auf ein Stück Papier. „Sie haben ein Kind verloren – das ist Tausenden von Müttern geschehen. Aber Sie, Fräulein Kortner, weigern sich, diese Tatsache zu akzeptieren ..."

Sabine hatte dem Psychiater bereits erzählt, daß sie ihr Kind gesehen, daß sie sogar den ersten Schrei gehört hatte. Aber da er ihr offensichtlich nicht glaubte, hielt sie es für sinnlos, das gleiche noch einmal zu behaupten. Sie ließ Dr. Hilger also weitersprechen.

„Der Mann, den Sie geliebt haben, hat nichts mehr von sich hören lassen. Auch das ist etwas, was bereits Millionen Frauen erlebt haben. Und in Ihrem Fall gibt es eine ganz einfache Erklärung: Sie haben sich in diesem Mann getäuscht, seine Liebe war nicht stark genug ..."

Jetzt konnte Sabine sich nicht länger zurückhalten. „Ich habe Ihnen von Peter erzählt", unterbrach sie, „aber niemand kann sich ein richtiges Bild von ihm und von unserer Liebe machen, außer mir. Es ist unmöglich, daß er mich vergessen hat!"

„Wenn Sie sich also nicht, allen Tatsachen zum Trotz, davon überzeugen lassen wollen, dann sollten Sie auch die Konsequenzen daraus ziehen: entweder geduldig auf ihn warten oder aber alle Hebel in Bewegung setzen, um wieder mit ihm in Verbindung zu kommen. Selbstmord ist keine Lösung."

„Das weiß ich ja", erklärte Sabine mit Überzeugung. „Ich war einfach mit den Nerven fertig. Ich begreife jetzt selbst nicht mehr, wie ich so etwas tun konnte. Aber es war das erste und das letzte Mal, das schwöre ich Ihnen!" Sie beugte sich vor, suchte den Blick des Arztes. „Bitte, Herr Doktor, wann werde ich entlassen?"

„Gefällt es Ihnen nicht bei uns?"

„Mir geht es gut, ich bin gesund, ich gehöre einfach nicht in ein Krankenhaus!"

Dr. Hilger sah Sabine nachdenklich an. „Was haben Sie eigentlich für Pläne für die nächste Zukunft?"

Sabines Lächeln zeigte, daß sie wirklich den nötigen Abstand zu ihrer Verzweiflungstat gewonnen hatte. „Ich werde dort wieder anfangen, wo ich glaubte aufhören zu müssen."

Dr. Hilger nickte nachdenklich mit dem Kopf. „Das ist mutig, aber vielleicht nicht sehr klug. Hören Sie, was ich Ihnen raten möchte: Suchen Sie sich ein anderes möbliertes Zimmer, das Sie nicht an das Vorgefallene erinnert. Ich habe mit Frau Erlmayer, Ihrer Wirtin, gesprochen. Sie war gestern abend noch hier. Eine sehr verständnisvolle Frau, sie sieht es völlig ein. Fräulein Kortner, Sie haben überhaupt Glück mit den Menschen – wenn Ihre Erfahrungen auch auf den ersten Blick anders aussehen. Ich habe heute morgen mit Ihrem Chef, Dr. Schmoll, telefoniert. Er würde Sie sofort weiterbeschäftigen, wenn Sie wollen."

„Ja, das möchte ich."

„Gut. Damit ist also alles klar: neues Zimmer, alte Stellung!"

„Und schnelle Entlassung!"

„Sagen wir morgen", ergänzte Dr. Hilger mit einem hintergründigen Lächeln. „Ich habe nämlich noch eine Überraschung für Sie . . ."

Peter kommt, schoß es Sabine durch den Kopf. Aber sie verwarf diesen Gedanken sofort wieder.

„Was ist es?" fragte sie dennoch neugierig.

„Wird nicht verraten! Damit die Spannung erhalten bleibt. So etwas erhöht die Lebensfreude."

Sie lachten beide.

An diesem Tag, den sie noch in der Universitätsklinik zubringen mußte, dachte Sabine noch einmal über alles nach. Ihr Kopf war klar, ihr Herz hatte die tiefe Verzweiflung überwunden. Schon nach kurzer Zeit stand ihr Entschluß fest: Ich gebe nicht auf! Ich werde um mein Kind kämpfen, denn ich fühle, daß es lebt!

Auch mit Peter beschäftigten sich ihre Gedanken: Ich glaube nicht, daß er mich vergessen hat. Er hat sich verlobt, stand in der Zeitung . . . Aber vielleicht ist alles nur ein Mißverständnis . . . Ich werde warten. Im September wird er zurück nach München kommen . . .

Und noch eines nahm sie sich vor: Ich werde Mutti einen langen Brief schreiben und ihr alles beichten, die ganze Wahrheit.

Etwa gegen elf Uhr am nächsten Morgen wurde Sabine in das Sprechzimmer von Dr. Hilger gerufen. Der Arzt kam gut gelaunt auf sie zu. „Fräulein Kortner, die Überraschung hat geklappt!" rief er aus. Er öffnete eine zweite Tür und schob Sabine in den angrenzenden Raum.

„Mutti . . ."

„Mein Kind . . ."

Sabine flog ihrer Mutter in die Arme. Dr. Hilger verließ leise den Raum und schloß die Tür hinter sich.

Mutter und Tochter lösten sich nur zögernd aus der Umarmung. Beiden standen Tränen der Freude und der Rührung in den Augen.

Während der nächsten halben Stunde sprachen sie sich miteinander aus. Es blieb nichts ungesagt, und Sabine empfand, daß sie sich noch nie so gut mit ihrer Mutter verstanden hatte.

Maria Kortner schien um Jahre jünger geworden zu sein. Nicht nur ihr Äußeres deutete darauf hin, auch ihre Gedanken, ihre Ansichten waren moderner geworden. Sie wurden sich schnell darüber einig, daß Sabine für die Übergangszeit in dem kleinen Haus in Bogenhausen wohnen sollte. So lange, bis sie ein neues möbliertes Zimmer gefunden haben würde.

„Wie bist du eigentlich so schnell nach München gekommen?" fragte Sabine. „Ich meine, so überraschend ..."

„Frau Erlmayer, deine Wirtin, hat mir ein Telegramm geschickt. Sie hat die Adresse in deinem Zimmer gefunden. Da bin ich denn gleich mit dem Flugzeug ... Ruth hat mir das Geld gegeben. Sie kommt mit dem Wagen nach, muß heute noch eintreffen."

Sie verabschiedeten sich von Dr. Hilger und fuhren mit einem Taxi hinaus nach Bogenhausen, zu dem kleinen Haus von Ruth Högner. Sie kam wenige Stunden später mit ihrem kleinen Auto an, kurz bevor Sabine das Haus verließ, um noch einmal zum Max-Weber-Platz zu fahren.

Als sie das alte Mietshaus betrat, begegnete sie der Portiersfrau, deren Augen vor Überraschung kreisrund wurden. Sabine ging unbefangen weiter, die Treppen zum vierten Stockwerk hinauf. Sie mußte klingeln, weil sie keinen Schlüssel hatte. Anni Erlmayer, die Wirtin, öffnete.

„Fräulein Kortner!" Auch bei ihr ungläubiges Staunen. „Ist ... ist denn alles wieder gut?"

„Ja", antwortete Sabine lächelnd. „Alles wieder gut."

Bei einer starken Tasse Tee saßen sie dann zusammen. Sabine bedankte sich mit herzlichen Worten.

„Aber das war doch selbstverständlich", wehrte Anni Erlmayer ab.

Sabine nahm nur das Nötigste von ihren Sachen mit. Den größeren Teil ließ sie in dem Zimmer zurück, das sie noch bis zum Ende des Monats gemietet hatte.

Schon am nächsten Tag ging sie wieder zur Arbeit. Dr. Schmoll, ihr Chef, und die Kolleginnen nahmen sie wieder in ihren Kreis auf, als sei nichts geschehen. Kein Wort über den Selbstmordversuch. Und die Zeitungen, in denen darüber berichtet worden war – zwei Blätter hatten sogar Fotos gebracht –, wurden sorgfältig versteckt.

Sabine vergaß bei der Arbeit alle Sorgen. Aber als sie am Abend das Büro verließ und auf der Straße an einem Kinderwagen vorbeikam, spürte sie einen Stich im Herzen ...

Was ist mit meinem Kind geschehen? dachte sie wieder und wußte die Antwort nicht. Sie glaubte nur eines zu wissen: Es lebt!

Evelyn Görner begann den kleinen Thomas abzustillen – zwei Tage, nachdem sie aus dem Mütterheim entlassen worden war. Der Protest der Kinderschwester Ulrike blieb zwecklos.

„Neun Monate", erklärte Evelyn Görner, „bin ich nur für das Kind dagewesen. Jetzt habe ich das Recht, wieder an mich selbst zu denken."

„Aber Muttermilch ist so ungeheuer wichtig!" wandte Schwester Ulrike ein.

Evelyn Görner schüttelte den Kopf. „Ach was, übertreiben Sie nicht! Es gibt doch heutzutage ausgezeichnete Präparate."

„Stimmt! Und dennoch kann keines die Wirkung der Muttermilch ersetzen. Sie ist ja mehr als nur Nahrung ..."

„Bravo", unterbrach Evelyn Görner ungerührt, „das haben Sie gut gesagt. Aber Thomas sieht nicht so aus, als fehle ihm etwas." Sie blickte kalt auf den Jungen hinab, der schlafend in seinem Bettchen lag.

Schwester Ulrike blieb hartnäckig. „Ob der Herr Generaldirektor damit einverstanden ist?"

Evelyn Görners Augen wurden schmal. Eine steile Falte erschien auf ihrer Stirn. „Was hat mein Mann damit zu tun?" fragte sie eisig.

Die Kinderschwester fühlte sich plötzlich unbehaglich. „Na ja, Sie sind die Mutter", versuchte sie einzulenken. „Sie müssen ja wissen, was für Ihr Kind das Beste ist."

Evelyn Görner wandte sich ab. „Damit wäre der Fall wohl erledigt!" sagte sie und verließ das Kinderzimmer.

Eduard Görner bemerkte gar nicht, daß das Kind so früh von der Muttermilch entwöhnt wurde. Er sah den kleinen Thomas genußvoll an der Nuckelflasche saugen und war glücklich. Der Junge wuchs fast beim Zusehen.

Thomas war gerade zwölf Tage alt, als Eduard Görner abends mit einer Kinderklapper nach Hause kam. Er lief hinauf ins Kinderzimmer und versuchte, dem Baby das Spielzeug in die Hand zu drücken. Enttäuschung zeichnete sich auf seinem Gesicht, als Thomas offensichtlich den Sinn des Ganzen nicht begriff. Die Händchen vermochten noch gar nicht die Klapper zu halten.

„Na ja“, tröstete sich der Industriekapitän selbst, „er ist vielleicht noch ein bißchen klein.“

„Das glaube ich auch“, bestätigte die Kinderschwester lächelnd. Sie hob den Jungen aus seinem Bettchen. „So, kleiner Herr! Jetzt wird gebadet!“

Eduard Görner folgte dem Mädchen zur Wickelkommode und beobachtete fasziniert, wie Thomas aus den Windeln gepellt wurde. Die Babysprache, in der Ulrike auf den strampelnden Jungen einredete, schien Musik in Görners Ohren.

Evelyn, seine Frau, war an dem Bettchen stehengeblieben. Ihre Hände krallten sich um das Gitter. Sie starrte auf das Mienenspiel ihres Mannes, bemerkte mit Widerwillen seine Grimassen, mit denen er das Baby zu irgendeiner Reaktion ermuntern wollte. Mein Gott, dachte Evelyn Görner entsetzt. Wie kann er sich wegen des Kindes nur so närrisch benehmen .. Merkt er denn nicht, daß es gar nicht unser Kind ist? Daß ich nicht die Mutter bin und er nicht der Vater ist?

Während Ulrike den kleinen Thomas badete und Görner mit aufgekrempelten Hemdsärmeln half, wurde seiner Frau zum erstenmal voll bewußt: Ich gelte nichts mehr in diesem Haus, nur noch das Kind ... Ich bin überflüssig, ich störe nur.

Sie lief hinüber in ihr Zimmer. Sorgfältig begann sie sich zu schminken. Sie zog den Hausanzug aus, stellte sich vor den Spiegel und betrachtete sich genau. Ihr Körper war fast wieder so schlank und straff wie früher.

Mit entschlossenen Schritten ging sie zum Kleiderschrank, nahm ein raffiniert-schlichtes Kleid heraus und streifte es über.

„Ich gehe für eine Stunde zu Betty“, erklärte sie dann ihrem Mann, aber er schien gar nicht hinzuhören.

Betty war eine Freundin, die für Evelyn Görner schon oft als Alibi dienen mußte. So auch an diesem Abend. Evelyn Görner fuhr mit einem Taxi zu dem Appartementhaus, in dem Toni, ihr Geliebter, wohnte.

Nicht die Sehnsucht nach ihm trieb sie, sondern ihre Eitelkeit. Sie wollte bestätigt wissen, daß sie noch eine begehrenswerte Frau war. Das kühle, fast verächtliche Verhalten ihres Mannes hatte sie tief gekränkt. Als sie an diesem Abend das Appartementhaus wieder betrat, hatte sie bereits vergessen, daß sie noch vor wenigen Tagen die Affäre mit Toni endgültig beenden wollte.

„Ich habe doch gewußt, daß du zu mir zurückkommst“, meinte Toni selbstgefällig und wollte sie gleich in die Arme nehmen.

Evelyn wehrte ihn ab. „Toni, hör zu! Wir müssen sehr vorsichtig sein. Ich kann nicht riskieren, daß mein Mann etwas merkt. Wenn er sich scheiden läßt, liege ich auf der Straße. Mit nichts als einem Stapel teurer Kleider ... Nein, Toni, ich will reich bleiben. Ich brauche das Geld meines Mannes wie das tägliche Brot!"

„Nun werd' mal nicht melodramatisch!" Toni lächelte spöttisch.

Evelyn Görner verließ ihn kurz nach zehn Uhr. Als sie die Villa in Nymphenburg erreichte, brannte nur noch im Arbeitszimmer ihres Mannes Licht. Sie wollte unbemerkt durch die Halle gelangen, hinauf in ihr Zimmer, doch unerwartet hörte sie ihn rufen.

„Evelyn!"

Sie erschrak.

„Komm doch bitte mal zu mir", sagte er mit gedämpfter Stimme. Zögernd ging Evelyn hinüber in sein Arbeitszimmer.

Er stand auf, als sie eintrat. „Bitte, setz dich." Er deutete auf einen schweren schwarzen Ledersessel. „Möchtest du etwas trinken?" Seine Stimme klang so unpersönlich, als bewirtete er einen Besucher.

„Nein, bitte nicht", antwortete sie.

Er ließ sich in den zweiten Sessel fallen und musterte sie. Sie senkte die Augen.

„Deine Freundin Betty", begann Eduard Görner unvermittelt, „sollte sich endlich ein Telefon anschaffen, damit ich dich erreichen kann, wenn du bei ihr bist."

Evelyn zuckte zusammen. Unwillkürlich sah sie auf. „Ist etwas geschehen?"

„Nein. Aber es könnte einmal etwas geschehen. Mit unserem Sohn zum Beispiel."

Sie sah sein Lächeln. Es war undurchdringlich, aber sie glaubte, dahinter den nackten Hohn zu sehen. „Bedeutet dir der Junge wirklich so viel?" fragte sie leise.

„Ja", erwiderte er ruhig.

„Ich bedeute dir also nichts mehr?"

„Als Mutter meines Kindes hast du ein Recht, in meinem Haus zu leben."

Sie schluckte krampfhaft. „Wenn ich nun kein gesundes Kind zur Welt gebracht hätte ... Wenn irgend etwas bei der Geburt schiefgegangen wäre ...?"

„Dann hätte ich mich von dir getrennt."

Sie hielt die Hände vor die Brust. „Eduard!" preßte sie entsetzt hervor.

Er beugte sich vor, legte eine Hand auf ihren Arm, wie um Verzeihung bittend. „Wir wollen die Vergangenheit begraben,

Evelyn, und uns bemühen, unserem Sohn gute Eltern zu sein. Ich meine, das sollten wir auch nach außen hin dokumentieren. Wir werden demnächst eine große Party geben ... Und wenn Thomas ein bißchen größer ist, machen wir drei eine schöne Reise. Bahamas oder Hawaii. Wir werden eine glückliche Familie sein ..."

Nein! wollte sie ihn unterbrechen. Das kann nicht sein! wollte sie schreien. Denn das Kind ist gestohlen! Hörst du? Gestohlen! Einem armen verzweifelten Mädchen ...

Sabine wohnte seit zwei Tagen bei ihrer Mutter und Ruth Högner in dem kleinen Haus in München-Bogenhausen. Das Zimmer, das die beiden Frauen für sie eingerichtet hatten, war freundlich und hübsch. Dennoch versuchte sie bereits, irgendwo in der Stadt ein möbliertes Zimmer zu finden. Sie wollte wieder ganz auf eigenen Füßen stehen.

Ihre Mutter und Ruth Högner waren bemüht, Sabine das Vergangene vergessen zu lassen. Aber Sabine wollte nicht vergessen. Sie wollte kämpfen, auch wenn sie nicht wußte, mit welchen Mitteln. Sie spürte: Die Fürsorge, die ihr im Haus Ruth Högners zuteil wurde, lähmte mehr, als sie neue Lebenskraft schuf ...

Immer wieder dachte Sabine darüber nach, wie sie beweisen könnte, daß ihr Kind bei der Geburt lebte und nicht, wie Dr. Seeger festgestellt hatte, schon seit mindestens zwei Stunden tot gewesen war. Sie versuchte, den jungen Arzt zu erreichen, um ihn zu fragen, ob nicht doch ein Versehen geschehen sein könnte in jener Nacht, als sie ihr Kind gebar. Sie rief im Mütterheim an und erfuhr, daß Dr. Seeger für vier Tage verreist war.

Es war Freitag, als Sabine hinausfuhr nach Nymphenburg. Sie wußte, daß Herta Wallner jeden Freitag gegen sechs Uhr das Mütterheim verließ, um zu einer Freundin zu fahren. Die Schwestern munkelten, dort fänden spiritistische Sitzungen statt.

Es war kurz vor sechs Uhr, als Sabine das Mütterheim erreichte. Sie stellte sich hinter einen Baum, um nicht sofort gesehen zu werden, und beobachtete den Ausgang.

Endlich erschien Herta Wallner. Sabines Herz schlug wie rasend, als sie auf die Hebamme zuging.

„Guten Abend, Frau Wallner", begann sie etwas atemlos.

Die Hebamme zuckte zusammen, blieb stehen, musterte Sabine mit einem feindseligen Blick. „Was wollen Sie?"

„Ich muß mit Ihnen sprechen. Wegen meines Kindes!"

Die Hebamme lief weiter. „Lassen Sie mich in Ruhe! Sie sind ja verrückt."

Sabine hatte Mühe, zu folgen. „Verstehen Sie mich nicht falsch . . ."

Herta Wallner blieb ruckartig stehen. „Ich verbitte mir Ihre Belästigungen! Ihr Junge ist tot zur Welt gekommen, mehr kann ich Ihnen nicht sagen!"

„Aber ich weiß doch genau, daß er gelebt hat", entgegnete Sabine gefaßt. „Ich habe ihn gesehen."

„Schlagen Sie sich endlich diese fixe Idee aus dem Kopf", erwiderte die Hebamme mit unsicherer Stimme. „Wenn Sie so weitermachen, wird man Sie in eine Klapsmühle stecken."

„Versuchen Sie doch nicht, mich einzuschüchtern!" Sabine glaubte für Momente, Angst in den Augen der Hebamme erkannt zu haben.

Plötzlich schoß Herta Wallner vor, an den Straßenrand. Sie winkte mit wilden Bewegungen einem vorbeifahrenden Taxi, lief hinüber, als es auf der anderen Seite hielt, und stieg überstürzt ein.

Sabine stand erstarrt da, sah dem davonfahrenden Wagen nach. Sie konnte sich das merkwürdige Benehmen der Hebamme nicht erklären.

Hat sie wirklich ein schlechtes Gewissen? fragte Sabine sich. Aber warum denn?

Am Sonntagmorgen gingen Maria Kortner und Ruth Högner zur Kirche. Sabine blieb in dem kleinen Haus in Bogenhausen Es war ein herrlicher Sonnentag. Sie zog ihren Bikini an und legte sich zum Bräunen in den Garten.

Sie döste vor sich hin, als plötzlich ein Klingeln ertönte. Zuerst glaubte sie, es wäre das Telefon. Dann aber begriff sie, daß es die Türklingel war, zog sich eine dreiviertellange Strandjacke über und lief um das Haus herum.

Vor der kleinen schmiedeeisernen Pforte stand Erich Krüger.

Sabine verharrte unschlüssig. Am liebsten wäre sie umgekehrt.

„Hallo!" grüßte Erich übermäßig freundlich. „Entschuldigen Sie, Sabine, daß ich Sie am heiligen Sonntagmorgen überfalle, aber ich möchte Ihnen etwas mitteilen."

Sie musterte sekundenlang sein weiches, verlebtes Gesicht, zu dem das nette jungenhafte Lächeln so wenig paßte. „Guten Tag, Erich." Sie öffnete zögernd die Pforte. „Kommen Sie rein. Ich habe mich gerade hinten im Garten gesonnt."

Sie gingen um das Haus herum. Sabine ließ sich in den Liegestuhl sinken und wies auf einen Gartensessel. „Nehmen Sie doch

Platz.“ Sie setzte die Sonnenbrille auf, streckte sich im Liegestuhl aus. „Haben Sie Nachricht von Peter?“

„Deshalb bin ich gekommen.“ Erich beugte sich im Gartensessel vor. „Sabine, erinnern Sie sich? Vor langer Zeit erklärte ich Ihnen einmal, daß Peter nicht der richtige Mann für Sie sei. Sie wollten es nicht glauben, aber ich habe nun doch recht behalten.“ Er machte eine kurze, effektvolle Pause. „Peter hat sich nämlich verlobt!“

„Er hat sich verlobt?“ fragte Sabine zurück, obgleich sie es bereits durch die Klatschmeldung in der Zeitung wußte.

„Ja!“ stieß Erich triumphierend hervor. „Mit Gisela Schneider! Ihr Vater ist reich ... Ich glaube, ich habe Ihnen schon einmal von dem Mädchen erzählt. Sie ist Peter nach Amerika nachgereist.“

„Ich kann mich nicht erinnern“, behauptete sie kühl.

Erich schien enttäuscht über Sabines Reaktion. Er wechselte unvermittelt das Thema. „Wie geht es denn Ihrem Baby“, fragte er lauernd.

Sabine war froh, daß er ihre Augen hinter der Sonnenbrille nicht sehen konnte. „Ich habe kein Kind“, sagte sie gepreßt.

Er lachte. „Aber Sabine, mir brauchen Sie doch nichts vorzumachen! Ich weiß längst Bescheid! Sie waren doch als Hausschwangere im Mütterheim Nymphenburg. Oder wollen Sie das auch leugnen?“

„Nein.“

„Na also!“

„Ich habe ein totes Kind geboren.“ Nach einem tiefen Atemzug fügte sie hinzu: „Jedenfalls hat man mir das erzählt.“

Er wurde sofort hellhörig. „Sie glauben es also nicht?“

Sabine wollte nichts mehr sagen. Etwas in ihr sträubte sich dagegen. Aber plötzlich erwachte die Hoffnung in ihr, Erich, gerade er, könne Licht in das Dunkel bringen.

Erst stockend, dann fast überstürzt, berichtete sie ihm von der grauenvollen, schicksalhaften Nacht, in der sie ihr Kind gebar. Erich hörte gespannt zu. In seinem Gesicht arbeitete es.

Sabine glaubte nur eine Nebensächlichkeit zu erwähnen, als sie sagte: „In derselben Stunde hat übrigens auch Evelyn Görner einem Kind das Leben geschenkt.“

Ein Zucken lief über Erichs Gesicht. „Die Frau des Großindustriellen?“ fragte er sofort.

Sabine nickte. Sie achtete nicht darauf, daß gerade diese Bemerkung für Erich äußerst wichtig schien. Sie erzählte weiter, wie sie zweimal vergeblich versucht hatte, Herta Wallner, die Hebamme, zur Rede zu stellen.

Als sie mit ihrem Bericht zu Ende war, entstand sekundenlang eine Stille. Plötzlich griff Sabine sich mit beiden Händen an den Kopf. „Mein Gott, ich weiß nicht mehr, was ich tun soll! Kann ich das alles wirklich nur geträumt haben?"

„Beruhigen Sie sich doch, Sabine!" sagte Erich, zündete sich mit fahrigen Bewegungen eine Zigarette an, stellte noch ein paar Fragen, die Sabine immer widerstrebender beantwortete. Unvermutet stand er auf, sah nach der Uhr, schien es eilig zu haben.

„Ich muß gehen", erklärte er. „Ich habe noch eine Verabredung."

Sabine war froh darüber. Sie bereute bereits, ihm alles erzählt zu haben.

Erich Krüger hatte keine Verabredung an diesem Vormittag. Das Jagdfieber aber, das ihn plötzlich gepackt hatte, ließ ihm keine Ruhe mehr.

Er lief durch die stillen Straßen von Bogenhausen, suchte eine Telefonzelle. Mann, dachte er, wenn das stimmt, was ich vermute, dann wäre das der dickste Hund, der je gebraten wurde ... Endlich fand er eine Zelle, stürzte hinein, blätterte im Telefonbuch. Er suchte den Namen Eduard Görner. Vergeblich. Doch das war kein Hindernis für Erich Krüger. Er wußte, welche Rolle Eduard Görner in der deutschen Schwerindustrie spielte.

Am nächsten Morgen ging Erich in das Volkswirtschaftliche Institut der Universität, und wenige Minuten später besaß er Görners Privatadresse in Nymphenburg.

Der guten Frau Görner werde ich mal auf den Milchzahn fühlen, dachte er, von seinem wilden Verdacht fast berauscht. Ganz massiv werde ich das tun!

Erich Krügers Charakter war schlecht genug, um auch anderen Menschen jede Gemeinheit und Niedertracht zuzutrauen ...

16

Am selben Montagvormittag traf in der Privatvilla der Familie Styler in Boston ein Luftfrachtpaket ein. Für Peter Hartmann, von seinen Eltern aus München. Peter befand sich gerade im Stadtbüro des Styler-Konzerns. Er kam erst am Nachmittag zur Villa zurück.

Gisela Schneider lief ihm entgegen, als er den alten Ford, den er sich inzwischen gekauft hatte, in der breiten Einfahrt parkte.

„Peter!“ rief sie übermütig, fiel ihm um den Hals, drückte ihm einen Kuß auf die Wange. „Ich hab’ schon solche Sehnsucht nach dir gehabt!“

„Finde ich herrlich“, erwiderte er lächelnd und löste behutsam ihre Arme von seinem Hals. „Aber findest du nicht, daß du ein wenig oft hier bei den Stylers auftauchst?“

„Warum?“ entgegnete sie verständnislos. „Die Stylers mögen mich, und schließlich bin ich deine Braut.“

„Hm“, machte er nur. Seit der Verlobung erschien Gisela fast täglich in der Styler-Villa. Es hatte ihn bisher nie gestört, heute ärgerte es ihn. Er wußte nicht, warum. Er fühlte nur eine undefinierbare Unruhe in sich.

Peter folgte Gisela durch den parkähnlichen Garten, hinüber zum Gästehaus, in dem sein Zimmer lag. Seine Augen glitten über den schlanken, aufregenden Körper des Mädchens. Sie trug sehr knappe Shorts und eine Bluse, die gleich unter der Brust mit einem Knoten zusammengehalten war. Ein breiter Streifen goldbrauner Haut blieb frei.

„Ist dein Aufzug für das ehrbare Boston nicht ein wenig gewagt?“ fragte er.

„Die Stylers stört’s nicht.“ Gisela blieb stehen. „Sag mal, Peter, was ist denn los mit dir? Du hast wohl heute deinen Meckertag.“

„Entschuldige!“

„Schon gut“, schnurrte Gisela und legte einen Arm um seine Taille. „Komm jetzt. Du hast nämlich ein Paket aus Old Germany bekommen. Ich wollte es schon öffnen, aber dann dachte ich mir: Lieber nicht, wir sind noch nicht verheiratet.“

Peter mußte grinsen. Sie gingen gemeinsam hinauf in sein Zimmer. Kaum war die Tür hinter ihnen zugefallen, schlang Gisela ihre Arme um seinen Hals. Ihr Körper drängte sich an ihn. „Küß mich“, hauchte sie mit ihrer rauchigen Stimme. Sie schloß die Augen, öffnete leicht den Mund.

Peter küßte sie. Es geschah zuerst fast widerwillig, doch dann spürte er das Verlangen in sich wach werden. Seine Hände begannen zu streicheln. Er hob Gisela an, wollte sie hinüber zur Couch tragen ...

„Nein“, sagte sie nüchtern, „erst müssen wir das Paket aufmachen!“

Peter blickte sich ärgerlich um. Das Paket stand auf dem Tisch. „Bitte, wenn dir so viel daran liegt: Mach es auf! Vielleicht ist eine Höllenmaschine drin.“

„Du Ekel!“ schmollte sie und griff zu einer Schere.

Peter ging uninteressiert ins Badezimmer. Er wußte, was das Paket enthielt: Fachbücher, um die er seine Eltern gebeten hatte. Er wusch sich die Hände, kämmte sich das Haar, dann ging er zurück. Doch an der Tür blieb er überrascht stehen.

Gisela stand vor dem geöffneten Paket, ganz still, mit starrem Gesicht. In den Händen hielt sie ein zerknittertes Zeitungsblatt, in das offensichtlich eines der Bücher eingewickelt war.

„Was liest du da so Spannendes?“ fragte er.

Erschrocken ließ Gisela das Blatt sinken, wollte es hinter dem Rücken verstecken. Da war Peter bei ihr, riß es ihr aus der Hand. Er blickte suchend über die Zeitungsseite.

Plötzlich wurden seine Augen weit, stierten auf ein Bild. Das unscharfe Bild eines Mädchens, das auf dem schmalen Sims eines Mietshauses stand, unter sich einen tödlichen Abgrund.

Das lange helle Haar, das schmale feine Gesicht . . . Darunter die fette Zeile: *Selbstmordversuch aus Liebeskummer?*

„Sabine . . .“ Kaum hörbar kam es über Peters Lippen, wie ein Stöhnen. Er schloß erschüttert die Augen.

Erst nach vielen Sekunden fand er die Kraft, den Bericht zu lesen, die dramatische Schilderung von Sabines Rettung. Dann ließ er das Blatt sinken. Wie ein greller Schmerz schnitt sich die Erkenntnis in sein Herz: Sie hat es meinetwegen getan . . .

„Ich muß zu ihr“, sagte er mit hohler, tonloser Stimme.

Gisela, die ihn aus angstvollen Augen beobachtet hatte, zuckte zusammen. „Du willst nach München?“

„Ja. Sie hat es meinetwegen getan . . .“

„Das ist doch Blödsinn!“ unterbrach Gisela heftig. „Wer weiß, was inzwischen passiert ist. Vielleicht ist ein anderer Mann daran schuld!“

„Nein . . .“ Peter schüttelte mehrmals den Kopf. „Ich fühle es . . . Gisela, bitte versteh mich! Du selbst hast mir einmal vorgeschlagen, nach Deutschland zu fliegen, um Gewißheit über Sabine zu erlangen. Damals habe ich abgelehnt. Jetzt aber . . . Gisela, ich muß rüber. Ich muß!“

„Liebst du sie denn?“ Gisela schien wieder völlig gefaßt.

Peter antwortete nicht gleich. Dann sah er ihr offen ins Gesicht. „Ja, ich glaube, ich liebe sie noch.“

„Dann fliege! Wenn du zurück bist, werden wir weitersehen.“

Peter landete am nächsten Tag gegen 17 Uhr auf dem Flughafen München-Riem. Styler hatte ihm eine Woche freigegeben und auch versprochen, nichts davon seinem Freund Paul Hartmann zu verraten.

Mit einem Taxi fuhr er in die Stadt. Das Wiedersehen mit München, seiner Heimatstadt, auf das er sich so lange gefreut hatte, ließ ihn kalt. All seine Gedanken, seine Empfindungen waren auf den Moment gerichtet, in dem er Sabine gegenüberstehen würde. Er ließ sich in die Straße fahren, die in dem Zeitungsbericht über den Selbstmordversuch genannt worden war. Mit dem zerknitterten Blatt in der Hand lief er den Bürgersteig entlang, verglich jede Hausfassade mit dem abgedruckten Bild. Endlich – es gab keinen Zweifel: Er stand vor dem richtigen Haus.

Sein Herz hämmerte zum Zerspringen, als er die vier Treppen hinaufstieg Dann stand er vor der Tür, an der unter dem Schild *Anni Erlmayer* auf einem Stück Pappe ihr Name stand ...

Sabine Kortner.

Peter versuchte, seine Nerven zu beruhigen. Es gelang nur unvollständig. Fast zwei Minuten lang stand er regungslos da, bevor er auf die Klingel drückte. Das laute Schrillen ließ ihn zusammenfahren. Er lauschte. Schritte näherten sich, dann wurde die Tür geöffnet.

Peter sah eine ältliche Frau mit einem gutmütigen Gesicht. Er blickte flüchtig auf das Namensschild. „Frau Erlmayer?“

„Fräulein“, erwiderte sie lächelnd.

„Ich möchte zu Fräulein Kortner ...“ Peter schluckte. „Sabine Kortner.“

„Da haben Sie Pech, junger Mann!“

Wie ein eisiger Schauer fiel die Enttäuschung über Peter.

„Fräulein Kortner ist nämlich nicht da. Sie wohnt auch schon fast gar nicht mehr hier.“

Peter begriff nicht.

„Nun lassen Sie mal nicht gleich den Kopf hängen, junger Mann! Wie heißen Sie denn überhaupt?“

„Verzeihung ... Ich bin Peter Hartmann.“

„Nie gehört! Aber kommen Sie trotzdem rein. Sie haben nämlich mehr Glück, als die Polizei erlaubt. Fräulein Sabine hat vorhin vom Büro aus angerufen. Sie will noch hier vorbeikommen, ein paar Sachen holen.“

„Kann ich hier warten?“ fragte er erleichtert.

„Na ja, ich kann Sie ja schlecht draußen auf der Treppe stehen lassen. Kennt Fräulein Sabine Sie überhaupt?“ fragte die Frau mit plötzlich erwachtem Mißtrauen.

Peter mußte unwillkürlich lächeln. „Wir haben uns einmal sehr gut gekannt. Ich komme gerade aus Amerika ...“ Er hob ein wenig den Leinenkoffer an, den er noch immer in der Hand hielt.

„Ach so, ich verstehe“, meinte Anni Erlmayer und nickte.

Nichts verstehen Sie ... hätte Peter ihr am liebsten geantwortet. Wie könnten Sie auch?

„Na, dann gehen Sie mal in das Zimmer dort. Da hat das Fräulein gewohnt, bis sie ...“ Anni Erlmayer sprach den Satz nicht zu Ende. Peter stellte den Koffer ab und trat in das freundliche helle Zimmer.

„Sie können ja inzwischen in einem der Bücher lesen, die dort stehen. Es kann nicht mehr lange dauern. Sie muß jeden Augenblick hier sein.“ Zögernd, als sei sie sich nicht sicher, ob es richtig war, den fremden jungen Mann hereingelassen zu haben, zog Anni Erlmayer sich zurück.

Peter schaute sich in dem Zimmer um. Es war mit peinlicher Sorgfalt aufgeräumt und machte den Eindruck, als sei es seit längerer Zeit nicht mehr bewohnt.

Er ging zu dem Schränkchen hinüber, auf dem ein paar Bücher standen, nahm eines davon hoch, blätterte mechanisch darin. Etwas Weißes flatterte heraus, ein Stück Papier. Peter bückte sich, um es aufzuheben. Noch in der Bewegung erkannte er: ein angefangener Brief ...

Er richtete sich auf. Seine Augen glitten über das Papier. Das Buch fiel ihm aus der Hand. Was er las, löste eine heiße, fast irrsinnige Freude in ihm aus.

Mein liebster, liebster Peter – warum schreibst Du mir nicht? Seit Tagen warte ich auf einen Brief von Dir. Seit Du nach Amerika abgeflogen bist. Ich bin ganz verzweifelt. Ich kann es nicht begreifen. Liebst Du mich denn nicht mehr? Das Herz tut mir weh bei diesem Gedanken ...

Hier brach der Brief ab. Peter sah auf das Datum, das am oberen Rand stand.

Mein Gott, dachte er. Zwei Wochen nach meinem Abflug! Da hätte sie längst meinen ersten Brief haben müssen ... Und darum habe ich auch keine Post von ihr erhalten – weil sie meine Adresse nicht besaß. Aber warum kamen meine Briefe nicht an? Was ist da geschehen?

Er konnte es sich nicht erklären, es schien ihm in diesen Sekunden auch unwichtig. Da gab es etwas, was ihn vor Freude berauschte.

Sie liebt mich! jubelte sein Herz.

In diesem Moment hörte er, daß draußen die Wohnungstür

aufgeschlossen wurde. Hastig steckte er den Brief in seine Jackentasche, hob das Buch vom Boden auf, legte es auf das Schränkchen zurück.

Strahlend vor Glück sah Peter zur Tür, die sich jede Sekunde öffnen mußte.

Seine Lippen formten schon das Wort *Sabine* ...

Peter sah voller Erwartung zur Tür. Sie öffnete sich. Aber nicht Sabine – Anni Erlmayer, die Wirtin, erschien. „Herr Hartmann", begann sie. „Fräulein Kor ..."

Weiter kam sie nicht. Ein Freudenschrei erklang. Sabine stürmte ins Zimmer, warf sich Peter in die Arme. Mit Mühe bewahrte er das Gleichgewicht. Ein Stuhl stürzte um. Anni Erlmayer starrte ungläubig auf die Liebenden.

Sie konnten nur stammeln vor Glück.

„Peter ..."

„Sabine ..."

Leise verließ die Wirtin das Zimmer, schloß die Tür hinter sich. Langsam löste Peter seine Arme, die den zarten Körper umschlungen hatten. Sanft fuhr er über ihr seidiges Haar. Da sah er, daß sie weinte. Über das von Glückseligkeit verklärte Gesicht rannen glitzernde Tränen.

Unendlich zart küßte er ihre Wangen, küßte er die Tränen fort.

In diesen Minuten des Wiedersehens fühlten sie, daß sie sich noch immer liebten wie in den verzauberten Wochen vor seinem Abflug nach Amerika. Peter führte Sabine zu der weichen Couch. Sie setzten sich. Sabine bettete ihren Kopf an seiner Schulter, sein rechter Arm umschloß ihre zarten Schultern.

„Du darfst mich nie wieder allein lassen", flüsterte sie.

„Nein, Sabine, nie mehr!" versprach er. Obgleich er von Mister Styler in Boston nur eine Woche freibekommen hatte. Obgleich seine Eltern noch nicht einmal wußten, daß er jetzt in München war. Obgleich er mit Gisela Schneider so gut wie verlobt war. Aber daran dachte Peter in diesem berauschten Moment nicht. Sie sprachen viele zärtliche Worte, über ihre Liebe, über ihr Glück. Sie vergaßen für kurze Zeit die zurückliegenden Monate des Zweifels, der Qual, der Ungewißheit.

Sabine war es, die dann doch davon begann: „Peter, bitte, sag mir ... Warum hast du mir nicht ein einziges Mal geschrieben?"

Erstaunen zeichnete sich auf seinem ebenmäßigen, männlichen Gesicht ab. „Sabine, ich habe dir geschrieben! Mehrmals! Ein Telegramm habe ich sogar geschickt. Aber du hast nicht geantwortet! Ich war ganz verzweifelt ..."

Sie sah ihn betroffen an. „Peter, glaub' mir, ich habe keinen einzigen Brief von dir erhalten. Darum habe ich auch deine Adresse nicht gewußt. Ich war bei deinen Eltern, habe sie angefleht, mir deine Adresse zu geben. Aber sie weigerten sich. Sie sagten, du würdest deine Gründe haben, mir nicht zu schreiben."

Peter schwieg, aber sein Gesicht verfinsterte sich, sein kräftiges Kinn bewegte sich in verhaltenem Zorn.

„Peter, bitte, sei ihnen nicht böse. Sie mußten ja wirklich annehmen, du wolltest nichts mehr von mir wissen ... Peter, ich war so entsetzlich unglücklich!"

„Und deshalb wolltest du dir das Leben nehmen?"

Sabine antwortete nicht. Die Erinnerung an all die furchtbaren Ereignisse der letzten Zeit brach über sie herein, auch die Erinnerung an ihr Kind, Peters Kind ...

„Sabine, Liebes ... Wenn du jetzt nicht darüber sprechen willst ... Es war nur ein Zufall, daß ich es drüben in Boston in einer Zeitung aus München gelesen habe. Ich habe das nächste Flugzeug genommen ... Ich wollte wissen, warum du es getan hast. Ob du mich noch liebst ..."

„Peter", sagte sie leise, „ich habe Grauenvolles erlebt. Aber bitte, nicht heute ... Morgen abend erzähle ich es dir. Wir sehen uns doch morgen abend?"

„Ja, Sabine, ich komme zu dir. Morgen abend ... Du hast recht, heute wollen wir nur glücklich sein und alle düsteren Gedanken verjagen. Sabine, es ist so schön, wieder bei dir zu sein!"

Er zog sie an sich, küßte sie, und es war Sabine, als würden alles Leid und aller Schmerz mit diesem Kuß ein Ende nehmen. Sie blieben nicht in dem möblierten Zimmer bei Anni Erlmayer. Sie gingen in denselben Biergarten, wo sie an ihrem ersten gemeinsamen Abend gewesen waren – vor vielen Monaten, als sie sich in dem steckengebliebenen Fahrstuhl kennengelernt hatten. Sie saßen am selben Tisch, tranken Bier und aßen goldbraune Brathähnchen, wie damals.

Sie waren zwei junge verliebte Menschen. Sabines Seele war schwer von ungesagtem Leid, aber in diesen Stunden mit Peter wollte sie nicht daran denken. Es gelang ihr, bis sie vor dem kleinen Haus in Bogenhausen standen, wo sie jetzt bei ihrer Mutter und Ruth Högner wohnte.

„Morgen abend hole ich dich vom Büro ab", sagte Peter. „Dann mußt du mir alles erzählen. Dann werden wir auch das Rätsel der verschwundenen Briefe lösen."

Sie küßten sich noch einmal innig. Sabine winkte ihm nach, als er mit dem Taxi, das sie hergebracht hatte, davonfuhr. Sie lief ins Haus, in das Zimmer ihrer Mutter.

„Mutti, Peter ist zurückgekommen!" jubelte sie.

Als Sabine eine halbe Stunde später im Bett lag, dachte sie: Ich werde ihm alles erzählen, alles! Er muß mir glauben, daß unser Kind noch lebt ... Er muß mir helfen, es zu finden ...

Peter schlief in dieser Nacht nicht bei seinen Eltern. Er übernachtete in seiner eigenen Wohnung, die jetzt an einen guten Bekannten vermietet war. Er hatte ihn vom Biergarten aus angerufen. Sie waren sich schnell darüber einig geworden, daß Peter auf der breiten Couch im Wohnzimmer schlafen könnte.

Er nahm sich vor, am nächsten Tag zu seinen Eltern zu gehen. Der Gedanke daran beunruhigte ihn ein wenig, mehr noch aber bedrückte ihn die Tatsache, daß in Amerika Gisela Schneider wartete, mit der er so gut wie verlobt war ...

Der Zwiespalt seiner Gefühle – er war ihm an diesem Abend nicht bewußt geworden, solange er mit Sabine zusammengewesen war. Bevor er einschlief, sah er noch einmal ihr Bild: ihr offenes schönes Gesicht, das reifer und fraulicher geworden war.

Ist es möglich, daß ich sie beide liebe? fragte er sich. Sabine und Gisela?

Sein Herz gab keine Antwort ...

17

Erich Krüger hatte die Villa Görner in Nymphenburg zwei Tage lang beobachtet. Am dritten Tag – an dem Donnerstag, als Peter nach München zurückkam – wagte er den entscheidenden Schritt. Als er gegen 16 Uhr auf den Klingelknopf am Portal der Villa drückte, war er eiskalt, obgleich er wußte, wie riskant sein Vorhaben werden mußte.

Anna, die Hausangestellte, öffnete. „Sie wünschen?"

„Guten Tag", sagte Erich Krüger sehr distinguiert. „Könnte ich bitte die gnädige Frau sprechen?"

„In welcher Angelegenheit? Und wen darf ich melden?"

„Ich komme vom Stadtjugendamt", erklärte Erich mit gutgespielter Würde.

Das Mädchen schien beeindruckt. „Ach so! Bitte treten Sie ein!" Sie gab den Eingang in die Halle frei. „Einen Augenblick, ich sage der gnädigen Frau Bescheid." Sie lief die breite geschwungene Treppe hinauf und ließ Erich allein.

Er sah sich um. Was er sah, entsprach ganz seinen Erwartungen: kostbare orientalische Teppiche, schwere gediegene Möbel, Antiquitäten, die sehr wertvoll sein mußten.

Nach zwei Minuten erschien Anna wieder. Sie blieb auf dem mittleren Absatz der Treppe stehen und winkte Erich zu: „Wenn Sie bitte mit hinaufkommen wollen!"

Der Raum, in den er geführt wurde, war sehr weiblich eingerichtet, mit echten Biedermeiermöbeln, einem Rosenholzsekretär und einer gemütlichen kleinen Sitzecke. Auf dem Boden lag ein dicker leuchtend blauer Teppich, darüber hingeworfen drei prächtige Perserbrücken.

Erich fühlte sich für Momente befangen, aber dann straffte er die Schultern und gewann seine Sicherheit zurück.

Evelyn Görner trat ein, schön, damenhaft, faszinierend. Sie trug ein goldbraunes Kleid, das ihren rassigen Typ betonte.

„Sie kommen vom Stadtjugendamt?" fragte sie ohne Begrüßung.

„Sehr richtig, gnädige Frau!" Erich verbeugte sich.

„In welcher Angelegenheit?"

Erich räusperte sich. „Glauben Sie mir, gnädige Frau, es tut mir unendlich leid, daß ich Ihnen Kummer bereiten muß."

„Kummer? Mir?" Ein hochmütiges Lächeln, das ihre plötzliche Unruhe nur schlecht verbarg.

„Es handelt sich um den Jungen", behauptete Erich kühn.

„Um meinen Sohn?" Ihre Finger strichen nervös über eine Sessellehne.

Erich spürte, daß er auf der richtigen Fährte war. „Wollen wir uns nicht lieber setzen?" sagte er fast herablassend.

Evelyn Görner nahm mechanisch in einem der kleinen Sessel Platz, ohne die Augen auch nur für eine Sekunde von Erichs Gesicht zu lassen.

Er setzte sich ihr gegenüber, schlug die Beine lässig übereinander. „Sehen Sie, gnädige Frau, es sind berechtigte Zweifel aufgetaucht, ob es sich bei Thomas tatsächlich um Ihr Kind handelt."

Sie zuckte kaum merklich zusammen. „Ich verstehe nicht ... Was soll das heißen?"

„Doch, doch", sagte er begütigend. „Sie verstehen mich sehr gut! Es ist nämlich unmöglich, daß ..." Jetzt oder nie! dachte er, „... daß die Kindesvertauschung ohne Ihr Wissen geschehen sein kann."

Jede Bewegung ihres Gesichts beobachtete er lauernd, das nervöse Zucken ... Getroffen! stellte er triumphierend fest.

„Wer hat Ihnen das gesagt?“ stieß Evelyn Görner hervor. „Die Hebamme?“

Erich hatte Mühe, sich seinen Triumph nicht anmerken zu lassen. „Es ist doch völlig gleichgültig, ob nun Frau Wallner geplaudert hat oder irgendein Zeuge, mit dem Sie nicht gerechnet haben. Wichtig ist nur, ich weiß Bescheid.“

„Sie dürfen mir das Kind nicht fortnehmen“, flehte Evelyn Görner. „Sie dürfen es nicht! Der Junge hat es gut bei uns ... Viel besser als bei seiner wirklichen Mutter. Mein Mann liebt ihn abgöttisch.“

„Tja“, sagte Erich Krüger gedehnt, „ich sagte Ihnen ja schon, es tut mir leid, daß ich Ihnen Kummer bereiten muß ...“

Evelyn hob die Hände. „Helfen Sie mir!“

„Ich täte es von Herzen gern“, versicherte Erich Krüger, „aber wie?“

„Sprechen Sie mit der Mutter des Kindes! Machen Sie ihr klar, wie gut der Junge es hier hat ... Daß er eines Tages das Werk und das Vermögen meines Mannes erben wird!“

Erich nickte bedächtig mit dem Kopf. „Das ist allerdings ein Argument! Aber ich glaube, Sie müßten Ihrer Bitte noch in anderer Form Nachdruck verleihen.“

„Ich verstehe nicht ...“

„Denken Sie darüber nach!“ sagte er seelenruhig.

„Geld?“ fragte Evelyn Görner. Dann, fast im gleichen Atemzug, fügte sie hinzu: „Sie kommen nicht vom Stadtjugendamt! Sie sind ein ...“

Erich Krüger unterbrach mit einer Handbewegung. „Nicht doch, gnädige Frau! Nicht dieses häßliche Wort! Sie haben natürlich vollkommen recht: Mit dem Jugendamt habe ich nichts zu tun.“

Evelyn Görner schlug die Hände vor das Gesicht. „Oh, mein Gott!“ stöhnte sie verzweifelt.

Erich beobachtete ihren Zusammenbruch mit sichtlichem Vergnügen. Das Gefühl, diese schöne verwöhnte Frau in der Hand zu haben, berauschte ihn. „Eigentlich sollten Sie doch froh sein, daß ich kein Beamter bin“, sagte er zynisch. „Wenn das Stadtjugendamt den Betrug aufgedeckt hätte, wären Sie verloren. Rettungslos! Kindesunterschiebung ist ein Verbrechen, gnädige Frau. Und kein Beamter wäre bereit, ein Auge zuzudrücken.“

Evelyn Görner nahm die Hände vom Gesicht. Der Glanz ihrer dunklen Augen schien erloschen. Sie wirkte um Jahre gealtert.

„Wieviel?“ fragte Sie tonlos.

„Ich will Sie keineswegs unter Druck setzen, gnädige Frau!“ Erich lächelte diabolisch. „Warum machen Sie nicht von sich aus einen Vorschlag?“

„Hundert?“ fragte sie zögernd.

Er lachte schallend auf. „Aber, aber! Bitte keine Witze! Dazu ist die Angelegenheit viel zu ernst, gnädige Frau!“

„Ich . . . ich habe kein Geld“, erklärte sie mit kläglicher Stimme. „Alles, was auf meinem Konto war, habe ich . . .“ Sie stockte.

„Frau Wallner gegeben!“ ergänzte er. Es war wieder nichts als Vermutung, doch am Schweigen der Frau erkannte er, daß er auch diesmal ins Schwarze getroffen hatte. „Es muß ja nicht gerade Bargeld sein“, fuhr er mit öliger Stimme fort. „Sicher haben Sie doch Schmuck.“

„Nein!“ Es war wie ein letztes, verzweifeltes Aufbäumen. „Nein! Das können Sie nicht von mir verlangen!“

„Wenn dieses Gespräch Sie zu sehr aufregt, gnädige Frau“, erwiderte er mit gezielter Bosheit, „dann ist es vielleicht besser, ich wende mich an Ihren Gatten.“

„Nein“, murmelte sie tonlos.

„Warum denn nicht? Sie sagten doch, er liebe den Jungen abgöttisch. Dann wird er auch bereit sein, einen angemessenen Preis zu zahlen.“ Er warf einen Blick auf seine Armbanduhr. „Wissen Sie was? Ich werde einfach hierbleiben und auf ihn warten.“

Evelyn Görner saß sekundenlang wie erstarrt. Dann sprang sie auf, lief zu einem Schränkchen, holte einen Schlüsselbund aus einer Schublade, klappte ein Ölbild an der Wand zur Seite. Ein eingebauter Safe wurde sichtbar. Sie öffnete ihn, zog eine große, mit rotem Saffianleder überzogene Schmuckkassette heraus. Sie hob den Deckel, begann mit zitternden Händen zu suchen.

Erich stand plötzlich hinter ihr, griff über ihre Schulter, zog ein funkelndes Brillantkollier in die Höhe: „Darf ich Ihnen die Wahl abnehmen, gnädige Frau? Dies hier dürfte gerade das Richtige sein.“

Evelyn Görner machte eine Bewegung, als wenn sie ihm den Schmuck entreißen wollte. Aber Erich war schneller. Er ließ das glitzernde Geschmeide in die Jackentasche gleiten.

„Nicht dieses Kollier!“ flehte sie. „Bitte nicht! Mein Mann hat es mir zur Geburt des Kindes geschenkt.“

„Dann haben Sie es unverdient bekommen“, erklärte er kalt. „Es ist vollkommen in Ordnung, daß ich es an mich nehme und der rechtmäßigen Mutter übergebe. Sabine Kortner heißt sie übrigens ..."

Er verbeugte sich höflich. „Ich danke Ihnen für Ihr Verständnis, gnädige Frau, und hoffe, Sie bald einmal wiederzusehen."

„Nie!" schrie sie außer sich. „Treten Sie mir nie mehr unter die Augen, Sie ... Sie gewissenloser Lump!"

„Es ist ein Fehler, mich zu beleidigen", erwiderte er sanft. „Ich fürchte, solche Späße können Sie sich nicht leisten."

Dann drehte er sich um und ging.

Evelyn Görner starrte ihm nach, aus stumpfen, glanzlosen Augen. Sie handelte wie mechanisch, als sie die Schmuckkassette zurück in den Tresor schob, ihn schloß, das Bild wieder an die Wand drückte.

Sie ging mit schweren, schleppenden Schritten hinüber in ihr Schlafzimmer, setzte sich steif auf den Rand des Bettes. In ihr war nichts als lähmende Angst, das Gefühl einer erbarmungslosen Ausweglosigkeit.

Plötzlich erfüllte lautes Schreien das Haus. Der kleine Thomas brüllte mit der ganzen Kraft seiner Lungen.

Evelyn Görners Körper begann zu beben. Ihre Hände zuckten hoch, preßten sich gegen die Ohren. Das Schreien des Babys schien ihr wie eine Anklage.

„Hör doch auf ..." stammelte sie mit flatternden Lippen. „Ich halte es nicht aus ..."

Sie warf sich auf das Bett. In diesem Moment hätte sie all ihren Schmuck, die Pelze und die Kleider hergegeben, wenn sie ungeschehen hätte machen können, was in jener Nacht im Mütterheim begonnen hatte. Als sie ein totes Kind gebar ...

Sie wußte nicht, wie lange sie so gelegen hatte, verkrampft, tränenlos, mit einer großen Leere in sich, als unvermittelt, wie geisterhaft, eine Stimme in dem Zimmer erklang.

„Ist dir nicht gut, Evelyn?"

Sie schreckte hoch. Ihr Mann stand am Bett. Zwei, drei Sekunden brauchte sie, dann hatte sie sich wieder in der Gewalt. „Ich habe furchtbare Kopfschmerzen", log sie und ließ sich zurücksinken.

„Dann nimm eine Tablette", entgegnete Eduard Görner sachlich. „Du weißt doch, wir sind heute abend zum Essen mit französischen Geschäftsfreunden verabredet." Und beiläufig fügte er hinzu: „Ich würde mich freuen, wenn du das Kollier tragen würdest, das ich dir zur Geburt von Thomas geschenkt habe." Er wandte sich zur Tür. „Wie geht es eigentlich unserem Sprößling? Ich bin gerade erst nach Hause gekommen. Muß gleich mal nach ihm sehen.“ Eduard Görner verließ das Zimmer.

Evelyn Görner hatte seine letzten Worte nicht mehr aufgenommen. Der eine Satz hatte sie wie ein Keulenschlag getroffen.

Ich würde mich freuen, wenn du heute abend das Kollier tragen würdest ...

Sie schloß die Augen. Gedanken wirbelten wirr durch ihren Kopf. Das Kollier ... Ich muß eine Ausrede finden, einen Vorwand. Er darf nicht merken, daß es weg ist.

Mühsam richtete sie sich auf, ging zum Frisiertisch. Sie legte flüchtig Make-up auf, Lippenstift, strich sich über das Haar, dann trat sie hinaus auf den Flur.

Ihr Mann war im Kinderzimmer. Es kostete Evelyn Überwindung, hineinzugehen. Aber es muß sein, sagte sie sich. Ich muß ihm sagen, daß ich heute abend nicht mitkommen kann.

Thomas bekam gerade von Ulrike, der Kinderschwester, frische Windeln. Eduard Görner stand dabei, blickte verzückt auf das strampelnde, glucksende Baby.

„Eduard, ich möchte dir sagen ...“

„Gleich!“ Mit einer abwehrenden Handbewegung unterstrich er das Wort, ohne sich umzusehen. „Wir sind hier gleich fertig.“

In diesem Moment begann Evelyn Görner das Kind zu hassen. Mit verkniffenen Lippen verfolgte sie die Prozedur, die sich auf dem Wickeltisch abspielte. Sie sah die Begeisterung ihres Mannes über das quicklebendige Zappeln des winzigen Wesens, und sie mußte sich wieder zwingen, nicht hinauszuschreien: Du verblendeter Idiot! Du bist gar nicht der Vater des Kindes!

Endlich lag Thomas in seinem Bettchen.

„Ein prächtiges Kerlchen“, meinte Görner, als er seine Frau aus dem Kinderzimmer drängte, als störe sie. „Hast du eine Tablette genommen? Fühlst du dich besser? Du hast noch zwei Stunden Zeit. Ich möchte, daß meine Geschäftsfreunde die Frau kennenlernen, die mir einen Sohn geschenkt hat. Vergiß nicht, das Kollier umzulegen!“

Es war ihr, als schwankte der Boden unter ihren Füßen.

„Eduard ...“ Ihre Stimme war brüchig. „Ich habe es ganz vergessen ... Meine Freundin Betty hat Geburtstag. Sie möchte heute abend mit mir in ein Konzert. Vorhin schon wollte ich ...“ Sie brach ab. Denn sie sah, wie seine Augen sich verengten. Sie hielt dem Blick ihres Mannes nicht stand. Es war, als wollte er den Grund ihrer Seele erforschen.

Sie senkte den Kopf. „Du darfst nicht glauben, daß ich dich belüge . . .“

„Sondern betrüge.“

Ganz ruhig hatte er diese beiden Worte gesprochen, doch es schien, als hallten sie von den Wänden wider.

Sie standen, Mann und Frau, oberhalb der weitgeschwungenen Treppe, die hinunterführte in die Halle. Eduard Görner lächelte, als hätte er soeben ein amüsantes Bonmot von sich gegeben.

Evelyn aber war erstarrt. Sie schluckte krampfhaft. „Eduard, du . . . du hast vor wenigen Tagen gesagt, wir wollen das Vergangene vergessen.“

Er nickte und sagte ruhig: „Du hast recht. Verzeih!“

Jetzt hätte sie schweigen sollen. Sie tat es nicht, und das war ein schwerer Fehler. „Ich gebe zu, ich habe einmal eine kurze Affäre gehabt. Aber das ist lange vorbei. Seit über einem Jahr! Seitdem habe ich mir nichts mehr vorzuwerfen.“

Görners Gesicht wurde verschlossen. Seine Mundwinkel zogen sich hinab. „Warum lügst du?“ fragte er mit eisiger Stimme.

„Ich lüge nicht!“ behauptete sie.

„Ich weiß, daß du lügst.“

„Nichts weißt du! Du bluffst doch nur!“ rief sie erregt. Sie wollte diesmal nicht klein beigeben, und dieser Trotz blockierte ihren Verstand.

„Ich bluffe nicht“, versicherte Eduard Görner. Seine hohe schlanke Gestalt war gestrafft – ein Mann, der gewohnt war zu siegen. „Ich habe einen sicheren Beweis.“

„Ha!“ lachte sie hysterisch auf. „Das ist doch Unsinn!“

„Evelyn!“ Drohend war jetzt seine Stimme. „Zwinge mich nicht . . .“

„Pah! Nenn doch deinen Beweis!“ Ihre Stimme überschlug sich. Die Nerven hielten nicht länger stand. „Ich will es wissen!“

„Gut, du sollst es wissen.“ Ruhig, fast gelassen war er jetzt wieder. „Hör zu: Ich weiß, daß ich nicht der Vater von Thomas bin. Ich kann es nicht sein, weil ich seit Jahren weiß, daß ich keine Kinder zeugen kann.“

Evelyn stand da wie gelähmt, die Hände verkrampft, die Augen weit aufgerissen. Die Stille war drückend. Sie dauerte viele Sekunden lang.

Endlich fand Evelyn ihre Stimme wieder. „Was soll nun werden?“ fragte sie rauh.

„Es wird sich nichts ändern. Wir bleiben Mann und Frau. Und Thomas bleibt mein Sohn. Die Wahrheit wird niemand erfahren

... Und nun beruhige dich erst einmal. Ich glaube, es ist tatsächlich besser, wenn du nicht mitkommst zu dem Abendessen ..."

So geschah es auch. Er ging allein. Seine Frau aber verließ an diesem Abend nicht mehr ihr Schlafzimmer, in das sie gleich nach der Auseinandersetzung mit schleppenden Schritten gewankt war.

Erst allmählich wurde ihr bewußt: Die Eröffnung ihres Mannes hatte sie davor bewahrt, selbst ein Geständnis abzulegen. Daß sie sich in den Händen eines Erpressers befand. Und daß Thomas überhaupt nicht ihr Kind war ...

Am nächsten Vormittag – es war Freitag – rief Sabine im Mütterheim an. Sie wollte mit Dr. Seeger sprechen, der gerade von einem Kongreß aus Berlin zurückgekommen war. Sie wollte noch einmal versuchen, Licht in das Dunkel um ihr Kind zu bringen. Am Abend würde sie Peter alles erzählen – alles, was sie wußte von dem Kind, dessen Vater er war.

Die Verbindung mit dem jungen Arzt kam schnell zustande. Sie verabredeten sich zum Essen. Dr. Schmoll, Sabines Chef, gab ihr mittags zwei Stunden frei.

Sie trafen sich in einem kleinen Lokal in der Nähe des Sendlinger-Tor-Platzes.

Dr. Seeger war schon dort, als Sabine eintrat. Er erhob sich von einem kleinen Ecktisch, begrüßte sie. Sie setzten sich und gaben der Kellnerin ihre Bestellung auf.

„Sabine, warum sind Sie nicht zu mir gekommen, als Sie so verzweifelt waren, daß Sie sich das Leben nehmen wollten?" begann er.

„Ich wußte nicht mehr, was ich tat. Ich war so unglücklich ..."

Er winkte ab. „Wir brauchen nicht darüber zu reden, wenn es Ihnen schwerfällt. Übrigens, Sie sehen gar nicht mehr unglücklich aus, eher glücklich."

„Ich bin es!" versicherte Sabine lächelnd. „Peter ist gestern abend zurückgekommen."

„Ah, wirklich? Dann darf ich wohl gratulieren? Alles vergeben und vergessen?"

„Ich habe ihm unrecht getan", sagte sie. „Er hat mir geschrieben."

„Und? Was ist mit der Post passiert?"

„Das haben wir noch nicht klären können. Wir wollten uns gestern abend nur unbeschwert freuen und noch keine Rätsel lösen." Sie wurde plötzlich ernst. „Ich habe ihm auch noch nichts von meinem Kind gesagt." Sabine atmete tief ein. „Ich kann nicht glauben, daß mein Kind tot ist. Deshalb war ich auch noch nicht wieder auf dem Friedhof, wo das tote Kind begraben liegt."

„Sabine", sagte Dr. Seeger, „wenn Sie doch nur einen einzigen konkreten Anhaltspunkt hätten für Ihre Vermutung ... Denken Sie doch noch einmal gut nach! Wann hat die Hebamme zuerst festgestellt, daß die Herztöne Ihres Kindes unregelmäßig oder schwächer wurden?"

Sabine schüttelte den Kopf. „Frau Wallner hatte in jener Nacht gar keine Zeit mehr, die Herztöne abzuhören. Ich lag schon im Kreißsaal, als sie kam. Die Geburt begann dann gleich darauf."

„Eigenartig", sagte er nachdenklich. „Was geschah weiter?"

„Das Kind kam zur Welt. Ich sah es noch, hörte den ersten Schrei ... Dann wurde ich ohnmächtig."

„War es ein Junge oder ein Mädchen?"

Sabine überlegte. „Ich kann es nicht sagen", meinte sie dann.

„Sie sahen den Kopf. Trug es schon einen deutlichen Haarwuchs?"

„Ja", antwortete Sabine sofort. „Ich erinnere mich. Dunkler, fast schwarzer Flaum!" In plötzlicher Erregung griff sie nach Seegers Arm. „Ich hab's! Das ist der Beweis!"

Der Arzt begriff den Zusammenhang nicht. „Was meinen Sie?"

„Das Kind ..." Sabine mußte heftig schlucken. „Das tote Kind, das Sie mir gezeigt haben, von dem Frau Wallner behauptete, es sei mein Kind ... Es hatte blonde Haare! Fast weiß!"

Dr Seeger nickte. „Ja, ich erinnere mich auch."

„Es war nicht mein Kind!" schrie Sabine fast. Die Leute an den Nebentischen drehten sich verwundert um.

„Sabine, bitte beruhigen Sie sich", besänftigte Dr. Seeger. „Es ist wahr, das tote Kind hatte blonden Flaum auf dem Kopf. Aber sind Sie sicher, daß Ihr Kind schwarzen Haarwuchs hatte?"

„Ganz sicher!" behauptete Sabine.

„Es ist mir unbegreiflich", murmelte Dr. Seeger. Plötzlich schien ihm eine Idee gekommen zu sein. „Sabine, hören Sie mal genau zu: Ist es möglich, daß Sie kurz vor oder nach der Niederkunft das Kind gesehen haben, das im anderen Kreißsaal geboren wurde?"

„Im anderen Kreißsaal?" fragte sie verständnislos zurück. „Nein. Warum?"

„Fast zur gleichen Stunde brachte nämlich eine gewisse Frau Görner ein Kind zur Welt ..."

„Ja, ich weiß. Und?" Sabine stand unter einer Spannung, die ihre Hände zittern ließ.

„Dieses Kind hatte dunklen Haarwuchs."

„Nein . . .“ Wie ein Aufstöhnen kam es über ihre Lippen.

„Ist es möglich“, fuhr Dr. Seeger ruhig fort, „daß Sie dieses Kind gesehen haben und nun glauben, auch Ihr Kind habe dunklen Haarwuchs gehabt?“

„Ich habe das Kind nicht gesehen“, erklärte Sabine bestimmt. Dann stockte sie. „Doch. Ich habe es gesehen. Aber das war eine Woche später. Als ich aus dem Mütterheim entlassen wurde. Am gleichen Tag ging auch Frau Görner. Sie wurde von ihrem Mann abgeholt Da sah ich das Kind. Ein Junge mit dunklen Haaren . . .“ Ihre Augen blickten ins Leere. Im Geist sah sie noch einmal das merkwürdige Bild: das Kind auf dem Arm des Mannes . . .

„Mein Gott“, murmelte sie fast unhörbar. „War es vielleicht mein Kind?“

„Unsinn!“ unterbrach Dr. Seeger diesen Gedanken. „Das ist ganz unmöglich.“

„Warum?“ fragte Sabine leise. „Wenn nun Frau Wallner mein Kind ausgetauscht hat, als ich bewußtlos war?“

„Sabine, das ist ein ungeheuerlicher Verdacht! Nein . . . Frau Wallner ist seit vielen, vielen Jahren als Hebamme tätig.“

In diesem Moment erschien die Kellnerin mit den bestellten Kassler Koteletts, einem Bier für Dr. Seeger und einer Coca-Cola für Sabine. Sie begannen, ohne Appetit zu essen.

„Sabine“, sagte Dr. Seeger, „ich werde mit Frau Wallner sprechen.“

„Sie wollen . . .“

„Ja, aber ich muß sehr vorsichtig vorgehen.“ Dr. Seeger legte Messer und Gabel zur Seite und preßte nervös seine Fingerspitzen gegeneinander „Sabine, wenn ich ehrlich sein will: Ich hoffe, daß Sie sich getäuscht haben! Weil es sonst einen Skandal gäbe, der sehr böse Auswirkungen auf den Ruf des Mütterheims haben würde.“

„Ich will keinen Skandal“, versicherte Sabine. „Ich will mein Kind wiederhaben!“

Dr. Seeger legte eine Hand auf Sabines Arm. „Ich möchte, daß Sie mir etwas versprechen . . . Falls meine Nachforschungen keine Bestätigung für Ihren Verdacht ergeben, falls ich Ihnen also nach bestem Wissen und Gewissen versichern kann, daß Sie sich getäuscht haben, daß bei der Geburt und beim Tod des Kindes alles mit rechten Dingen zugegangen ist – werden Sie es dann glauben und sich damit abfinden?“

Sabine preßte die Lippen zusammen. Dann sagte sie: „Ich muß erst mit Peter darüber sprechen. Heute abend.“

„Tun Sie es, Sabine." Er drückte eindringlich ihren Arm. „Aber ich möchte Sie bitten: Unternehmen Sie nichts, was Sie nachher bereuen müssen!"

„Ich werde nichts bereuen, was für mein Kind geschieht!" sagte Sabine mit fester Stimme.

18

Peter Hartmann erschien gegen ein Uhr im Haus seiner Eltern. Er wußte, daß sein Vater um diese Zeit meist zum Essen zu Hause war.

„Jessas Maria!" rief das Hausmädchen aus, als sie auf Peters Klingeln die Haustür öffnete. Ihre Augen wurden kugelrund, als sähe sie ein Gespenst. „Der junge Herr Hartmann!"

„Schreck zur Mittagszeit", scherzte Peter etwas verkrampft. „Sind meine Eltern da?"

Das Mädchen konnte nur stumm auf das Speisezimmer deuten. Peters Gestalt straffte sich, mit einer nervösen Bewegung strich er sich über das Haar, dann steuerte er auf das Zimmer zu, trat ein ...

Gerda Hartmann ließ vor Schreck das Messer fallen. Paul Hartmann verschluckte sich, lief rot an. Peter mußte unwillkürlich lächeln.

„Um Himmels willen", brachte seine Mutter endlich hervor.

„Ich wünsche guten Appetit", sagte Peter und ging näher an den Tisch heran. „Was gibt's denn zu essen?"

In diesem Moment hatte sein Vater sich erholt. „Du bist wohl verrückt geworden!" schnauzte er. „Was suchst du hier in München?"

„Hat es Ärger in Boston gegeben?" fragte Gerda Hartmann ängstlich.

„Nein", erklärte Peter ruhig. „Ich habe Mister Styler lediglich um eine Woche Urlaub gebeten, um nach München fliegen zu können."

„Und warum?" fauchte sein Vater.

Peter holte tief Atem. „Das kann ich euch erklären: Ich bin gekommen, um etwas über Sabines Schicksal zu erfahren."

Seine Mutter sprang auf. „Du bist wegen dieser Sabine ..."

„Diese Affäre war doch vorbei!" fuhr Paul Hartmann dazwischen. „Du bist jetzt mit Gisela Schneider verlobt!"

„Stimmt!" bestätigte Peter. „Zumindest so gut wie verlobt."

„Und mit Gisela ist es aus jetzt?“ fragte seine Mutter entsetzt.

„Scheint so“, antwortete Peter achselzuckend.

„Ich muß schon sagen ...“ Paul Hartmann hielt es nicht länger auf seinem Stuhl aus. Er begann, mit großen Schritten auf und ab zu gehen. „Ich finde dein Benehmen sehr sonderbar, mein Sohn! Man kann ein Mädchen nicht so behandeln!“

Peter blieb ruhig. „Das sagst ausgerechnet du, Papa? Wie war das denn damals mit Sabine? Da verlangtest du von mir, ich solle sie einfach sitzenlassen.“

„Sprich nicht so mit deinem Vater!“ rief Gerda Hartmann. „Schließlich kannst du dieses Mädchen nicht mit Gisela Schneider vergleichen!“

„Und warum nicht?“ Peter wurde jetzt auch lauter. „Ihr tut so, als sei Gisela ein Engel und Sabine ein Straßenmädchen, aber ich kann euch versichern ...“

„Schluß!“ donnerte Paul Hartmann. „Wir hatten eine Abmachung getroffen, an die du dich nicht gehalten hast: völlige Trennung für ein Jahr!“

Peter stützte sich schwer auf eine Stuhllehne. „Gib doch zu, daß es von vornherein deine Absicht war, mich und Sabine auseinanderzubringen!“

„Das ist eine Lüge!“

„O nein, es ist die Wahrheit! Ihr beide, du und Mutter, wolltet meine Liebe zu Sabine abwürgen. Sonst hättet ihr Sabine doch wenigstens meine Adresse geben können.“

„Ich wollte es ja“, warf seine Mutter ein, „aber Vater ...“

„Fall du mir jetzt auch noch in den Rücken!“ tobte Paul Hartmann.

„Wenn Sabine mir hätte schreiben können“, sagte Peter heftig, „dann wäre mein überraschender Besuch in München nicht nötig gewesen.“

Paul Hartmann starrte seinen Sohn an. „Und warum hast du ihr nicht selbst deine Adresse mitgeteilt?“

„Das habe ich, Papa! Ich habe ihr mehrere Briefe geschickt, aber sie hat sie nicht bekommen.“

„Und diese Erklärung nimmst du ihr ab?“

Peter nickte trotzig. „Ja! Wenn ich mir die Sache auch nicht erklären kann, so glaube ich doch, daß ...“

Das Klingeln des Telefons unterbrach ihn. Gerda Hartmann lief zum Apparat, kam aber nach kurzer Zeit zurück. „Für dich, Peter!“

„Wer?“

„Erich Krüger.“

Peter zog erstaunt die Augenbrauen hoch. Er ging hinaus, nahm den Hörer hoch. „Tag, Erich."

„Hallo, Peter, alter Junge!" Erichs Stimme klang heiser. „Ich habe zufällig von deinem Untermieter erfahren, daß du wieder im Land bist. Wie geht's dir denn?"

„Danke, bestens."

„Ist denn das Jahr schon um?"

„Nein, ich bin wegen Sabine gekommen."

Verblüfftes Schweigen bei Erich. Dann seine veränderte Stimme: „Peter, das soll wohl ein Witz sein?"

„Durchaus nicht!" meinte Peter lachend. „Ich war gestern abend mit ihr zusammen. Es ist alles wieder in Ordnung zwischen uns!"

Jetzt kam Erichs Erwiderung sofort. „Ach nee! Eben habe ich noch deine Sabine mit ihrem Doktor Seeger am Sendlinger-Tor-Platz gesehen . . ."

„Du lügst!" rief Peter erregt in die Sprechmuschel.

„Mein armer Peter . . ." Erichs Stimme wurde onkelhaft. „Du weißt also immer noch nicht, wie der Hase läuft. Hat sie dir vielleicht auch den Bären aufgebunden, du seiest inzwischen Vater eines Kindes geworden?"

„Was für ein Kind?" Peter ballte in ohnmächtigem Zorn die freie Hand. „Erich, wenn du dein Gewäsch nicht sofort . . ."

„Schau an!" unterbrach Erich vergnügt. „Du weißt also noch gar nicht, daß Sabine inzwischen Mutter geworden ist?"

„Nein . . ." Es war wie das Stöhnen nach einem furchtbaren Schlag.

„Dann werde ich dir mal die Augen öffnen, mein Junge!" Erich machte eine wirkungsvolle Pause, dann schleuderte er seine Worte durch die Leitung: „Sabine hat ein Kind! Und dieser Seeger ist der Vater!"

Wie von einem furchtbaren Schlag getroffen, stand Peter vor dem Telefonapparat, den Hörer krampfhaft ans Ohr gepreßt. Erichs Worte hallten in ihm nach: *Sabine hat ein Kind! Und dieser Seeger ist der Vater!* Sein Herz zog sich schmerzhaft zusammen . . .

„He, Peter!" kam Erichs Stimme aus der Hörmuschel. „Bist du noch da?"

„Ja", brachte Peter heiser hervor.

„Ich dachte schon, du wärst aus den Schuhen gekippt. Aber eigentlich kann das Ganze doch keine Überraschung mehr für dich sein. Ich habe dir doch von Sabines Beziehungen zu diesem Frauenarzt geschrieben . . ."

„Was ist mit dem Kind?" unterbrach Peter.

„Keine Ahnung. Ich habe sie danach gefragt, aber sie wollte nicht mit der Wahrheit herausrücken, hat eine völlig unglaubwürdige Geschichte erzählt ..."

Wieder unterbrach Peter. „Wo bist du jetzt, Erich? Wir müssen uns treffen. Du mußt mir alles erzählen!"

Eine Pause entstand. „Das geht nicht ...", erwiderte Erich gedehnt. „Ich hab' eine Verabredung."

„Wie lange dauert das?" fragte Peter sofort. Er wollte die Wahrheit erfahren. Die Wahrheit über Sabine ... Sein Herz schrie danach.

„Den ganzen Nachmittag ..." begann Erich ausweichend.

„Halb fünf?" drängte Peter unnachgiebig.

„Ja", kam Erichs Antwort wie unter Zwang.

„Gut! Hör zu: Um halb fünf bin ich bei dir!"

„Lieber in der Kneipe am St.-Anna-Platz, du kennst sie ja."

„Wie du willst", erwiderte Peter knapp. „Wir gehen dann zusammen zu Sabine und stellen sie zur Rede!"

„Aber Peter, muß das sein? Ich meine ..."

„Es muß sein!" konterte Peter hart und legte mit einer heftigen Bewegung auf.

Er starrte noch sekundenlang auf den Telefonapparat. Seine Augen waren stumpf, ohne Blick, aber in seinem Innern kochte es.

„Was ist geschehen, Peter?" Seine Mutter stand plötzlich neben ihm. Während sie noch fragte, schlich sich ein triumphierendes Lächeln auf ihr Gesicht.

„Nichts", antwortete Peter gequält. „Ich melde mich wieder", sagte er noch. Dann lief er wie gehetzt aus dem Haus ...

Peter lief durch die stillen Villenstraßen. Die Sonne brannte. Strahlend blauer Himmel zog sich über München. Peter riß sich den Schlips vom Kragen, öffnete die ersten beiden Knöpfe des Hemdes. Er schwitzte, aber das kam nicht allein von der Hitze. Seine Nerven fieberten – fieberten dem Moment entgegen, da er zusammen mit Erich vor Sabine treten und fordern würde: *Sag mir die Wahrheit, die ganze Wahrheit ...*

Noch über drei Stunden Zeit. Peter lief ziellos zur Isar hinunter. Er versuchte, sich Fragen zurechtzulegen, die er Sabine stellen wollte. Fragen, die getränkt waren von einem abgrundtiefen Zweifel an Sabines Liebe.

Wilde, rasende Eifersucht war es, die ihn befallen hatte. Aber das wurde Peter in diesen Stunden nicht bewußt. Er dachte an den vorangegangenen glücklichen Abend mit Sabine. Doch in die

Erinnerung hinein schrie sein Herz immer wieder die Worte: *Sabine hat ein Kind! Und dieser Seeger ist der Vater!*

Um halb fünf war Peter am St.-Anna-Platz. Er stieß die Tür der kleinen Kneipe auf. Erich saß in einer Ecke bei der Theke.

„Hallo, Peter!" grölte er sofort los, sprang auf, hieb dem Freund auf die Schulter.

Erich war offensichtlich betrunken, aber Peter merkte es nicht. Er registrierte auch nicht, daß Erichs Kleidung nagelneu war: Anzug, Hemd, Schuhe.

„Komm, trinken wir einen auf unser Wiedersehen!" Erich wollte zu seinem Tisch zurück.

Peter blieb stehen. Ein Zug von Verbissenheit lag um seinen Mund. „Nein, Erich, später", erwiderte er. „Wir müssen los. Sabine kommt um fünf aus dem Büro."

Erich spielte nervös mit dem protzigen Ring am kleinen Finger der linken Hand. „Peter, hör mal ..." Er räusperte sich. „Ist es nicht besser, ihr macht die Sache beide unter euch aus, du und Sabine?"

Peters Brauen zogen sich zusammen, eine steile Falte erschien auf seiner Stirn. „Du kommst mit!" erklärte er mit drohendem Unterton.

„Wenn du meinst ..." Er wartete noch ein paar Sekunden unschlüssig. Peter blieb stur drei Meter vor Erichs Tisch stehen. Mit einem resignierenden Schulterzucken zahlte Erich endlich. Er gab ein fürstliches Trinkgeld.

Peter stürmte schon hinaus. Erich hatte Mühe, ihm zu folgen. „Junge!" schnaufte er, „ein alter Mann ist doch kein Omnibus!" Sie liefen den Bürgersteig entlang.

„Erzähl doch mal, wie war's denn drüben im gelobten Land?" fragte Erich.

„Nicht jetzt", murmelte Peter und starrte geradeaus.

„Mann, du bist ja wie besessen!" rief Erich, aber es war kein Spott in seiner Stimme, eher Angst ...

Bereits zehn Minuten vor fünf Uhr erreichten sie das Bürohaus am Sendlinger-Tor-Platz, in dem Sabine arbeitete. Sie warteten neben dem Ausgang, etwa fünf Meter entfernt.

„Wollen wir nicht noch schnell ein Bier trinken gehen?" schlug Erich vor und stieß unruhig mit der Fußspitze gegen die Hauswand.

Peter schüttelte nur den Kopf. Sein Gesicht war starr, verschlossen.

Erichs Augenlider zuckten nervös. Es war ihm anzumerken, daß er am liebsten davongelaufen wäre. Nur der Alkohol, der durch seinen Körper kreiste, gab ihm den Mut, die nahende Auseinandersetzung abzuwarten ...

Endlich erschien Sabine. Sie sah sich suchend um. In ihrem hellen Sommerkleid wirkte sie zart und zerbrechlich. Sie entdeckte Peter, flog auf ihn zu, an seine breite Brust. Ihr Gesicht trug ein glückliches Lächeln. Aber seine Hände drückten ihren Körper fast gewaltsam weg.

„Peter, was ist?" fragte Sabine verständnislos und wich instinktiv zurück. Dann bemerkte sie Erich, und ein Schatten glitt über ihr Gesicht, verjagte das Lächeln. Im gleichen Moment noch überfiel sie eine unheilvolle Ahnung. „Peter, hat ... hat Erich dir etwas über mich erzählt?"

„Ein schlechtes Gewissen, was?" Schneidender Hohn in Peters Stimme. Er lachte bitter auf. Sein Verdacht, seine Zweifel – in diesem Moment schien alles für ihn bestätigt. Und es brach aus ihm heraus: „Du hast mich belogen! Belogen und betrogen! Du hast meine Liebe mit Füßen getreten!"

Seine Stimme war immer lauter geworden. Passanten wurden aufmerksam.

„Jetzt weiß ich auch, warum du meine Briefe nicht beantwortet hast: Du hattest einen anderen!"

„Peter ..." Wie ein Aufstöhnen kam es über Sabines blutleere Lippen. Ein Beben lief durch ihren Körper.

Erich schaltete sich ein. Ein diabolisches Grinsen verzerrte seinen sinnlichen Mund. „Sabine", sagte er mit ekelhaft öliger Stimme, „Leugnen hat doch keinen Sinn. Ich weiß doch alles ... Dr. Seeger heißt er. Er hat Sie damals oft bei Bauers besucht. Als Sie noch dort wohnten. Dann sind Sie ja zu ihm ins Mütterheim gezogen, nach Nymphenburg ..."

Wehrlos war Sabine in diesen Sekunden. Die ungeheuerlichen Anschuldigungen nahmen ihr den Atem.

„Und ich Idiot ..." Peter schien vor Eifersucht wie von Sinnen ... „ich Idiot habe dir geglaubt, als du mir schworst, auf mich zu warten! Ha! Treue! Sogar ein Kind hast du von ihm! Von diesem sauberen Dr. Seeger."

„Peter!" Scharf war Sabines Stimme plötzlich, scharf, aber nicht laut. Ihr schlanker Körper straffte sich. „Peter, dieses Kind ist dein Kind."

„Lüge!" Die Adern an seinen Schläfen schwollen an. „Warum hast du mir nichts davon geschrieben?"

„Den Grund kennst du“, sagte sie ruhig, aber es kostete sie alle Kraft.

„Lüge!“ wiederholte Peter. „Warum hast du mir gestern abend nichts davon erzählt? Wo ist dieses Kind?“

Sabine sah die fremden Menschen, die neugierig stehengeblieben waren. Sie fühlte sich plötzlich nackt unter den gaffenden Blicken. „Peter, bitte ... nicht hier auf der Straße ...“

„Warum denn nicht?“ stieß er hervor. „Die Wahrheit läßt sich überall sagen!“

„Nein“, sagte sie gefaßt. „Nicht überall. Und wenn du das nicht begreifst, dann ...“

„Was ist dann?“ zischte er in höchster Erregung. Sein Kopf schob sich vor, lauernd, fast drohend.

Ein Ruck ging durch Sabines Körper. Ohne ein weiteres Wort drehte sie sich weg von ihm, begann zu laufen, immer schneller, an den gaffenden Menschen vorbei. Tränen schossen ihr in die Augen, rannen über die Wangen. Peter, dachte sie verzweifelt, was hat dich so verändert? Ich liebe dich doch ... Ich liebe dich ...

Fassungslos starrte Peter ihr nach. Für einen Moment schien es, als wollte er ihr hinterherlaufen. Erich bemerkte diesen inneren Kampf, griff nach Peters Arm und sagte lachend: „Die Sache ist erledigt! Die wird dir keine Märchen mehr erzählen!“

Peter schüttelte Erichs Hand ab.

„Junge, begreif doch!“ beschwor ihn Erich. „Die Sache mit euch ist aus! Schon lange! Komm, laß uns jetzt einen trinken. Du erzählst mir dann von Amerika ...“

„Hau ab!“ stieß Peter heiser hervor. Seine Augen blickten noch immer in die Richtung, in der Sabine verschwunden war, als könnte er sie zurückhalten. „Hau ab!“

Erich wollte etwas sagen. Er setzte an, aber dann schüttelte er nur herablassend den Kopf, und das teuflische Lächeln auf seinem Gesicht wurde zur Grimasse. Rückwärts zog er sich zurück, drei, vier Schritte, drehte sich um. Seine Schritte wurden länger. Im Strom der Fußgänger tauchte er unter.

Peter aber lehnte sich schwer an eine Hauswand, starrte mit leerem, stumpfem Blick zu Boden und begriff, daß er einen schweren Fehler begangen hatte ...

Das Kopfkissen war naß von Tränen. Sabine hob ihren Kopf, strich sich das seidige blonde Haar aus dem Gesicht, sah auf ihre Armbanduhr. Kurz vor acht Uhr. Sie wußte nicht, wie lange sie auf dem Bett gelegen hatte, angezogen, weinend.

Nur noch schemenhaft erinnerte sie sich, wie sie nach Haus gefunden hatte, in das kleine Zimmer, das sie jetzt bei Ruth Högner, der Freundin ihrer Mutter, bewohnte. Sie war durch die Straßen gelaufen, dann irgendwo in eine Bahn gestiegen, die sie hinaus nach Bogenhausen brachte.

Mühsam erhob Sabine sich vom Bett, ging zum Spiegel. Sie erschrak vor ihrem eigenen Gesicht. Es war wachsbleich und von Tränen gezeichnet. Unter den Augen lagen tiefe Schatten. Ein Frösteln überlief sie. Sie ging hinüber ins Badezimmer, ließ Wasser in die Wanne laufen. Mit marionettenhaften Bewegungen zog sie sich aus, stieg in die Wanne.

Sie war allein im Haus. Ihre Mutter und Ruth Högner befanden sich im Theater.

Das heiße Wasser tat gut. Ihr Verstand wurde wieder klar, Stück für Stück kam die Erinnerung wieder, wie ein Film – die Erinnerung an die furchtbare Auseinandersetzung mit Peter. Noch keine drei Stunden lag sie zurück.

Sabine wunderte sich selbst, wie nüchtern sie jetzt über Peters unbeherrschte Anklage nachdenken konnte.

Warum glaubt er, fragte sie sich, daß Dr. Seeger der Vater meines Kindes ist?

Schlagartig fiel ihr die Antwort ein: Erich ist schuld! Erich Krüger! Er hat Peter bewußt belogen! Und diese Lüge hat Peter um den Verstand gebracht . . .

Plötzlich zuckte in ihrem Kopf die Frage auf, die Peter ihr entgegengeschleudert hatte: *Wo ist das Kind?*

In diesem Moment beschloß Sabine, auf eigene Faust dieses Rätsel zu lösen. Es war ihr zur Gewißheit geworden, daß ihr Kind noch lebte. Ganz fest glaubte sie daran.

Morgen gehe ich zu Frau Görner, beschloß sie . . .

Der nächste Tag war ein Sonnabend, arbeitsfrei. Sabine wachte schon kurz nach sieben Uhr auf. Sie war sofort hellwach, stand auf, wusch sich, kleidete sich an. Es war noch viel zu früh für einen Besuch. Doch Sabine war von einer energievollen Unruhe getrieben. Sie ging in die Küche und machte sich Frühstück. Ihre Mutter und Ruth Högner schliefen noch.

Kurz vor acht Uhr verließ Sabine das Haus und fuhr in die Stadt, zum Sendlinger-Tor-Platz. In dem Bürohaus ließ sie sich vom Pförtner die Schlüssel des Zimmers geben, in dem sie arbeitete. Hier, im Vorzimmer ihres Chefs, des Wirtschaftsprüfers Dr. Schmoll, fand sie, was sie suchte: In einem Adreßbuch stand die volle Adresse des Großindustriellen Eduard Görner.

Sabine fuhr hinaus nach Nymphenburg. Sie ging nicht gleich zur Villa der Görners. Sie lief noch etwa eine Stunde lang durch die stillen Straßen. Sie wollte sich beruhigen, aber es gelang ihr nicht. Je länger sie lief und überlegte, wie sie ein Geständnis aus Evelyn Görner herauslocken könnte, desto nervöser wurde sie. Zehn Minuten nach zehn Uhr drückte sie auf den Klingelknopf am Portal der Görner-Villa.

Anna, die Hausangestellte, öffnete. „Bitte?"

„Guten Morgen", sagte Sabine. „Ich möchte zu Frau Görner. Mein Name ist Sabine Kortner ... Frau Görner und ich kennen uns aus dem Mütterheim."

„Tut mir leid", sagte Anna, „die gnädige Frau ist nicht zu Hause."

Sabine nahm allen Mut zusammen. „Aber Frau Görner bat mich ausdrücklich, sie heute vormittag zu besuchen."

„Die gnädige Frau ist beim Friseur." Anna lächelte zaghaft, als wolle sie um Verzeihung bitten.

Sabine spürte die Gutmütigkeit der Hausangestellten. Voller Hoffnung fragte sie: „Kann ich wenigstens den Kleinen sehen?"

„Thomas?"

„Ja. Ein reizendes Kind! Frau Görner hat mich eingeladen ..."

„Ja, dann kommen Sie mal herein! Ich will mal Schwester Ulrike fragen."

Sabine trat mit pochendem Herzen in die riesige imposante Halle. Die Hausangestellte verschwand, kam aber schon nach kurzer Zeit zurück.

„Kommen Sie! Schwester Ulrike ist mit dem Kleinen im Garten."

Sabine folgte. Der Garten war eher ein Park. Der herrliche Rasen mit den kunstvoll angelegten Beeten und den hohen Bäumen dehnte sich weit aus. Sabines Augen suchten ...

Da sah sie das Kind. Ein Mädchen in Schwesterntracht hielt es auf dem Arm.

„Guten Tag", sagte das Mädchen freundlich. „Ich bin Schwester Ulrike. Anna sagte mir, daß Sie unseren Schatz besuchen möchten ..."

„Ja", murmelte Sabine. „ja ..."

Sie konnte ihre Augen nicht von dem Baby lassen. Ihr Herz schlug wild.

Mein Kind! durchfuhr es sie, und dieser Gedanke drohte ihr die Sinne zu rauben. Peters Haar, Peters braune Augen ...

„Ist er nicht ein Prachtjunge, unser Thomas?" fragte Schwester Ulrike. „Fröhlich und manchmal auch ein bißchen wild! Ich habe ihn richtig ins Herz geschlossen."

Sabine konnte nichts sagen. Sie starrte nur auf das Kind.

Thomas sah ihr mit großen leuchtenden Augen entgegen. Es schien, als glitte ein Lächeln über sein winziges Gesicht. Es schien, als wollten seine Lippen Worte formen. Seine Ärmchen hoben sich . . .

In diesem Augenblick sah Sabine etwas, das ihre letzten Zweifel zerstreute: Thomas hatte an der linken Hand ein Muttermal – genau wie sie, an der gleichen Stelle!

„Darf ich ihn auf den Arm nehmen?“ fragte Sabine. „Nur für einen Augenblick?“ Das war ihr einziger Wunsch in dieser Sekunde.

Schwester Ulrike zögerte, dann reichte sie ihr den Jungen. Sabine nahm ihn unendlich behutsam entgegen, drückte ihn an sich. Eine heiße Welle des Glücks überflutete sie, das Glück einer Mutter, die zum erstenmal ihr Kind im Arm hält.

Plötzlich geschah es: Ein großer, stattlicher Mann im dunklen Anzug trat aus dem Haus, kam mit langen, schnellen Schritten näher.

Instinktiv drückte Sabine das Kind fester an ihre Brust, wandte sich ab, als wolle sie das Kind vor einer drohenden Gefahr bewahren.

Dann war er bei ihr. „Ich möchte Sie bitten“, sagte er mit einer Stimme, die keinen Widerspruch duldete, „meinen Sohn . . .“

Weiter kam er nicht. In diesem Augenblick brach es aus Sabine heraus: „Thomas ist nicht Ihr Sohn. Er gehört mir! Es ist mein Kind!“

Entsetztes Schweigen. Görner und Schwester Ulrike waren für Momente wie gelähmt. Dann ging ein Ruck durch die hohe Gestalt des Mannes. Er hob die Hände, als wollte er Sabine das Kind entreißen, doch die Hände sanken zurück. Mit einer knappen Kopfbewegung gab er der Kinderschwester einen Wink.

Ulrike stürzte auf Sabine zu, griff hastig nach dem Kind. Sabine ließ nicht los. Thomas schrie auf. Ein Schrei, der Sabine tief ins Herz schnitt. Ihre Hände gaben nach. Das Mädchen riß den weinenden Jungen an sich, legte ihn in den Kinderwagen, schob den Wagen in fluchtartiger Eile davon.

Sabine und Eduard Görner standen sich gegenüber, musterten sich.

„Darf ich fragen, wer Sie sind?“ begann Görner mit beherrschter Stimme.

„Ich heiße Sabine Kortner“, antwortete sie gefaßt.

„Bitte, wiederholen Sie noch einmal Ihre Behauptung“, forderte er sie auf.

Sabine warf den Kopf in den Nacken. „Das Kind, das Sie Thomas getauft haben, ist mein Kind!"

Görners Gesicht verlor nichts von seiner strengen Beherrschtheit, nur seine Augen weiteten sich für einen Bruchteil einer Sekunde. „Eine ungeheuerliche Behauptung! Ich glaube, Sie sind mir dafür eine Erklärung schuldig. Gehen wir in mein Arbeitszimmer."

Sabine nickte. Nebeneinander gingen sie in das Haus. Als sie das Zimmer mit dem riesigen Schreibtisch erreicht hatten, sagte er: „Setzen Sie sich, Frau ... Wie war doch Ihr Name?"

„Kortner, Sabine Kortner. Ich bin nicht verheiratet." Sabine setzte sich in einen der schweren Sessel.

Görner blieb stehen. „Aber Sie hatten ein Kind?"

„Ich habe ein Kind", erklärte Sabine mit Nachdruck. „Sie haben es auf dem Namen Thomas getauft und in Ihr Haus genommen."

Görner beugte sich über sie. „Nun sehen Sie mich mal an ... Sie sind eine intelligente junge Frau, das steht in Ihrem Gesicht. Sie können doch nicht ernsthaft glauben, was Sie da behaupten. Also, was wollen Sie? Geld?"

Sabine hielt seinem bohrenden Blick stand. „Ich will mein Kind!"

Görner richtete sich auf. „Ich sehe, wir müssen von vorn beginnen. Wie kommen Sie auf die Idee, daß Thomas Ihr Kind sein könnte?"

Sabine antwortete sofort. „Ich war im Mütterheim, wie Ihre Frau. Ich habe in derselben Nacht wie sie ein Kind zur Welt gebracht. Aber mein Kind wurde vertauscht! Mit dem totgeborenen Kind Ihrer Frau – eine andere Möglichkeit gibt es nicht ... Und jetzt weiß ich es: Das Kind, dessen Vater Sie zu sein glauben, gehört mir! Ich fühle es. Ich habe es in dem Augenblick gefühlt, als ich Thomas heute sah, draußen im Garten. Eine Mutter fühlt das, Herr Görner!"

„Sie vermuten also eine Vertauschung, Fräulein Kortner", entgegnete er ungerührt. „Wer sollte die Vertauschung Ihrer Meinung nach durchgeführt haben?"

„Die Hebamme, Frau Wallner. Nur sie war bei der Geburt meines Kindes dabei."

Görner begann auf dem dicken Teppich auf und ab zu gehen. „Wenn es wirklich so gewesen wäre, warum haben Sie nicht gleich im Mütterheim protestiert?"

„Das habe ich. Natürlich! Aber Frau Wallner hat alles geleugnet. Herr Görner ..." Sabines Hände umklammerten die Armlehne des Sessels. Sie mußte sich zur Ruhe zwingen, sie spürte, daß Görner sie für verrückt hielt. „... ich bin nicht gekommen, um mit Ihnen zu sprechen. Ich bin überzeugt, daß Sie mit diesem Betrug nichts zu tun haben. Ich wollte Ihre Frau sprechen."

„Das heißt also, Sie beschuldigen meine Frau der Kindesvertauschung?"

Sabine schwieg.

„Nun passen Sie mal auf, Fräulein Kortner", sagte er nachsichtig wie zu einer Kranken. „Ihre Gefühle in allen Ehren, aber Gefühle sind keine Beweise! Ich zum Beispiel habe vom ersten Augenblick an gespürt, daß Thomas mein Sohn ist – das Kind, nach dem ich mich mein ganzes Leben lang gesehnt habe."

„Meine Gefühle gelten also nichts, nur die Ihren?"

„Sie haben sich getäuscht!"

Sabine antwortete nicht.

„Sind Sie sich eigentlich darüber klar, mein Kind", Görners Stimme wurde väterlich, „daß ich Sie auf der Stelle verhaften lassen könnte?"

„Ich habe nichts Unrechtes getan."

„Sie irren sich! Sie haben meine Frau verleumdet, Sie haben sie eines Verbrechens bezichtigt. Und die Polizei würde wahrscheinlich glauben, daß dies nur ein Vorspiel zu einer geplanten Erpressung ist."

„Aber ich will ja nichts von Ihnen", rief Sabine verzweifelt. „Ich will nur mein Kind! Mein Kind, das man mir genommen hat!"

„Wissen Sie, was passieren würde, wenn Sie das bei der polizeilichen Vernehmung behaupten würden?" Görner lächelte überlegen. „Man würde Sie in eine psychiatrische Klinik stecken und Sie auf Ihre Zurechnungsfähigkeit untersuchen lassen."

„Sehen Sie hier meine Hand", stieß Sabine mit ihrem letzten Mut hervor. „Dieses Muttermal hier! Auch Thomas hat es! An der gleichen Stelle!"

„Ein Zufall", erwiderte Görner achselzuckend. „Dieses Mal beweist gar nichts. Oder wären Sie still nach Hause gegangen, wenn Thomas es nicht hätte?"

„Nein."

„Na also."

„Herr Görner", Sabine beugte sich flehend vor, „bitte, willigen Sie in eine erbbiologische Untersuchung des Kindes ein! Ich muß Klarheit haben, und auch Sie . . ."

Görner schnitt ihr das Wort ab. „Nein! Thomas ist mein Sohn, das Kind meiner Frau. Ich gebe ihn nicht zu Experimenten her."

„Dann fragen Sie wenigstens Ihre Gattin! Sie wird es zugeben . . ."

„Und wenn sie es nicht tut? Wenn sie schwört, daß sie Thomas zur Welt gebracht hat? Werden Sie dann einsehen, daß Sie im Unrecht sind?"

Sabine schwieg.

„Nein, Sie werden es nicht tun", beantwortete Görner seine Frage. „Nichts wird Sie davon überzeugen, daß Sie sich in eine Wahnidee verrannt haben ... Und eben das beweist, daß es eine Wahnidee ist! Geben Sie auf!"

„Ich kann nicht aufgeben", erwiderte Sabine mit leiser, aber fester Stimme.

Görner legte ihr beruhigend die Hand auf die Schulter. „Nicht aus eigener Kraft, das weiß ich. Aber suchen Sie einen guten Psychiater auf, er wird Ihnen helfen. Sie sind jung, Sie sind hübsch, Sie sind intelligent ... Warum wollen Sie Ihr ganzes Leben verderben, indem Sie hinter einem Phantom herjagen? Hören Sie auf meinen Rat, wenden Sie sich an einen Psychiater."

„Sie verstehen mich nicht", sagte Sabine und erhob sich aus dem Sessel. „Ich hätte es wissen müssen. Jedenfalls danke ich Ihnen, daß Sie mich wenigstens angehört haben."

Sie drehte sich um und verließ, gerade und mit erhobenem Kopf, das Arbeitszimmer. Sie spürte Görners Blick im Rücken, bis die Haustür hinter ihr ins Schloß fiel.

Als sie wieder durch die Straßen von Nymphenburg lief, wurde ihr klar: Aus eigener Kraft konnte sie den Kampf um ihr Kind nicht gewinnen. Ihre einzige Hoffnung war jetzt Dr. Seeger. Er hatte ihr versprochen, Herta Wallner, die Hebamme, zur Rede zu stellen ...

19

Das Gespräch zwischen Dr. Seeger und Herta Wallner fand am gleichen Vormittag statt. Es war etwa gegen elf Uhr, als Dr. Seeger an die Tür zum Zimmer der Hebamme klopfte.

„Ja, bitte?" ertönte Herta Wallners tiefe Stimme.

Der Arzt öffnete, trat ein. „Guten Tag, Frau Wallner." Er bemühte sich um ein freundliches Lächeln. „Ich möchte gern ein paar Worte mit Ihnen reden."

Die Hebamme sah ihm mißtrauisch entgegen. Wortlos wies sie auf einen freien Stuhl.

Dr. Seeger setzte sich. „Es geht um jene Nacht, als Fräulein Kortner ..."

„Hat dieses verrückte Mädchen Sie mit ihrer fixen Idee angesteckt?“ unterbrach Herta Wallner brüsk.

Dr. Seeger schüttelte ruhig den Kopf. „Liebe Frau Wallner, es gibt tatsächlich noch ein paar Unklarheiten. Ich erinnere mich, daß Sie in jener Nacht zwei Entbindungen hatten: bei Fräulein Kortner und bei Frau Görner. Ich selbst mußte zur gleichen Zeit bei einer dritten Frau im OP einen Kaiserschnitt vornehmen. Ich wurde dann zu Frau Görner gerufen. Plötzlich hörte ich nebenan Schreie. Das war Fräulein Kortner. Ich lief hinüber, und Sie, Frau Wallner, zeigten mir ein totes Kind . . .“

„Das Kind, das Fräulein Kortner geboren hatte!“ fuhr Herta Wallner dazwischen.

Der Arzt ließ sich nicht beirren. „Ich verstehe nicht, wie das Mädchen ein totes Kind gebären konnte. Ich hatte sie noch am vorangegangenen Tag untersucht . . . Da war alles in Ordnung.“

„Ihnen, Herr Doktor, brauche ich doch wohl nicht zu erklären, daß sich das von einer Minute zur anderen ändern kann!“ Die Stimme der Hebamme war erregt.

„Stimmt“, erwiderte Dr. Seeger ruhig. „Aber wann merkten Sie das?“

Herta Wallner zögerte, dann wich sie in eine Gegenfrage aus: „Soll das ein Verhör sein?“

In diesem Augenblick hatte Dr. Seeger zum erstenmal das Gefühl, daß an Sabines Behauptung etwas Wahres sein mußte. „Ein Verhör? Keineswegs! Aber ich dachte, Frau Wallner, Sie hätten genausoviel Interesse daran wie ich, die Zusammenhänge zu klären.“

„Da gibt es gar nichts zu klären“, behauptete die Hebamme heftig „Das Kind ist tot zur Welt gekommen. Es war ja nicht das erstemal, daß so etwas passierte.“

„Aber immer wieder ist es tragisch.“

„Nicht einmal das. Das Mädchen war nicht verheiratet, das Baby wäre doch nur eine Belastung gewesen. Und für das Kind selbst hätte die Zukunft auch nicht sehr rosig ausgesehen.“

„Das hört sich ganz so an, als seien Sie geradezu erleichtert gewesen, als das Kind tot zur Welt kam.“

„Natürlich nicht“, verteidigte die Hebamme sich.

„Aber Sie betrachten es sozusagen als eine Fügung des Himmels?“

Herta Wallner warf den Kopf in den Nacken. „Ja. Das habe ich getan. Wollen Sie mir etwa einen Vorwurf daraus machen?“

„Nicht, wenn Sie mich davon überzeugen können, daß Sie Ihre Pflichten gewissenhaft erfüllt haben."

„Daran besteht doch wohl kein Zweifel!"

Dr. Seeger zog die Augenbrauen hoch. „Entschuldigen Sie, wenn ich nochmals auf meine Frage zurückkomme: Wann merkten Sie, daß mit dem Kind etwas nicht Ordnung war?"

Herta Wallner zögerte wieder mit der Antwort. „Kurz vor den Preßwehen", sagte sie endlich. „Als ich die kindlichen Herztöne noch einmal überprüfte."

„Warum haben Sie mich nicht sofort verständigt?"

„Ein Anruf im OP hätte Zeitverlust bedeutet."

Dr. Seeger lehnte sich kopfschüttelnd zurück. „Frau Wallner, einer jungen, unerfahrenen Hebamme würde ich diese Erklärung abnehmen. Nicht aber Ihnen. Sie wissen zu genau, daß es Ihre Pflicht ist, bei jeder Komplikation einen Arzt zu rufen oder das wenigstens zu versuchen."

Herta Wallner schwieg.

„Wollen Sie nicht lieber zugeben, daß es sich in Wahrheit anders zugetragen hat?" fragte Dr. Seeger eindringlich.

Sie strich sich mit einer nervösen Bewegung über die Stirn. „Ja", sagte sie leise, „ich habe einen Fehler gemacht. Ich habe vergessen, die Herztöne des Kindes abzuhorchen. Ich war völlig überrascht, als es tot zur Welt kam. So war es! Nun haben Sie mein Geständnis. Sie können mich jetzt anzeigen, wenn Sie wollen. Es ist das erstemal, daß mir so etwas in meiner mehr als dreißigjährigen Praxis passiert ist."

„Ich werde Sie nicht anzeigen, Frau Wallner ..."

„Ich danke Ihnen, Herr Doktor!" Die Hebamme stand auf.

Dr. Seeger blieb ruhig sitzen. „Sie wissen, wie Fräulein Kortner den Fall sieht?"

„Ja", antwortete sie ärgerlich. „Aber das ist doch Wahnsinn! Sie muß geistig durch die Geburt gelitten haben. Anders kann ich es mir nicht erklären."

Dr. Seeger beobachtete, daß ihre Hände zitterten. „Fräulein Kortner behauptet ..."

„Ich weiß, was sie behauptet!" rief die Hebamme erregt.

Jetzt stand auch Dr. Seeger auf, trat ganz dicht an Herta Wallner heran. „Sagen Sie die Wahrheit! Wenn Sie etwas zu verbergen haben ..."

„Das ist ungeheuerlich!" Ihre Stimme überschlug sich, wurde krächzend. „Das brauche ich mir nicht bieten zu lassen! Ich ...

ich werde mich über Sie beschweren! Ich habe immer ein untadeliges Leben geführt, und jetzt das! Nein, nein, das ist zuviel!"

Sie stürzte an Dr. Seeger vorbei, aus dem Zimmer hinaus.

Überrascht sah Dr. Seeger ihr nach. Er ging zur offenstehenden Tür, trat in den Flur hinaus. Herta Wallner war verschwunden. Nachdenklich zog Dr. Seeger die Tür zu.

Plötzlich stieß er sie wieder auf, ging ins Zimmer zurück, drückte die Tür von innen ins Schloß. Seine Augen strichen suchend durch den Raum. Er hoffte, irgend etwas zu finden, das seinen Verdacht bestätigen könnte, ein Beweisstück. Denn jetzt war er überzeugt, daß Herta Wallner nicht die Wahrheit gesagt hatte. Das Zimmer war peinlich sauber gehalten, die Ordnung von fast militärischer Korrektheit. Auf dem kleinen, mit Wachstuch bespannten Tisch lag eine Schreibmappe.

Sofort konzentrierte sich Dr. Seegers Interesse darauf. Vorsichtig hob er den Deckel. Schreibpapier, weißes billiges Papier. In einem Seitenfach ein flacher Stapel Umschläge.

Dr. Seeger stutzte. Zwischen den Umschlägen stak ein Kuvert, das größer war als die anderen, Millimeter höher und breiter. Mit Daumen und Zeigefinger zog der Arzt es an einer Ecke heraus, hielt es gegen das Licht. Die Vorderseite war leer. Dr. Seeger drehte es um ...

Zwei schwarze Buchstaben zeichneten sich scharf auf dem Büttenpapier ab.

E. G.

Dr. Seegers Augen wurden schmaler. Der Beweis? fragte er sich. Die Initialen ... Sie könnten Evelyn Görner bedeuten. Oder Eduard Görner? Nein! Dazu ist der Charakter der Schrifttype zu weiblich. Also Evelyn Görner! Aber was ist damit bewiesen?

Schnell, aber vorsichtig legte er den Umschlag auf das Schreibpapier, löste das erste Blatt, schlug es um den Umschlag und steckte beides in die Außentasche seines Arztkittels.

Er schlug die Schreibmappe zu, ging zur Tür und trat auf den Gang hinaus. Niemand sah ihn dabei ...

Peter hatte eine grauenhafte Nacht hinter sich. Als er an diesem Morgen erwachte, spürte er bohrende Kopfschmerzen. Er erhob sich von der Couch im Wohnzimmer seines Appartements, in dem er jetzt nur Gast war. Mit unsicheren Schritten ging er in die Küche.

Der Bekannte, dem er die Wohnung für ein Jahr vermietet hatte, war mit seinem Frühstück schon fertig.

„Hast du 'ne Pille gegen Kopfschmerzen, Rolf?" fragte Peter.
„Mann, du siehst ja wie der leibhaftige Kater aus!" flachste Rolf. „Im Schränkchen in der Toilette, da muß was sein."

Peter fand die Tabletten. Er nahm zwei davon ein und legte sich wieder auf die Couch. Er hatte nach dem Streit mit Sabine all seinen Kummer, seine Wut und seine Eifersucht ertränken wollen und den ganzen Abend und die halbe Nacht in einer Kneipe gesessen. Die Kopfschmerzen waren die Quittung dafür. Sie klangen jetzt ab, aber Peter ging es darum nicht besser. Denn die Erinnerung kam zurück. Jede Einzelheit der furchtbaren Auseinandersetzung mit Sabine ...

Er schloß gequält die Augen. Ich habe mich wie ein Idiot benommen, klagte er sich selbst an. Aber warum ist Sabine einfach weggelaufen? Es ist mein Kind, hat sie gesagt ... Aber wo ist dieses Kind? Warum hat sie mir nichts davon gesagt?

So sehr er auch grübelte, er konnte sich auf das, was er von Sabine und was er von Erich erfahren hatte, keinen Reim machen.

Aber ich muß es wissen, dachte er. Auch wenn du mich betrogen hast, Sabine ... Ich muß es wissen! Aus deinem Mund!

Sein Stolz aber ließ nicht zu, daß er sofort zu ihr ging. Er wollte noch abwarten. In einem Winkel seines Herzens hoffte er, Sabine würde den ersten Schritt zur Versöhnung tun.

Wenn sie ein reines Gewissen hat, kommt sie zu mir, dachte er mit männlicher Logik.

Nach einer Stunde Grübeln und Dösen stand Peter endlich auf, noch ein bißchen wacklig auf den Beinen, duschte, zog sich an, frühstückte lustlos und fuhr hinaus zum Haus seiner Eltern. Er war sich bewußt, daß er ihnen noch eine Erklärung schuldig war. Schon als das Hausmädchen ihm öffnete, hörte er aus dem Wohnzimmer eine laute Stimme. Peter erschrak. Diese Stimme ... Für Sekunden glaubte er, seinen Ohren nicht trauen zu können. Aber es war keine Täuschung.

„Besuch für Sie, Herr Hartmann", sagte das Mädchen.

Peter öffnete die Tür zum Wohnzimmer, trat ein.

Gisela Schneider lächelte ihm entgegen, neben ihr seine Mutter, die sichtlich unsicher war, wie er die Überraschung aufnehmen würde.

„Guten Tag", brummte Peter nur.

Gisela breitete beide Arme aus, kam auf ihn zu. „Da staunst du, was?" rief sie fröhlich.

„Kann man wohl sagen", erwiderte er ohne Freude und drückte ihr einen flüchtigen Kuß auf die Wange.

„Peter, ich habe es in Boston ohne dich nicht ausgehalten. Darum bin ich dir einfach hinterhergeflogen."

„Eine glänzende Idee", meinte Peter.

„Das finde ich auch", bestätigte seine Mutter, ohne auf den ironischen Unterton in seiner Stimme zu achten. „Ich freue mich sehr! Es ist wunderbar, liebes Kind, dich nach so langer Zeit hübscher und frischer denn je wiederzusehen."

Gisela Schneider sah wirklich bezaubernd aus. Aber Peter war ganz unempfänglich für ihre Reize. „Nett, dich wiederzusehen, aber ich muß gleich wieder weg . . ."

„Nichts da, Peter!" widersprach seine Mutter energisch. „Deine Freunde können warten. Ich mache euch jetzt einen schönen Kaffee." Sie verließ das Zimmer.

Gisela und Peter standen sich noch immer gegenüber. Eine peinliche Pause entstand.

„Wollen wir uns nicht setzen?" fragte Gisela. „Und gib mir bitte eine Zigarette."

Peter hielt ihr ein angebrochenes Päckchen hin, reichte ihr Feuer.

„Danke." Sie lehnte sich in den Ledersessel zurück. „Und nun berichte. Was ist mit dieser Sabine?"

„Ich bin dir keine Rechenschaft schuldig", erwiderte er ausweichend.

„Du irrst, mein Lieber." Ihr Gesicht verlor nichts von seinem lächelnden Gleichmut. „Erstens hast du selbst es mir versprochen, und zweitens ist es deine moralische Pflicht. Wir sind immerhin so gut wie verlobt. Also?"

„Gut, wenn du es wissen willst", erklärte er trotzig. „Ich liebe Sabine! Und sie liebt mich!"

Gisela blieb äußerlich völlig ruhig, nur ihr Lächeln verschwand. „Ihr habt euch also versöhnt, wenn ich das so nennen darf. Und was war mit diesem Dr. Seeger, von dem Erich geschrieben hat? Und warum hat sie deine Briefe nicht beantwortet?"

Peter starrte auf den kostbaren Teppich. „Sie hat die Briefe nicht erhalten . . ."

„Was?" unterbrach Gisela, und zum erstenmal war Erregung bei ihr zu merken. Sie lachte schrill auf. „Das glaubst du ihr? Du bist ein Trottel! Du hast ihr doch einen Einschreibebrief geschickt!"

Langsam hob Peter seinen Kopf. Seine Augen blickten entgeistert. Dann straffte sich sein Körper, stemmte sich aus dem Sessel. „Natürlich ...“ murmelte er kaum hörbar. „Der Einschreibebrief. Sie muß ihn bekommen haben.“ Wie in Trance ging er zur Tür.

„Wo willst du hin?“ rief Gisela ihm nach.

„Zur Post!“

Er rannte die Treppen zum Hauptpostamt am Rotkreuzplatz hinauf. Peter war so aufgeregt, daß es eine Weile dauerte, bis der Beamte, an den er sich wandte, ihn verstand und weiterweisen konnte. Peter lief in das erste Stockwerk. Er klopfte heftig an die genannte Tür, trat überhastet ein. Ein älterer Herr mit grauem, sorgfältig gestutztem Schnurrbart blickte unwillig von einem Schriftstück auf.

Peter erklärte, was er wissen wollte.

Der Beamte strich sich über den Schnurrbart. „Dann müssen Sie erst einmal ein Antragsformular ausfüllen.“

„Ein Antragsformular? Warum denn das?“

„Weil es Vorschrift ist“, erwiderte der Beamte ungerührt, öffnete eine Schublade, zog ein vorgedrucktes Blatt heraus, reichte es Peter über den Tisch. „Sie müssen Ihren Namen angeben, den Namen des Empfängers, das Datum der Aufgabe, den Inhalt des Briefes, die Einschreibnummer ...“

„Woher soll ich die denn jetzt noch wissen?“ unterbrach Peter.

„Sie werden doch hoffentlich den Einschreibzettel behalten haben. Sonst können wir nämlich gar nichts für Sie tun.“

Der Zettel! Peter runzelte die Stirn. Lieber Himmel, wo ist das Ding? In der Brieftasche?

„Einen Augenblick, bitte“, sagte er aufgeregt.

Er griff in die Innentasche seiner Jacke, zog seine Brieftasche heraus, begann zu wühlen. Da waren sein Ausweis, der Führerschein, ein Bild von Gisela, Zettel mit Notizen, ein paar Dollarscheine, Visitenkarten. Er leerte den ganzen Inhalt der Brieftasche auf den Schreibtisch aus, und – der Einschreibzettel kam zum Vorschein.

„Da ist er!“ rief Peter unendlich erleichtert. „Sehen Sie ... Der Brief ist am 25. November vorigen Jahres in Boston aufgegeben worden. Hier steht die Nummer! Bitte, lassen Sie sofort nachschauen!“

Der Beamte nahm den Abschnitt mit spitzen Fingern entgegen. „Was enthielt dieser Brief?“

„Einen Brief, was sonst?“

„Kein Geld? Ersatz kann nämlich nur bis zu einer Höhe ...“

„Ich will keinen Ersatz! Ich will einfach wissen, ob die Empfängerin den Brief bekommen hat oder nicht!“ Peter legte die zu Fäusten geballten Hände auf die Schreibtischplatte. „Es ist wichtig, verstehen Sie! Ich muß es wissen, heute noch!“

Der Beamte zog den Kopf zurück. Es war ihm anzusehen, daß er Peter nicht für ganz normal hielt. „Na schön“, sagte er friedfertig. „Warten Sie bitte draußen. Ich werde Sie rufen, sobald ich die Angelegenheit geprüft habe.“

Peter verließ den Raum. Auf dem Gang stand eine Bank. Er setzte sich, zündete sich eine Zigarette an. In der nächsten halben Stunde ließ er die Tür nicht aus den Augen.

Endlich erschien der schnurrbärtige Beamte in der Tür. „Kommen Sie bitte. Ich kann Ihnen versichern, daß Sie gar keinen Grund hatten, sich so aufzuregen. Das Einschreiben ist ordnungsgemäß zugestellt worden. Die Quittung liegt vor.“

Peter war es, als hätte er einen Schlag mitten ins Gesicht erhalten. Er torkelte fast in das Zimmer. „Nein“, stammelte er, „nein ...“

„Doch! Die Post funktioniert besser, als gewisse Leute denken!“ Gemütlicher Vorwurf klang aus den Worten des Beamten. „Hier, sehen Sie selbst!“ Er reichte Peter die rosa Empfangsbestätigung. „Da! Sabine Kortner ... Persönlich unterschrieben!“

Peter nahm den Zettel entgegen, sah auf die Unterschrift ... In diesem Augenblick traf ihn der zweite Schlag. Aber dieser Schlag machte ihn nicht benommen – er machte ihn hellwach! Das ist nicht Sabines Schrift! Wie ein Flammenstoß durchzuckte dieser Gedanke sein Gehirn. Das ist eine Fälschung! Erich Krüger ... Mehr konnte er nicht denken. Eine rasende Wut überspülte ihn. Eine Wut, die nach Rache schrie!

Peters Hand zitterte. Zwischen Daumen und Zeigefinger hielt er den Beweis für Sabines Unschuld: den Einschreibzettel, auf dem Erich Krüger ihre Unterschrift gefälscht hatte. Dafür wird er büßen! dachte Peter in ohnmächtiger Wut.

„Kann ich den Zettel haben?“

„Ausgeschlossen!“ erwiderte der Postbeamte entrüstet und griff hastig nach dem rosa Papier. „Die Empfangsbestätigung gehört zu unseren Unterlagen!“

Peter ließ den Zettel los. „Schade“, murmelte er. „Jedenfalls vielen Dank für Ihre Bemühungen.“ Er war schon an der Tür.

Er stürmte aus dem Zimmer, aus dem Postgebäude. Sabine ... flehte er in Gedanken. Sabine, bitte verzeih mir ... Ich habe dir unrecht getan. Aber Peter fühlte, daß das Rätsel noch nicht voll gelöst war. Viele Fragen schrien noch nach einer Antwort.

Ich muß letzte Klarheit haben, dachte er. Erst dann kann ich Sabine um Vergebung bitten ...

Peter fuhr zum St.-Anna-Platz, zur Wohnung des Rentnerehepaars Bauer, wo Erich Krüger lebte und wo auch Sabine einst ein möbliertes Zimmer gemietet hatte. Damals, als die Briefe verschwanden.

Die alte Frau Bauer öffnete. „Ach, Sie!“ erkannte sie ihn voller Staunen. „Sie sind zurück aus Amerika?“

„Seit ein paar Tagen.“ Peter trat ein. „Guten Tag, liebe Frau Bauer. Wie geht's Ihnen denn?“

Die alte Frau lächelte. „Wir werden alle nicht jünger.“ Plötzlich wurde sie ernst. „Herr Hartmann, entschuldigen Sie bitte, daß ich frage ... Ich habe so lange nichts von Fräulein Kortner gehört ...“

Peter fühlte einen feinen Stich. „Es ist alles wieder in Ordnung.“ Ihm war nicht wohl bei dieser kleinen Lüge.

„Gott sei Dank!“ Die alte Frau atmete hörbar auf. „Ein so liebes Mädchen ...“

„Ja“, unterbrach Peter, „aber ich komme nicht ihretwegen. Ich möchte zu Erich. Ist er zu Hause?“

„Nein.“

„Wann kommt er denn zurück?“

„Das ist ganz unbestimmt.“

„Frau Bauer“, Peter konnte seine Unruhe nur mühsam verbergen, „würde es Ihnen etwas ausmachen, wenn ich hier auf ihn warte? Vielleicht kommt er bald.“

„Wenn Sie wollen, Herr Hartmann.“ Sie öffnete ohne Argwohn die Tür zu Erichs Zimmer.

Peter ging hinein. „Ich werde mir die Zeit schon irgendwie vertreiben. Schönen Dank, Frau Bauer!“

Die Wirtin zögerte. Es war, als wollte sie noch etwas sagen. Doch dann zog sie die Tür zu.

Er war allein in Erichs Zimmer. In seiner Wut wußte Peter sich keinen anderen Rat, als hier zu warten. Obgleich die Chance gering war, daß Erich vor Abend nach Hause kommen würde. Peter wurde schon nach einer halben Stunde nervös. Mit langen Schritten ging er in dem kleinen Zimmer auf und ab, vom Fenster zur Tür und wieder zurück. Er warf sich in einen Sessel, stand wieder auf, begann die Wanderung von neuem. Er rauchte eine Zigarette nach der anderen, fieberte dem Augenblick entgegen, da er Erich zur Rede stellen konnte.

Plötzlich überkam Peter die Versuchung, das Zimmer zu durchsuchen. Anfangs wehrte er sich noch gegen diesen Gedanken, doch je länger er sich damit beschäftigte, desto schwächer wurde der innere Widerstand.

Endlich drückte Peter mit einer entschlossenen Geste seine Zigarette aus, blieb sekundenlang still stehen, lauschte. Kein Laut war zu hören.

Peter beugte sich über den Schreibtisch, zog behutsam eine Schublade nach der anderen auf, durchsuchte sie, immer darauf bedacht, keine verdächtige Unordnung zu hinterlassen.

Er fand nichts. Schließlich blieb nur eine Schublade übrig. Sie war abgeschlossen. Noch einmal zögerte er. Sein Gewissen sträubte sich, doch der Wille, Erich zu entlarven, war stärker. Er griff zum Brieföffner, schob die flache, stählerne Klinge zwischen Schloß und Rahmen. Die Schublade sprang auf.

Wieder wurde Peter enttäuscht. Er fand nicht seine verschwundenen Briefe an Sabine. In dem Holzkasten lag nur ein zusammengefalteter Zettel. Peter wollte die Lade schon wieder zuschieben, da stutzte er. Ein einzelner Zettel in einem abgeschlossenen Fach?

Peter nahm ihn heraus, faltete ihn auf. Es war ein Pfandschein. Ein Pfandschein für ein Diamantkollier, das auf einen Wert von fünfzehntausend Mark geschätzt und mit dreitausend Mark beliehen war.

Peter atmete tief ein, stieß die Luft dann zischend durch die Zähne. Wie kann Erich in den Besitz eines so kostbaren Schmuckstücks gekommen sein? überlegte er. Das Geschenk einer reichen Freundin? Ausgeschlossen! Eine Frau schenkt ihrem Liebhaber doch niemals ihren eigenen Schmuck ...

Peter wußte nur eine Erklärung: Erich mußte sich das Kollier auf unrechtmäßige Art verschafft haben!

In diesem Moment erwachte in Peter ein wildes Jagdfieber. Sein Instinkt sagte ihm: Die Sache stinkt! Es war unrecht und gefährlich dazu, aber Peter konnte nicht widerstehen – er steckte den Pfandschein in seine Brieftasche.

Nach einigen Versuchen gelang es ihm, die Schublade wieder zu verschließen. Er wollte vermeiden, daß Erich sofort bei der Rückkehr den Verlust des Pfandscheins bemerkte.

Peter sah sich um, stellte fest, daß er keine verräterischen Spuren hinterlassen hatte, und trat aus dem Zimmer. Er ging in die

Küche. Die alte Frau Bauer strickte. Sie blickte Peter über den Rand der Brille fragend an.

„Ich glaube, es hat keinen Zweck, länger auf Erich zu warten", erklärte er. „Bitte richten Sie ihm doch aus, daß er mich anrufen soll."

„Gern."

„Und zwar heute noch. Wann immer er nach Hause kommt. Ich bin unter meiner alten Nummer zu erreichen in der Widenmayerstraße. Es ist sehr wichtig!"

20

Erich Krüger stand etwa zur gleichen Zeit in einer Telefonzelle am Hauptbahnhof. Er wählte eine Telefonnummer.

„Ich möchte bitte Frau Görner sprechen . . ." Ein paar Sekunden vergingen, dann sagte er mit speckiger Stimme: „Ich bin's, liebe Frau Görner. Ich erwarte Sie um fünf Uhr in der Leopoldstraße. Kommen Sie mit Ihrem Wagen, und kommen Sie allein. Fahren Sie langsam, und wenn Sie mich sehen, halten Sie am Bordstein. Ich werde dann einsteigen."

Ohne eine Antwort abzuwarten, hängte er ein. Er schlenderte durch die Bahnhofshalle, steuerte gemächlich auf das Aktualitäten-Kino zu und löste eine Karte. Er wollte die Zeit totschlagen. Kurz vor fünf Uhr aber war er in der Leopoldstraße. Er spazierte die Prachtstraße entlang und suchte eine Stelle, wo Evelyn Görner halten könnte, ohne den Verkehr zu behindern. Kurz hinter dem Siegestor schien es ihm am besten möglich. Hier setzte er sich in eines der Straßencafés, trank einen Campari, bezahlte gleich und beobachtete dann den Straßenverkehr. Nach einigen Minuten entdeckte er Evelyn Görners crèmefarbenen Lancia, aber er ließ sie vorbeifahren. Er wollte sichergehen, daß sie allein war und daß niemand ihr folgte. Als der Sportwagen sich zum zweitenmal näherte, beobachtete er aufmerksam die Autos hinter ihr – es waren nicht die gleichen wie beim erstenmal. Rasch trat er an die Bordsteinkante, hielt die Hand vor.

Der Wagen hielt. Evelyn Görner öffnete den Wagenschlag von innen. Erich stieg ein.

„Ich muß mit Ihnen sprechen!" stieß Evelyn Görner heftig hervor.

Erich grinste. „Fahren Sie erst einmal weiter", meinte er fast gemütlich.

Sie steuerte den Wagen in den Verkehrsstrom zurück. „Sie müssen mir das Kollier wiedergeben! Mein Mann hat Verdacht geschöpft!"

Erich spitzte nachdenklich die vollen sinnlichen Lippen, dann sagte er: „Sie können das Kollier zurückkaufen. Die Frage ist nur: Was bieten Sie?"

„Zweitausend Mark."

Er lehnte sich behaglich zurück, kostete die Situation aus. „Das soll wohl ein Witz sein?"

„Für mich ist es bitterer Ernst. Es war schwer genug, das Geld zu beschaffen."

„Na ja", sagte er mit gespielter Gutmütigkeit, „geben Sie her! Wo haben Sie es?"

„In meiner Handtasche."

Er öffnete sie, das Geld steckte im Seitenfach.

„Sie brauchen nicht weiter zu suchen", zischte sie böse. „Die Tasche enthält nichts, was Sie interessieren könnte. Ich habe alles vorher entfernt."

„Sehr klug von Ihnen!" Er ließ die Tasche zuschnappen, steckte das Geld ein.

„Und jetzt das Kollier!" forderte sie.

„Schrecklich", murmelte er und schüttelte den Kopf. „Ich habe das Gefühl, wir sprechen aneinander vorbei."

Unwillkürlich trat sie auf die Bremse. „Was soll das heißen?"

„Weiterfahren, immer weiterfahren! Sie wollen doch keinen Zusammenstoß riskieren?"

Mit zusammengebissenen Zähnen befolgte sie seinen Befehl.

Erich grinste wieder zufrieden. „Die zweitausend Mark sind meine zweite Rate."

„Nein!" rief Evelyn Görner entsetzt. „Sie verkennen die Situation! Mein Mann hat Verdacht geschöpft!"

„Soll er!"

Sie warf Erich einen funkelnden Blick zu. „Ich lasse Sie auffliegen!"

Er zupfte gelassen seine Bügelfalten zurecht. „Das wäre unvernünftig."

„Wenn Sie mir nicht das Kollier zurückgeben . . ."

„Ich habe es nicht mehr." Erich lachte schadenfroh. „Es liegt bei einer Pfandleihe. Und um es wieder auszulösen, genügen zweitausend Mark nicht."

„Wieviel haben Sie dafür bekommen?"

„Wenn Sie das Kollier zurückhaben wollen, müssen Sie schon ein bißchen mehr als zweitausend lockermachen, Sagen wir: noch einmal zweitausend!"

„Das kann ich nicht", sagte sie verzweifelt. „Mein Gott, was soll ich jetzt tun?"

Erich legte seinen Arm um ihre Schulter. Sie ließ es zu. „Erst einmal, Evelyn: Nicht die Nerven verlieren! Es gibt nichts auf dieser Welt, was sich nicht regeln ließe. Seien Sie ein bißchen lieb zu mir, und ich werde versuchen, Ihnen zu helfen."

„Lieb? Zu Ihnen?" fragte sie, obwohl sie sofort wußte, was er meinte.

„Warum nicht, Evelyn? Ich darf Sie doch so nennen?"

„Tun Sie, was Sie nicht lassen können."

Erich streichelte zart ihren Nacken. „Ich bin sicher, wir beide werden uns noch prächtig verstehen."

Sie reagierte nicht auf seine Liebkosungen. Ihr Körper blieb starr wie eine Eissäule. „Würden Sie mir dann das Kollier zurückgeben?"

„Aber Evelyn!" Er spielte Entrüstung. „Sie haben ein schlechtes Gedächtnis! Ich habe das Kollier doch nicht mehr!"

„Aber dann . . ."

Er legte seine Hand auf ihren Schenkel. „Wir können gemeinsam versuchen, es zurückzubekommen. Ich mache Ihnen einen Vorschlag, Evelyn: Fahren Sie mit mir nach Garmisch ins Spielcasino. Wir haben zweitausend Mark Betriebskapital. Wenn wir Glück haben, können wir es vermehren. Dann verspreche ich Ihnen, daß Sie das Kollier zurückbekommen. Natürlich . . ." Sein Gesicht verzog sich zu einem satanischen Lächeln. „Liebe inbegriffen!"

Sie duldete seine Hände an ihrem Nacken, auf ihrem Schenkel. „Und wenn wir alles verlieren?"

Er hob die Schulter. „Das ist unser Risiko. Ich will es wagen, und ich denke, Sie sollten es auch tun."

„Was bleibt mir denn anderes übrig?" sagte sie tonlos. „Ich habe keine Wahl."

Es war gegen acht Uhr, als sie das Spielcasino von Garmisch-Partenkirchen betraten. Erich wechselte die zweitausend Mark in Chips ein und reichte sie Evelyn. Sie begann sofort zu spielen. Er stellte sich neben sie an den Roulettetisch und ließ keinen Blick von ihr. Ihre leidenschaftliche Entschlossenheit machte sie für ihn noch begehrenswerter.

Evelyn Görner gewann. Nach etwa einer halben Stunde hatte sie sechshundert Mark gewonnen, aber dann riß ihre Glückssträhne ab. Sie spielte kühner und verlor noch rascher.

Als Erich erkannte, daß ihr kaum mehr als fünfhundert Mark geblieben waren, griff er nach ihrem Arm, der schon zum neuen Einsatz ausgestreckt war. „Geben Sie auf, Evelyn. Es hat keinen Zweck!"

„Ich riskiere alles!" erwiderte sie verbissen. „Bis ich genug gewonnen oder alles verloren habe!"

Er begriff, daß er sie nicht daran hindern konnte, ohne einen Skandal heraufzubeschwören, und so sah er nur noch still zu.

Sie verlor alles.

„Kommen Sie, Evelyn", sagte Erich ruhig, „gehen wir in die Bar. Ich habe gerade noch genug Geld für eine Flasche Sekt."

„Geben Sie es mir! Bitte!"

„Nein", erklärte er entschlossen.

„Dann fahren wir nach Hause."

„Auch gut."

Er führte sie aus dem Spielcasino hinaus zum Parkplatz.

„Nehmen Sie es nicht so tragisch", sagte er, als sie nebeneinander im Auto saßen. „Es war ja sowieso nicht mehr Ihr Geld. Ich wäre es, der sich beklagen müßte. Aber ich mache Ihnen nicht den geringsten Vorwurf."

„Sie haben ja noch mich", sagte sie sarkastisch.

Er grinste. „Stimmt auffallend! Und deshalb fahren wir jetzt nach München zurück und in meine Bude. Ich verspreche Ihnen, ich werde diesen Abend noch zu einem befriedigenden Abschluß bringen."

„Und wann muß ich wieder zahlen?"

„Denken Sie nicht daran", sagte er jovial. „Nicht heute abend!"

„Aber morgen und übermorgen ... mein ganzes Leben lang werde ich daran denken müssen! Immer wieder werden Sie Ihre Forderungen stellen! Das haben Sie doch vor, nicht wahr?"

„Wir werden sehen. Wenn Sie recht lieb zu mir sind ... Es liegt ganz bei Ihnen." Er zündete sich eine Zigarette an, während der schnelle Wagen in die Nacht hinausschoß. „Nicht so eilig", mahnte er. „Sie können es wohl nicht abwarten?"

„Sie werden mich nicht bekommen", murmelte sie verbissen. „Weder mich noch mein Geld!"

„Was haben Sie da gesagt?"

Sie lachte schrill. „Daß ich uns umbringen werde! Alle beide!"

„Evelyn!" Er richtete sich steil auf.

„Rühren Sie mich nicht an!"

„Nehmen Sie das Gas weg! Evelyn! Das ist ja Wahnsinn!"

Todesangst entstellte plötzlich sein Gesicht. Er wagte nicht, Evelyn in die Arme zu fallen. Bewegungslos saß er da. Schweiß glänzte auf seiner Stirn.

Wieder lachte sie auf, irr jetzt. Dann geschah es ... In einer leichten Kurve riß sie das Lenkrad scharf nach links. Der Wagen schoß über die Fahrbahn hinaus, in den Abgrund ...

Ein dumpfer Aufschlag, reißendes Blech, berstendes Glas.

Erich erlebte alles mit. Auch das Brechen seiner Knochen, den furchtbaren Schlag gegen den Kopf, die tiefe Stille, die danach kam. Er sah die zusammengesunkene Gestalt, die wie eine Puppe über dem Steuer hing.

„Evelyn", stammelte er.

Plötzlich bewegte sich ihr Oberkörper, fiel gegen seine Brust. Er sah ihr zerschmettertes, blutüberströmtes Gesicht, die weitaufgerissenen Augen ohne Blick. Da begriff er, daß sie tot war.

Die Bewußtlosigkeit überfiel ihn wie eine Gnade ...

21

Peter Hartmann wartete den ganzen Abend lang auf Erichs Anruf. Er saß allein im Wohnzimmer seines Appartements. Rolf, der Bekannte, dem er die Wohnung vermietet hatte, war auf einer Party.

Vergeblich versuchte Peter, sich auf das Buch zu konzentrieren, das er in den Händen hielt. Immer wieder überfiel ihn der Gedanke, zu Sabine zu gehen – noch an diesem Abend – und ihr von der unglaublichen Entdeckung zu berichten: Erichs Unterschriftfälschung auf dem Einschreibzettel. Doch Peter verwarf diesen Gedanken immer aufs neue.

Nein, sagte er sich, ich muß von Erich erst alles erfahren ... Die ganze Wahrheit! Dann werde ich zu Sabine gehen ... Aber wird sie mir verzeihen?

Sein Herz fühlte plötzlich Angst – die quälende, schmerzliche Angst, Sabine vielleicht schon verloren zu haben ...

Sabine! Ich liebe dich doch! Wie ich nie ein Mädchen zuvor geliebt habe!

Gegen Mitternacht ging Peter schlafen.

Das Klingeln des Telefons weckte ihn aus einem unruhigen

Schlaf. Peter sah zur Uhr: neun Uhr morgens. Er riß den Hörer von der Gabel, meldete sich mit heiserer Stimme.

„Oh, Herr Hartmann ..." Eine bebende Frauenstimme antwortete. „Wie gut, daß ich Sie erreiche!"

Peter war so verblüfft, daß ihm für Sekunden die Worte fehlten.

„Hier spricht Frau Bauer ... Es ist etwas Entsetzliches geschehen!"

„Mit Erich Krüger?" fragte Peter plötzlich hellwach.

„Jaja. Stellen Sie sich nur vor – eben war die Polizei bei mir. Erich ist mit dem Auto schwer verunglückt ... Oh, mein Gott, der arme Junge!"

„Wo und wann ist es denn geschehen?" fragte Peter sachlich.

„Ich weiß nicht. Der Beamte hat es mir gesagt, aber ich bin ganz durcheinander. Ich ... jedenfalls ist er in das Krankenhaus in Bad Tölz eingeliefert worden ..."

„Bitte weinen Sie nicht, Frau Bauer", versuchte Peter zu trösten. „Ich fahre gleich nach Bad Tölz und berichte Ihnen dann, wie es Erich geht."

„Ja, tun Sie das ..."

Peter legte rasch auf, lief ins Schlafzimmer.

„Rolf, kann ich deinen Wagen haben? Bis Mittag."

„Papiere und Schlüssel in der Jacke", kam die verschlafene Antwort aus dem Bett.

Das Krankenhaus in Tölz wirkte in der Stille des Sonntags wie eine Festung. Peter ging mit pochendem Herzen auf den Eingang zu.

In der Pförtnerloge saß eine ältliche Schwester. „Sie wünschen?" fragte sie gelangweilt.

„Ich bin benachrichtigt worden, daß Herr Krüger heute nacht hier eingeliefert worden ist", erklärte Peter. „Ein Autounfall."

Die Schwester sah auf eine Liste, die vor ihr lag. „Ja, stimmt. Aber Sie können den Patienten jetzt nicht sprechen."

„Aber ich muß wissen, was passiert ist! Kann ich nicht mit einem Arzt sprechen?"

Die Schwester hob den Kopf. „Sind Sie ein Verwandter?"

Peter entschloß sich zu einer Notlüge. „Ein Vetter. Erich Krügers Eltern leben bei Passau. Ich möchte erst Näheres wissen, bevor ich es ihnen mitteile."

„Ach so, dann ... Gehen Sie dort links hinein in den Warteraum. Ich werde sehen, ob ich einen Arzt erreichen kann."

Das Wartezimmer war ein kahler Raum mit grün gestrichenen

Wänden. Peter zündete sich eine Zigarette an. Er hatte erst wenige Züge getan, als ein junger Arzt in weißem Kittel eintrat.

„Dr. Burghart", stellte er sich knapp vor.

„Mein Name ist Hartmann", entgegnete Peter. „Ich komme wegen Herrn Krüger."

„Sie brauchen sich keine Sorgen zu machen", erklärte der Arzt sofort. „Der Autounfall ist für Herrn Krüger sehr glimpflich ausgegangen. Das rechte Bein und ein paar Rippen gebrochen. Dazu eine große Platzwunde am Kopf und eine Gehirnerschütterung. In sechs Wochen etwa werden wir Herrn Krüger entlassen können."

Peter atmete auf. „Wie ist es denn überhaupt passiert?"

„Das ist der Polizei noch ein Rätsel. Der Wagen ist in einer weitgezogenen, völlig ungefährlichen Kurve von der Fahrbahn abgekommen und die Böschung hinuntergerast. Dabei muß er sich überschlagen haben."

„Aber ich verstehe nicht", wandte Peter ein. „Erich ... ich meine, Herr Krüger besitzt gar kein Auto."

„Er war auch nur Beifahrer", erklärte der Arzt. „Am Steuer des Sportwagens saß eine Frau. Sie war schon tot, als man den zertrümmerten Wagen fand. Görner ist ihr Name. Evelyn Görner."

Ein nachdenklicher Zug trat auf Peters Gesicht. „Görner? Den Namen muß ich schon einmal gehört haben."

„Sie ist die Gattin des Industriellen Eduard Görner."

Peter erinnerte sich an das Diamantkollier, das Erich ins Pfandhaus gebracht hatte. Sofort stieg in Peter der Verdacht auf, daß zwischen Frau Görner und diesem Schmuck ein Zusammenhang bestehen könnte.

„Ich muß Herrn Krüger sprechen", sagte er mit Nachdruck.

Der Arzt hob unschlüssig die dichten Augenbrauen. „Das geht schlecht. Der Patient ist vom Unfall und von der Behandlung noch sehr geschwächt. Zudem hat er vor wenigen Minuten eine Spritze bekommen. Ein Sedativ."

„Herr Doktor, es muß sein! Nur ein paar Fragen!"

„Na gut. Aber nicht länger als drei Minuten."

Dr. Burghart führte Peter einen langen Gang hinunter. Vor einer Tür blieb der Arzt stehen. „Warten Sie bitte einen Moment hier. Ich will nur mal eben sehen ..." Er öffnete die Tür, verschwand, war aber nach knapp einer Minute wieder zurück. „Patient ist noch ansprechbar", sagte er. „Doch denken Sie daran: nicht länger als drei Minuten! Ich werde hier warten."

Es war ein Einzelzimmer. Peter schloß die Tür hinter sich und ging auf das Bett zu. Erich Krüger trug einen Verband um den Kopf, sein Gesicht wirkte grau und eingefallen.

In Erichs Augen blitzte Erstaunen auf. „Peter ... Nett von dir ...“ Seine Stimme war schwach und unklar.

„Wie geht's?“

„Schlecht.“

„Ich habe mit Dr. Burghart gesprochen. In ein paar Wochen bist du wieder auf den Beinen.“

Erich schloß die Augen. „Wasser“, stöhnte er. „Gib mir was zu trinken.“

„Ich werde dem Arzt Bescheid sagen. Aber erst beantworte mir ein paar Fragen ... Warum hast du meine Briefe an Sabine unterschlagen? Leugne nicht! Ich war bei der Post und habe die Unterschrift auf der Einschreibequittung gesehen. Du hast Sabines Unterschrift gefälscht.“

„Das ... muß ein Irrtum sein“, sagte Erich gepreßt.

„Hör auf zu lügen! Ich weiß Bescheid!“

„Dann quäl mich doch nicht. Merkst du denn nicht, wie elend ich mich fühle?“

„Du gibst es also zu?“ Peter zwang sich, hart zu bleiben, obgleich er ein unerklärliches Mitleid mit Erich verspürte.

„Glaub, was du willst, aber laß mich in Ruhe.“

„Erich!“ Peter beugte sich über den dick vermummten Kopf. „Nur noch eine Frage, dann laß ich dich in Ruhe: Was ist mit Sabines Kind?“

„Woher soll ich das wissen?“ Erichs Stimme war kaum noch zu verstehen. „Frag Sabine.“

„Erich, du weißt mehr, viel mehr! Sag mir die Wahrheit!“

„Frag Dr. Seeger.“ Erichs Lippen bewegten sich kaum noch.

Eine Hand legte sich plötzlich auf Peters Schulter. „Es hat keinen Zweck“ Dr. Burghart sagte es ruhig, aber bestimmt. „Kommen Sie in drei Tagen noch einmal, dann wird sich Herr Krüger genügend erholt haben ...“

Peter verließ das Krankenhaus und fuhr nach München zurück. Das Gespräch mit Erich hatte ihn keinen Schritt weitergebracht. Erich hatte so gut wie gestanden, daß er die Briefe und das Telegramm an Sabine unterschlagen hatte. Aber das war nichts Neues. Was Peter am meisten interessierte – das Rätsel um Sabines Kind –, davon hatte Erich nichts verraten. Nur den Hinweis: *Frag Dr. Seeger!*

Immer wieder blieb Peter bei seiner Grübelei an diesen Worten hängen.

Frag Dr. Seeger!

Als Peter die Münchner Innenstadt erreichte, hatte er sich zu dem Entschluß durchgerungen: Ich werde es tun! Ich werde zu diesem Seeger gehen!

Von einer Telefonzelle aus rief er das Mütterheim in Nymphenburg an und verlangte Dr. Seeger.

„Tut mir leid", sagte eine Schwester, „Dr. Seeger mußte dringend nach Nürnberg. Aber rufen Sie Mittwoch früh wieder an, dann hat er wieder Dienst."

Während der nächsten beiden Tage gelang es Peter, seinen Eltern und Gisela Schneider aus dem Weg zu gehen. Die Vorwürfe seiner Mutter und Giselas Forderung nach einer klaren Entscheidung waren ihm ein Greuel.

Denn der Kampf in seinem Herzen war noch nicht entschieden. Er liebte Sabine noch immer, aber die Zweifel an ihrer Treue fraßen in ihm wie ein schleichendes Gift. Das Rätsel um die verschwundenen Briefe war zwar gelöst, aber da blieb noch das Kind und dieser Dr. Seeger – Fragen, die nach einer Antwort schrien . . .

Am Mittwoch morgen rief Peter schon kurz nach acht Uhr im Mütterheim an. Die Verbindung mit Dr. Seeger klappte sofort.

„Kommen Sie gleich", sagte der Arzt, „ich erwarte Sie."

Peter fuhr sofort hinaus nach Nymphenburg. Er mußte ein paar Minuten am Anmeldeschalter warten, dann erschien Dr. Seeger. Die beiden Männer begrüßten sich kühl.

„Gehen wir in mein Zimmer", schlug Dr. Seeger vor.

Auf dem Weg durch die langen Gänge sprachen sie kein Wort. Als sie im Zimmer waren, nahm Dr. Seeger ein Päckchen Zigaretten vom Tisch, bot es Peter an. Sie begannen beide zu rauchen, setzten sich.

Der junge Arzt war es, der das beklommene Schweigen brach. „Es freut mich, daß Sie und Sabine sich wieder ausgesöhnt haben. Ich traf Sabine am Freitag, da sagte sie es mir."

Peter zögerte. Soll ich ihm sagen, was inzwischen alles geschehen ist? fragte er sich. Er konnte sich nicht dazu entschließen, zumal ihm bereits fünf andere Worte auf der Zunge lagen.

„Wie stehen Sie zu Sabine?"

Für Sekunden war es ganz still im Raum.

„Ich habe sie behandelt", antwortete Dr. Seeger dann ruhig. „Zuerst im Unfallkrankenhaus. Später, als sie merkte, daß sie schwanger war, hat sie sich in ihrer Not an mich gewandt. Sie wurde hier im Mütterheim aufgenommen. Sie war meine Patientin. Allerdings habe ich über meine ärztlichen Pflichten hinaus Anteil an ihrem Schicksal genommen."

„Und das Kind?" fragte Peter gepreßt. „Sind Sie sicher, daß das Kind von mir ist?"

Dr. Seeger sah ihn voll an. „Herr Hartmann, kennen Sie Sabine wirklich so schlecht? Ist es Ihnen nie bewußt geworden, daß sie ein absolut aufrichtiger Mensch ist?"

„Doch", sagte Peter, „natürlich, das weiß ich ja . . ."

„Nein", unterbrach Dr. Seeger heftig. „Sie wissen nichts, gar nichts!"

„Sie lieben sie?"

„Ich begann sie zu lieben. Aber dann erkannte ich, daß es für Sabine nur einen einzigen Mann gab . . . Peter Hartmann!"

„Sabine und ich, wir lieben uns . . ." Peter senkte den Blick. „Aber es gibt so vieles, was unsere Liebe belastet. Die Sache mit dem Kind . . ."

„Sabine hat Ihnen also alles erzählt?"

„Nein! Eben nicht!" rief Peter erregt aus. Er sah auf. Ein gequälter Ausdruck lag in seinen Augen. Wieder war es für zwei, drei Sekunden still. Dann entlud sich der Druck, der auf Peters Seele lag. Er begann zu sprechen. Er sagte alles. Er sprach von seinen Briefen an Sabine, auf die er keine Antwort erhalten hatte. Von Erichs teuflischen Machenschaften und dem Autounfall mit Evelyn Görner . . .

„Was? Evelyn Görner?" unterbrach Dr. Seeger erstaunt.

„Ja!" antwortete Peter. „Sie saß am Steuer, als das Unglück geschah. Sie war sofort tot. Kannten Sie denn Frau Görner?"

„Und ob", erwiderte der Arzt nachdenklich. „Gestern abend, als ich aus Nürnberg zurückkam, sagte man mir, Frau Görner sei bei einem Autounfall ums Leben gekommen. Aber kein Wort davon, daß dieser Krüger dabei war. Wissen Sie eigentlich, daß auch Sabine mit Evelyn Görner bekannt war?"

Jetzt war es Dr. Seeger, der zu berichten begann. Von Sabine und ihrem Kind. Von dem Verdacht, daß die Hebamme Sabines Baby mit dem totgeborenen Kind der Evelyn Görner vertauscht haben könnte.

„Mein Gott", murmelte Peter erschüttert.

Dr. Seeger sprach weiter. Von den Beweisen, die nicht ausreichten. Von seinem Gespräch mit Herta Wallner, der Hebamme. „Sie wollte sich über mich beschweren, hat es aber noch nicht getan."

Und endlich erwähnte er auch den Briefumschlag, den er bei ihr gefunden hatte. „Mit den Initialen E. G. Das könnte Evelyn Görner heißen ... Sie wird übrigens heute nachmittag bestattet. Ich werde hingehen."

Peter Hartmann und Ralph Seeger saßen noch lange zusammen. Sie wurden fast Freunde an diesem Tag. Und sie zerbrachen sich die Köpfe, wie sie die Wahrheit über Sabines Kind, Peters Sohn, ergründen könnten ...

Mit wundem Herzen wartete Sabine auf Peter. An jedem Abend fand ihre Liebe neue Kraft zur Hoffnung: Morgen wird er zu mir kommen ...

Aber er kam nicht.

Liebt er mich wirklich nicht mehr? fragte sie sich endlich, und die Wunde in ihrem Herzen schmerzte stärker denn je.

Sie hatte schon am Sonnabend, gleich nach dem Besuch bei Eduard Görner, versucht, Dr. Seeger zu erreichen. Sie erhielt die lakonische Auskunft: „Rufen Sie am Mittwoch wieder an."

Doch ehe sie an diesem Tag dazu kam, erhielt sie selbst einen Anruf im Büro. „Für Sie, Fräulein Kortner", sagte eine Kollegin und hielt ihr den Hörer hin.

Peter! schoß es Sabine durch den Kopf. Sie nahm den Hörer entgegen. Ihre Hand zitterte. „Ja? Hier Sabine Kortner ..."

„Sie werden sich wundern, daß ich Sie anrufe", antwortete eine weibliche Stimme. „Ich bin Gisela Schneider!"

Sabine zuckte zusammen.

„Ich glaube, wir beide sollten uns einmal aussprechen", sagte Gisela Schneider.

„Ich wüßte nicht, was ..."

Gisela fiel ihr ins Wort. „Wir könnten uns vielleicht in Ihrer Mittagspause treffen. Wann sind Sie frei? Um zwölf?"

Sabine überlegte kurz. „Ja", sagte sie dann mit fester Stimme, „ich esse immer in einem kleinen Lokal in der ..."

Wieder ließ Gisela Schneider sie nicht aussprechen. „Nein, treffen wir uns lieber im Hotel ‚Bayerischer Hof', ja? Bis nachher also!"

Gisela Schneider wartete schon in der Halle des „Bayerischen Hofs." Sabine wußte sofort, daß sie es war, ohne sie zu kennen. Sie ging auf sie zu. Gisela Schneider saß in einem Sessel und blätterte mit blasiertem Gesichtsausdruck in einer Illustrierten. Sie hob erst den Kopf, als Sabine dicht vor ihr stand.

„Ach! Sie sind Sabine Kortner?“ sagte Gisela gespreizt und mit einem beleidigenden Unterton.

Sabine blieb gefaßt. Sie setzte sich. „Ich habe wenig Zeit.“

„Eigentlich hatte ich vor, Sie zum Mittagessen einzuladen ...“

„Danke“, sagte Sabine kurz.

„Sie arbeiten als Sekretärin, nicht wahr?“ sagte Gisela, und auch das klang wie eine Beleidigung.

„Ja“, erwiderte Sabine ruhig. „Und was tun Sie?“

„Ich studiere Architektur und Kunstgeschichte. Sie werden sich darunter nicht viel vorstellen können, obgleich Peter ...“

„Was soll das?“ unterbrach Sabine hart. „Es ist wohl besser, ich gehe wieder.“

Sie wollte sich erheben, aber Gisela faßte sie am Arm, hielt sie fest. „Ich wollte Sie nicht beleidigen, wirklich nicht! Bitte, bleiben Sie doch! Ich bin sehr froh, Sie kennenzulernen. Wir hätten uns schon viel früher einmal aussprechen sollen, dann wäre uns beiden manches erspart geblieben.“

Sabine lehnte sich in den Sessel zurück. „Was wollen Sie von mir?“

Gisela Schneider lächelte fein. „Nun, wenn ich ganz ehrlich sein soll ... Sie tun mir leid!“

„Sehr liebenswürdig“, sagte Sabine voller Ironie.

„Sehen Sie“, fuhr Gisela unbeirrt fort, „die Sache liegt doch so: Peter ist der Sohn eines Millionärs ... Für ein Mädchen wie Sie wäre er wirklich eine fabelhafte Partie! Aber die ganze Sache ist völlig aussichtslos. Kennen Sie Peters Eltern?“

„Ja.“

„Na, dann wissen Sie ja Bescheid. Niemals werden sie ihre Einwilligung zu einer solchen Verbindung geben.“

„Peter könnte mich auch gegen den Willen seiner Eltern heiraten“, erklärte Sabine ruhig.

„Ah, wirklich? Und warum sind Sie dann nicht schon mit Peter verheiratet, wenn ich fragen darf?“

Zorn flammte plötzlich in Sabines klaren Augen auf. „Weil ich nicht wollte, daß er sich meinetwegen mit seinen Eltern überwarf! Weil ich es für richtiger hielt, daß er erst für ein Jahr nach Amerika ging, wie sein Vater es verlangte! Weil ich an die Kraft unserer Liebe glaubte!“

Gisela schien beeindruckt. Sie suchte umständlich in ihrer Tasche nach Zigaretten, zündete sich eine an. „Aber glauben Sie mir! Es hat wirklich keinen Zweck, Peter nachzulaufen.“

„Das habe ich nie getan“, erklärte Sabine mit fester Stimme, „und das werde ich auch nie tun.“

„Ich habe also Ihr Wort?“

„Mein Wort?“

„Daß Sie Peter in Ruhe lassen werden!“

Plötzlich mußte Sabine lächeln. „Jetzt weiß ich auch, was Sie quält, liebes Fräulein Schneider ...“ Sabine beugte sich vor. „Sie wissen nämlich genau, daß Peter Sie nicht liebt!“

Gisela Schneider erstarrte.

„Das ist sehr interessant für mich“, fuhr Sabine spöttisch fort. Sie stand auf. „Ich danke Ihnen für dieses Gespräch, Fräulein Schneider! Leben Sie wohl!“

Sie wandte sich zum Ausgang. Es war ihr, als fühle sie den bösen Blick der Rivalin im Nacken, während sie mit hocherhobenem Kopf durch die Hotelhalle ging. Und dieses Gefühl verschaffte ihr eine stolze Genugtuung.

Aber wichtiger, viel wichtiger erschien ihr in dieser Minute die Tatsache: Gisela Schneider war sich Peters Liebe nicht sicher!

Und zum erstenmal seit Tagen empfand ihr Herz wieder Freude.

22

Niemand hätte zu sagen vermocht, ob Generaldirektor Eduard Görner durch den jähen Tod seiner Frau innerlich berührt worden war. Mit steinernem Gesicht hatte er die schreckliche Nachricht entgegengenommen und sich die mysteriösen Umstände des Unfalls berichten lassen. Mit steinernem Gesicht hatte er seine Frau identifiziert. Mit steinernem Gesicht hatte er die nötigen Anordnungen für eine schnelle Beerdigung gegeben.

Aber seine Liebe zu dem kleinen Thomas schien noch inniger geworden zu sein. Seine Stimme klang weich, wenn er zu dem Kleinen sprach – liebevolle Worte, die der Säugling unmöglich verstehen konnte. Er nahm das Kind in seine Arme, schaukelte es hin und her, so behutsam, als hielte er ein zerbrechliches Gebilde.

Schwester Ulrike fand das Verhalten des Mannes ungeheuer rührend. „Ich habe ja nicht viel Erfahrungen“, sagte sie zu Anna, der Hausangestellten, „aber wir haben auf der Schule gelernt, daß die meisten Väter sehr wenig mit Babys anfangen können. Aber beim Herrn Generaldirektor ist das ganz anders!“

Die Beerdigung von Evelyn Görner fand vier Tage nach ihrem Tod statt. Es war ein klarer sonniger Föhntag. Die in Schwarz gekleidete Menschenmenge stand dichtgedrängt um das offene Grab. Der Pfarrer sprach lange und voll tiefem Mitgefühl.

Eduard Görners Gesicht war ausdruckslos, seine Augen blickten starr. Manchmal klang irgendwo verhaltenes Schluchzen auf. Niemand hätte zu sagen vermocht, ob die Trauer und die Tränen der Frauen echt waren. Das Bild aber, das der Friedhof an diesem Nachmittag bot, war eindrucksvoll.

Der Pfarrer beendete seine ergreifende Ansprache, warf die ersten drei Handvoll Sand in die offene Grube. Dann trat Eduard Görner heran, führte das feierliche Ritual aus.

Eine unendlich lange Schlange von Trauernden folgte, unter ihnen eine ältere Frau, die sich mit mühsamen, schleppenden Schritten vorwärtsschob. Ihre rechte Hand war verkrampft. Endlich stand sie vor dem offenen Grab, hob die Hand ...

In diesem Moment verließen sie die Kräfte. Mit einem leisen Aufstöhnen sank sie zusammen. Erschrecktes Raunen in der Menge. Ein junger Mann drängte sich vor, kniete nieder, beugte sich über die Bewußtlose.

„Sind Sie Arzt?“ fragte jemand.

„Ja“, antwortete der junge Mann. „Seeger ist mein Name.“ Er fühlte nach dem Puls der Frau, öffnete den obersten Knopf des Kleides.

„Wer ist die Frau?“ kam von irgendwem die Frage.

„Sie heißt Herta Wallner“, antwortete Dr. Seeger knapp. „Wenn Sie bitte für einen Moment Platz machen würden ...“

Er wollte den bewußtlosen Körper der Hebamme anheben. Plötzlich stutzte er. Sein Blick blieb an der verkrampften rechten Hand haften. Zwischen zwei Fingern sah er den Zipfel eines Papiers. Er griff nach der Hand, löste behutsam die Finger, nahm das Stück Papier aus der Hand, entfaltete es ...

Ein kaum merklicher Ruck ging durch Seegers kniende Gestalt. Was Herta Wallner in das offene Grab hatte werfen wollen – war ein Scheck über fünftausend Mark.

Der Scheck trug die Unterschrift von Evelyn Görner.

Der Preis für das vertauschte Kind! schoß es Ralph Seeger durch den Kopf ...

Auch Peter Hartmann nahm an der Beerdigung von Evelyn Görner teil. Er wollte ihren Mann, den Großindustriellen Eduard Görner, kennenlernen.

In seinem Haus ist Sabines Kind, mein Kind ... Peter war jetzt, nach dem langen Gespräch mit Ralph Seeger, fest davon überzeugt.

Während der Zeremonie hielt Peter sich absichtlich im Hintergrund, ließ aber die hohe Gestalt Görners keine Minute lang aus den Augen. Ich muß ihn sprechen, dachte er immer wieder.

Nur kurz wurde seine Aufmerksamkeit durch den Zwischenfall am offenen Grab abgelenkt. Er sah die Frau in Ohnmacht sinken, sah, daß Dr. Seeger sich um sie bemühte. Aber da Peter die Frau nicht kannte, wurde ihm der furchtbare Zusammenhang nicht klar.

Er stand zu weit entfernt, um den Namen zu hören, den Dr. Seeger nannte ...

Herta Wallner.

Er sah nicht den Scheck, den der junge Arzt aus der verkrampften Hand der Ohnmächtigen löste. Den Scheck über fünftausend Mark – unterschrieben von Evelyn Görner.

Als Dr. Seeger mit dem leblosen Körper auf den Armen durch die Menge der Trauernden zum Ausgang lief, folgte Peter ihm nicht. Er blieb.

Eine Viertelstunde später war die stille Feier beendet. Mit langsamen, gravitätischen Schritten verließ Eduard Görner das Grab seiner Frau. Peter ging ihm nach, aber es war unmöglich, Görner jetzt anzusprechen. Seine hohe Gestalt verschwand im Fond des Mercedes 600. Der Wagen fuhr an ...

Peter starrte hinter ihm her, ging dann in Gedanken versunken die Straße hinunter.

Ich muß ihn sprechen!

Peter ließ etwa eine halbe Stunde verstreichen, ehe er eine Telefonzelle betrat und Görners Nummer wählte, die er sich von Dr. Seeger hatte geben lassen.

Eine Frauenstimme meldete sich, erklärte, daß Herr Görner nicht zu sprechen sei. Doch Peter ließ sich nicht abwimmeln. „Es geht um Frau Görner ..."

Eine Pause entstand, dann klang plötzlich die Stimme eines Mannes aus der Hörmuschel.

„Was wollen Sie?"

„Mein Name ist Hartmann", antwortete Peter sofort. „Ich bin ein Freund von Erich Krüger, der zusammen mit Ihrer Frau ..."

„Kommen Sie zu mir!" unterbrach Görner. „Gleich!" Er nannte seine Adresse.

Zehn Minuten später stand Peter vor der prunkvollen Villa.

Er klingelte. Anna, die Hausangestellte, öffnete ihm, führte ihn in das Arbeitszimmer des Industriekapitäns.

Görner saß hinter seinem schweren Schreibtisch. Er stand nicht auf, hob nur kurz den Kopf. „Setzen Sie sich!“

Peter ließ sich in einen Sessel sinken und wartete. Er war ruhig und gefaßt. Weder der düstere, kostbar eingerichtete Raum noch Görners absichtsvolle Arroganz machte Eindruck auf ihn.

Als Görner nach mehreren Minuten immer noch so tat, als sei er mit irgendwelchen Schriftstücken beschäftigt, entschloß Peter sich zu einem Bluff. Er stand auf.

„Da ich sehe, daß Sie weder Zeit noch Interesse für mich haben“, sagte er gelassen, „ist es wohl besser, ich gehe . . .“

„Augenblick!“ Görner hob die Hand. „Ich bin gleich soweit.“

Peter blieb dicht vor dem Schreibtisch stehen, wartete, bis Görner die Papiere zusammenschob und zu ihm aufblickte.

„Nun also, Herr Hartmann, was haben Sie mir zu sagen? Soviel ich verstanden habe, behaupten Sie, ein Freund dieses . . . dieses Erich Krüger zu sein.“

„Ich war sein Freund“, erklärte Peter. „Bis ich erkannte, welches Spiel Erich Krüger getrieben hat.“

„Und warum glauben Sie, daß mich das interessieren könnte?“

Peter setzte sich in den Sessel, der direkt vor dem Schreibtisch stand. „Ich habe Grund zur Annahme, daß er Ihre Gattin erpreßt hat!“

Görners Gesicht blieb unbewegt. „Selbst wenn es so gewesen wäre . . . Meine Frau ist tot und somit . . .“

„Es interessiert Sie also nicht, was Krüger gegen Ihre Gattin in der Hand gehabt hat?“

„Nein “ Nach einer kurzen Pause fügte Görner hinzu: „Ich habe das Privatleben meiner Frau immer respektiert.“

„Sie muß sehr allein gewesen sein“, sagte Peter spontan.

„Es steht Ihnen nicht zu, ein Urteil über meine Ehe zu fällen!“

„Ihre Ehe, Herr Görner, ist zur Zeit in aller Munde. Ihre Ehe und der mysteriöse Tod Ihrer Gattin!“

„Ich weiß“, sagte Görner ungerührt. „Die Presse hat viel Wind von der Sache gemacht. Aber bald werden sich die Wogen wieder geglättet haben.“

„Nicht, solange es jemanden gibt, der ein persönliches Interesse an der Aufklärung der Zusammenhänge hat.“

„Und wer wäre das?“

„Ich“, sagte Peter sehr bestimmt.

„Sie wollen sich an Ihrem früheren Freund rächen?“

„Nein. Erich Krüger ist nur eine Schlüsselfigur." Eine kurze Pause, dann mit Nachdruck: „Es geht mir um das Kind!"

Bei aller Beherrschung konnte Görner nicht verhindern, daß seine Augenlider unruhig zuckten. „Welches Kind?"

„Das Kind, das Sie als Ihren Sohn ausgeben!"

„Thomas ist mein Sohn! Wie können Sie es wagen ..."

Peter fiel ihm ins Wort. „Es gibt einige Tatsachen, die gegen Ihre Vaterschaft sprechen, und solange nicht geklärt ..."

„Aber das ist doch Wahnsinn!" Görners Stimme war plötzlich laut und erregt. „Das sind Hirngespinste dieses hysterischen Mädchens, das vor ein paar Tagen bei mir war!"

„Dieses Mädchen", erklärte Peter gelassen, „ist meine Verlobte."

„Ah, daher weht der Wind!"

„Ihre Gattin", fuhr Peter unbeirrt fort, „war eine schöne, verwöhnte, anspruchsvolle Frau. Sie hätte sich niemals mit einem Menschen wie Erich Krüger zusammengetan, wenn nicht ..."

Görner schob seinen Sessel mit einem Ruck zurück und stand auf. „Ich werde mir Ihre Unverschämtheiten nicht länger anhören", sagte er energisch und griff zur Klingel.

„Rufen Sie nur Ihr Personal", sagte Peter lächelnd. „Jeder Zeuge ist mir bei unserem Gespräch willkommen."

Görner zog die Hand zurück, richtete sich auf, begann mit großen Schritten auf und ab zu gehen. „Also sprechen Sie weiter."

Peter wurde wieder ernst. „Meine Verlobte ist davon überzeugt, daß man ihr im Mütterheim statt ihres gesunden Babys ein totgeborenes Kind untergeschoben hat. Und Erich Krüger hat irgendwie erfahren, daß Ihre Frau, Herr Görner, das Kind meiner Verlobten an sich genommen hat. Mit diesem Wissen hat er Ihre Frau unter Druck gesetzt!"

„Dafür gibt es keine Beweise."

„Doch!" Jetzt erhob sich Peter. „Aber darum geht es doch gar nicht! Es geht um das Kind, Herr Görner. Sie können doch nicht ein fremdes Kind als Ihren Sohn aufziehen ..."

„Thomas ist mein Sohn!"

Peters Stimme bekam einen verzweifelten Klang. „Herr Görner, ich bitte Sie ja nur um das eine: Lassen Sie eine erbbiologische Untersuchung zu!"

„Nein!" erklärte Görner kalt. „Thomas ist mein Sohn! Ich brauche dazu keine Beweise."

„Aber Sabine und ich ...", rief Peter leidenschaftlich, „... wir können niemals mehr glücklich werden, solange wir glauben müssen, daß man uns unseren Sohn genommen hat!"

„Das ist Ihre Sache." Görner blieb dicht vor Peter stehen. „Und nun verlassen Sie mein Haus!"

Peter straffte die Schultern. „Herr Görner, glauben Sie nicht, daß die Angelegenheit damit für Sie erledigt ist! Ich habe ein faires Angebot gemacht – Sie haben es ausgeschlagen. Das werden Sie noch bereuen!"

Görners Augen verengten sich: „Wenn das eine Drohung sein soll, dann merken Sie sich eines: Ich bin stärker als Sie und Ihre hysterische Freundin! Ich werde die Polizei alarmieren, und man wird Sie hinter Schloß und Riegel setzen. Ins Gefängnis oder in die Irrenanstalt! Und nun verschwinden Sie!"

Peter verließ die Villa ruhig und beherrscht, aber innerlich kochte er vor Zorn. Er hatte gehofft, mit diesem Gespräch die ganze verfahrene Situation klären zu können. Das war ihm gründlich mißlungen. Sein Besuch bei Görner, gestand er sich ein, hatte mehr geschadet als genutzt. Görner war jetzt alarmiert und würde Gegenmaßnahmen treffen.

Plötzlich überfiel Peter ein Gefühl tiefen Mitleids für Sabine. Wie sehr muß sie gelitten haben, dachte er, als sie in ihrer Verzweiflung zu Görner gegangen ist ... Eine junge Mutter, der man das Kind genommen hat. Ohne Beistand des Mannes, der der Vater des Kindes ist, der sie hätte beschützen und verteidigen müssen ...

Peter begann sich selbst anzuklagen ... Alles, was Sabine seit meinem Abflug in die Staaten Furchtbares erlebt hat, ist meine Schuld! Hätte ich sie damals geheiratet, anstatt vor meinem Vater zu Kreuze zu kriechen ...

Wie eine Woge von Feuer brach plötzlich heiße Sehnsucht über ihn herein. Es war ihm, als verglühe sein Herz.

Sabine, ich liebe dich ... Ich liebe nur dich allein! Wenn ich dir auch unser Kind nicht bringen kann, so will ich dir doch durch meine Liebe neue Kraft und neue Hoffnung geben ...

Er kaufte zehn rote Rosen und fuhr mit einem Taxi nach Bogenhausen hinaus. Wie in einem Fieber sehnte er den Moment herbei, da er sie in die Arme schließen würde.

Plötzlich stand sie vor ihm, in der Tür des kleinen Hauses. Bange, fragende Sekunden, in denen sie sich ansahen. Das erste erlösende, sich verklärende Leuchten auf ihren Gesichtern ... Der Strauß roter Rosen glitt Peter aus der Hand. Dann lagen sie sich in den Armen, fest umschlungen, ganz still. Es war, als verschmölzen ihre Herzen in diesen herrlichen, glückseligen Sekunden.

Ein leises Schluchzen erst brachte Peter in die Wirklichkeit zurück. Sabine weinte, und er fühlte, wie sich ihm die Kehle zusammenzog vor innerster Rührung. Unendlich behutsam löste er seine Arme, legte sie um Sabines seidenweiches Haar, hob ihren Kopf zu sich empor und küßte ihre Tränen weg.

„Verzeih ...", stammelte er dabei, „verzeih ... verzeih ..." Worte, die ein einziges Flehen waren.

„Ich verzeihe dir", flüsterte sie. „Nie ... nie wieder will ich dich verlieren. Warum hast du mich so lange warten lassen?"

„Ich wollte dir unseren Sohn bringen."

„Oh, Peter ..." Ein Strom von Tränen floß aus ihren Augen. In tiefster Erschütterung barg sie ihr heißes Gesicht an seiner Schulter. Haltloses Schluchzen ließ ihren Körper erbeben.

Peter nahm Sabine auf seine Arme, trug sie hinein in das Haus, in dem niemand außer ihnen war. Er legte sie auf die Couch im Wohnzimmer, lief schnell zurück, hob die roten Rosen auf, schloß die Tür, rannte zurück zu Sabine. Sie weinte nicht mehr. Sie streckte ihm ihre Arme entgegen.

„Peter, halt mich ganz fest ..."

Ihre Lippen fanden sich zu einem langen, innigen Kuß. Dann sprachen sie sich aus. Und nichts mehr blieb, was ihre liebenden Herzen wieder hätte trennen können. Der einzige Schatten, der auf ihr reines Glück fiel, band Peter und Sabine nur noch fester aneinander: das Rätsel um ihr Kind ...

Verzweifelt suchten sie nach einer Lösung. Endlich machte Peter den Vorschlag: „Sabine, laß uns morgen zusammen zu Dr. Brettschneider gehen, deinem früheren Chef. Vielleicht kann er uns helfen."

„Ja", antwortete Sabine voller Hoffnung. „Als Rechtsanwalt kennt er sicher einen Weg ..."

Hand in Hand saßen Sabine und Peter zusammen. Hand in Hand traten sie vor Maria Kortner, als sie mit Ruth Högner, ihrer Freundin, nach Hause kam. Der letzte Widerstand der Mutter brach zusammen.

Später holte Ruth Högner eine Flasche Sekt aus dem Keller. „Auf die große, unbesiegbare Liebe!" sagte sie.

Doch wie Wermutstropfen folgten Peters Worte: „Sabine, könnten wir doch jetzt zusammen vor das Bettchen unseres Kindes treten."

Am nächsten Tag holte er Sabine gegen halb zehn in Bogenhausen ab. Sie fuhren in die Stadt, zu dem alten Bürohaus, in dem Rechtsanwalt Dr. Brettschneider seine Praxis unterhielt.

Peter hatte ihren Besuch bereits telefonisch angemeldet, und Sabine hatte sich von Dr. Schmoll, ihrem jetzigen Chef, den ganzen Tag freigeben lassen.

Sie fuhren mit dem klapprigen Fahrstuhl und küßten sich in der engen Kabine. Hier hatten sie sich vor fast einem Jahr kennengelernt, in dem Fahrstuhl, der plötzlich zwischen zwei Stockwerken hängengeblieben war. Damals, als Sabine noch Sekretärin bei Brettschneider war.

Der Anwalt begrüßte sie mit großer Freundlichkeit. Zu dritt saßen sie dann an dem kleinen runden Tisch in Brettschneiders Büro. Sabine berichtete, Peter ergänzte ab und zu. Als alles gesagt war, sahen beide den Anwalt erwartungsvoll an.

„Wenn ich Sie recht verstanden habe", sagte Dr. Brettschneider bedachtsam und drehte seinen Kugelschreiber zwischen den Fingern, „erwarten Sie von mir vor allem eine Auskunft über die rechtliche Situation?"

„Ja", sagte Sabine rasch. „Ich weiß, daß Görner mein Kind hat. Es muß doch einen Weg geben, Görner zu zwingen, mir mein Kind zurückzugeben!"

„Vielleicht auf dem Weg eines Zivilprozesses", schlug Peter vor.

Dr. Brettschneider schüttelte den Kopf. „Nein, das führt zu nichts ..."

„Aber es ist doch ein Unrecht!" rief Sabine erregt. „Görner ist nicht der Vater und ..."

„Entschuldigen Sie, daß ich Sie unterbreche, Sabine", sagte Dr. Brettschneider, „aber nach unserem Recht ist die Vaterschaft bei ehelich geborenen Kindern unantastbar."

„Es ist nicht ehelich geboren, es ist mein Kind", erklärte Sabine heftig. „Görner hat gar nichts damit zu tun."

„Doch", widersprach Dr. Brettschneider. „Es hat keinen Zweck, daß wir uns etwas vormachen. Der Junge trägt den Namen Görner, er ist als Sohn Görners beim Standesamt eingetragen, damit ist die rechtliche Situation völlig klar."

Peter legte beruhigend seine Hand auf Sabines Arm. „Aber es muß doch einen Weg geben!"

„Den gibt es", stimmte Dr. Brettschneider zu, „doch den kann nur Görner selber beschreiten. Er kann die Vaterschaft anzweifeln, dann würde es zu den erbbiologischen Untersuchungen kommen, die Sie wünschen, und dann würde sich mit einiger Sicherheit die Wahrheit erweisen."

„Das wird Görner nie tun", sagte Sabine plötzlich mutlos. „Er ist fest davon überzeugt, daß Thomas sein Sohn ist."

„Ich habe sogar den Eindruck“, bestätigte Peter, „daß er den Jungen auch dann nicht herausgeben würde, wenn er wüßte, daß er nicht wirklich der Vater ist. Es liegt ihm gar nichts daran, die Dinge zu klären.“

Dr. Brettschneider rieb sich nachdenklich mit dem Zeigefinger hinter dem Ohr. „Dann bleibt nur noch der Weg über den Staatsanwalt.“

„Wir müssen also Anzeige erstatten?“ fragte Sabine.

„Sie müssen versuchen, die Staatsanwaltschaft für den Fall zu interessieren. Aber das wird Ihnen nur gelingen, wenn Sie überzeugende Beweise vorbringen können.“

„Ja dann ...“ begann Peter.

„Lassen Sie mich erst einmal ausreden ... Auf Treu und Glauben kann kein Staatsanwalt gegen einen angesehenen Bürger vorgehen. Besonders in diesem Fall nicht. Der Junge hat einen Vater, einen gutsituierten Vater, der bestens für ihn sorgt.“

Sabines Gesicht verzog sich gequält. „Aber hier liegt eine Kindesvertauschung vor, ein wirkliches Verbrechen!“

„Für das Sie keinerlei Beweis haben“, entgegnete Dr. Brettschneider gelassen. „Alles, was Sie mir erzählt haben, sind Mutmaßungen und Schlußfolgerungen.“

„Und was wäre in Ihren Augen ein wirklich schlüssiger Beweis?“ fragte Peter.

„Ein schriftliches Geständnis der Hebamme oder die beglaubigte Aussage dieses Erich Krüger, der Frau Görner erpreßt hat.“

Peter war plötzlich wie elektrisiert. „Das können wir doch versuchen!“

Dr. Brettschneider beugte sich vor. „Sie glauben doch nicht im Ernst, daß Sie sich diese Aussagen beschaffen können?“

„Und warum nicht?“

„Weil sowohl Herta Wallner als auch Erich Krüger mit ihrer Aussage zugleich ein Geständnis ihrer eigenen Schuld ablegen würden. Alle beide müßten mit einer strafrechtlichen Verfolgung rechnen.“

„Die haben sie ja auch verdient“, sagte Peter ungerührt.

„Aber sie werden sich ihrer Bestrafung nicht freiwillig aussetzen!“ Dr. Brettschneider stieß seinen Sessel zurück, stand auf. „Doch bitte ... Versuchen Sie es! Manchmal gibt es auch auf diesem Gebiet Wunder!“

23

Am selben Morgen ging Dr. Seeger zu Herta Wallner, der Hebamme. Er hatte sie am Tag zuvor, nach dem Zusammenbruch an Evelyn Görners Grab, ins Mütterheim gefahren. Die Ohnmacht war nicht von langer Dauer gewesen. Mit verkniffenem Mund hatte sie neben Dr. Seeger im Wagen gesessen, und als sie das Mütterheim erreicht hatten, war sie aus eigener Kraft hinauf in ihr Zimmer gegangen. Sie hatte jede Hilfe abgelehnt.

An diesem Morgen aber hatte sie ihren Dienst nicht angetreten. Dr. Seeger war beunruhigt und wollte nach ihr sehen.

Als er an ihre Tür klopfte, hörte er von innen einen Laut, der eher einem Stöhnen als einer Antwort glich. Er drückte die Klinke nieder, trat ein. Die Luft in dem Zimmer war stickig und verbraucht. Das schmale Bett, in dem Frau Wallner lag, war zerwühlt, das Federbett halb zu Boden geglitten. Kleid, Hut und Mantel lagen unordentlich auf einem Stuhl, so, als hätte sie kaum noch die Kraft gehabt, sich auszuziehen.

Dr. Seeger trat ans Bett. Herta Wallner stöhnte leise. Er beugte sich über sie, fühlte ihren Puls. Er war unregelmäßig und kaum spürbar. Das Gesicht der Hebamme war aschfahl, ihre schmalen Lippen blutleer. Sie zitterte, ihre Stirn war mit kaltem Schweiß bedeckt.

„Frau Wallner", sagte Dr. Seeger eindringlich, „sind Sie krank?"

„Ich kann nicht mehr", murmelte sie wie im Fieber. „Es tötet mich . . ."

Dr. Seeger beugte sich tiefer. „Was? Wovon sprechen Sie?"

Kaum hörbar kam es über ihre Lippen: „Ich habe es getan . . ."

„Was haben Sie getan?" fragte Dr. Seeger mit aller Eindringlichkeit. Er spürte: Herta Wallner wollte gestehen!

Mühsam hoben sich ihre Lider, ihr Blick schien aus weiter Ferne zu kommen. „Die Neugeborenen . . . ich habe die Neugeborenen vertauscht . . ."

„Sabines Kind?"

„Ja, ich . . . Frau Görners Kind war tot, sie drohte mit einer Anzeige, weil ich getrunken hatte. Ich wußte nicht mehr, was ich tat . . . Aber es läßt mir keine Ruhe mehr. Ich ersticke daran . . . Ich habe die Kinder vertauscht . . . Ich bin eine Mörderin . . . Frau Görners Tod, es ist meine Schuld . . ."

„Unsinn!“ widersprach Dr. Seeger.

„Doch. Ich habe sie auf dem Gewissen.“

„Unsinn! Frau Görner ist zu schnell und zu leichtsinnig gefahren.“

Es war, als hörte sie ihn gar nicht. „Sie hat mir Geld gegeben . . .“

„Sie meinen den Scheck, den Sie in das offene Grab werfen wollten, nicht wahr?“ Dr. Seeger deutete zum Tisch. „Ich habe ihn in Ihre Handtasche gesteckt.“

„Nehmen Sie ihn!“ schrie Herta Wallner plötzlich. Sie bäumte sich auf „Ich will ihn nicht! Da klebt Blut dran!“

Was dann folgte, war grauenhaft. Herta Wallner erlitt einen Schreikrampf, einen schweren Nervenzusammenbruch. Dr. Seeger mußte sofort handeln. Er gab ihr eine Beruhigungsspritze und ließ sie in die psychiatrische Abteilung der Universitätsklinik bringen. Die Handtasche mit dem Scheck aber ließ er in den Panzerschrank, der im Büro des Mütterheims stand, einschließen, ohne einen Grund für diese Maßnahme anzugeben.

Er ging auf sein Zimmer, steckte sich eine Zigarette an. Er überlegte, ob er die Polizei benachrichtigen sollte, aber er konnte sich nicht dazu überwinden. Der Gedanke, das Mütterheim in einen Skandal zu verwickeln, schreckte ihn. Auch Sabine sollte davor bewahrt werden, dachte er. Er war sich noch nicht einmal sicher, ob das Geständnis, das Herta Wallner ihm gemacht hatte, überhaupt Beweiskraft besaß.

Er drückte seine Zigarette aus, zog den Telefonapparat zu sich heran, nahm den Hörer ab und bat das Mädchen in der Zentrale, ihn mit Eduard Görner zu verbinden. Während er auf das Gespräch wartete, zündete er sich eine neue Zigarette an. Der Apparat klingelte, als er die ersten Züge getan hatte. „Ihr Gespräch Herr Doktor“, sagte das Mädchen.

Es klickte in der Leitung, dann meldete sich Eduard Görner.

„Hier spricht Dr. Seeger“, sagte der Arzt, bewußt langsam und eindringlich, „Dr. Seeger vom Mütterheim.“

„Sie wünschen?“ In Görners Stimme klang eine Spur von Unruhe.

„Ich möchte Sie um eine persönliche Unterredung bitten, Herr Görner.“

„Um was handelt es sich?“

„Um Ihre Frau.“

Sekundenlang blieb Görner still. Dann sagte er: „Meine Frau ist tot.“

„Kann ich noch heute abend zu Ihnen kommen?“ fragte Seeger unbeirrt.

„Nein! Wenn Sie etwas zu sagen haben, sagen Sie es sofort!"

„Es handelt sich um ein Verbrechen", erklärte Dr. Seeger.

„Ein Verbrechen, in das meine Frau verwickelt war?"

„Ja." Dr. Seeger nahm einen Zug aus seiner Zigarette. „Frau Wallner, die Hebamme, die Ihre Frau entbunden hat, hat ein Geständnis abgelegt. Das Kind Ihrer Frau ... Es tut mir sehr leid, Ihnen das sagen zu müssen, Herr Görner: Es ist tot zur Welt gekommen. Ihre Frau hat die Hebamme dazu veranlaßt, ihr ein anderes Neugeborenes zu verschaffen."

„Lügen!" Görners Stimme war plötzlich heiser. „Warum gehen Sie nicht zur Polizei?"

„Weil ich meine, daß allen Beteiligten wenig an einem Skandal gelegen sein kann. Außerdem ist Frau Wallner krank, sie ist im Augenblick nicht vernehmungsfähig. Ein Nervenzusammenbruch ..."

„Ach!" unterbrach Görner. Er lachte auf. „Und Sie verlangen, daß ich den Phantastereien einer hysterischen Frau glaube? Machen Sie sich doch nicht lächerlich!"

„Herr Görner!"

Aber die Leitung war taub. Görner hatte aufgelegt.

Nach mehreren Anrufen gelang es Dr. Seeger endlich, Sabine zu erreichen. Sie war zu Hause. Peter war bei ihr. Eine halbe Stunde später traf Dr. Seeger in dem Häuschen in Bogenhausen ein.

„Frau Wallner hat gestanden!" waren seine ersten Worte.

Peter und Sabine fielen sich vor Freude in die Arme. Dr. Seeger berichtete von Herta Wallners Geständnis und ihrem Nervenzusammenbruch. Und von dem erfolglosen Gespräch mit Görner.

„Der Bursche ist aber hart!" rief Peter wütend aus.

„Ich glaube, er liebt das Kind wirklich", wandte Dr. Seeger ein.

„Aber es ist mein Kind!" erklärte Sabine erregt. „Frau Wallner hat gestanden! Das genügt doch!"

„Falls sie ihr Geständnis nicht widerruft, sobald sie wieder gesund ist", äußerte Dr. Seeger skeptisch.

„Aber Sie können doch auf alle Fälle aussagen!" meinte Sabine.

„Das wird nicht viel nützen", gab der Arzt zu bedenken. „Wir wissen, daß Frau Wallner die Wahrheit gesagt hat ... Wenn es aber zu einer polizeilichen Untersuchung kommt, kann sie sich leicht mit ihrem Nervenzusammenbruch herausreden."

„Wir müssen versuchen", schaltete Peter sich ein, „so viele Beweise zusammenzubringen, daß Görner freiwillig aufgibt."

„Freiwillig? Das glaube ich nicht", sagte Dr. Seeger. „Versetzt euch doch mal in Görners Situation! Seine Frau hat ein Kind erwartet. Sie hat ein Kind geboren. Sie hat ein Kind mit nach Hause gebracht. Eine logische Kette. Ich finde es darum gar nicht so verwunderlich, daß er nicht begreifen will, was wir behaupten."

„Ich hätte eine Idee", sagte Peter langsam.

„Ja?" Hoffnung klang in Sabines Stimme auf.

„Erich hat ein Kollier von großem Wert versetzt", begann Peter. „In einer privaten Pfandleihe. Als ich erfuhr, daß zwischen ihm und Frau Görner eine Verbindung bestanden hat, dachte ich mir gleich, daß sie es gewesen sein muß, die ihm den wertvollen Schmuck gegeben hat. Als Schweigegeld. Weil Erich sie mit seinem Wissen von dem Kindestausch unter Druck gesetzt hat . . ."

„Wenn das stimmt", meinte Dr. Seeger, „dann brauchen wir den Pfandschein . . ."

Peter unterbrach ihn. „Den habe ich!" Er öffnete seine Brieftasche, holte die Quittung der Leihanstalt heraus.

Dr. Seeger nahm den Zettel. „Tatsächlich! Damit können wir diesen Krüger vielleicht zum Reden bringen."

„Ich weiß noch etwas Besseres", sagte Peter. „Wir lösen das Kollier aus und halten es ihm vor die Nase. Das muß ihn umwerfen, wenn wir es richtig anpacken!"

Sie begannen einen Plan auszuarbeiten, sehr eifrig und von neuer Hoffnung erfüllt. Peter fuhr los, hob von seinem Sparkonto dreitausend Mark ab und löste in dem Leihhaus das Kollier aus.

Am Nachmittag fuhren sie zusammen ins Krankenhaus nach Bad Tölz.

Erich Krüger lag noch immer in dem Einzelzimmer. Er hatte sich inzwischen gut erholt. Sein gebrochenes Bein verdammte ihn zwar noch immer zur Bewegungslosigkeit, und sein Kopf trug auch noch den dicken Verband, aber der Stationsarzt hatte keinerlei Bedenken gegen den Besuch.

Peter, Sabine, Dr. Seeger – in dieser Reihenfolge betraten sie das Krankenzimmer.

„Was wollt ihr?" stieß Erich Krüger heiser hervor und richtete sich auf, als wollte er sich gegen einen Angriff zur Wehr setzen.

„Mal nach dir sehen", erklärte Peter gelassen. „Du scheinst dich über unseren Besuch aber nicht zu freuen."

„Laßt mich in Frieden", sagte Erich mit ängstlichem Unterton. „Ich bin krank", jammerte er plötzlich los. „Schwer krank! Um ein Haar dem Tod entronnen!" Wie zum Beweis sank er in die Kissen zurück.

Peter mußte über die dilettantische Schauspielerei lächeln. „Todkrank ... Und dabei stehst du mit einem Fuß im Zuchthaus."

„Was soll das heißen?" Erich bemühte sich auch noch, den Empörten zu spielen.

Dr. Seeger schaltete sich ein. „Frau Wallner, die Hebamme, hat gestanden."

„Was geht das mich an? Ich kenne die Frau gar nicht!"

„Dafür waren Sie sehr gut mit Frau Görner bekannt", sagte Sabine.

Erich versuchte abzulenken. „Na und? Ist das ein Verbrechen? Sie hat den Wagen gefahren, nicht ich."

„Darum handelt es sich gar nicht", konterte Peter. „Du wußtest von der Vertauschung der Kinder, und mit diesem Wissen hast du Evelyn Görner erpreßt!"

Erich schlug sich mit der linken Hand gegen die verbundene Stirn. „Wahnsinn! Woher hätte ich denn etwas wissen sollen?"

Peter beugte sich über den früheren Freund. „Zwing mich nicht, die Polizei zu holen."

Erich machte eine Bewegung, als litte er unter großen Schmerzen. „Geht ..." stammelte er, „ich ... oh, mein Kopf ..."

Peter blieb hart. „Woher hast du das Wissen, mit dem du Evelyn Görner erpreßt hast?"

„Aber ich habe ja gar nicht ..."

„Du willst uns also weismachen, sie hätte dir das kostbare Diamantkollier aus Freundschaft geschenkt?"

„Aber sie hat mir nichts geschenkt! Was für ein Kollier überhaupt?"

Peter griff in die Innentasche seines Jacketts, zog das schimmernde Kollier heraus, schwenkte es vor Erich Krügers Augen. „Und was ist das hier?"

Erich zuckte zusammen. „Das ... das habe ich nie gesehen."

„Ach so", sagte Peter mit einem spöttischen Lächeln, „der Pfandschein ist nur durch einen Zufall in deinen Schreibtisch gekommen. Irgendein böser Mensch hat ihn dort versteckt und ..."

Da verlor Erich die Nerven. „Das Fach war abgeschlossen!" schrie er plötzlich. „Du hast meinen Schreibtisch aufgebrochen! Du bist ein Dieb, ein Einbrecher!"

„Ich habe die Schublade geöffnet", gestand Peter gelassen. „Ich habe nach den Briefen gesucht, die ich Sabine aus Amerika schickte und die du unterschlagen hast. Dabei bin ich auf den Pfandschein gestoßen. Übrigens ... Der Pfandleiher kann sich noch sehr gut an dich erinnern. Schließlich wird ihm nicht alle Tage ein so kostbarer Schmuck gebracht."

Erich schwieg wie nach einem betäubenden Schlag.

Sabine fühlte in diesem Augenblick fast Mitleid. „Erich, wir wollen Sie nicht anzeigen. Daß Sie Evelyn Görner erpreßt haben, interessiert uns nicht. Wir wollen nur wissen, welchen Beweis Sie gegen die Frau in der Hand hatten."

„Keinen", sagte Erich leise.

Peter steckte das Kollier in seine Tasche zurück. „Ich fürchte, es ist sinnlos. Wir müssen doch die Polizei . . ."

Erich fiel ihm hastig ins Wort. „Ich habe wirklich nichts gewußt! Nur das, was Sabine mir erzählt hat. Mehr nicht!"

„Das hat genügt, um Frau Görner in Panik zu versetzen?" fragte Dr. Seeger ungläubig.

„Ja", sagte Erich, und ein häßliches Lächeln verzerrte seine sinnlichen Lippen. „Sie hatte ein verdammt schlechtes Gewissen."

„Sie hat Ihnen also gestanden, daß der kleine Thomas nicht ihr Kind war?" fragte Sabine erregt.

„Sonst hätte sie mir den Schmuck doch wohl nicht gegeben!" Erich schien jetzt sogar stolz auf seine Tat zu sein. „Sie hatte das Kollier von Ihrem Mann zur Geburt des Kindes bekommen . . . Ich habe also nur ausgleichende Gerechtigkeit gespielt."

„Eine seltsame Auffassung", bemerkte Dr. Seeger trocken.

Peter aber handelte. Er nahm sein Notizbuch aus der inneren Jackentasche, schlug eine leere Seite auf. „Hier!" er reichte Erich das Buch und einen Kugelschreiber. „Schreib auf, was du uns eben gesagt hast!"

„Ich denke ja nicht daran!" protestierte Erich. „Bildet ihr euch ein, ich liefere mich selbst an den Galgen?"

„Uns interessiert die Erpressung nicht", sagte Sabine heftig. „Sie brauchen nichts von dem Pfandschein oder dem Kollier zu erwähnen."

„Richtig", stimmte Peter zu. „Los, schreib! ‚Ich, Erich Krüger, habe Frau Evelyn Görner in ihrem Haus aufgesucht, um Nachforschungen nach dem verschwundenen Kind von Sabine Kortner anzustellen.' Los, fang schon an!"

Erich nahm den Kugelschreiber und begann zu schreiben.

„Hast du?" fragte Peter. „Also weiter . . . ‚Frau Görner gab zu, daß der kleine Thomas in Wahrheit nicht ihr eigenes Kind ist. Sie gestand, mit Hilfe der Hebamme eine Kindesunterschiebung durchgeführt zu haben, um ihrem Mann einen Sohn und Erben präsentieren zu können. Ihr eigenes Kind – sagte sie mir – sei bei der Geburt gestorben . . .'"

Peter wartete, bis Erich nachgekommen war. „Jetzt noch Datum, Ort und Unterschrift . . . So, das wäre alles!"

Erich wollte noch einmal durchlesen, was er geschrieben hatte, aber Sabine riß ihm das Notizbuch weg, preßte es gegen ihre Brust.

„Endlich!" rief sie zutiefst erleichtert. „Das ist der Beweis! Jetzt wird Görner nachgeben müssen!"

„Wir wollen es hoffen, Sabine", sagte Dr. Seeger. Seine Stimme klang nicht sehr optimistisch.

Peters Eltern saßen beim Mittagessen.

„Paul", begann Gerda Hartmann.

„Was gibt's denn?" fragte er ohne Interesse.

„Peter hat morgen Geburtstag."

„Das ist mir bekannt."

„Da habe ich gedacht . . ." Sie wischte sich mit der Serviette den Mund ab, „. . . wir sollten ihm zu Ehren eine Party geben."

„Dazu sehe ich unter den gegebenen Umständen keinerlei Anlaß", brummte Paul Hartmann.

„Peter wird siebenundzwanzig Jahre . . ."

„Seinem Benehmen nach besitzt er höchstens die Reife eines Siebzehnjährigen!"

„Aber Paul . . ."

„Ist das etwa eine Art, Boston Hals über Kopf zu verlassen und einfach nach München zurückzukommen, ohne irgendeinen Anlaß?"

Gerda Hartmann versuchte, ihren Sohn zu verteidigen. „Ich glaube, einen Anlaß gab es. Er ist gekommen, um sich mit diesem Mädchen, dieser Sabine, zu versöhnen."

„Also durchaus kein Grund, morgen eine große Feier zu veranstalten!" schimpfte Paul Hartmann.

„Aber wir könnten doch wenigstens Gisela Schneider einladen. Vielleicht . . ." Sie brach bedeutungsvoll ab.

Er runzelte die Stirn. „Gerda, glaubst du immer noch, aus Peter und Gisela ein Paar machen zu können?"

„Ja!" Sie stand auf, ging zum Telefon, nahm den Hörer ab, wählte eine Nummer.

„Hallo, Gisela! Paß mal auf, du weißt doch, daß Peter morgen Geburtstag hat, da dachte ich . . ."

Paul Hartmann schüttelte nur den Kopf über die Hartnäckigkeit seiner Frau.

Von Bad Tölz aus fuhren Peter, Sabine und Ralph Seeger direkt zur Villa von Eduard Görner.

„Was machen wir, wenn er uns einfach nicht ins Haus läßt?“ fragte Sabine während der Fahrt.

„Dann müssen wir uns direkt an die Polizei wenden!“ antwortete Peter finster.

Tatsächlich mußten sie fast mit Gewalt in die Görnersche Villa eindringen. Anna, das Hausmädchen, öffnete die Tür nur einen Spalt. Als sie Peter erkannte, wollte sie die Tür rasch wieder zuschlagen. Aber Peter hatte seinen Fuß dazwischengestellt, stemmte sich gegen die Tür, drückte sie auf.

„Was fällt Ihnen ein?“ rief das Mädchen empört. Sie wich bis in die Halle zurück. „Herr Görner hat ausdrücklich angeordnet . . .“

„Das wissen wir“, fiel Peter ihr ins Wort. „Wir sind trotzdem gekommen. Wir müssen Herrn Görner sofort sprechen!“

„Er ist nicht da!“

„Wir werden warten“, erwiderte Peter bestimmt.

„Es kann sehr lange dauern“, sagte das Mädchen weinerlich. „Sie werden doch nicht wollen, daß ich Ihretwegen Schwierigkeiten bekomme?“

„Wo ist denn Herr Görner?“ fragte Sabine.

„Ich glaube, bei seinem Anwalt.“

Peter und Sabine wechselten einen erstaunten Blick.

„Und wenn er wiederkommt“, sagte das Mädchen, „hat er auch keine Zeit. Er will heute noch verreisen.“

„Und das Kind?“ rief Sabine erregt. „Das Kind nimmt er mit, nicht wahr?“

„Aber natürlich!“ Das Mädchen schien ganz verblüfft über Sabines plötzliche Erregung. „Sie fahren zusammen in die Schweiz . . . Herr Görner mit Thomas und Schwester Ulrike. Sie packt gerade, und ich soll ihr dabei helfen.“

In diesem Augenblick erschien Schwester Ulrike oben an der Treppe. Sie trug den kleinen Thomas auf dem Arm. „Wo bleiben Sie denn, Anna?“ rief sie ungeduldig.

„Bitte, Schwester“, rief das Mädchen zurück, „kommen Sie doch runter . . . Ich weiß wirklich nicht . . .“

Schwester Ulrike kam neugierig die breite geschwungene Treppe herunter. „Was gibt's denn?“ Sie sah Sabine an. „Sie kenne ich doch!“

„Ja“, sagte Sabine. Sie ging der Schwester entgegen, sah wie gebannt auf das Baby, streckte die Arme aus. „Geben Sie mir mein Kind“, flüsterte sie leise, aber alle hörten es.

„Nein!" Unwillkürlich drückte Schwester Ulrike den Jungen fester an sich. „Der Herr Generaldirektor hat ausdrücklich befohlen . . ."

Aber unerwartet, wie unter einem Zwang, gab sie nach. Es war ein Leuchten auf Sabines Gesicht, das den Widerstand brach. Mutterliebe und der Wille zum Kampf lagen in diesem Leuchten. Die Schwester reichte Sabine das Baby.

Ganz still war es in diesem Augenblick in der großen Halle. Niemand sprach. Alle sahen auf Sabine.

Ihre Augen begannen sich mit Tränen zu füllen. Unendlich behutsam drückte sie das Kind an sich und doch mit einem Ausdruck, der sagen wollte: Niemand wird mir mein Kind wieder wegnehmen können!

Peter trat dicht an Sabine heran, legte schützend seinen Arm um ihre Schulter.

Dr. Seeger, das Hausmädchen und die Kinderschwester – sie wurden ergriffen von der tiefen Innigkeit dieses Bildes: die jungen Eltern vereint mit ihrem Kind . . .

Und dann geschah etwas Wunderbares. Das winzige Gesicht des Kindes verzog sich, und ein Lächeln wurde sichtbar, unbeholfen und von einer unbegreiflichen Kraft ausgelöst.

Das Lächeln des Babys blieb noch, als plötzlich sich auf den Gesichtern der Erwachsenen Schrecken und Spannung abzeichneten . . .

Die Haustür wurde von außen geöffnet. Und dann stand Eduard Görner in der Halle.

Peter, Sabine und Ralph Seeger sahen gespannt auf Generaldirektor Eduard Görner, der in diesem Moment die Halle der riesigen Villa betrat.

„Geben Sie sofort das Kind her!" rief Görner mit einer Stimme, die scharf und voller Drohung war.

Sabine drückte das Baby fester an ihre Brust, aber wich keinen Schritt zurück. „Nein! Es ist mein Kind, und keine Macht der Erde kann mich zwingen . . ."

„Das wollen wir doch sehen!" Görners hohe Gestalt spannte sich. „Anna, rufen Sie Karl herein!"

Peter ging auf Görner zu, blieb dicht vor ihm stehen. „Wollen Sie es zu einer allgemeinen Prügelei kommen lassen? Ich bin der Vater des Kindes, ich werde jeden niederschlagen, der es wagt . . ."

„Dann alarmiere ich die Polizei!"

„Ja, tun Sie das!“ rief Sabine dazwischen. „Dann werde ich beweisen, daß Thomas mein Sohn ist!“

„Nichts können Sie beweisen!“ erwiderte Görner, kaum noch beherrscht. „Gar nichts!“

Peter schaltete sich ein. Er war ganz ruhig. „Herr Görner, hören Sie zu! Wir haben folgende Beweise: das Geständnis der Hebamme – den Scheck, den Ihre Frau als Preis an Herta Wallner gezahlt hat . . .“

„Alles Lügen!“ unterbrach Görner.

„Sie haben eben mit Ihrem Anwalt gesprochen“, fuhr Peter fort. „Sie wissen also, daß Ihre Position sehr schwach ist. Deshalb wollten Sie das Kind auch ins Ausland bringen . . . Wir haben noch einen weiteren Beweis: die schriftliche Aussage Erich Krügers. Ihre Frau hat ihm gegenüber zugegeben, daß sie ein totes Kind zur Welt gebracht und die Hebamme gezwungen hat, ihr ein anderes Neugeborenes zu geben.“

„Mein Kind!“ rief Sabine.

„Nein“, sagte Görner, aber seine Stimme verriet Unsicherheit. „Nein, das kann nicht sein. Das sind Lügen.“

Peter holte das Kollier aus seiner Jackentasche. „Und was ist das hier? Wollen Sie behaupten, daß Sie das nicht kennen?“

Görner wurde blaß, er preßte die Lippen aufeinander.

„Dieses Kollier haben Sie Ihrer Frau zur Geburt des Kindes geschenkt“, erklärte Peter. „Sie hat es Erich Krüger gegeben, um sich sein Schweigen zu erkaufen.“

Eine kurze, spannungsgeladene Pause entstand.

Dann sagte Görner: „Bitte, gehen wir in mein Arbeitszimmer.“ Er schritt voraus. Sabine folgte, das Kind fest im Arm, dann Peter. Dr. Seeger schloß hinter sich die Tür. Görner deutete mit einer müden Handbewegung auf die Sessel. Er wartete, bis Sabine sich gesetzt hatte.

Görner war es auch, der endlich die Stille brach. „Sie müssen verstehen . . . Es ist ein schwerer Schlag für mich.“

„Das verstehen wir“, gab Peter zu. „Wir wissen, daß Ihre Frau es getan hat, um ihre Ehe zu retten. Sie wagte nicht, Ihnen zu gestehen, daß sie ein totes Kind zur Welt gebracht hatte.“

Görner schüttelte langsam den Kopf. „Ich kann es noch immer nicht glauben.“

„Ich möchte Ihnen die Zusammenhänge erklären“, sagte Peter. „Bitte . . .“

Peter trug den Fall vor, von Anfang bis Ende.

„Das sind Tatsachen“, sagte er schließlich, „und Sie werden jetzt begreifen, daß Sabine von Anfang an die Wahrheit gesagt hat. Sie ist die Mutter des Jungen, sie hat ihn zur Welt gebracht ..."

Noch einmal begehrte Görner auf. „Aber das ändert nichts an der Tatsache, daß er meinen Namen trägt!"

„Zu Unrecht, Herr Görner. Es ist ein Verbrechen geschehen. Eine Kindesunterschiebung ist ein Verbrechen."

„Was erwarten Sie von mir?"

„Daß Sie von sich aus eine erbbiologische Untersuchung beantragen", sagte Peter rasch.

„Das würde zu nichts führen."

„Aber warum nicht?"

„Ich weiß, daß ich nicht der natürliche Vater des Kindes bin", bekannte Görner. „Ich habe es von Anfang an gewußt. Eine nähere Erklärung werden Sie mir hoffentlich ersparen. Daß der Junge irgendwelche biologische Übereinstimmung mit mir aufweisen sollte, ist also ausgeschlossen."

Ein ratloses Schweigen entstand.

„Aber wenn Sie wissen", sagte Sabine endlich, „wenn Sie immer gewußt haben, daß Thomas nicht Ihr Sohn ist, weshalb klammern Sie sich dann so an das Kind?"

„Weil ich mir einen Sohn gewünscht habe, einen Nachfolger und Erben, der meinen Namen trägt." Görner strich sich über die Stirn. „Darf ich Ihnen einen Vorschlag machen? Lassen Sie mir den Jungen! Sie können ihn besuchen, wann immer Sie wollen, aber lassen Sie ihn mir!"

„Nein!" rief Sabine. „Nein!"

„Denken Sie daran: Der Junge wird reich sein, wenn Sie jetzt vernünftig sind! Und auch Sie selbst brauchen keine finanziellen Sorgen mehr zu haben ..."

Peter erhob sich. „Nein", unterbrach er mit fester Stimme, „ich verkaufe meinen Sohn nicht! Mein Sohn wird meinen Namen tragen!" Er trat hinter Sabines Sessel, legte ihr beide Hände auf die Schultern. „Er gehört uns, und er wird unser Schicksal teilen."

Görner musterte Peter aus zusammengekniffenen Augen. „Sie haben gar kein Recht, über den Jungen zu bestimmen! Sie sind doch mit seiner Mutter nicht verheiratet!" Er wandte sich Sabine zu. „Fräulein Kortner, Sie sind eine Frau, Sie sind klug ..."

Sabine ließ ihn nicht weiterreden. „Nein! Das Kind gehört zu uns. Behalten Sie Ihr Geld, Herr Görner."

„Dann", sagte Görner scharf, „wird es zu einem Skandal kommen."

„Sie können uns nicht drohen", gab Sabine lächelnd zurück.

Görner sah Sabine an, und in seinem Blick stand so etwas wie Bewunderung. „Sie sind sehr selbstsicher."

„Ich kämpfe nur um mein Kind."

In diesem Augenblick schien es, als sinke Görners Gestalt in sich zusammen. „Sie haben den Kampf gewonnen", sagte er mit tonloser, kraftloser Stimme.

In einer spontanen Bewegung trat Peter an ihn heran, reichte ihm die Hand. „Wir danken Ihnen! Wir danken Ihnen von ganzem Herzen!"

Er nahm Peters Hand. „Ich bitte Sie nur noch um eines ..." Er stand auf, blickte auf Sabine, dann auf Peter. „Geben Sie Thomas, was ich ihm nie hätte geben können: die Geborgenheit einer glücklichen Familie!"

Er wandte sich ab. „Leben Sie wohl! Ich werde nichts tun, um Thomas wiederzusehen. Es würde zu sehr schmerzen ..." Er machte eine kleine Pause. „Ich gehe jetzt zu meinem Anwalt, um das Nötige zu veranlassen. Ich werde auch darauf bestehen, daß Herr Krüger und Frau Wallner für ihre Taten zur Rechenschaft gezogen werden!"

Mit steifen eckigen Schritten verließ er das Zimmer.

Dr. Seeger fuhr die kleine Familie – Peter, Sabine und Thomas – nach Bogenhausen.

„Wir wissen gar nicht, wie wir Ihnen für alles danken können", sagte Sabine.

Der junge Arzt lächelte gerührt. „Werden Sie glücklich ... Das wäre Dank genug."

„Aber Sie haben sich selbst geschadet. Das Mütterheim wird in einen schlechten Ruf kommen."

„Seien Sie ohne Sorge, Sabine", sagte Dr. Seeger, „wir haben einen starken Bundesgenossen: Eduard Görner. Er wird alles daransetzen, Aufsehen zu vermeiden. Vielleicht wird niemand, außer den Beteiligten, jemals etwas davon erfahren."

Sabine wandte sich an Peter. „Und was wird mit Erich Krüger?"

Peter zuckte die Schultern. „Das hängt ganz von Görner ab."

„Ich habe Erich nie gemocht", bekannte Sabine. „Und eigentlich müßte ich ihn jetzt doch hassen. Aber merkwürdig ... er ist mir völlig gleichgültig geworden, seit ich mein Kind wiederhabe."

Sie schaukelte das Baby auf ihrem Arm mit einer unendlich behutsamen Bewegung.

„Noch sind ein paar juristische Formalitäten zu erledigen", sagte Peter, „aber ich glaube, das wird schnell und ohne Schwierigkeiten gehen. Und gleich morgen früh werden wir das Aufgebot beim Standesamt bestellen ..."

Dr. Seeger setzte Sabine, Peter und das Kind vor dem Haus von Ruth Högner ab. Er konnte nicht bleiben, er mußte zum Dienst ins Mütterheim.

„Morgen habe ich Geburtstag", sagte Peter beim Abschied. „Darf ich Sie einladen, Ralph?"

„Ich komme gern", antwortete der junge Arzt.

Sie sprachen es nicht aus, aber sie wußten es: Sie waren Freunde geworden.

Maria Kortner schloß den kleinen Thomas sofort in ihr Herz. „Jetzt bin ich wirklich schon Oma", sagte sie glücklich und strich sich verstohlen eine Träne aus dem Auge.

In dem kleinen Haus entstand an diesem Abend eine rege Tätigkeit. Es war zu spät, um noch irgend etwas zu kaufen, aber Ruth Högner zauberte aus ihrem Keller erstaunlicherweise Dinge herbei: eine Wiege, eine Babywaage, eine Wickelkommode. Das Notwendigste hatte Schwester Ulrike schon mitgegeben.

Hand in Hand standen Peter und Sabine neben der Wiege, auf der anderen Seite Maria Kortner und ihre Freundin. Zusammen warteten sie, bis der kleine Thomas eingeschlafen war.

Peter und Sabine saßen dann noch lange zusammen. Sie sprachen über ihre gemeinsame Zukunft, und sie machten einen Plan für den nächsten Tag ...

Als Gisela Schneider am nächsten Vormittag zu Hartmanns kam, war Peter nicht da.

„Tut mir leid", sagte seine Mutter. „Du weißt ja, er schläft nicht bei uns, sondern in seiner alten Wohnung ..."

Gisela ließ sich ihre Enttäuschung nicht anmerken. „Er wird schon kommen!" sagte sie munter. Sie trug ein weißes Leinenkleid mit Jäckchen, und die unterdrückte Erregung ließ sie schöner denn je erscheinen.

„Wunderbar siehst du aus", sagte Gerda Hartmann anerkennend. „Komm, gehen wir auf die Terrasse."

Paul Hartmann begrüßte sie recht bärbeißig. „Es war die Idee meiner Frau, dich hierherzulocken."

Gisela setzte sich graziös in einen der Gartensessel. „Ich bin gern gekommen."

„Na, mal sehen, wie lange du dich in Gesellschaft von zwei alten Leuten wohl fühlen wirst."

„Aber Peter wird doch an seinem eigenen Geburtstag irgendwann mal nach Hause kommen."

„Da ist er schon!" rief seine Mutter jubelnd aus.

Vor dem Haus war ein Wagen vorgefahren. Das Ehepaar Hartmann und Gisela liefen zur Haustür, öffneten sie . . .

Was sie sahen, war ein Schock für sie.

Peter kam ihnen entgegen, aber er war nicht allein. Neben ihm ging Sabine. Sie trug ihr Kind auf dem Arm. In einem kurzen Abstand folgte Ralph Seeger.

Wie zwei feindliche Gruppen standen sie sich dann gegenüber. Für Sekunden schien die Spannung unerträglich.

Peter war es, der das quälende Schweigen brach. „Ihr starrt uns an, als seien wir Gespenster!"

Niemand lachte, aber die Spannung löste sich. Gerda Hartmann suchte Halt bei Gisela, während sie leise stöhnte: „Mein Gott . . ." Peters Vater hatte sich in diesem Moment von dem Schock erholt. „Kommt rein", sagte er mit ruhiger Stimme und gab den Eingang frei.

Peter, Sabine und Ralph Seeger gingen in die große Diele. Wieder entstand ein beklemmendes Schweigen, und wieder war es Peter, der es brach.

„Ich glaube, es ist Zeit, die Personen der Handlung vorzustellen", begann er. Er glaubte, mit Unbefangenheit und ein bißchen Humor am ehesten das Eis brechen zu können. „Fangen wir mit dem kleinsten Mitglied unserer Familie an . . ."

Er deutete auf das Baby, das Sabine behutsam in ihren Armen hielt. „Der jüngste Stammhalter der Hartmanns heißt Thomas, und ich bin sein stolzer Vater!"

„Nein . . ." hauchte Gerda Hartmann. Ein Schwindel schien sie zu erfassen. Sie lehnte sich an die Wand.

Aber dann geschah etwas, womit niemand gerechnet hatte: Paul Hartmann, Peters Vater, trat an Sabine heran, blickte auf das Kind hinab. Ganz still war es im Raum . . . Plötzlich glitt ein Grinsen über sein breites kantiges Gesicht. „Jetzt bin ich also Opa", stellte er trocken fest.

„Paul!" kam es aus dem Mund seiner Frau, als hätte er einen schlechten Witz gemacht.

„Aber Oma", meinte Paul Hartmann gemütlich, „es wird Zeit, daß wir den Tatsachen ins Auge sehen."

Alles lachte, sogar Gisela, nur Peters Mutter nicht. Zögernd trat sie auf Sabine zu, betrachtete das Kind. Dann wurden ihre Züge plötzlich weich. Mit einer überraschenden Drehung stürzte sie an Peters Brust, schlug die Arme um ihren Sohn.

„Warum hast du uns nichts davon gesagt?“ fragte sie mit tränenerstickter Stimme.

„Ja, das ist eine etwas komplizierte Geschichte“, erwiderte Peter lächelnd und drückte seine Mutter an sich.

„Meinen herzlichen Glückwunsch . . .“ murmelte sie.

„Danke, Mama . . .“ Peter konnte nur mühsam seine Rührung verbergen. „Wenn du mir jetzt noch sagst, wem der Glückwunsch gilt: dem Geburtstagskind, dem jungen Vater oder dem angehenden Ehemann . . .“

„Für alles!“ schluchzte seine Mutter unter Tränen auf. Dann löste sie sich plötzlich und stürzte die Treppe zum oberen Stockwerk hinauf.

„Oma schämt sich ein bißchen“, meinte Paul Hartmann grinsend. „Na ja, aber sonst scheint sie gar nicht mehr so unglücklich zu sein . . . Wann wollt ihr denn heiraten?“

„So bald wie möglich“, antwortete Peter. „Wir haben heute morgen das Aufgebot bestellt.“

Gisela trat an ihn heran, reichte ihm die Hand. „Ich wünsch' dir alles Gute“, sagte sie mit bewundernswerter Haltung.

Peter drückte ihr still die Hand, sah dann wie gebannt zu, wie sie auch auf Sabine zuging und ihr die Hand entgegenstreckte.

Für Sekunden lagen die Hände der beiden Frauen ineinander. Sie sprachen kein Wort.

Unvermittelt erschien ein kokettes Lächeln auf Giselas Gesicht. „Und wer ist der nette junge Mann dort im Hintergrund?“

Dr. Seeger errötete ein wenig.

„Oh, Verzeihung“, beeilte Peter sich zu sagen. „Das ist Doktor Ralph Seeger, unser Schutzpatron!“

Alle lachten. Dr. Seeger mußte Giselas feingliedrige Hand und Paul Hartmanns Pranke drücken.

„Darf ich mich an der allgemeinen Fröhlichkeit beteiligen?“ fragte plötzlich eine weibliche Stimme.

Gerda Hartmann, Peters Mutter, stand auf der Treppe. Sie lächelte zaghaft.

„Mama!“ Mit drei mächtigen Sätzen war Peter bei ihr, umarmte sie, führte sie dann fast feierlich die Treppe hinunter.

Paul Hartmann hakte sich bei Sabine ein, und Gisela bot dem noch etwas schüchternen Ralph Seeger ihren Arm. Alle gingen sie in das große Wohnzimmer, wo auf einem Tisch die Geburtstagsgeschenke für Peter lagen und wo in einem Eiskübel eine

Flasche Champagner stand. Gläser wurden herbeigeholt, gefüllt. Man stieß an und trank.

„So, und nun fordert Opa sein Recht", erklärte Paul Hartmann. „Ich möchte endlich meinen Enkel verwöhnen dürfen!"

Er streckte die Arme aus, und mit einem glücklichen Lächeln reichte Sabine ihm das Baby. Er nahm es behutsam in seine Arme und begann es zu schaukeln.

„Ein Prachtjunge", brummte er dabei versonnen.

Peter legte seinen rechten Arm um Sabines Schulter und führte sie ein paar Meter zur Seite. „Wir haben es überstanden", flüsterte er leise.

„Ich könnte die ganze Welt vor Glückseligkeit umarmen", erwiderte sie leise. „Oh, Peter, ich möchte, daß meine Mutter das miterleben kann!"

„Ruf sie an! Sag ihr, daß sie gleich herkommen soll."

Im Gefühl der überströmenden Freude schlang Sabine ihre Arme um Peters Hals. „Manchmal in den letzten Monaten glaubte ich, ich könnte nie mehr glücklich werden. Und jetzt bin ich der glücklichste Mensch der Welt . . ."

„Du sollst es bleiben, Sabine . . . Dein ganzes Leben lang!"

„Ich werde glücklich sein, solange du mich liebst. In guten und in schweren Zeiten . . ."

„Bis ans Ende unseres Lebens!"

Und ein langer Kuß besiegelte diesen Schwur.